在醉美的古诗词里重逢

吴礼明

著

文化发展出版社

Cultural Development Press

图书在版编目（CIP）数据

在醉美的古诗词里重逢/吴礼明著. —北京：文化发展出版社，2021.7

ISBN 978-7-5142-3488-6

Ⅰ．①在… Ⅱ．①吴… Ⅲ．①古典诗歌－诗歌欣赏－中国 Ⅳ．①I207.2

中国版本图书馆CIP数据核字(2021)第114951号

在醉美的古诗词里重逢
ZAI ZUIMEI DE GUSHICI LI CHONGFENG

吴礼明　著

出 版 人：武　赫	责任校对：岳智勇
责任编辑：肖贵平	责任设计：侯　铮
责任印制：杨　骏	排版设计：金　萍

出版发行：文化发展出版社（北京市翠微路2号　邮编：100036）

网　　址：www.wenhuafazhan.com

经　　销：各地新华书店

印　　刷：北京印匠彩色印刷有限公司

开　　本：710mm×1000mm　1/16

字　　数：320千字

印　　张：20.5

版　　次：2022年1月第1版

印　　次：2022年1月第1次印刷

定　　价：49.80元

ISBN：978-7-5142-3488-6

◆ 如发现任何质量问题请与我社发行部联系。发行部电话：010-88275710

序言

诗意栖居，幸福完整

礼明先生的新书就要出版了。

这是一本关于古诗词的书。而且，这本书的撰写还与我有关。

几年前，我们新教育团队编写《新教育晨诵》一书时，我曾经邀请他帮助审阅部分书稿。那段时间，他读了大量的古诗词，而且查阅了各种版本的诗集，对许多注释进行了重新校订。他说，这本书可以说是《新教育晨诵》的副产品。

"晨诵、午读、暮省"是新教育儿童的生活方式。每天早晨用诗歌开启新的一天，不仅具有很强的仪式感，而且有助于帮助儿童发展语言能力、激发儿童的创造性想象、帮助儿童亲近中国优秀传统文化、拥有诗意的人生。

古往今来，中国就是诗歌的国度。诗歌，是最能体现中国人精神世界的一种表达方式。林语堂先生说："诗歌教会了中国人一种生活观念，通过谚语和诗卷深切地渗入社会，给予他们一种悲天悯人的意识，使他们对大自然寄予无限的深情，并用一种艺术的眼光来看待人生。诗歌通过对大自然的感情，医治人们心灵的创痛；诗歌通过享受简朴生活的教育，为中国文明保持了圣洁的理想。"

尽管这种高度凝练的诗化表达有优势也有劣势，但无论如何，诗歌在中国，已经超出了简单的文学体裁的范畴，不仅与书法、绘画、戏剧等中国文化有着天然的联系，彼此互相促进滋养着，而且对中国人的生活方式、生活态度产生了巨大的影响。虽然我们不能说学会了诗歌就掌握了中国文化，但诗歌承载的文化含量之重是毋庸置疑的。

在今天，诗歌之所以特别受到欢迎，是因为诗歌的外在形式，在不经意间吻合了当下人们所需要的简短、紧凑。诗歌的本质内容，又能在最短时间里直击人心，产生巨大的能量。诗歌所提供新的角度，让人重新观照思考当下的物质生活，在重新诠释中，获得生活的价值，创造人生的意义。

所以，生活在当下，我们需要读读那些曾经感动、陶醉过多少代人的古诗词，需要用诗歌的力量，帮助我们在现实的土壤上，找到一种诗意栖居的生活方式，从而创造幸福完整的人生。

朱永新

2021 年 1 月 31 日晨，写于北京滴石斋

真气灌注 诗灵飞动

今人很少读诗（这里专指古诗），或不屑，或不能。不屑，是因为眼中欲望的灰尘遮掩了诗的光华与美质；不能，则是因为干枯的心灵，无法领略诗中生命的精彩与自然的神奇。其实，读诗是件美事：涵养性灵，陶冶情操，提升气质。换句话说，读诗作用于心灵，使现实中不断消耗的生命保持水润饱满、生气勃发。何有此说？因为读诗，就是以生命接遇生命，以情思逗引情思，以生气鼓荡生气。莫砺锋说："读诗就是读人，阅读那些长篇短什，古人音容笑貌如在目前，这是我们了解前人心态的最佳途径。"

其实，读古人就是读今人，读诗人就是读自己，读者与诗人的际遇、情感、思想、意趣、襟抱等，相互纠缠，相互激荡，相互生发。读者进入古人的日常生活、家国人生，感知其精神气象，汲取其生命潜能，自己的心灵也会渐渐饱满起来。但也正因为如此，一个读者，没有丰沛的情感，没有敏感的心灵，没有深厚的文化积淀，没有敏锐的艺术眼光，是不能真正读懂古诗词的。要读懂甚至读出其中真义乃至新义，须灌注读诗人的生命真气。

这是读诗最根本的方法。

吴礼明老师就是一位深谙此法的读诗人。读他的《在醉美的古诗词里重逢》，感觉他读每一首诗都将自身的真气灌注其中，调动各种手法去激活一词一句，瞬间便诗灵飞动，却又不用力过猛，往往三言两语就能揭示诗之真境与奥义，且能自出机杼。

　　读陆凯《赠范晔》，吴老师说，"花开是江南春天最为惊天动地的场景，没有什么比花开更能表达对生命的敬意、对美的礼赞，也没有什么比鲜花更能表示一个人旺盛生命力的期许与陈述。花，可以说是最青春的表达与最诚挚的告白"。诗歌从小处"见出南人炽烈、开阔的心胸来"，"低调中透着一股奢华"。在虞世南《蝉》里，吴老师读出了"一个为人所不知的秘密"；在宋之问《渡汉江》里，吴老师读出了"致命的真诚……洇透纸面的生命感"；在《诗经·麟之趾》里，吴老师发现"不抬起头永远只见物质的闪光"；等等。书中所选的每首诗里，都能显现出吴老师解诗的功力、独到的眼光，真知灼见，不胜枚举。语言古朴生动，妙趣横生。

　　一日之计在于晨。清晨是精力最充沛、心灵最纯净的时候，这个时候，到最纯粹的诗的天地里去呼吸吐纳、伸展锻炼，人会不会越来越年轻？心灵会不会越来越葱茏？而《在醉美的古诗词里重逢》或许就是你的清晨。

周美超

2020 年 9 月 10 日

解读就是一场重逢

诗本身含着道德情操，是纯美心灵的表达或抒发。所以雪莱说，"诗是心灵中最快乐最良善的瞬间的记录"。

而诗因其社会功用而为人所称颂，自然在情理之中。这方面，朱老师的序文已做了精要的阐述。但诗尤其是古典诗在今天遭遇尴尬，也是不争的事实。这方面，有周老师序文的提示。显然，包括古典诗在内的诗歌需要重新被认识。

首先，需要对诗的肌理多一些认识。何其芳说，"诗歌是一种最集中地反映社会生活的文学体裁，它饱含着丰富的想象和情感"。巴巴拉·赫斯也说，"诗的伟大奇妙之一便是：它小小的篇幅，它所占的短短时间——仅仅四五行的一段——却能拥有如此漫长的生活，却能拥有实际上需要若干岁月才能结束的故事"。

当然，诗歌与所采取的超越常规的手段互为表里。莫里斯·梅特林克说："诗人显然在日常的生活中加进了东西，是什么，我不知道，那是诗人的秘密。然而对我们来说，一种生活上的启示突然降临了。生活显示了令人惊叹的崇高，显示了它对我们所不知道的力量的顺从……"

但有时候，循着节奏、情感和联想，仍能看出一些端倪。艾伦·金斯堡说，"诗通常就像是有节奏的感情的表达。感情就像体内升起的冲动。……最好的情况是，你的身体感觉到一种特定的节奏，而这种节奏没有确定的字眼，或只有一两个关键的字眼，然后，把它写下来，靠着联想的过程，把相关的东西凑在一起。……在写作过程中，如果每一步、每一字、每一个形容词都是自然涌现的话……如果这句话确实能表达出完整的意思，我会禁不住落泪，因为我知道自己击中了某个绝对真实的领域"。

还有幻想、非逻辑等，也是诗歌的一部分。彼埃尔·勒韦尔迪说，"在别人那儿称为思想的东西，在诗人这儿，就由幻想所代替。……思想是一种能渗透的精神，幻想是一种被渗透的精神"。苏珊·朗格也说，"诗歌里没有真正的逻辑论辩，……诗人的'推论'是他思考过程的表象，而紧张、犹豫、挫折或突现的才思、顿生的悟察等，才是其中比结论还重要的因素"。

而最为神奇的，经诗人创作的诗，需要读者去"续"。罗伯特·佩恩·沃伦说，"有时我可以循着一种想法追溯片段的回忆，不过，我没法使那些引起回忆片段的事件具有意义，它得在多年以后自己产生意义。一两行逗留在你的头脑中，突然它碰上了什么，某种东西使它获得成功"。安·塞·布拉德雷说，"写诗并不是一个完全成形的灵魂在寻觅一个躯体：它是一个未完成的灵魂寄寓在未完成的躯体之中"。维森特·阿莱桑德雷也说，"诗是把诗人长年藏在心中的一连串问题揭示出来。每一首诗都是一份恳求，一种呼唤和祈祷，答案则由读者在沉默、含蓄和不断的阅读中所赋予"。

诗歌还有很多未知，所以解读是必要的。本书有关说明和本书的具体解读，是方法与过程的一个展示。在这个意义上，解读就是一场有意义的思想和意识的重逢。

吴礼明

2021 年 2 月 7 日

目录

搭成高架待藤花：搭架理诗 /133

晨间读诗

美景良辰那忍负

乘兴而读，即兴再解，注意结构差异与诗句侧重以及词语意象在诗篇整体中的位置，注意逐层解读路线的清晰性。

陆凯《赠范晔》

折花逢驿使，寄与陇头人。
江南无所有，聊赠一枝春。

南北朝诗人陆凯《赠范晔》一诗，写得摇曳生姿，饶有情味，令人浮想联翩。

所慕之君茫茫塞外，千里之遥，思念如水啊。今"折花"欲寄，恰逢驿使经过，正是万花作美，天遂人愿。又一想，还需再送点什么，可能送什么呢？这春情萌动的江南，除了花还是花，真不知还有什么可以指示和表征的。那好，就暂且赠送这一枝开在春天的鲜花吧。

诗作如果细味，还有不少滋味。首先是"折花"，就已经有含蓄蕴藉的意味。像《古诗十九首·涉江采芙蓉》里所说"涉江采芙蓉，兰泽多芳草""采之欲遗谁？所思在远道"，但当"还顾望旧乡，长路漫浩浩""同心而离居，忧伤以终老"时，驿使出现了。一个"逢"字，可谓正当其时，妙不可言。随后像是驿使与诗人之间的一组对话。驿使问要寄给谁，诗人说"寄与陇头人"。不啻脱口而出，然后又略表歉意地说，除了送花别无所赠。但这含蓄与谦虚，真是富有情味。试想想，花开是江南春天最为惊天动地的场景，没有什么比花开更能表达对生命的敬意、对美的礼赞，也没有什么比鲜花更能表示一个人对旺盛生命力的期许与陈述。花，可以说是最青春的表达与最诚挚的告白。

这就是诗作以小见大的功用。从小处，也可以看出南人炽烈、开阔的心胸来。这首小诗亲切温馨，颇不经意，又低调中透着一股奢华之风，读来令人爱不释手。

不过，作者与诗作所赠对象（陆凯、路晔和范晔三个名字），其实模糊不清。如果以范晔的生卒年为参考，则三国时期的陆凯所处时代过于久远，而南北朝时期的陆凯又靠后了。再看，即使是同一书《太平御览》，两次引述《荆州记》

都不相同。其《卷十九》云："陆凯与路晔为友，在江南寄梅花一枝。诣长安与晔，并赠诗云：'折花逢秦使，寄与陇头人。江南无所有，聊寄一枝春。'"而《卷四百九》则说："陆凯与范晔为友，江南寄梅花一枝，来诸长安与晔，并赠诗曰：'折花逢驿使，寄与陇头人。江南无所有，聊赠一枝春。'"引诗大同小异，无关宏旨，范晔还是路晔，没法区分，确实有些遗憾，但是诗毕竟是好诗，这是肯定的。

沈约《别范安成》

生平少年日，分手易前期。
及尔同衰暮，非复别离时。
勿言一樽酒，明日难重持。
梦中不识路，何以慰相思？

沈约的《别范安成》一诗，写得辞情婉转，情义绵长。

诗作写眼前的别离，却从追忆之角，以今与昔、今与明的比况，来言说惜别与珍重的意味。确实，在时间的长河里，情感长长地酝酿，至久而弥香，也至深而醉人，但也因愈益深沉而难以自持，或因处置不当而伤人。

开首两句即从年轻时写起，说年少不把离别当事，总觉得再会不难。前期，这里是"对未来的预期、打算"的意思。次联两句写老暮时的感受，因为剩时不多，不再豪掷时日，于是对比就显现了。第三联两句是写眼前，一杯薄酒，勿再以为不算什么，等到明日真正分别，恐难再在一起把杯同饮了。因为有前两联铺垫，极写筵席上的留恋和惜别。潜在的意思是，生死迫近，再见难料啊。最后一联两句是拓开一笔，借梦再表达对分别的不忍，以及对友情的珍惜。"梦中不识路"，李善注引《韩非子》曰："六国时，张敏与高惠二人为友，每相思不能得见，敏便于梦中往寻，但行至半道，即迷不知路，遂回。如此者三。"梦中往寻，后来用以形容思念友人。

这首诗，可以说诗语质朴，情感真挚，但表达却又典雅婉媚，尤其是突出老境之难和人际的别离之苦，有着很深的人世感慨，给人留下了深刻的印象。所以，清人沈德潜说："一片真气流出，句句转，字字厚，去《十九首》不远。"

【作者简介】

沈约（441—513），字休文，吴兴武康（今浙江德清）人，南朝梁文学家。历仕宋、齐、梁三代，在梁代官至尚书令，封建昌县侯。死后谥号为隐。在诗的声律上创"四声""八病"说，对古体诗向律诗的转变起了重要作用。著修《宋书》。明人辑有《沈隐侯集》。

范安成，即范岫（440—514），字懋宾，曾为齐代安成郡（在今江西安福）内史，故称范安成。

汤惠休《杨花曲·其二》

江南相思引，多叹不成音。
黄鹤西北去，衔我千里心。

汤惠休的《杨花曲·其二》，历来传诵。其诗虽是乐府，却妙在纵横捭阖，尺幅千里，将一段春季的相思柔情写得浓烈而浩瀚。这不是江南式婉转情思的表达，而是西北天空下"赶牲灵"的秦腔式倾泻。

诗作说，一曲《相思引》，本已让人愁肠百结，何况在此扬花纷飞的暮春江南呢，所以女主人公"多叹不成音"，无法完整弹奏，便是情理之中的事。但是相思是不断累积的，所以使之愈益痛苦，又何况所思之人在千里之遥的大西北呢！于是想到，如果有解人心苦的黄鹤愿意帮忙，将"我"的苦思之心衔过去，该是何等的慰藉心灵的好事啊。这翻空出奇的一转想，也使得诗作突然从一个狭小的门口里获得急速的突破，爆发出巨大的能量，形成摧波决荡的一泻千里之力，呼啸着将一腔春心和思念化为沸腾呐喊的岩浆。千年而下，至今尚有余温啊！

情感的倾泻而无遮拦，正是其诗作特色。另一首《江南思》（"幽客海阴路，留戍淮阳津。垂情向春草，知是故乡人。"）亦是如此。诗作写一位行役不归的幽客，对故乡强烈的思恋之情。这种情感在前两句平静的交代里，已经蓄积了足够的势能。因为"幽客"即隐士的身份与"留戍"的行为是矛盾的，"海阴路"（下江地区的江南片）与"淮阳津"（在今淮阴一带，乃南朝北部边境）也是地域迥异。诗作最后一联寄托深情，垂情是倾情，将满腔思恋倾注于春草，于是获得了春草"我们都是故乡人"的抚慰，焦渴之思得以化解，强烈的矛盾也得以缓和。为什么倾情于春草而获得感情的释放？因为春草是沿着纬度不断由南向北推进的，于是诗人巧妙地借用这种变化，将小草拟化为故交，足见创作的妙想。

【作者简介】

汤惠休，南朝宋诗人，字茂远。生卒年不详。早年为僧，人称"惠休上人"。因善于写诗被徐湛之赏识。孝武帝刘骏爱其才，敕令还俗并入仕，官至扬州从事史。惠休能诗善文，学问广博，人皆称之为"诗僧之冠"。《文心雕龙》卷九称"晋宋之际，若谢混、陶潜、汤惠休之诗，均自成派"。其诗作今存不多，富于民歌气息，自然真切，不喜雕饰，颇具情致，在宋齐间颇有影响。论者多以"休鲍（照）"并称。

魏收 《棹歌行》

雪溜添春浦，花水足新流。
桃发武陵岸，柳拂武昌楼。

北朝诗人魏收的《棹歌行》，诗句整练，疏朗有致，有奇逸之气。

诗作谓春来雪消滴汇，融融洋洋，而使春江水涨、新流增添，这是自然长消的奇妙变化。再者，阳春深入，落英缤纷，花香随飘，流于江上，于是这春天便变得曼妙而富有脂粉气。但桃红色的江流涌动，在视觉上，也应该浩大而深沉，场景也一定够壮观而冲击着视野。读前面的两句，即情即景，场景的变换里暗含了时间的作用，从"雪消"到"花发"，从"春浦"到江上的"新流"，让人感受到春融的变化、春天独有的花开花落的烂漫和雄壮的风情。

当然，江岸杨柳吐新、柳叶儿发青，映衬着高峻的楼光和深沉的山色，让沿江的春光再增添一分渲染的氤氲绿色，又让人感受到了勃发的春染的力量。这是诗作第四句所带给读者的惊叹。

我们看，诗虽小但所容者大，张力十足，确有尺幅千里之势。而在写作特色上，诗作虚实相生，以实带虚，由虚卷实，铺开了写作的大面，激发了空间里的时间意识。

本来，诗歌前两句写实，已经将春意写得很充分，但诗人觉得还很不够。因为眼前的景象触发了他的兴趣和想象。于是第三句拓开一笔，另起炉灶，说眼前的浩荡春江和涌动的洪流。源头在武陵的桃花源，在陶渊明《桃花源记》里就有"夹岸数百步，中无杂树，芳草鲜美，落英缤纷"的精彩片段。多少年来，陶渊明的武陵溪，引发了无数人的想象和感慨。

然后，诗作又由花及柳，诗人带着读者一道，又来到陶渊明的曾祖父陶侃曾经任职的武昌城前，于是思绪绵绵，牵连深远。

陶侃武昌种柳，事见《晋书·陶侃传》。"（侃）尝课诸营种柳，都尉夏施盗官柳植之于己门。侃后见，驻车问曰：'此是武昌西门前柳，何因盗来此种？'施惶怖谢罪。"是说当时军营督促种柳，有下属夏施可能是图一时方便，盗移了武昌西门官柳，被聪慧明察、心思缜密的上司陶侃发现而加以训斥，结果让这名军官很是惶恐。自此，柳树、武昌便与陶大将军相联系在一起。

这后两句是说，因为陶渊明发现了桃花源，于是春江浩荡，洪流涌动，这是空间的开拓；又因为陶侃种柳，而今柳树高大，成林连片，登上武昌楼，伫立于山顶，远眺鄂黄一带，则将这洋溢舒展的生命和活力的春景，皆尽收眼底，这是时间的延长。这些都给人以无法言说的欣喜和激动。此情此景，让人浮想联翩，那些发现春色和助力创造的前贤们，一样让人景仰和缅怀。

我们看，只有在诗歌里，诗人才将一身北国的军国行头卸下，恢复了一个纯粹的诗人身份，向着包括桃花源的武陵和柳树连片的武昌等在内的南国，表达他心中的一份无法割舍的文化倾心。

【作者简介】

魏收（507—572），字伯起，钜鹿下曲阳（今河北晋州）人。南北朝时期史学家、文学家，与温子升、邢邵并称"北地三才子"。北魏骠骑大将军魏子建之子。历仕北魏、东魏、北齐三朝，累官至尚书右仆射，掌诏诰，总议监五礼事，位特进。曾参修律令。天保八年（557）迁太子少傅。去世后获赠司空、尚书左仆射，谥号"文贞"。与房延祐、辛元植等"博总斟酌"，撰成《魏书》130篇。另存《魏特进集》辑本。

庾信《寄王琳》《重别周尚书》

《寄王琳》

玉关道路远，金陵信使疏。

独下千行泪，开君万里书。

《重别周尚书》

阳关万里道，不见一人归。

惟有河边雁，秋来南向飞。

庾信《寄王琳》和《重别周尚书》，都是小诗，但都写得悲慨苍凉，沉郁浑厚。诚如杜甫《戏为六绝句·其一》里所说："庾信文章老更成，凌云健笔意纵横。"又，《咏怀古迹五首·其一》里说："庾信平生最萧瑟，暮年诗赋动江关。"

《寄王琳》是诗人羁留西魏长安时所写。玉关，玉门关，以西汉班超滞留西域借指自己羁旅长安；疏，"稀少"意。开头两句言战乱使其滞留别地，与故国（原在梁朝出使，而写诗的时候已更为陈朝"金陵"）山河阻隔，音讯极稀。用了互文笔法，这是陈因。

三、四句是表果，但又显得突兀而激烈。"独"言自身而他人浑然不知；"千行泪"，是写情绪的失控和情感的喷涌。但三、四句再细细品后，感觉仍然有笔法上的变化，也就是四句在先而三句在后。但诗人为了凸显自己的感受，将"千行泪"提前，其情可知其心可感，强烈而彰显。当然，不作句序上的更动，仍然三句在前四句在后，如果再细读，也会读出很深切的情。我们看，这"开"字亦甚丰富。此字说明书信或未展读，而诗人的情感就已经失控，可见其在异域之苦痛与故国念想之炽烈。当然，有人说，这"开"字的主语不是"手"而是"泪"，是泪水泡开了那封千里之遥的信件。由此展示了更为细腻的情节。

至于书信内容，有人说诗人的友人王琳，"当时正在郢城练兵，志在为梁雪耻，他寄给庾信的书信中不乏慷慨悲壮、报仇雪耻之意，所以庾信为之泣下"。诚如是，作为身在北国位居显要的诗人，反倒不能写诗记事了。其实，没有这种"雪耻"的情状，也并不影响诗歌情感的表达。后世王维《杂诗三首·其二》写得好："君自故乡来，应知故乡事。来日绮窗前，寒梅著花未？"只要是来自故乡，所有的人与事都最为关情。有此，足矣。而梁朝王僧孺的《中川长望》诗，读起来与本诗甚为贴近。其诗曰："故乡相思者，当春爱颜色。独写千行泪，谁同万里忆。"

稍稍研究庾信的人生经历，不难窥见一些端倪。前期在梁朝，社会升平，宫廷唱和，花鸟美人，酒歌舞乐，又在应酬敏对中显露了个人的学养与文才。因侯景之乱而国家濒于破碎，随后又毁于西魏。结果以42岁出使西魏为界，永远踏上了不归路，人生断然分为南北朝。尽管历仕北朝高职，但"乡关之思"难去。于是常常情不自禁地发出哀怨之词，笔致劲健苍凉。可见遭遇亡国之变，诗人内心所受到的巨大的震颤。故而久居北方的庾信渴望南归，魂牵梦绕于故国山河。

至于《重别周尚书》的写作，已经是在北周与陈朝之间。

山河的阻隔，空间距离的遥远（"万里"），仍然是诗人最为痛苦的维系。此诗情绪似更为落寞，书信绝无，唯有大雁定时往来。人不如物，唯有艳羡而已，而其无力感更甚。

【作者简介】

庾信（513—581），字子山，南阳新野（今河南新野）人，南北朝时期著名文学家。其家"七世举秀才""五代有文集"，乃父南梁中书令庾肩吾，亦以文闻名。自幼随父出入宫廷，后与徐陵等宫体作家任萧纲东宫学士，时称"徐庾体"。累官右卫将军，封武康县侯。侯景之乱逃往江陵。后奉命出使西魏，被留，官至车骑大将军、开府仪同三司。北周代魏，再任同职，封临清县子，世称"庾开府"。庾信在北方身居显贵，备受礼遇，但仍深思故土，乃至羞愧怨愤。有《庾子山集》传世。明人张溥辑有《庾开府集》。

薛道衡《人日思归》

入春才七日，离家已二年。
人归落雁后，思发在花前。

薛道衡《人日思归》，诗虽短小，却写得精巧别致，情思绵密。

此诗具体时间不详。但诗人在隋初曾做过聘陈内史，该诗可能作于此时。传说前两句刚出即被嘲笑。确实，以今语言之，就是"矫情"。何者？诗人本来想表达他作为隋臣聘使入南，感觉时间缓慢，过七天已经受不住，不显得矫情了吗？又说仿佛离家已两年，更是显得夸张矫饰。当然，细细品味一下，诗人是打了新旧年跨界这么一个特殊时间段的巧牌，好比后来诗人王湾"海日生残夜，江春入旧年"两句之妙。可见他心思的细密。但是，诗歌是忌讳理性与过分机巧的心思的，故而宋人严羽说"诗有别趣，非关理也"。

不过诗作的后两句"人归落雁后，思发在花前"，虽然也动了心思，但用情炽烈，时间尺度也长了很多，因而获得不少赞誉，多少也弥补了前两句刻露的"凿痕"。

这后两句是说，等"我"北归时肯定在南雁北飞之后，但归家之念已经在这春花开放之前就变得异常强烈了。思，即归思。也就是说，在这个南国春天真正到来之前，诗人将要回到他的北国。那么读者要疑问，到了南国再等等，不就能欣赏到无边浩荡的春色么？而此时的北方，还是朔风凌厉、冰天雪地之时。但是，诗作的巧妙就在这里，宁愿忍却一个让世人难以抗拒的细软温柔的春天，也要回到那一个天寒地冻、体僵呼促的冬季，足见他早归的心切，以及他固执的乡情。也就是说，再好的南方也不稀罕，再不好的北国也是家园之所在。情感就是这么执拗，就是这么不可理喻。于是，一片深沉的乡思之情，就这样显现出来。

当然，这首小诗言近旨远，内涵很丰富。强烈而固执的思乡之情可能是一个方面，而在另一方面，诗人可能也是借助诗歌以表达别一份的思想。一是作为北国人，要对温柔之乡时刻保持一份警惕与戒慎。二是"清操厉冰雪"，一个人的清刚之气，需要在极其严酷的环境里方可锻造出来。纯净的操守、清正的贞洁，哪能离得了冰雪的淬炼呢？

《隋书·薛道衡传》说，"江东雅好篇什，陈主尤爱雕虫，道衡每有所作，南人无不吟诵焉"，可见其文采斐然婉媚。又说，"年十三，讲《左氏传》，见子产相郑之功，作《国侨赞》，颇有词致"，可见少年的抱负。隋文帝开皇八年（588）伐陈，陈述拿下江东"四必"见解，深获主帅高颎（jiǒng）的肯定："君言成败，事理分明，吾今豁然矣。本以才学相期，不意筹略乃尔。"亦可见诗人在文辞之外的战略心胸，自然并非泛泛文人可比。

【作者简介】

薛道衡（535—604），字玄卿，河东汾阴（今山西万荣）人。文坛与卢思道、李德林齐名。历仕北齐、北周和隋朝。隋炀帝时，出为番州（今广州市）刺史，迁司隶大夫，世称薛司隶。大业五年，因奏对不称旨，逼令自缢，天下称冤。著有文集70卷，仅存《薛司隶集》1卷。《先秦汉魏晋南北朝诗》录诗20余首，《全上古三代秦汉三国六朝文》存文8篇。事迹见《隋书》《北史》本传。

杨广《春江花月夜》

暮江平不动，春花满正开。
流波将月去，潮水带星来。

杨广的《春江花月夜》一诗，在整饬中将一种变化带出，也预示了一种局面。

前两句写暮色之下江波平息，江潮安静；而近岸春花正盛，尽皆绽放。这是静态的景。暮色苍茫壮阔，江面浩淼，但不失宁静和安详，静穆而温馨。这是背景，下一句的春花才是舞台的主角。它们即使在暮色下仍然非常显眼，有江边水汽的滋润，有春天地气的催发，正在开蕾绽放，播撒香气。它们并没有因为黄昏的到来而昏昏欲睡，相反是精神焕发，给这短暂而安宁的沉沉暮色增添了层层香暖的氛围，也给即将到来的春夜以无限美好的想象。而"满正开"三字，静中跃动，让暮色的春江充满了生机和活力。

后两句笔势陡转，写自然强劲的动量，给人以力量和不确定性，展示了伟大而神秘的自然的另一面。这两句所显自然的动势，具体以江流涌动，推波助澜，江潮迭起的狂躁，来展现春江伟大的力与激荡的美。诗句说，月亮被江流挟裹带走，于是世界顿时暗淡了下来；接着，江潮涌起，星空闪烁，让世界惊疑不定，与前面黄昏暮色的安静与平和显然是迥乎其异。其具体时间，则是月落时分，西月斜沉。世界暗淡、混沌而混杂，但仍然充满了生机与变数，给人以无限的可能性。

这两句是写春夜潮生的情形。水波激荡，潮浪迭涌，圆月隐耀，星光闪烁，描绘出了一幅雄壮的江潮涌动图。在月星的交替里，写出了时间的变化与推移。这春夜，不是清风明月，不是风致柔婉，而是交响乐和重金属的混搭演奏。由此揭开了自然神秘的一面，给人以辽远的遐想和新奇的探究。

诗作短短四句，显示了极强的爆发力，展示了春天的伟力和自然的神奇；也显示了诗人面对无限的春景所激发出的激动和欣喜，以及彻夜难眠的兴奋。这是对春天的颂歌，也是对未来的强烈的兴趣。

这诗题原为陈后主所创，但原词早已失传。依照南朝宫廷诗的格局，大抵"辞极淫绮""哀音断绝"。但杨广再度以此题作诗，借题生义，一扫艳媚，显示了刚健的风气。《隋书·文学传序》说"并存雅体，归于典制"，雅味正声，所谓丽而不艳，柔而不淫，有正言之风，雅语之气，是很恰当的。有此《春江花月夜》，才有后来唐朝张若虚的同题诗。杨广诗风功不可没。

【作者简介】

隋炀帝杨广（569—618），华阴（今陕西华阴）人。政治上滥用民力，频繁征战，直接导致隋朝灭亡，于文学史却有重要地位。少好学，喜欢诗文，初学庾信，为晋王时召引陈朝旧官、才学之士柳䛒、虞世南等百余人，以师友处之，爱好梁陈宫体。曾有亲历塞上、远征辽东戎马生活。于诗歌承上启下，能在百年陈梁诗音靡靡之中，恢复汉诗的风骨与精神，并启及唐音的辉煌大气与阳刚之美。《炀帝集》55卷。《全隋诗》录存其诗40余首。

无名氏《送别·杨柳青青》

杨柳青青着地垂，杨花漫漫搅天飞。
柳条折尽花飞尽，借问行人归不归？

　　隋朝无名氏的《送别·杨柳青青》一诗，赋物摹形，情词摇曳，表达惜别的深情；但末句的婉转含蓄，又展现了人性温柔秀美的一面。

　　前两句专写局部，是截取了在暮春时节的一个片段。柳枝纷披、柳条着地，春情很是浓郁；而杨花弥漫，处处飞舞，于无形之中增添了春到深处、情到深处的伤感。春本短暂，"春到深处"便意味着春的完结和归去；而"情到深处"，自然是由迎春的欢喜、处春的徜徉，再转而成为挽春的苦痛和惜别。

　　前两句是写景，写柳态、柳色和柳絮飞花的情状，写出了春天谢幕前的典型场景，渲染了浓郁的氛围。在此基础上，后两句写离别的场景，具有风姿弥漫的效果。

　　第三句紧承前两句，却句内急转，写"条折花尽"的残败衰杀，给人以触目惊心之感。本来杨花再多，终归要"飞尽"，这是自然规律，没有什么可以惊怪的。但在另一种场景比如离别里，当愁思已经寂然，表明悲伤过甚，忧伤坐实变成了绝望，也就是当心念成灰时，离别对于当事双方的打击，就可想而知。而"柳条折尽"，有些反自然，但在离别赠送以作留念的文化背景里，又是再正常不过了。从《诗经·采薇》"昔我往矣，杨柳依依"开始，柳丝缠绵、青春依恋的情态已深入人心，故后世折柳赠别以寓挽留珍念之意，便成一种风俗。故而柳条折尽，可见情之深、别之多。于是别之苦和离之恨就可想而知了。这一句尽管仍然没有直接道出离别，但情景的再一层渲染，已经让人感受到了离别的"愁煞人"。

　　第四句，具体的人事才正式登场。本来，离别里所有的悲痛、哭泣和叫喊，是连混成一片的。但如果悲已过，泪已流，声已哑，都无法挽回一个离别的事实，那该怎么办？也就是当所有的沉重甚至是绝望的情绪，都不足以表达了，怎么办？此时，送别之人好像一下子回过神来，也清醒了很多。为了不再刺激远行人的痛苦，不再增加他的思想负担，于是很轻声地甚至颇有礼貌地问了一句"归不归？"结果产生了奇效。将别离的苦痛换成不经意的一问，举重若轻，深挚关切，像一股暖流温润着远行人。多让人感动啊！在这里，不会去问"几时归"这样的傻问题，因为这是"行人"们所无法回答的，因为其归期受之于具体的行役，国家的决策，以及战场上敌我之间复杂不定的因素。从"几时归"到"归不归"的变化，尽管所反映的沉重现实没有多少改变，但多少次离别的经历，却让人提高了人生的鉴识。

当然"归不归"，又含着一份深挚的期待。"归"与"不归"，都是可以做出保证的。关键是要这样的一份保证和信心。这是维持人伦至关重要的情愫。于是在这春天将尽，忧郁愁绝的背景里，忽然有了这么一丝温婉的情愫，实在是太过于曼妙了。

随着春到深处，情不能已，时间在加速，离别在加速，花不可掬而枝条可攀可摘乃至"折尽"，但是即使如此，分别的场景也没有变得太过失态和失控，别情还是做得委婉而含蓄（"借问行人归不归？"），确实很不容易了。万千情意，只在轻语唇齿边，这又是何等的风情和风度啊！

需要提及的是，本诗传作于隋炀帝大业（605—617）末年。逯钦立《先秦汉魏晋南北朝诗》说："崔琼《东虚记》云，此诗作于大业末年，实指炀帝巡游无度，缙绅瘁恍已甚，下逮闾阎。而佞人曲士，播弄威福，欺君上以取荣贵，上二句尽之。又谓民财穷窘，至是方有《五子之歌》之忧，而望其返国也。"诚如是，则行人为"行役之人"，他们或建造行宫别馆，或开凿运河山道，为了君王的流连荒亡，无有已时，结果民愤沸腾，怨声载道。这当然又是一解。

孔绍安《落叶》

早秋惊落叶，飘零似客心。
翻飞不肯下，犹言惜故林。

隋朝诗人孔绍安的《落叶》绝句，托物寓意，简练蕴蓄，能指极大。

前两句，诗言秋虽早但秋气凛肃，故树叶惊于节候的肃然而凋落；诗人于是有感其宛转风尘，无依飘零，颇似漂泊他乡的游子。再反而观之，客心如此，实乃时运巨大变故使然。

后两句，仍以拟人托出，以"翻飞"既写游子内心纷乱，又写其于故乡恋恋不舍之情，对于未来不知如何抉择，巧借落叶，将自己暗喻为在空中飘浮不定的落叶，显示了诗人的无奈和伤感。

再说，"翻飞"侧言风力之大，照应前句"惊"字，似乎正应了"木秀于林，风必摧之"的情实。再反而观之，林木齐整，必不至于叶之纷纷凋落。但诗人不惊怪于时局时运之逆折，他计较和着意的是人在逆境中的操守与情感。正如落叶，宁愿翻飞于空中，也不愿随意落定于某处。而在内心，它仍然向往和期待于生它长它的"故林"，显示了不定之中的坚定——守节情不移。而有此情怀，足可安身，足可立命矣。这卒章显志，可谓翻为正声。

关于这首诗作的创作时间，可能在南朝陈朝灭亡之后。史传记载诗人曾对表兄虞世南说："本朝沦陷，分从湮灭。"因此，其"飘零似客心"的情感就显得分外强烈。尽管如此，后世读者还是能感受到他在时局兴替跟前的一份执着的情。正因为有了它，即使时令再异常再残酷，也是可以抗拒和暖化的。"惜故林"三字，看似迂腐守旧，却是不违本心、如实对待既往的表示。不隐晦过去，才可以面对现在和未来。不是吗？

当然，就本诗的语言，姜书阁、姜逸波在《汉魏六朝诗三百首》里评论说："语言平淡，无一字一词难解。而正是用这样字句，写出颇有寄托之诗，是难得。"的确，本诗显示了诗人的语言功力。

【作者简介】

孔绍安（577—622），越州山阴（今浙江绍兴）人。《旧唐书·文苑传》说他"十三，陈亡入隋，徙居京兆鄠县""闭门读书，诵古文集数十万言，外兄虞世南叹异之"。在隋朝"大业末为监察御史"。入唐后，"拜内史舍人""授秘书监"。受诏撰《梁史》，未成而卒。他少以文词知名，入隋，与词人孙万寿笃忘年之好，"时人称为孙孔"。有文集5卷（已佚），《全唐诗》存诗7首，其中杂有在隋之作。

孔绍安《侍宴咏石榴》

可惜庭中树，移根逐汉臣。
只为来时晚，花开不及春。

孔绍安的《侍宴咏石榴》一诗，抓住石榴开花的时令特征，托物寓意，以摆脱自身的尴尬与不适，也可谓表达贴切。

《侍宴咏石榴》原本是一首应诏诗。《旧唐书·文苑》记载："绍安大业末为监察御史。时高祖为隋讨贼于河东，诏绍安监高祖之军，深见接遇。及高祖受禅，绍安自洛阳间行来奔。高祖见之甚悦，拜内史舍人，赐宅一区、良马两匹、钱米绢布等。时夏侯端亦尝为御史，监高祖军，先绍安归朝，授秘书监。绍安因侍宴，应诏咏《石榴诗》曰：'只为来时晚，花开不及春。'时人称之。"

人都是现实生活中的人，处于不同社会关系之中的人际关系往往显得很微妙。当年在隋朝时同为监察御史监督李渊军队的夏侯端，因为先行一步，已经高高在上，做到秘书监了。对此情形，为官内史舍人的诗人，一不能摆出不高兴的神色，二更要小心对待，对夏侯端自然不可以乱来，而于皇帝李渊更要倍加恭顺。这是封建集权时代知识分子的尴尬和无奈。

为化解心头的不快，也为显示自己对新朝的态度，作为行事机警而敏捷的诗人，"应诏咏石榴"，巧妙地借助于所咏之石榴，既化解了酸味，也消解了自身的尴尬与不适，做到了斯文不坠，得体雍雅。

下面看看这首诗。先看前两句，有可惜可爱、令人垂羡之意。庭中树，指石榴，以树言之，可见石榴树的高大；置于庭院之中，当然见出备受呵护和珍爱，显得高格一档。而"应诏咏石榴"，却先从树说起，可谓从容不迫，娓娓道来，迂徐有致。以为是要咏石榴，所谓物赋一类，但接下来却将时间上延到750多年前西汉张骞从西域引进石榴事，则含着诗人引典的另一意图。据《齐民要术》引《博物志》："张骞使西域还，得安石榴"。但俏皮的是，诗人不说张骞如何引进，而是说"移根逐汉臣"，是石榴主动追撵着汉臣张骞进到中国，一下子使诗面活泼起来。显然，在这里，诗人以石榴自喻，引说旧典，表达自己主动投靠新朝的心情。由于用典，藏而不露，也使诗歌的表达显得颇为含蓄。

接下来,在后面两句里,诗人再借题发挥,表达自己晚来一步的歉疚。诗作说,庭院中的石榴树甚是可爱,其根苗当是追随当年的张骞而移植进来;只是因为来时晚了一步,故而开花没能赶上百花齐放的春天,而只好开在这四五月里。所谓春天,当然是指李渊为新旧臣子所拥戴的新朝新气象了。

首联第二句表达心愿,后两句申述客观原因并表达歉意,使得诚意十足,各方面都兼顾了。当然,诗人历陈、隋、唐三朝,自有迫不得已的情势。而此诗作宛转附志,"时人称之",可以理解,但亦难免有为后世所讥的嫌疑。

寒山 《城中蛾眉女》

城中蛾眉女,珠佩何珊珊。
鹦鹉花前弄,琵琶月下弹。
长歌三月响,短舞万人看。
未必长如此,芙蓉不耐寒!

寒山的《城中蛾眉女》一诗,后人形容为白话诗,但有其佛理在。如果作一般读,也令人对尘世的浮华产生一种冷视。

头两句形容女子容貌与配饰。蛾眉,形容女子容貌姣好;珊珊,形容衣带所系玉佩发出的悦耳之声。这两句简笔勾勒,一个美丽又颇具气质的女子脱现于读者跟前。次两句写其日常闲适风雅的生活。养花侍草,逗弄学舌之鸟,可见其生活的安闲舒适。而在月下弹奏琵琶,颇见其不俗的内秀,以及抒发情性的雍雅。颈联写其社交歌舞令人疯狂。这两句是互文见义,是说她的歌唱和舞蹈,万人围观,经久不歇,令观众如醉如痴。"长歌三月响",当然是夸张,用了孔子"在齐闻韶,三月不知肉味"之典,足见其歌唱令人沉醉的程度,比之《列子·汤问》"余音绕梁,三日不绝"之事有过之远矣。

以上这三联六句,共同表现了一个绝世女子的肤色之美丽和才艺之惊艳,无论容颜、举止，还是修养与才艺，都是上上乘。夸饰可谓达到令人震惊的程度。但是，一个诗僧为何要如此夸饰一个绝世女子呢？难道这样的女子除人见人爱之外还有什么独特的禀赋吗？

先搁置问题，且看最后两句。诗人说，这女子固然是美艳，但并不长久。一辈子都这么美丽诱人吗？看看那娇艳动人的芙蓉花，无论是水芙蓉还是木芙蓉，都需要温暖湿润的气候环境，都需要充足的阳光和养料。尽管如此，都不耐严寒，稍一遇寒，即香消玉殒，顿时谢幕。这美艳的女子也是一样，都是温室里培养出的娇嫩的花朵，经受不了挫折，不能出一点点意外，为了她们，得悉心调理和万千呵护。

这不啻是一盆冷水，泼向众人，也不啻是棒喝，敲醒了痴迷汉。

再回到前面的问题。原来诗人欲抑先扬，在极尽赞美的当儿，猛然刹车，让世人惊醒和警惕。

此诗妙在以人为喻，展示浮世美女与水木芙蓉，都不过是世间的幻象而已。从今日看，寒山的铺叙与说理，已经很普通；但在写作展示的方式上，则打破一般律诗的规则，前三句顺从一般的心理定式，最后一句斩然陡起，翻空出奇，做成醒世汤，令人印象深刻。

【作者简介】

寒山，又称寒山子，唐代诗僧。传为贞观（一说大历）时人。隐居始丰（今浙江天台）西之寒岩，其诗就写刻在山石竹木之上。与台州国清寺丰干、拾得友善。其写山水景物，也有不少讽喻人情世态之作。其诗语言通俗，明白如话，富含哲理，近于王梵志。今存 300 余首，后人辑有《寒山子诗集》。

虞世南《蝉》

垂緌（ruí）饮清露，流响出疏桐。
居高声自远，非是藉秋风。

虞世南的《蝉》一诗，托物寓意，语虽简而意不简。

　　诗作写蝉,抓住最能表现的特征来体现它的内质,一是体态,二是饮食,三是声音。写体态,抓住"垂绥"二字。所谓"垂绥",本来指官帽打结下垂的帽缨子,这里则指从蝉的头部伸出的触须、吸嘴。如此形容,突出蝉高贵的身份,显然带有喜爱之情。写饮食,主要是"饮清露",清洁的露水,突出其生性的高洁。写声音,突出其洪亮清越,显示其非凡的质素。流响,是指蝉连续的发声;疏桐,大桐,指高大的梧桐。梧桐在古代视为清洁之木,上栖凤凰;又因为质轻耐腐,常作器乐之用。有如此梧桐作体腔扩震,那么,蝉所发的声音清亮如乐音,且能够传播得很远。这些,正是君子形态和风范的写照。

　　以上是前两句的内容,简笔勾勒了一个清雅高贵的蝉的形象。这是叙述的部分,为以下的议论蓄势和张本。

　　三、四两句是议论,凸显蝉卓尔不凡的品性。诗人通过议论告诉人们,蝉声远传,并非因为它借助于秋风的传送,而皆由其自身不断上进和追求所致:"居高"自能致远。从而与世俗的所有庸见撇清了,比如依靠外在的权势、地位等方面的凭借或助力而成就所谓的声名与功业。这种凭独立和自身的品节而成人成事,自然也表达了一份自信和一种雍容不迫的风度。

　　综合起来说,蝉的声名远扬,并非简单的"顺风闻彰",或附着于某个习见(所谓"秋风"的传带),而是仰赖于内外条件的完美结合。看似简单,其实极为苛刻。首先得有美的内质和美的环境(所谓"饮清露"而依"疏桐"),其次当然是有"居高"的条件(所谓高度,自然意味着高屋建瓴,是宽度和覆盖度),如此,一个清朗俊秀、高洁傲世的形象便跃然纸上。诗作借蝉,巧妙地告诉了读者一个为人所不知的秘密——所有看起来能传达某种高标逸韵的所在,都不简单,都有赖于天地内外诸种完美因素的组合。唯有完美的内质和一定的可凭依的平台(居高,当然也可以理解为自行达到的某一个高度),一个人才能发挥其人品和才智的影响力。而那些仅仅得了风候,或者某种时运,便以为可以"拉大旗,作虎皮",来吓唬蒙骗人,或傍权势以抬高和粉饰自己,不显得很荒唐吗?

　　清人施补华《岘佣说诗》说:"三百篇比兴为多,唐人犹得此意。同一咏蝉,虞世南'居高声自远,端不藉秋风',是清华人语;骆宾王'露重飞难进,风多响易沉',是患难人语;李商隐'本以高难饱,徒劳恨费声',是牢骚人语。比兴不同如此。"事实上，这首咏蝉诗完全可以视为诗人的清介自陈或立言自警。

【作者简介】

　　虞世南（558—638），字伯施，余姚人。书法家，凌烟阁二十四功臣之一。父兄和叔父均名重一时。隋炀帝时官起居舍人，唐时历任秘书监、弘文馆学士等，曾赐爵永兴县子，授银青光禄大夫，世称"虞秘监"或"虞永兴"。唐太宗尝称其有德行、忠直、博学、文辞、书翰五绝，誉为"当代名臣，人伦准的"。谥"文懿"。有诗文集10卷。今存《虞秘监集》4卷。

王绩 《野望》

东皋薄暮望，徙倚欲何依。
树树皆秋色，山山唯落晖。
牧人驱犊返，猎马带禽归。
相顾无相识，长歌怀采薇。

　　诗人王绩的《野望》诗，将一个复杂的心绪和最终的选择袒露给读者，表现了诗人一贯的率性和真诚。有人说此诗表现了诗人对归隐的兴趣，我看未必。

　　首联点明时与事。时间是薄暮，傍晚也；而具体事件，是所谓野望及所伴随的"徙倚（徘徊、彷徨意）""欲何依"等心理活动，似乎有点孤独、彷徨与苦闷。这是野望的缘由，由此催动下文。

　　颔联写树写山，照应诗题"野望"。举目所望，最为显眼的是树叶已变黄，成片成片地显现了时令秋色。而层层远山，都笼罩在夕阳金黄的余晖里。这是难得的秋晚落晖图。诗人目力所及，皆是一片安详宁静的所在。这是表面。但在内里，秋色之于勃郁的春色，落晖之于冉冉升起的朝阳，还是差之甚远。故而在貌似安详宁静之景里，实则表达别一份意味，诚如《唐诗矩》所谓："三、四喻时值衰晚，此天地闭、贤人隐之象也。"

　　颈联写傍晚时分乡人的活动。黄昏到了，牧人们驱赶着尚不熟路况的小牛犊子往回走；猎人们也打马归来，而马背上悬挂的是新打下的猎物。这些都不属"野望"，乃系诗人与牧人、猎人视线放收或擦肩相遇的一个结果。寥寥几笔，勾勒了诗人家乡一带暮色里的人事活动，充满了浓厚的山野田园风味。《唐律消夏录》谓"下边秋色、落晖、牧人、猎马，俱是薄暮望之景"，误。此联所写，倒有些《诗经·王风·君子于役》的味道。

从诗作首联可知，诗人的野望绝非茫然而望，也不是纯粹的赏景愉心，而是因于内心的"彷徨与苦闷"。远望既含有排解意，又何尝不也是期待着一个希冀与奇迹的出现呢？《君子于役》里的"日之夕矣，羊牛下来"，不仅不会引起上古诗人的日暮归家的温馨感，相反，会因为心里渴念远人而引发更深重的惆怅。而于本诗，亦当作同解。故而在本诗作的最后，诗人王绩说："相顾无相识，长歌怀采薇。"眼前的这些牧猎者，他们都只是普普通通的劳人，日出而作日落而息，并非与"我"有相遇时的"灵犀一点通"。于是诗人唱起了《采薇》之歌，想到了很远很远。

这里所谓"采薇"者，并非引伯夷、叔齐不做周臣而于首阳山采薇以食之典，而是引《诗经·召南·草虫》，所谓"陟彼南山，言采其薇。未见君子，我心伤悲"云云。假如不表示王绩对妻子或情人的思念，而"托男女情以写君臣念说"亦有何不可？从《唐才子传》所叙人物传记看，无论是隋末还是唐初，诗人其实都很"不遇于时"，故而寄托于酒，以嗜酒知名，甚至"嗜酒妨政"。然而，千古以还，君臣遇合而如鱼水之欢，又何其少哉！

再申而言之，高士、贵族们的所想所念，究竟与贩夫走卒、引车卖浆者流大异其趣。而王绩终究不是陶渊明，他很难与后者一般坚定地走进底层一线的生活。

【作者简介】

王绩（585—644），字无功，自号东皋子。绛州龙门（今山西河津）人。王通之弟。隋大业末举孝廉高第，为秘书省正字。辞疾，复授六合（今南京市北）丞。以嗜酒妨政，时天下亦乱，遂托病风，轻舟夜遁。唐初以原官待诏门下省。贞观初，以疾罢归。有奴婢数人，多种黍，春秋酿酒，养凫雁莳药草自供。虽刺史谒见，皆不答。弹琴为诗著文，高情胜气，独步当时。有《东皋子集》（一名《王无功集》）。

王勃《山中》

长江悲已滞，万里念将归。
况属高风晚，山山黄叶飞。

　　王勃《山中》一诗，言短小而境界大，这是王勃很多诗作的共同特点，显现一个少年的社会格局和时代气象。像他的《别薛华》"悲凉千里道，凄断百年身"，《麻平晚行》"百年怀土望，千里倦游情"以及《送杜少府之任蜀州》"城阙辅三秦，风烟望五津"等，都是如此。无论怎么说，少年王勃都是那个时代的旷世之才。

　　这首诗作于唐高宗咸亨二年（671），是王勃旅蜀后期的作品。因为写斗鸡檄文而获罪，遭到最高统治者斥逐。来到蜀山蜀水，心中郁愤仍然难以排解，却因为离家万里而陡然增加了无限的思念。

　　这首诗，只有"万里念将归"一句是表达心声（但空间的远阔，恰恰也将思念写得特别撼动心灵），其余都通过写景来呈现。因为诗人在"山中"，故而距江边尚有路程，可能听不到江流滚滚、江涛拍岸的訇响，却能够有效地为诗人别开境界。在诗人看来，长江有如巨大的同情者，此时也为他的思念所感，甚至水流也因悲而不流，是巨人的悲伤和哽咽。整个大地仿佛陷于奇异的安静，显现其无法形容的悲壮与苦痛。

　　其实，悲抑的长江并非真的静寂无声，倒是因第三、第四句的缘故。我们看，傍晚时分，秋风浩浩，层山连绵，黄叶纷飞，整个世界仿佛沉浸在落叶无边的降落声里：巨大的风声和落叶声，盖过了滔滔江流声和冲沟捶峡所发出的撞击声。这大自然，这漫漫无边的荒野，这无穷无尽的莽荒的山峦，仿佛顷刻之间，都化为诗人的心声，感天动地，作无上的控诉。一个人的心灵力量究竟有多大，才能写得出如此震撼天地、气吞山河的气魄诗篇呢？

　　这秋风这黄叶，以及沉沉的黄昏，共同编织了一个萧瑟、遥落和飘零的意境。一方面强化了首句"长江悲已滞"的意象，另一方面又以景寓情，来衬映无限的羁旅乡愁。此外，尤其是三、四句的以景结情，以物象的无边和宏大，造成摧压之势，使得诗人的主体灵魂不得不受蜷曲，从而增加了压抑的苦痛和卑渺之感。由此，势必形成反弹，产生无穷的悲愁、空疏与孤独感。尤其是其中的空疏与孤独感，必然促使对家、对父母的情感和精神上的依恋。这是自发而原始的动力，常常在人遭受到坎坷和种种不幸乃至不测时，其朝向家和父母的归依感就愈发强烈。当诗人"万里念将归"时，秋风与黄叶无形中又强化了这种致命的心情，可想而知，处于山中的诗人强烈的归思，必然一发而不可收。

【作者简介】

王勃（649—676），字子安，绛州龙门（今山西河津）人，唐初著名诗人。文中子王通之孙。6岁善文辞，才思敏捷，14岁举幽素科及第，授朝散郎。数献颂阙下。沛王李贤召署府修撰。因写斗鸡檄文触怒高宗，被斥逐出府。客剑南（治所在今成都）。久之，补虢州（今河南灵宝）参军。又因犯罪而革职，乃父王福畤因此左迁交趾（今越南国河内市）令。勃前往，渡海溺水，惊悸而亡，年仅27岁。擅长五律和五绝，与杨炯、卢照邻、骆宾王齐名，世称"初唐四杰"而居首。有文集30卷。

王勃《林塘怀友》

芳屏画春草，仙杼织朝霞。
何如山水路，对面即飞花。

王勃《林塘怀友》一诗，充满了诗情画意，也在铺垫与烘托中，将诗人的思念推出。全诗以第三句为关纽，呈现中间收束、前后活跃的开放式，使诗作充满了张力，其用意不可谓不巧妙。

整个诗句的大意是：即使是画屏上着意描绘出的芳草，又如仙女织机上精心编织的彩霞，其实都不及林塘一带风景之绝殊。那里的山路，芳草萋萋，一碧无际；水路，霞光炳焕，绚丽无边，自成绝美的画屏、彩锦。何况，还有迎面而来的，更具风情、弥漫于空中的落花。"何如"，是"哪如""不如"的意思。在这里，全部是写景。这里的景，色彩斑斓，精美绝伦，超凡脱俗，让全诗充满了柔情蜜意。

尤其是走在林塘这样的美景之中，其纷纷扬扬的，满目所遇、满鼻所嗅、满身所触，以及满心所受的，都是飘浮在这暮春世界的"精魂"。甚至，在诗人看来，正是迎面而来的飞花，让人思绪翩翩，情不自禁。或者进而言之，就因为是这些飞花，它们的轻盈、飘逸、素洁、纯净，而胜出这眼前种种绚丽、斑斓世界之无数。

是啊，飞花（由"林塘"可知，其实是扬花、柳絮之类）纷纷，此情此景，最能触动人的情思。不过，弥漫开来的飞花，美则美矣，却多少带上那么一丝丝的忧伤。它们充满了忧情，弥漫了思念，因而最容易睹物思人，牵动远念。尤其是漫步于这林塘路，花落纷纷，而思亦纷纷，念亦纷纷，于是一时而起的思念，让人不能自已。

总之，就诗作的"情""景"而言，明为写景，暗带情思，情景浑然，共造好境，诚如明人钟惺《唐诗归》所叹"境好"。至于诗人所怀之人系谁，当何方神圣，如何在此暮春时节让人思念不已，则不得而知。但是，如果我们将诗作稍作过滤，当绚烂归于平淡，浮华趋于素洁，再观之飞花的晶莹与素洁，是不是也可以把握诗人的这位友人之一二呢？还有，这林塘一带，绝非红尘喧嚣、声色犬马之地，它淡远僻静、消歇隔世，是又一处高情林泉之所在，由此亦可见这位友人的禀赋与怀抱了。

再读《万首唐人绝句校注集评》，该书认为王子安《林塘怀友》"何如山水路"之"山水路"，引晋刘义庆《世说新语·言语》："王子猷云：'从山阴道上行，山川自相映发，使人应接不暇。'"笔者以为"山水路"系承前两句，不引典亦可获解，山路谓春草，水路当铺仙人霞彩。此林塘殊于他处，当于末句"对面即飞花"，以纯白覆盖绚烂，方为至情之诉。又，王子安另首《山扉夜坐》诗云："抱琴开野室，携酒对情人。林塘花月夜，别是一家春。"所谓林塘，所谓友，均有具象。

杜审言《赠苏绾书记》

知君书记本翩翩，为许从戎赴朔边。
红粉楼中应计日，燕支山下莫经年。

先作题解。苏绾，诗人的友人，曾任职秘书省和荆州、朔方军幕，官至郎中。书记，系官府或军幕中主管文书工作的人员。唐时元帅府及节度使府僚属中均有掌书记一职，掌管书牍奏记。下文"书记"，则指书札、奏记之类。

　　杜审言这首《赠苏绾书记》诗，写得清新别致，又曲折深情，饶有情趣。

　　诗人本来颇为自负，然而本诗能够放下身段，再三曲柔，使诗情在委婉中获得申述，并暗含了喜剧之色，足见苏书记在诗人心目中的位置。至于诗作夸赞苏书记的文才和气概，以及表达眷眷勉励，自然都是题中应有之义了。

　　所谓曲柔，首先是首句，为次句的倒装，凸显友人文采之盛。书记翩翩，语出曹丕《与吴质书》"元瑜（阮瑀）书记翩翩，致足乐也"，是说书札、奏记类词采飞扬，极令人快乐。而这"翩翩"，似乎笼盖、统摄了全篇。再思而忖之，从戎以赴边疆者，多为丈夫英雄，这里以文士显示，多少也反映出苏书记男儿纵横、潇洒浏亮的本色。同一时期的诗人杨炯，其《从军行》亦有这样的豪句："宁为百夫长，胜作一书生。"稍带说明的是，"为许"，"为何"意；"朔边"，泛指北方边陲。

　　其次所谓曲柔，以规劝的方式赞美友人的多情之质。即以女眷之难舍，再显友人的资质。诗作的三、四两句说，"你的所爱"即所谓"红粉楼中人"，肯定天天计数着离别的时日，千万莫要沉湎于异域的女色而长年不归啊。这两句一出，极有喜感，顿时化解了离别的沉重、悲情和泪水，让人破涕为笑，激活了整个场面和氛围。至此，一个文采飞扬、纵横潇洒、温柔多情的苏书记形象凸显于读者面前。

　　当然，三、四两句还表达了另外的意思。这首诗本来是写送别，临道惜别之情，并表达友人早归共聚的希冀，包含着诗人的惜别和留念之意。但这层意思却隐而未说，而是借助苏书记的红粉佳人的"计盼时日"委婉而风趣地表达，显得风姿摇曳，不落窠臼。将离别的情愫刻画得异常生动而细腻，给人留下了极为深刻的印象，是此诗很精妙的所在。是"刻意求新"的典型了。

　　附带说明的是，"燕支山"又叫胭脂山、焉支山，在今甘肃省山丹东南，以其多产燕支（红兰花）而得名。红兰是制胭脂的原料，古人采其汁加入脂油，以用作女子的化妆品，所以匈奴有"亡我祁连山，使我六畜不蕃息；失我燕支山，使我妇女无颜色"之谣。

【作者简介】

　　杜审言（约645—708），字必简，襄州襄阳（今湖北襄阳）人。杜甫祖父。高宗咸亨元年擢进士第，为隰城（今山西汾阳）尉。恃才高，以傲世见疾。性矜诞，以为文章超屈宋、书法过羲之。累迁洛阳丞，坐事贬吉州（今江西吉安）司户参军。

武后授著作佐郎，迁膳部员外郎。中宗神龙初，坐交通张易之，流峰州（今越南国富寿省越池东南）。入为国子监主簿、修文馆直学士，卒。少与李峤、崔融、苏味道齐名，称"文章四友"，是唐代"近体诗"奠基人之一。

张敬忠《边词》

五原春色旧来迟，二月垂杨未挂丝。
即今河畔冰开日，正是长安花落时。

初唐张敬忠的《边词》诗，写得精巧轻盈，温柔婉转，让人玩赏不已。诗作通篇以时间的变化来显示诗人初到五原时对眼前世界的理解。

诗作有三句（即首句、次句和第三句）都是写"五原春色"，但初看起来并无春色可言：二月垂柳仍没有发芽，空枝摇曳，光秃荒寒。而三月（即"长安花落时"的暮春）才融冰化水，细泉缓流，春天似乎才刚刚开始啊。此时，作为诗歌之都、音乐之都和鲜花之都的长安（借用日本学者吉川幸次郎先生在《中国诗史·牡丹——李白的故事》里对唐都长安的描述），万紫千红地烂漫过了，现已经春意阑珊。对读者来说，眼前的世界未免让人遗憾。但对诗人则未必。

相反，他会安慰读者说："五原春色旧来迟。"五原，在今内蒙古五原县，纬度较高，地处塞漠，气候寒冷，物候很迟，自古如斯，故而如是说。再说，春色是有的，只是"迟到"一点而已。有时候，面对迟迟未到的春天，需要我们有另一副心肠：慢性一点，悠然一点，耐心一点，并将在别处所见春色的兴奋和快意收一收。等到所有人将春光都大把大把地消费完，且看"我"细嚼慢咽，将"怀袖中"的春色一点点地绽放。这不也很有意思吗？

所以说，即使一时春冰未消，柳丝尚待吐芽，但春天总是会到来的。这就是希望吧！

不过，有人又会说，"这诗写五原春色，写得重复拖沓，不好"，"春色迟""未挂丝""河畔冰开"等，几乎都是一样的意思。但在我看来，这是误解。

我们看，首句是总写，但又不尽然是一句忆往之词。这句囊括五原所有的过去，只是听闻的说法（诗作中这一"旧"字，诗人选得有讲究），带着点好奇和不甚相信。次句写诗人的亲身所见，是一次目击证明。哦，到了二月，垂柳居然未吐芽，可见传闻是真的。诗作第三句，实际上是写希望，尽管气候仍然寒冷，满目所见封冻，但仔细看看，河畔春冰已经开始融化了，这是积极的信号。

然而，无论是听闻还是亲证，也无论此时长安的落花可能会引人不快，但这些都不是主要的。重要的是，诗人心中既有长安春色的尺子，也领略过长安或长安以东以南的浩瀚春色。而眼前，从传闻到部分情实正一步步获得确证，那么，可以确信的是，春天的步子正在加紧呢。可能长安的春天快要谢幕了，而这里才刚刚开始，有那么一点序幕的意思，给人以莫名的错舛与滑稽感，但造物安排如此，作为人类又能如何？那就权当是对耐心的考验吧。何况，对于身经长安或到过长安的人来说，这会儿再置身于五原，不等于可以两次享受这世界赐予我们的春色吗？谁说"一年难再春"呢？

【作者简介】

张敬忠，生卒年不详，京兆（今陕西西安）人。据《新唐书·张仁愿传》，中宗神龙三年（707），张仁愿任朔方军总管时，曾奏用当时任监察御史的张敬忠分判军事。其时张仁愿修筑西受降城，就在五原西北。后在开元中，张敬忠曾任卢平节度使等职。《全唐诗》存诗两首。

骆宾王《于易水送人》

此地别燕丹，壮士发冲冠。
昔时人已没，今日水犹寒。

骆宾王的《于易水送人》，写得简练有力，含蓄深沉，读罢凛然。

诗作起以五言，苍然古拙，直咏当年壮士荆轲易水诀别之事，又显得慷慨悲壮。道别是死别，激越含苍凉，是果敢直前、愤激难遏的壮怀，而毫无拖泥带水、贪生怕死之象。这其中，荆轲怒发冲冠的形象尤为突出。

《史记·刺客列传》载，荆轲为燕太子丹入刺秦王，后者引宾客送至易水边。荆轲怒发冲冠，激奋歌唱："风萧萧兮易水寒，壮士一去兮不复还！"其不畏暴秦、为弱者仗义的高怀，一直受后世的尊崇。诗人长期侘傺失志，身遭武氏政权压制，抱负不伸，因而易水送友之际，想到九百多年前那场得之君臣际会勇毅而往的故事，不禁也激动万分。可谓先声夺人，营造了一个特别的氛围。

但接下来，诗人并未慷慨高歌，抒发壮士的豪情。看颔联，词锋陡转，换着一副怀古感今的调子。于是咏史抒怀的意味，就在这种对比之中显现了出来。激越的情感在这里突然冷却了下来，变得异常的深沉而静穆。其理想与现实的矛盾，情与理的纠结，以及世道复杂与严峻的程度，都在这种对比之中获得了揭示。

对于今日情状，诗人没有做任何描述与介绍，只是稍稍点及一点，说"今日水犹寒"，但复杂感慨的意味倒是很浓。"昔时人"，当然是指荆轲；"没"，指肉体或形体的消亡。稍看《史记》文本就都知道，荆轲至秦庭，献图，匕击，做得天衣无缝；但天不佑人，最终被秦王反击。尽管如此，荆轲的形象却激励一代代反抗者奋起抗争。即使一时无法抗争，但心存信念亦甚重要。而怀此信念，还有何惧？"今日水犹寒"正是说明这一点。

关于这一"寒"字，有人说是时令的写实，因为诗人送人在冬季；另外，现实冷酷，让人意冷心寒。就这社会情实来说，因为九百年前的那个君（燕太子丹）其实并不真正懂得一个壮士的心，反倒仓促催促，致使事败。此外，其时面对强秦凌厉的攻势，整个燕国又有几人愿意同仇敌忾、慷慨赴死呢？所以其"寒"可知。

向来于此诗的关注，皆聚焦于"寒"字的玩味。确实，这一字的意涵极为丰富，既是水冷气寒的客观写景，也是意冷心寒的表征，深刻表达了诗人对历史和现实的感受。但我以为这一字的精妙，恰恰在于它其实暗示了历史进入现实一个暗道的存在。壮士没千年，但精气神仍在，仍然通过一个"寒"字表现了出来，令人遥想联翩，令人肃然起敬。

这一"寒"字，犹如文天祥《正气歌》"清操厉冰雪"之"厉"，是淬炼，是磨洗。而本诗所显示的是犹存的荆轲精神对后世的鞭策与激励。故而，正如有论者所言："诗人面对着易水寒波，仿佛古代英雄所唱的悲凉激越的告别歌声还萦绕在耳边，使人凛然而产生一种奋发之情。"亦如诗人自己的《咏怀》诗所示:"宝剑思存楚,金锤许报韩。"所以,可以想见,虽生不逢时,但决不沉沦寂寞的诗人,于易水送人,此情此景,唤起的是心中又一个沸腾的热念:一个存于天地之间大写的人,是寂然无声,老死沟壑,还是轰轰烈烈,再干一番惊天动地的大事业呢?至于送别友人,自然绝非简单相送,而是别有寄托,深具厚望吧。

读此短篇,不能不慨然有感,亦不能不有所激励。

【作者简介】

骆宾王(约626—684),字观光,婺州义乌(今属浙江)人。初为道王府属,历武功主簿,又调长安主簿。武后时左迁临海丞,怏怏失志,弃官而去。徐敬业举义,署为府属,起草《讨武曌檄》,让女皇惊叹:"宰相安得失此人!"事败亡命,不知所终。七岁能属文,尤妙于五言诗。与王勃、杨炯、卢照邻以诗文齐名,为"初唐四杰"之一。中宗时,诏求其文,得数百篇,集成10卷。

卢照邻《送二兄入蜀》

关山客子路,花柳帝王城。
此中一分手,相顾怜无声。

卢照邻《送二兄入蜀》一诗,在貌似简洁质朴的诗风里,却藏含着诗人语言结构上的精巧用心。

诗作并不复杂,开头整饬的名词成句里,把将赴而路遥的蜀地山关和繁华京城做了对举,显示了诗人复杂的感情。一则是可以预见翻越艰险山川的客子(旅居异地者,这里即指"二兄"),在难于上青天的蜀道上所要经历的单调、孤单与寂寞;二则是走了谁,京城都依旧花红柳绿、春风得意,都仍然是繁华热闹,都照旧有风物人情兼美的缠绵。前者,只有客子自己去领受;而后者,为无数的他人所消费。是啊,庙堂之高,不全是治国与忧民;而江湖之远,则都关乎去国离乡与视帝京为家者的乡愁。人尚未离别,而情则已满怀。

这开头的两句已经很有气场，内容也多，但诗作后两句虽然不再整句造势，却牵萝婉附，别开新境。

我们看，第三句言分手，照应次句，而第四句又悄然回照首句，显示了诗人对友情与亲情的珍视。这里写分手仍然显示了特征。以"无声"来酝酿情势、营造氛围。本来在京城，兄弟双双进出，生活快乐自在，谁承想二兄即将入蜀，而所去又是谁都知道的艰难蜀地，于是瞬间仿佛由天堂跌入地狱，热烈的当前由冰冻的未来所取代，此时此刻，无声是最好的表达。何况，随后的漫漫长路，顾影自怜，仍然是一段无声的事实。以"无声"来对抗浮华与喧闹，以怜惜之心来消融芳香的袭人和玉容的销魂，清一清这帝都长安日夜不息的声色与浮华，这就足够了。

可以说，本诗以未来蜀道上的艰险，显示了诗人对兄弟的惜别情。又以京城的似锦繁华与歌舞升平的虚浮与喧嚣，来反衬亲人艰险蜀道上可能出现的孤苦凄凉等心绪。骨肉亲情向来与分离送别互为逆反，但唯有后者，前者才往往获得刻骨铭心的展示。而在诗作的结尾处，又显示了诗人含蓄的批评之态和略带袒露的真诚。

【作者简介】

卢照邻，字升之，生卒年不详，幽州范阳（治今河北涿州）人，自号幽忧子。望族出身，曾为王府典签，又出任益州新都（今四川成都）尉。后为风痹症所困，投颍水而死。文学上工诗歌骈文，以歌行体为佳，与王勃、杨炯、骆宾王以文词齐名，号"初唐四杰"。有《卢升之集》7卷本，已散佚，明张燮辑注《幽忧子集》存世。

杨炯《夜送赵纵》

赵氏连城璧，由来天下传。
送君还旧府，明月满前川。

杨炯的《夜送赵纵》，引事设喻，制作精巧，其借事劝人，又别有境界。

开头拓开一笔，不写送别的时地人事，而是翻空出奇，引入战国赵秦两国"和氏璧事件"，凸显"和氏璧，天下所共传之宝也"的闻名。但问题是，诗人以国之瑰宝和氏璧来比喻什么呢?

第三句"送君还旧府"写送别,写辞归故里,又含有"完璧归赵"的意思,却一语勾连,暗含"以璧指人"的用意。原来前两句盛赞和氏璧,其意在借这块天下共宝来盛赞友人的人品之盛、名声四海远播。用赵国价值连城的和氏璧,来形容友人赵纵的才华出众,国士无双。以"赵"显赵,用事精心,又显得自然贴切。当然赞美不是目的,而是为了劝慰。这前两句诗,颇有后来高适《别董大·其一》所谓"莫愁前路无知己,天下谁人不识君"的意味。也就是说,失意只是暂时的,终当为人所知、所用和所仰。

从诗作的创作用心来看,前两句潜隐,至于第三句用意明显,而第四句则借景抒情,用意凸显,将诗人心中的祝福尽皆发挥了出来。就第三句再看,诗人告诉友人,你今回老家,并非失意消沉,不过暂时远离尘嚣而已;这次回归故里,有如白璧,完整无缺,洁白无瑕,并没有受世俗的影响,这是很难得的。事实上,这一回还,世人可能马上就有所感,觉得你的白璧如德之可贵,这样,可能使你的人品才藻更为天下人所知。不是吗?

再看,(第四句)"明月满前川",你这块璧玉,何止是和氏璧一块,你分明就是前面河流上方正在升起的明月啊。光华普照,世界澄澈,何人不知?你定当前程如月,心情当明朗豁达起来啊。以明月作譬,进一步称颂赵纵,给他信心并为他壮胆。

此外,既是送别,结尾又借景抒情,表达了一份共对明月的难舍别情。

【作者简介】

杨炯(650—692),弘农华阴(今属陕西)人,初唐四杰之一。年十一举神童,应制举及第,授校书郎。后又任崇文馆学士,迁詹事司直。因恃才傲物,讥刺朝士,武后时降官为梓州(今四川绵阳市东南)司法参军。又任教于洛阳宫中习艺馆。后改任婺州盈川县(今属浙江衢州市)令,卒于官。闻时人以四杰称,乃自言曰:"吾愧在卢前,耻居王后。"张说(yuè)说:"杨盈川文思如悬河注水,酌之不竭,既优于卢,亦不减王也。"有《盈川集》30卷,今存诗1卷。

乔知之《折杨柳》

可怜濯濯春杨柳，攀折将来就纤手。
妾容与此同盛衰，何必君恩能独久。

武后时期诗人乔知之的《折杨柳》，写得情词哀切，至今读来，仍感人至深。

但这首诗，应当与《乐府诗集·清商曲辞·读曲歌》（"折杨柳，百鸟园林啼，道欢不离口。"）一起读，方深知其味。先看这《乐府诗集·清商曲辞·读曲歌》。它所写的是女主攀折柔条，欲送自己的心上人。由于攀折时心思全在心上人那里，结果连听到园林里的鸟叫，都似乎是欢快的取悦声。在如此大好春光里，啼鸟婉转，柳枝飘拂，确富诗情画意，也容易催荡情思。所谓少女怀春，此诗将此微妙的心绪，通过鸟鸣错觉的感听，传达了出来。

再回看乔诗。前两句，可以说是丰富了《乐府诗集·清商曲辞·读曲歌》：明媚的春光，疏朗的柳条，纤纤的素手和妩媚的攀折，可谓情态与风情绰约并至。读者读此处，或许大以为又一篇情词，就像又到了年年特定的"情约日"，每每此日，注定是要产生无数的情丝的。然而，好诗好文，好像总要走点偏斜，总难落入前人与习俗所圈定的窠臼。于是我们看，这后两句诗情陡转，悲情涌出，是倾诉，又是绝望，其命运的安排，让人落泪。

本来，春光里采折杨柳，送给心上人，是满满的传情送意，是柔情是欢快，但诗人借女主之口，却说："妾容与此同盛衰，何必君恩能独久。"你看，红颜薄命，盛时杨柳依依，可谓风情无限，但一旦被折，则残枝败叶，令人何堪？即使有你这堂堂七尺，也未必可以倚恃而长久平安。可以说，这短短两句，将古代女人特定的命运做了一个冰冷的揭示。折杨柳，既是表达双方珍惜留念以示不忍离别的深情，又是告知人命如柳的人生难寄的苦痛。

而写此诗的诗人也很悲情。张鷟《朝野佥载·卷二》说，其有婢妾名窈娘，一名碧玉，"姝艳能歌舞，有文华，知之时幸，为之不婚"，却为权臣武承嗣所夺不还。于是诗人怨惜以作《绿珠篇》而密送，窈娘感愤而自杀。此诗《折杨柳》大约为哀悼细节之一。诗人在《绿珠篇》结尾说："百年离别在高楼，一旦红颜为君尽。"是说窈娘像石崇家的绿珠，为投报旧主恩情，一朝坠楼而尽。后世杜牧《金谷园》诗仍咏叹道："日暮东风怨啼鸟，落花犹似坠楼人。"红颜宿命，总让人产生无限的感伤。可惜蛮夫武承嗣不解风情，也不从人好愿（如玄宗的哥哥宁王李宪，就曾愧释卖饼妻），"大怒，乃讽罗织人告之。遂斩知之于南市，破家籍没"。

这是何等悲惨的事！但此诗的悲意所激起的生命感反倒更强烈了。不是吗？

【作者简介】

乔知之（？—697），生年不详，同州冯翊（今陕西大荔）人。早年曾隐居。武后时，曾随军北征同罗、仆固，击契丹。除右补阙。迁左司郎中。以文词知名，所作诗歌，时人多吟咏之。与陈子昂友情甚笃，与王无竞、沈佺期、李峤等初唐诗人亦有唱酬。著有文集20卷，以《旧唐书·经籍志》传于世。生平略见《旧唐书本传》《朝野佥载》卷二、《本事诗》《唐诗纪事》卷六。《全唐诗》存诗1卷。

陈子昂《题祀山烽树赠乔十二侍御》

汉庭荣巧宦，云阁薄边功。
可怜骢马使，白首为谁雄。

陈子昂此诗，慷慨使气，为友人乔十二（即"乔知之"，前面有其诗作与简介）抱不平，也见出自己的郁愤。

首两句，"汉庭""云阁"，即云台和麒麟阁，皆以汉指唐，后者是朝廷表彰功臣名将之处。在这里，诗人毫不掩饰自己对朝廷看法：让投机钻营者获得显荣，必然会轻视那些对外立下功勋的文臣武将。《唐诗解》谓"起二句太直"，批评很直接，不留情面，这就是诗人的脾气和愤怒，也使诗歌陡然崛起，先声夺人。而整饬的语句，也有助于表达的力度。当然，从叙述技巧看，一"荣"一"薄"，笔锋犀利，对比鲜明，正反相形，勾勒出了一个是非颠倒、赏罚昏乱的社会现实，为所要臧否者的出场预留了特定的空间和环境。

后两句借史说事，以桓典喻乔十二侍御。诗作说，令人感慨东汉的骢马使桓典 [因常乘骢马，故谓。《后汉书·桓荣传》附《桓典传》云："会（颍川）国相王吉以罪被诛，故人亲戚莫敢至者。典独弃官收敛归葬，服丧三年，负土成坟，为立祠堂，尽礼而去。辟司徒袁隗府，举高第，拜侍御史。是时，宦官秉权，典执政无所回避。常乘骢马，京师畏惮，为之语曰：'行行且止，避骢马御史。'"]，已白发皤然，还那么逞雄，又究竟为了谁？是啊，总有那么一些人，他们廉洁方正，为人尽义；无视奸邪专权，正直而不避，颉颃于一个时代，究竟是什么信义和力量支撑着他们呢？诗人没有直接说，而是含赞美于嗔怪与批评之中，寓褒扬于感叹与微贬之中。"可怜"，是"可惜""可叹"的意思，又表达了诗人对友人遭遇的同情。"白首为谁雄（效力）"的反诘，是在同情的同时再表达一份无奈。当时，乔知之已年届五十，空有抱负，也未得到应有的奖赏，反而遭人谗毁，可谓白首沉沦，诗人以"白首为谁"对之，是慨叹他戍边守战，生不逢时，不被正视的悲哀和无情。

当然，诗人还是照顾了社会的情面，所谓"汉庭""云阁""骢马使"等引喻用事，对于当前，都稍稍避忌了一些。同时"可怜""为谁雄"，既感慨又嗔怪，发挥了微言大义之效，让人读罢不得不寻思一番。而《唐诗解》谓"此见时不可为，故白首沦落，非拙于用世也。起二句太直，不直启下无力，下不必含蓄，愤激自见"，固是深论，至于诗作是否直接愤激，自然各读有异，不能勉强。

【作者简介】

陈子昂（661—702），字伯玉，梓州射洪（今四川射洪县）人。少以富家子，尚气决，好弋博。24岁举进士，以上书论政得则天重视，授麟台字。后升右拾遗（后世称"陈拾遗"），直言敢谏，曾因"逆党"而株连下狱。两度从军边塞，为管记，制军中文翰。后丁父忧期间，武三思指使射洪县令罗织罪名，致其冤死狱中。唐兴，文章承徐庾余风，骈丽秾缛，子昂横制颓波，始归雅正，为初唐诗文革新人物之一。李杜以下，咸推宗之。集10卷，今编诗2卷，存诗100余首。

陈子昂《登幽州台歌》

前不见古人，后不见来者。
念天地之悠悠，独怆然而涕下。

陈子昂《登幽州台歌》，写其登上当年燕昭王所建的黄金台，遥思古代并及当下，又忧虑于天地之浩瀚，而感慨自己像个时间的遗孤、空间的渺物，不禁悲从中来，不能自已。

诗作以"千百年眼"开篇，展现了巨大的历史空寞感和现实荒芜感。诗人说，古代那些圣君贤主、志士仁人，他们的英雄事迹超越时空，让人无限神往，他们的历史遗迹还在，仿佛就在昨日，可是，彼时君臣功业皆已无法相遇。诗人回顾历史，再思当下，考察历史兴废，又曾游走楚燕，喜纵横、好王霸大略，期待于天道"五百年一转运"而大干一场；可现实中，这位被后世王夫之《读通鉴论》称为"非但文士之选"，且是"大臣"之才、可"驾马周而颉颃姚崇"的国士，却备遭冷遇，其直言敢谏、指陈弊政，却一再遭受陷害和打击，并因好友乔知之所谓"逆党"而株连下狱。

现在，武后万岁通天元年（696），36岁的诗人随武攸宜出征蓟辽，而此人不过鼠窃之辈，乱逞淫威，于是诗人接连受挫，苦闷异常。此武氏诸辈，怎么可能就是诗人苦苦求索的"来者"呢？《唐诗快》谓此诗"胸中自有万古，眼底更无一人"，可见其眼界之高和郁愤之深。在时间的长河里，诗人为错失于历史上的圣君贤主、志士仁人而痛苦，更为"时无英雄，遂使竖子成名"的当下现实而深感悲哀。

再看第三句"念天地之悠悠"，仿佛后世杜甫诗作中常见的阔大意象，在巨大的物象与无限的空间面前，人到底只是"蜉蝣"与"海粟"而已。这种空间的渺小，又让诗人产生巨大的内压和焦虑。凡读过庄子《逍遥游》者，皆知人生的境界在制御外物之中。而诗人对参禅、修仙和学道也一直深有兴趣，当然知道自己缺乏一个研修与提升境界的必要的平台，也由此无法获取一个所谓的精神超能。接连受挫的现实，让诗人痛苦而无奈。但儒家的建功立业的意识，在诗人的心中又是那么强烈。于是，此情此景，诗人登蓟北楼，空怀一腔报国之志，感人生短暂，觉宇宙无限，于是孤独苍凉，慷慨悲吟，"独怆然而涕下"，不觉而洒下深情的热泪。这莫大的悲怆与孤独感，又有谁人能理解与劝慰呢？

全诗四句，以时间开篇，以空间作结，以念想充盈宇宙，又以深情倾诉内心。全篇慷慨苍凉，浑朴刚健，境界壮阔，意境沉雄，读来苍茫遒劲。《唐诗快》谓"此二十二字，真可泣鬼"，确是。

卢僎（zhuàn）《途中口号》

抱玉三朝楚，怀书十上秦。
年年洛阳陌，花鸟弄归人。

卢僎《途中口号》一诗，也是初唐应有的调子，首联整饬，尾联申发。"口号"（háo），即"口占"之意。这首诗揭示了一个社会生态，怀才者显才艰难万状，而舆论隔膜沉深，让人无可奈何。诗作也是写给那些怀才憧憬者，提醒他们要充分考虑好可能的后果。"才"是什么，既是才华，可享富贵，也是灾祸啊。当然，诗作可能也是写给那些屡遭失败者，希望一时失意之余，不要在意别人的脸色与态度，仍然要积极面对，坚定自己的信念与毅力。

头两句说，卞和怀抱美玉三次朝见楚王，最终获得认可，已是幸运；而苏秦怀揣书策十番上奏秦君，裘敝金尽，却没那么成功。一成一败，用事有变化，为下文张目。

三、四两句续次句语意，专论苏秦。据《战国策·秦策一》，苏秦"说秦王书十上而说不行，黑貂之裘敝，黄金百斤尽。资用乏绝，去秦而归。羸縢履蹻，负书担囊，形容枯槁，面目黧黑，状有愧色。归至家，妻不下纴，嫂不为炊，父母不与言"。那次苏秦回来所走过的洛阳路，本来只是一次失败的归路，却成了引信：年年花开鸟语，似乎都在嘲弄这个失意的归人。耐人寻味，引人深思。

当然，这首诗通过对比，将怀才者的献才之难与民间态度的截然不同做了比对，引人思考的地方自然不少。

一者是民间势利的态度。犹如《战国策》所揭示，世态炎凉，普通民众历来受主流意识形态影响，绝不认同那些失意者，相反，他们期待于每一个"衣锦还乡"者，哪容得下"穷困潦倒"的失败者？一个势利的社会，必有其势利的社会基础。一个只认所谓成功而拒绝失败的社会，令怀才者付出惨重的代价，自不言喻。

二者是民间冷淡的态度。可能怀才者的"显才目的"让人寻思。无论是卞和献玉，还是苏秦献策，他们即使到了双足皆废、裘敝金尽的地步，仍然执着坚持，民间对他们的极端钻营可能并不太认可，因为他们都带着强烈的个人功利意识。故而"年年洛阳陌，花鸟弄归人"，就显得毫不奇怪。春归花发，禽鸟撒欢，它们都活在自然清新的世界里，并不被人间的名利意识所熏染。它们的存在，对那些极端功利主义者——（杂剧《马陵道》所谓"学成文武艺，货与帝王家"，两三千年并无本质的变化）做了无情的嘲讽。希望诗人卢僎取其后者，算是通过诗歌，献给这个持续高热度的现实功利世界的一服清凉剂吧。

【作者简介】

卢僎，字守成，相州临漳（今河北临漳）人，生卒年不详，唐中宗景龙前后在世。吏部尚书卢从愿之从父，玄宗时臣。开元六年，自闻喜（今属山西运城）尉入为集贤殿学士，出为襄阳令。开元末年，历任祠部、司勋员外郎，终吏部员外郎。工诗，所作今存14首。

陈子良 《咏春雪》

光映妆楼月，花承歌扇风。
欲妒梅将柳，故落早春中。

初唐陈子良的《咏春雪》一诗，摹形拟物，兼及心理，将春雪的一段风情写得很足，也将诗人的喜爱之情传递了出来。

先写动静的情态。夜幕下，雪光与月色相融，这多情的春雪仿佛有意要添照这妆楼的亮度。当一个澄澈的世界显现时，这银粉粉的春雪并没有停下其舞步。看，在歌扇扇起的春风里，干细的雪花被轻轻卷起，画着迷人的弧线。而飘于这妆楼的贵妇跟前的，是雪的精灵在翩翩起舞。

前两句比喻新颖贴切，所谓"光映妆楼月"，妆楼银装素裹于白雪，这种装扮，似乎为赶赴一场歌舞盛会；所谓"花承歌扇风"，典自庾信的《春赋》"月入歌扇，花承节鼓"，雪花应随歌舞团扇上下翩然飞动。在这样一个温和的夜晚，这一场应时而来、随风而至的春雪，带来的是一场歌舞盛会，是一次视觉上的盛宴。

次写娇媚的心理。诗人猜想，这场春雪来得何其早，大概因它嫉妒年年梅柳早把春来报吧？这回，要趁梅花还未绽放、杨柳尚未吐芽的早春之际，翩然而下，先行落脚。这早春的雪，不再寒冷，不再凛然，也不再令人畏惧，它写满了洁白、文静、温柔和多情。"妒"字显现女子的常见的情态，不爽于春天被梅柳所占，遂演绎了一场风花雪月，给这寂静的早春带来了变化和情趣。

总之，由外至于内，诗作描绘了春雪夜晚到来的美丽，静止时明月辉映下小楼银装素裹的风情，以及风乍起而扬起的片片雪屑在款款飘落的情形，给人以极大的美的享受。同时诗作深入女性的心理与内在，婉约有致，以拟人化的手法，将春雪的娇美的心灵，做了非常丰富而多情的展示，让人体察到了自然的美和生命的美。

【作者简介】

陈子良（575—632），隋末唐初苏州吴县人。隋时任杨素记室（掌章表书记文檄的官员）。入唐，官右卫率府长史。与萧德言、庾抱，同为隐太子李建成东宫学士。武德末，为法琳《辩正论》作注。太宗贞观元年，出为相如县（治所在今四川蓬安县西）令。有文集 10 卷，今存诗 13 首。

庾抱《和乐记室忆江水》

遥想观涛处，犹意采莲歌。

无因关塞叶，共下洞庭波。

作者庾抱在隋开皇（581—600）中期为延州（今陕西延安一带）参军，这首诗可能就作于此间。题目中的"乐记",军中文职,掌章表书记文檄,或称记室督、记室参军等。说是"和",当有乐记室写有诗歌原作在前,只是今天已无从读取罢了。

庾抱的《和乐记室忆江水》诗,语言整饬,抒情达意,扣题甚紧。诗歌不离"忆江水"三字,处处关乎南人的风土人情,从而恰切地表达出诗人的缠绵而浩荡的乡关之思。

从诗作"观涛""洞庭波"等相关词汇似乎不难知,本诗当作于秋八月时,正是秋气浩荡、秋思满怀之时。

首句即点"意"(即"忆")字,诗人想起了长江一带的"观涛"和"采莲"这两件最具江南特征的事件,所触发的情思并不渺细。观涛,自然可以想象江潮的起落掉阖的壮观。而采莲,秋季正当其时,当然也是青年男女劳作兼传情与游戏的盛大场景。又据俞香顺《中国文学中的采莲主题研究》所示,采莲涉及恋歌、离歌和南音三种抒情功能,与这里的诗作主题自是深度吻合。另据诸葛忆兵《"采莲"杂考——兼谈"采莲"类题材唐宋诗词的阅读理解》,采莲歌可能是自南朝衍化而来的大型歌舞。

诗歌后两句,语句亦甚整齐,说当此深秋,边地风烟弥漫,秋叶纷飞,诗人由此想到此时的江南一带,亦当秋风袅袅,"洞庭波兮木叶下"(屈原《九歌·湘夫人》)。诗人身处边关,于此秋风强劲之际,由塞外想到水做的江南的是是处处,是秋风与黄叶做媒,让两地紧紧相连。其实细细推究起来,这背后的江南人的情,故土之情,充作了两地的黏合剂。"无因",是无故、无端的意思,由此说明故土情感的执着与深挚。

综合这四句,诗人有意以一份远距离的回念(即"忆江水"),来表现从军边地的孤寂与寡欢,同时北方风土的荒凉与枯涩都曲折地获得了表达。于是北方关塞的艰苦自然而然地获得了别样的呈现。

【作者简介】

庾抱(?—618),润州江宁(今江苏南京)人。隋开皇中,为延州参军,入调吏部。尚书牛弘给笔札令自序,援笔而成。为元德太子杨昭学士。及在陇西府,文檄皆出其手。后为唐高祖记室,迁中书舍人。转太子舍人,卒。著有文集10卷,《两唐书志》传于世。

王适《江滨梅》

忽见寒梅树，开花汉水滨。
不知春色早，疑是弄珠人。

王适此诗，题目谓"江滨梅"，乃所见江畔的一种野生梅花。大意心曲多转，语浅意浓，写得精巧，读来饶有趣味。

首句"忽"字，言见此梅的惊讶，眼前一亮，似有欣喜与激动，直写见梅时的感受。次句点明地点，实说稀罕，仍然内含惊讶与激动之状。开头两句陡见波澜，写梅给人的惊讶，言其不凡。而梅的孤独与卓然的品性，也随之获得凸显。而"寒梅"与"开花"之间自构成一种紧张与冲突，因"寒"而知冬天的时令，而"开花"颇见梅花的凌寒傲开的风姿。

第三、第四句作痴人语。梅素有"独步早春"之誉，第三句惊怪春色来得太早，"不知"实乃"才知"之意。原来，诗人一直误以为还在寒冬之际，故而"忽见"而惊讶，继而见"开花汉水滨"，又复犹疑，是寒梅吗，印象里好像并无所见啊。最后一句是说，这梅花晶莹亮白，"清雅俊逸""冰肌玉骨"，是一树的风神，莫非就是传说中身佩明珠的弄珠仙子？于是诗人一时恍然若失，不知是现实还是一片幻境，足见眼前的汉水的氤氲气象和梅花开放的绰约风姿。

所谓"弄珠人"，事涉汉皋玩珠二女的传说。李善注《文选·张衡》"游女弄珠于汉皋之曲"，引《韩诗外传》说："郑交甫将南适楚，遵彼汉皋台下，乃遇二女，佩两珠，大如荆鸡之卵。"这个说法过于简略，好像没发生什么。西汉刘向《列仙传·江妃二女》里有详细的记述，说："江妃二女者，不知何所人也，出游于江汉之湄，逢郑交甫。见而悦之，不知其神人也，谓其仆曰：'我欲下请其佩。'仆曰：'此间之人皆习于辞，不得，恐罹悔焉。'交甫不听，遂下与之言曰：'二女劳矣。'二女曰：'客子有劳，妾何劳之有？'交甫曰：'橘是柚也，我盛之以筥，令附汉水，将流而下，我遵其傍，采其芝而茹之，以知吾为不逊也。愿请子佩。'二女曰：'橘是柚也，盛之以莒，令附汉水，将流而下，我遵其傍，采其芝而茹之。'遂手解佩以与交甫，交甫悦，受而怀之，中当心，趋去数十步，视佩，怀空无佩。顾二女，忽然不见。《汉广》诗曰：'汉有游女，不可求思。'此之谓也。"故事在这里就显得比较完整。是说在江汉一带游玩的两位神女遇到郑交甫，比较喜欢，却引发了后者的索取之欲。而神女居然答应而解佩交给郑氏，后者似乎很是激动，藏宝于怀中，小跑了数十步，再摸怀中珠子，没了。再回看神女，也不见踪影。其遗憾自然是难免的。

而本诗作的巧妙，只是引述了这个神话传说的一部分，只表达已经开放的两株梅树，如两位神妃仙子那么引人着迷。于是诗人的惊讶、错愕、无比情牵和神往，都在诗作的结尾渐渐地铺开，给读者以无限的想象空间。而这树梅花的风神也愈显得突出了。

本诗的精巧之处，除了展示一段心曲，在结构上，也是前后花式照应，即首句粘连第三句，次句勾衔末句，错落照应，使诗句有一种迂徐回环之美。《诗薮》谓"古今梅诗，五言惟何逊，七言惟老杜，绝句惟王适，外此无足论者"，可见这首小诗独到的艺术价值。

【作者简介】

王适，幽州（今北京市西南）人。生卒年不详，约武后天授初年在世。工诗文，初见陈子昂感遇诗，惊其必为天下文宗。武后临朝，敕吏部糊名考选人判，所求才俊，王适与刘宪、司马锽、梁载言相次入第二等。《旧唐书》卷一九〇谓其官至雍州司功参军。有文集20卷。《全唐诗》存诗5首。《江滨梅》诗被评为绝句之冠。

郑惟忠《送苏尚书赴益州》

离忧将岁尽，归望逐春来。
庭花如有意，留艳待人开。

郑惟忠的《送苏尚书赴益州》诗，写事抒情，情真意切，真挚动人。诗中"苏尚书"为苏颋（tǐng）。据《旧唐书·苏颋传》，"（开元）八年（720），除礼部尚书，罢正事。俄知益州大都督府长史事"。从诗作具体情形来看，苏氏赴益州当是是年岁末。

首句中，"离忧"，谓"遭受忧愁"，指苏氏罢免廷职而出知益州事，尽显人事的遗憾。一年将尽，本来是工作的总结与表彰，以及与家人的团聚与言欢，但现在却要掉入谷底，骨肉亲情分离，难免要生出哀感。次句"归望"，指盼归。两句谓苏尚书于岁末遭遇贬谪，但"我"希望他归来的心情，正如"我"追赶春天的到来一样迫切。写人写己，各占一半，言事抒情，中规中矩；但表情达意，在"逐春"之中显得格外真切了。

尽管苏尚书遭遇了打击，但诗人并未刻意避忌而疏远，相反，是真诚希望他尽早地归来，而且心情还显得特别迫切。由此可见苏尚书的为人，也见诗人的为人。

不过，诗作的亮点，是在后两句，就"春来"再达情说事。不过，不是继续企盼春天的回归，而恰恰相反，诗人希望春天的脚步可以放慢些，这样，树木花开自然也就推迟了。这是矛盾的心理，从中却能感受到诗人对于苏尚书的情痴。他希望庭中之花也能晓其心意，以迟开的姿态，将最艳的姿容留待苏尚书归来再行绽放，届时，算是恭候与欢庆吧。诗人的心，真可谓是痴情痴意，由此将诗作浓浓的情感推上了一个新的高度。

本诗为送别诗，却将一片盼归和期待的心情尽相抒发，从中让人可睹诗人对于送别对象（"苏尚书"）的款款情谊。而从文学角度来说，这别开境界的两句，可谓制作精巧，不落俗套。然而，再好的技艺，也难敌真实的艺术情境。这是说，诗人的情真意切是诗作的内核。由此，我们才见到诗人深挚而特别的情感表达。

苏颋有诗《将赴益州题小园壁》云："岁穷惟益老，春至却辞家，可惜东园树，无人也作花。"开头两句写自己人老离别的痛苦，次两句言苏氏有"东园树不解人"之叹。而郑氏此诗，尤其是后两句，当即应此景而作，不算臆测。虽则如此，本诗仍然是"天成偶得"之作。

无独有偶，与苏颋同时任宰相的名相宋璟和苏颋同时罢相，也写下了同题诗《送苏尚书赴益州》（"我望风烟接，君行霰雪霏。园亭若有送，杨柳最依依。"），同样寄寓了深切的情谊。首句言送别远望至于风烟相接、迷蒙混沌之处，见出情谊之深。次句写苏尚书离开正是风雪交加之时，渲染了离别悲壮的气氛，写满了对送别人的担忧。最后两句是想象，说若有人在园亭相送，一定会体察到杨柳最为多情。这是在表达实不忍心相送，因为同为不幸之人，又当情何以堪呢？诗人以柳自喻，挽留之心何等深挚。

总之,无论是郑惟忠还是宋璟或是苏颋,他们在为人、在情感、在政治气象诸方面,都真挚而正派,同令读者感慨有叹。

【作者简介】

郑惟忠(?—722),宋州宋城(今河南商丘)人。进士及第,补井陉尉。天授中,以制举召见廷中,所对武后称善。擢左司御胄曹参军事,迁水部员外郎。后还长安,复以待制召。迁凤阁舍人。中宗立,擢黄门侍郎。进大理卿。俄授御史大夫,持节赈给河北道,且许黜陟守宰。还奏称旨,封荥阳县男,迁太子宾客。卒,赠太子少保。

许敬宗《拟江令·其一》

本逐征鸿去,还随落叶来。
菊花应未满,请待诗人开。

许敬宗《拟江令·其一》一诗(原题为《拟江令于长安归扬州九日赋·其一》),初读清丽,再读含糊,复看标题,硬拟伤多。

许氏这首诗两联,首联"抒情主体"不明,如果尾联凸显了"菊花",则首联不能解。岂有菊"逐征鸿去",复"随落叶来"之理?于是可知这两联散乱,未能成为一个有机整体。有人以为,"诗中描述秋菊没随大雁远去,却伴诗人冉冉盛开,就像有情有义敬慕诗人的雅士品格。体现了诗人爱菊的心理",当属误断。

再看标题"拟江令",云云,原来诗作是模拟前朝诗人江总的《于长安归至扬州九月九日行微山亭》一诗。九月九日,重阳节,系古人登高赏菊的节日。江总,南朝著名诗人,陈后主时官至尚书令,故称之江令。陈亡,仕于隋,后辞官南归,其诗写于南归途中。其诗曰:"心逐南云逝,形随北雁来。故乡篱下菊,今日几花开?"诗作以心逐南云、形随秋雁,言诗人迫切回归的情形;又以寄问故乡篱下菊,表达对故乡的牵念,复加强了回乡的情感浓度。

江诗叙事抒情,以及交代提点,都非常清楚;而许敬宗《拟江令·其一》诗生模硬拟，反成拙劣。倒是许氏同一主题下的另一首诗，写得清楚明白，抒情言事颇有风情摇曳之姿。其《拟江令·其二》曰："游人倦蓬转，乡思逐雁来。偏想临潭菊，芳蕊对谁开。"这首诗，其始有思归原因及有关情境性描述，其次撷取"临潭菊"，表达"乡我如一"的情深意切。假如没有江总的诗做比较，单就此"其二"，似乎也能让读者明白"其一"的主题"乡思"，云云。不过，若如此，则诗歌不是过于费劲了吗？

再看《唐诗汇评》列有这首"其一"诗作，没有专论，不过只引《唐诗品》做泛泛之评："许君仕道卑卑，心无谠正，如《安德山池宴集》云：'宴游穷至乐，谈笑毕良辰。'如《奉和春日望海》云：'惊涛含蜃阙，骇浪掩晨光。'命意芜浅，词亦波荡，并非颂声。乃其伟才挺出，髫年驰誉词林，雄长并列其左，遭遇文皇之好，遂掌丝纶（指"代皇帝草拟诏旨"）。今所传录，总非门户。至如'鹊度林光起，凫没水文圆'，又'波拥群凫至，秋飘朔雁归'，并存风格，可称作者。"其"命意芜浅，词亦波荡"的评价，于这首"其一"诗，却是惬当之论。

【作者简介】

许敬宗（592—672），字延族，杭州新城（今浙江富阳）人。自隋入唐，贞观中除著作郎，兼修国史。武后时位至右相。以特进退休。咸亨三年去世，时年81岁。赠开府仪同三司，谥曰缪。史载其掌修国史记事阿曲，爱憎删改，时论非之。著有文集80卷。《全唐诗》存诗27首。

张旭《山行留客》

山光物态弄春晖，莫为轻阴便拟归。
纵使晴明无雨色，入云深处亦沾衣。

张旭的《山行留客》，可谓景短而意长，诗短而情长。诗作虽为唐声，给人的却是典型的宋格。

首先是首两句即议论。为达此目的，诗人简化了描写的充分性，而将大好春光笼统于"山光物态"之中。山景物象，在春日春光里本来可以尽情描述，但诗人笼括于一"弄"字之中，可谓惜墨如金。确实，这一字充分体现了大自然生机活泼、温柔欢悦的一面。这是春天最让人着迷的地方。由于诗人的写作侧重点不在山光物态的描述上，故而点到即可。我们看，采用简括描写，再挑选富有表现力的词汇，形成议论生发点和聚焦点，然后便是诗人的规劝"莫为轻阴便拟归"。有点儿不同凡响。世俗的眼里，天色一旦有些微之变（轻阴，即"微阴的天色"），人们便"未雨绸缪"，以为大雨将至而急匆匆地回撤。这种惯性，多半是怕雨淋湿衣服吧，但也因此少了许多山中游玩的风雅与情趣。

不过，在诗人看来，与其说是衣服怕被雨淋了，是心理预防作祟，不如说是经验的严重缺乏。所以诗人又再为申述，故而又有三四句的"再劝"。诗作说"纵使晴明无雨色，入云深处亦沾衣"，即使是真晴响晴，一旦你走入深山，在那里，白云缭绕，它们也会沾湿你的衣裳的。其实，沾湿点衣物又有什么可怕？即使真来点春雨又有什么呢？这时候，你才能真正体会到"山光物态弄春晖"之妙啊！春光明暗强弱变化不定，山景物象阴阳变幻万千。以一颗从容的心走进大自然，才能领略春光真正的趣旨。

这里的关键，是要解会大好春光里的无限风情：晴自然好，阴也很佳啊！这是艺术家的眼界。比如，在大画家吴冠中先生《画里阴晴》里："雨洗过的茶场一片墨绿，像浓酣的水彩画。细看，密密点点的嫩绿新芽在闪亮；古树老干黑得像铁；柳丝分外妖柔，随雨飘摇；桃花，我立即记起潘天寿老师的题画诗'默看细雨湿桃花'，这个湿字透露了画家敏锐的审美触觉。""湿，渲染了山林、村落，改变了大自然的色调。……雨后，红土成了棕红色，草绿色的竹林也偏暗绿了，它们都渗进了深暗色的成分，统一于含灰的中间调里，或者说它们都含蕴着墨色了。……湿了的大自然景色却格外地有韵味。中国画家爱画风雨归舟，爱画'斜风细雨不须归'的诗境。因为雨，有些景物朦胧了，有些形象突出了，似乎那位宇宙大画家在挥写不同的画面，表达着不同的意境。"

然而，再稍作思考，诗人好发一通议论，难道是为了表达自己的一番独特见解吗？好像又不是。一般人谁会强为人师、好为说道？看看诗题，可能会恍然大悟，原来诗人发此议论，强为异声，都不过是热情的"留客"使然。太好客了，所以就变着法子挽留人家，总是那么有理由，总是那么侃侃而谈，甚至有时候变得慷慨激昂了。而这，又是表示做人"情深义长"的惯有心理路数。

【作者简介】

张旭（约685—759），字伯高，吴郡（今江苏苏州）人。曾官常熟县尉，金吾长史。工书，精通楷法，草书最为知名，传大醉后呼喊狂走，然后落笔，世呼"张颠"。与李白、贺知章等人共列"饮中八仙"。文宗曾下诏，以李白诗歌、裴旻剑舞、张旭草书为"三绝"。诗亦别具一格，以七绝见长，与贺知章、张若虚、包融号称"吴中四士"。其诗存世6首。

韦承庆《南行别弟》

澹澹长江水，悠悠远客情。
落花相与恨，到地一无声。

韦承庆此诗，即景即情，含蓄而克制，显示了诗人面临远别时的自制力，诚为难得。

本诗起景甚大，以江水喻别情，颇为苍茫。在诗人的眼里，唯有眼前这浩荡的长江水，才可以表达自己无边的忧思。远客，这里是指称诗人自己，他因为政治事件（依附张易之获罪），由朝廷宰相贬谪到无穷远的南方贬所端州（今广东高要）任县尉；悠悠，忧思。是啊，浩浩江水，激荡澎湃，正是诗人激烈内心的体现。而江水永不停留，它要赴无穷远的东边去，永不会再回头，想来是何等的苍凉耿郁啊，由此可见诗人内心的痛苦和沉重。正如吴烶《唐诗直解》所言："此以江水起兴，言江水之长，如别情之远。"

只是在诗作形式上，前两句"澹澹""悠悠"叠字对举的使用，反而有效地淡化了这种沉重和苍凉。于是此景此情，远别而牵挂的情感在此绵延开来，深沉而厚重，有如这一江春水含蓄而深蕴。正因为这一组叠字的对用，显示了诗人的克制，也显示了本诗的特别。

而诗作次两句，仍然克制，甚至是强忍，则又显示了诗人别样的心思。

单看第三句，仿佛是情感的恣肆。我们看，"落花"，自然是诗人就眼前所见而言，暗示了时间，也赋予它人情化的色彩，渲染了离别恨憾的情境。但在第四句，诗人马上折回，给人以强烈的印象。说"到地一无声"，"一无"即"全无"，以无声的方式，写分手时的默默无声和脉脉相对。王尧衢《古唐诗合解》里说："此'恨'字从客情中来。花之飘落，似人之漂流。花恨人亦恨，故曰'相与恨'。花落地何曾有声，人有恨不可告诉，故与落花一般，无有二也。"不过，再仔细推敲，此无声含蓄蕴藉，又显示了送别者和被送者都着意淡化彼此沉重的心和痛苦的情。于是，我们也看到了一份克制和在意下的隐隐的柔情与蜜意。

在意就好啊。常常，为一种离别，彼此双方，都是尽情地宣泄其无限的悲痛，既是真实又是表演，已是再普通不过了，但谁又能想到或在意到对方的心情和感受呢？所以，这首小诗的精巧和别致，就显得如此与众不同。无声，也是直击心灵的声音。

【作者简介】

韦承庆（640—706），字延休，郑州阳武（今河南原阳）人。事继母以孝闻。弱冠举进士，补雍王府参军。府中文翰，一出其手，辞藻之美，擅于一时。长寿（692—694）中，累迁凤阁侍郎，兼掌天官选事，铨授平允。长安（701—704）中，拜凤阁侍郎，同平章事。神龙（705—706）初，坐附张易之，流岭表。起为秘书少监，授黄门侍郎，未拜卒。有文集60卷，《全唐诗》存诗7首。

宋之问《渡汉江》

岭外音书断，经冬复历春。
近乡情更怯，不敢问来人。

宋之问《渡汉江》一诗，最大的特色，就是基本刻写了心灵的真实和真诚。

有时候，好的作品并非因为摹情赋物的技巧如何高超，相反，是真诚，致命的真诚让人看到洇透纸面的生命感。具体到宋之问这首诗，它将一个潜逃罪人复杂的内心感受做了真实的呈现。诗作将两种痛苦的心理（致命的"思念"和无形的"恐惧"）尖锐地摆在读者面前，没有丝毫的隐含和卖弄，这就是逼人的真实和真诚。

前两句写他被贬岭南，有困居其地与世隔绝、音讯全无、度日如年的难耐，因而对故土、对家人的思念就变得越发饥渴起来。其实被贬岭南，就具体时间来说并不长，刚过了一个冬天，现在正是春天时。但是，在诗人那里，每时每刻都是折磨，都是无法忍受，他的《度大庾岭》一诗"度岭方辞国，停轺一望家。魂随南翥鸟，泪尽北枝花。山雨初含霁，江云欲变霞。但令归有日，不敢恨长沙"，写未至贬所而先念归期的自悯乞怜之状，甚至悲恻动人，特别是远离了故土和亲人之后，面对一个陌生而荒凉的世界，所要独自面对的是灵魂上的孤独、寂寞和冷落，以及所失去的爱、关心和来自于情感世界的温存与慰藉。

还有，在如此蛮荒之地，医卫手段有限，生命随时都会因意外而终止，可能给更多人以无形的恐惧。人是群居的动物，一般难以承受隔离之罚苦，贬谪"岭外"无异于流放和抛弃。这种心理和精神上的摧折，让诗人无法承受。所以，他要返回，强烈地返回。故而只要离故乡近一点，对于心灵来说，都是安慰。所以诗人从岭南返回，刚刚渡过汉水，其实离自己的"故土"（指京都"洛阳"，并非诗人的故乡）还有不少路程，但他已认为"近乡"了。这种心理失真的表达，恰恰暴露了他从岭外赶回的艰难。

然而，诗作接下来却是一个巨大的逆转。渡过汉水后的诗人，不是期待的激动和兴奋，反而内心更害怕，行迹更小心了。甚至南来北往，面对着一个和自己照面的来人，他都不敢问路，不敢招呼，可能还要破帽遮颜，只忍得擦肩而过，或漠然无动于衷，显得极为反常。有分析说，是因为"和家人音讯隔绝，彼此未卜存亡"，正是这种心理的压力，让他无法面对，因而内心害怕。这个因素可能有其存在，但我以为，让一个人如此变态，绝对有更为复杂的情因。《新唐书》说他"贬泷州（今广东罗定）"后是"逃归洛阳"。本来，一个立身行事劣迹斑斑的人，如卖友求荣、收受贿赂，又如媚附男宠等，已为人所不齿，被贬后应该好好接受"改造"，却盘丝曲绕，违背官允，潜逃回京，无论怎么说都是见不得人的事，哪里能够大张旗鼓，装得像个受难归来以博同情的游子呢？这一"怯"字，可谓将诗人内心的复杂性写尽，确实耐人寻味。

但是，再细细想来，这一字又恰恰是在真诚的背影上打上狡狯的色调。不是吗？因为"怯"，于是有人说："作者贬居岭外……一方面固然日夜思念家人，另一方面又时刻担心家人的命运，怕他们由于自己的牵累或其他原因遭到不幸。这种担心在越近家乡的时候，越发强烈，他忧惧自己长期以来梦寐以求与家人团聚的愿望立即会被无情的现实所粉碎。因此，'情更切'变成了'情更怯'，'急欲问'变成了'不敢问'。"这真是太天真了！一个人的示弱，常常会让另一个人的内心泛起恻隐和怜悯，而将其无数个"耻格"轻轻放过，很不好。这是读诗阅世的时候，一定要注意的。

【作者简介】

宋之问（约656—712），字延清，虢州弘农（今河南灵宝）人。伟貌雄辩。甫冠，武后召，与杨炯分直习艺馆，累转尚方监丞、左奉宸内供奉。倾附张易之兄弟，因此坐贬，左迁泷州参军。景龙（707—710）中，依武三思，转考功员外郎，被选为弘文馆学士。睿宗即位，流徙钦州，寻被诛。有诗名，工诗，尤善五言诗。诗自魏建安，迄江左，格律屡变，至沈约庾信以音韵相婉附，属对精密，及之问、沈佺期又加靡丽，回忌声病，约句准篇，如锦绣成文，学者宗之，号为"沈宋"。

李崇嗣《览镜》

岁去红颜尽，愁来白发新。
今朝开镜匣，疑是别逢人。

李崇嗣的《览镜》诗，颇富启发性，值得玩味的地方不少。

本诗读起来明白如话，意思也很显白。前两句无非是生活经验之谈，有两种情形都在改变着一个人，一个是青春的流逝，让一个人的血色改变；另一个是需要解决的社会问题很多，忧愁烦恼等消极情绪袭来，让人白发增添形貌改变。

后两句是说，今朝打开镜匣一看自己，吓着了——镜子里的那个人是谁？是别人吗？当然不是；是"我"吗？好像也不像——没想到衰老得这么快！这是一个错愕，一个意外。细想一下，是老得太快，还是烦恼太多呢？抑或是一种自我的迷失呢？老去是自然规律，似乎并没那么可怕，烦恼增添白发，也没什么大不了之处，可怕的是我们对时间、对消极情绪失去了警觉。生活中，人起先并不觉得时间紧迫，"反正时间有的是""要我们考虑的事还早着呢""管他呢，现在暂且玩玩也没什么"，诸如此类的想法实在太多，终于有一天看到时间飞逝，而自己一事无成，于是悔恨不迭。

这首诗的好处就是在幡然悔悟，在斩然提醒。有人说此诗"重点在愁""说明忧愁人易老"，可能把得不很准。千百年来，读者读到类似诗作，都着意于"愁"和"白发"的关联，而不及其余，大概也多在意于表。白居易是明白人，在《初见白发》诗里就很警惕地说："白发生一茎，朝来明镜里。勿言一茎少，满头从此始。青山方远别，黄绶初从仕。未料容鬓间，蹉跎忽如此。"当然，他对生命的流逝还是有无言之叹："逐处花皆好，随年貌自衰。红樱满眼日，白发半头时。倚树无言久，攀条欲放迟。临风两堪叹，如雪复如丝。"（《樱桃花下叹白发》）

不过他的另外一首《白发》诗作却好得多。曰："白发生来三十年，而今须鬓尽幡然。歌吟终日如狂叟，衰疾多时似瘦仙。八戒夜持香火印，三光朝念蕊珠篇。其馀便被春收拾，不作闲游即醉眠。"另外，晚唐小杜显然也豁达得多，说过"青春留不住，白发自然生""公道世间唯白发，贵人头上不曾饶"之类。而宋人王安石也写得好，他的《嘲白发》（"久应飘转作蓬飞，眷惜冠巾未忍违。种种春风吹不长，星星明月照还稀。"）和《代白发答》（"从衰得白自天机，未怪长青与愿违。看取春条随日长，会须秋叶向人稀。"）都是写白发的诗。

【作者简介】

李崇嗣，生卒年、籍贯不详。排行三。武后时任奉宸府主簿。圣历（697—700）中，曾与沈佺期等奉敕于东观修书。又曾任许州参军，与陈子昂有交游。事迹散见沈佺期《黄口赞序》、陈子昂《夏日晖上人房别李参军序》、《酬李参军崇嗣旅馆见赠》、《题李三书斋崇嗣》、《唐诗纪事》卷六等。《全唐诗》存诗3首。

李峤《中秋夜》

圆魄上寒空，皆言四海同。
安知千里外，不有雨兼风？

李峤《中秋夜》一诗，写得不同常调，别开境界。

此诗的佳处可能并不在诗人有多少超常的感发，也并非有多少精微的见解，而在于能发异声，自见胸怀。寻常中秋，多赏月兼而怀思，构想月魄光魂的普照，或思乡，或怀人者居多；但这里，质疑光照惠及的有限，以为千里之外当有风雨兼至的情形，给人以不同凡响的印象。

确实，此诗从艺术特色来说，似乎并不高明，但从给人以启思来说，却并非一般的诗作所能相比。本诗可贵之处，是诗人能够从眼前有限的时空场域脱开，推想目力所不能及的其他世界种种非常的状况。这当然是唐朝地域之广和人们生活经验之开阔所致。

也正因为有这样的现实生活基础，当此月夜朗朗，诗人并没有沉醉于小天地的感同身受与小我的逍遥自在，而是关怀天下，深怀忧虑，推想到朝廷普惠所难及之处的种种疾苦，自有一种非凡的胸襟和气度在。同时，诗人能从人人"皆言"的习俗或惯常之中，保持一份超然的冷静与独立，敢于在众人一言之中表达怀疑，并在可能的政治陷阱（稍不谨慎，即有可能违犯所谓皓月当空而"四海皆同"的一统意识）中，敢于直白表明自己的态度，确实需要胆量和智慧。有如当年，酷吏来俊臣诬陷狄仁杰、李嗣真等三家死罪，则天皇帝下令诗人等审理该案。有办事大臣害怕获罪，屈从来氏诬奏。唯独诗人坚持正义不为枉滥，结果触犯旨意遭遇贬谪而不悔。今谓小小诗作中蕴含所谓智仁勇，并不过分。

当然，即使以今日眼光观之，此诗亦具备一定的复杂性思维。世上万物不能同全，而存在千差万别，所谓不以此代彼，不以偏概全，于世界观及方法论等，避免行事的盲目与盲从，亦不无裨益。

这首五言绝句，写中秋月圆之夜，仰望明月，不在赏月，而思及千里万里之外，在意"风雨"，在意"不同"，显现了诗人敏锐的察见和宏阔的思想。黄生《唐诗摘抄》

说得好："喻朝廷之上，不能毕照幽隐，则民不得其所者多矣。此诗自见宰相胸次。"

【作者简介】

李峤（644—713），字巨山，赵州赞皇（今河北赞皇）人。早孤，事母以孝闻。弱冠举进士，累转监察御史、给事中、润州司马、凤阁舍人、麟台少监等职。武周时，依附张易之兄弟。中宗时，依附韦皇后和梁王武三思，官至中书令、特进，封赵国公。睿宗时，贬为怀州刺史，以年老致仕。玄宗时，再贬滁州别驾，迁庐州别驾，病逝。少有文辞。前与王勃、杨炯接；中与杜审言、崔融、苏味道称"文章四友"。有文集 50 卷。

薛稷《秋朝览镜》

客心惊落木，夜坐听秋风。
朝日看容鬓，生涯在镜中。

薛稷《秋朝览镜》一诗，感物心惊，借秋抒情，颇具人生的况味。

小诗由外而内，写了两个时段的心理变化，先写夜坐屋内，感听秋声，而心惊于舍外落叶纷纷，颇有后世欧阳修《秋声赋》里对秋的种种描述，尤其"其为声也，凄凄切切，呼号奋发"的感受。否则，心平气和，又何以心惊？

当然，首句一"客"字，甚为微妙。游子不易，为前程为事业，辗转迁徙、奔波不定，闻秋声而心紧，续听落叶而震惊，这是一个不断递进的过程。但游子心理时间的延续，怕是更长，从诗作看，是一直持续到次日的早晨。这个闻听，让诗人如此震惊，以致他彻夜难眠，或耿耿于怀而至次日览镜复观。当诗人详观自我（一般是"朱颜""衰鬓"之类）时，那种人生的复杂感就更为凸显。

在诗人看来，人生有限（"生涯"一词本《庄子·养生主》"吾生也有涯"），兼此苦短，所经所历，何其不幸。再则，感知其他生命的消逝（"惊落木"），人不能无动于衷，必珍惜于眼前，然而，眼前又如何惜起，故而引发诗人对自己有限生命的焦虑。故《唐诗解》以为，"此感秋而伤迟暮也。闻落木秋风而客怀已切，观镜中衰鬓而生涯可知"。

不过，诗作大体还算词气安和（尤其是最后一句"生涯在镜中"），尽在含蓄之中。以一种清晨清醒的冲虚与冷静，应对了来自昨夜生命内部的紧张与狂躁。或许今日青春不再，鬓角如花，身体亦不复昔日雄壮，生活的压力也似乎与日俱增，但是，理性的成熟无疑与时俱进，理性大厦的建立恰恰如期而成。那么，这些都会有效地抵制因时光的流逝、身体的衰颓而引发的惊恐，也会多少抵消因功业的不足、理想的惘然而产生的挫败感。

【作者简介】

薛稷（649—713），字嗣通，蒲州汾阴（今山西万荣）人。出身官宦世家，本人亦仕途显达。武后朝举进士，累迁礼部郎中、中书舍人。以辞章知名。景龙末，任谏义大夫、昭文馆学士，好古博雅，尤工于隶书，又善画，官至礼部尚书。复以翊赞之功，封晋国公，加赠太子少保。玄宗时，因窦怀贞案知情不报，赐死狱中。《全唐诗》存诗14首。

郭震《惜花》

艳拂衣襟蕊拂杯，绕枝闲共蝶徘徊。
春风满目还惆怅，半欲离披半未开。

郭震的《惜花》一诗，写得情枝摇曳，风情弥漫，词短而意长。

郭氏出将入相，为一代王佐人物，居然写了不少如此多情的篇章，诚为难得。不过，他本来就是癸酉科进士的魁元，所以并不奇怪。

本篇名为"惜花"，却自"赏花"始。想想也在理路："赏"是"惜"的基础，无"赏"则"惜"自落空。自"赏"及"惜"，由外而内，自然也是情感不断渗入与溢出的过程。

前两句，写赏花和沉浸其中的情状，谓娇艳的花姿扫拂着诗人的衣襟，怒放的花蕊甚至都触碰到诗人手端着的酒杯了，以拟人手法将春花的盛状以及招人的情状都凸显了出来，给人以强烈的印象。又谓诗人与采蜜的蝴蝶一道，悠闲地绕枝赏花，流连徘徊，写出了鲜花的令人着迷。这两句，一正写一衬托，展示了花容花貌，颇得铺叙之能事。

后两句风情陡转，是赏花的即时所感。鲜花怒放，植株繁盛，乃应了如此大好的春光。现在，满目都是和煦的春风，花容花香，春光春色，都显示了温煦时令背景下的无限美好。没有什么比这更能体现自然的优渥所在。不过，诗人说，心中却仍有那么一丝丝的遗憾。遗憾什么呢？也许是有感于春光的短暂，繁盛春花的短促吧。范缜《神灭论》云："夫欻（xū）而生者必欻而灭，渐而生者必渐而灭。"无物不盛，又无物不衰，骤然而盛则骤然而衰，这是自然之道。而同盛同衰爆发于这短暂春天的花期，也难逃这样的宿命。

有鉴于此，所以诗人希望当一半的花儿正盛开、怒放之际，而另一半的花儿已作含苞欲放的等候——这样，我们就会看到生命的一个交织、交替的过程，甚至相继不断的过程。于是鲜花的盛放，不再是一个骤然怒放而骤然衰败的过程，而像是人到中年的生命饱和，青年一代逐步成长、筋骨渐强的源源不断和生生不息的过程。诚然，生命永远都将最美好、最繁盛的那一点展示于世界，而那些我们所不忍视的有关生老病死的不堪和令人难过的过程，统统都可以遮掩而不见了。想想看，这样生命接续的过程，才是真正的美好且完美啊！

诗人的想法，既是一个奇特的想法，又是一个自然的想法。这个"惜"字，真是别致而充分啊。

【作者简介】

郭震（656—713），字元振，魏州贵乡（今河北大名）人。出身进士，授通泉县尉。任侠使气，不以细务介意，武后闻其名，召见与语，甚奇之，授右武卫铠曹，充使聘于吐蕃。大足元年（701）至神龙中，分别任凉州都督、安西都护，有威名。先天（712—713）年间，为朔方军大总管，以兵部尚书复为中书门下三品，晋爵馆陶县男。辅玄宗诛太平公主，兼任御史大夫，进封代国公。玄宗骊山讲武，因军容不整流放新州，后赴任饶州司马，途中病逝。

贺知章《回乡偶书·其二》

离别家乡岁月多，近来人事半消磨。
惟有门前镜湖水，春风不改旧时波。

贺知章的《回乡偶书·其二》一诗，语言朴实，感慨深沉，积淀了人生的感思。但要读好本诗，还须从同题第一首说起。

《回乡偶书·其一》，早已广为人知。诗曰："少小离家老大回，乡音无改鬓毛衰。儿童相见不相识，笑问客从何处来。"写得感情真挚，充满了情趣，也充满了忧伤。

《回乡偶书·其一》一诗首句时间跨度大，人生的感慨自然很长。年纪轻轻时就离家远行，直至年老才回乡，这期间的思乡之情可想而知，而现在终于回来，其岁月的沧桑和回还的欣喜都可以想见。次句好像是自我检索和评价，岁月无情，致使鬓角已疏落，不过欣喜和骄傲的是乡音一直没变。在中国社会，入乡随俗，人言为信，语言就是最好的媒介和证明。所以诗人信心满满，自以为虽然衰老，恐人不识，但是一口家乡话还在，此次回还，应该没有任何生疏感。

不过，诗作三、四句忽生了枝节。这两句说，家乡的儿童见到"我"，居然说不认识，还笑着问"客人这是从哪里来啊？"要说所谓容颜、装束、随从等，让孩子们很陌生，这不奇怪；但诗人说着"乡音"，而让孩子们听着陌生，可能就让诗人颇有挫败感了。确实，诗人的自信心备受打击。这三、四句充满了意外和幽默，也顿见沧桑和感慨。

是啊，数十年久客他乡，不仅"老大"，风华不再、鬓角已疏，即使是一直在维护的乡音，其实都变了。没有什么不变，一切都在变化。数十年间，诗人念念不忘其乡，而今家乡还认得这个游子吗？到头来，这"客"的标记，仍然难以消除。这就是人生的困惑。

下面再看《回乡偶书·其二》一诗。可以视为前首的续写。这首诗不像前首那么有波澜，有起伏，而是感慨中显得平静和深沉多了。

头两句说，回乡的陌生感，一半因为离别的时间长，一半因为人事的变化。这里再提离家时间之长，不是对第一首首句"少小离家老大回"的简单重复，而是有很深的感慨。因为"岁月多"和"人事消磨（磨灭）"，故人世发生了多少事变呢？

诗人年轻时所维系的族群、邻里、朋友等关系，其实都在渐渐地被置换，有人还在，有人已不存，数十年间，怕是多半零落不堪啊。而现在所遇到的孩子，中间的种种关系都断了，他们又怎么会认识"我"呢？

后两句也是诗情逆转。诗作说，都在变化，没有不变啊。要说真的没变，大概只有门前镜湖这一湖清水，春风里所泛波纹，还和当年"我"出门时一模一样啊。颇有"物是人非"的深叹。

当然，这也是诗人在做另一番的表白和自我的抚慰。对于信"道"的诗人来说，如果真有不变，那就是所谓随顺随化而不言。这诏赐镜湖一曲（《新唐书·贺知章传》："天宝初，病，梦游帝居，数日寤，乃请为道士，还乡里，诏许之，以宅为千秋观而居。又求周宫湖数顷为放生池，有诏赐镜湖剡川一曲。"），确实是个静观默察、平复心性的好地方。只有心静如水，才能应付得了这世事的变迁。那么，回乡的这一番被揉皱了的心魂，于此也就可以平复如初了。

【作者简介】

贺知章（659—744），字季真，越州永兴（今浙江萧山）人。武后时中乙未科状元，授予国子四门博士，迁太常博士。开元中，与张说同撰《（唐）六典》及《文纂》。后接太常少卿，迁礼部侍郎，加集贤院学士，改授工部侍郎。不久升任秘书监。天宝初，请为道士还乡，诏赐镜湖剡川一曲，御制诗以赠行，皇太子以下咸就执别。未几而卒。肃宗赠礼部尚书。少以诗文知名，为人旷达，好酒，有"清谈风流"之誉。晚年尤纵，自号"四明狂客"。与张若虚、张旭、包融并称"吴中四士"；与李白、李适之等称"饮中八仙"；又与陈子昂、卢藏用等称"仙宗十友"。诗文以绝句见长，除祭神乐章、应制诗外，其写景、抒怀之作风格独特，清新潇洒。作品多散佚，《全唐诗》存诗19首。

孙处玄《失题》

汉家轻壮士，无状杀彭王。
一遇风尘起，令谁守四方？

　　孙处玄《失题》一诗，借史言事，以汉说唐，展现了诗人对时局的不满和忧虑，也显示了诗人一定的历史视野和政治情怀。

　　诗作前后两用典故。前两句涉彭越等事，言汉朝不爱惜壮士，毫无根据地将大功臣彭王杀害。彭王，指彭越，秦末魏地聚兵起义，后归刘邦，拜魏相，骚扰项羽后方，最后又与韩信等会师垓下消灭项羽，受封梁国。关于彭越获罪，刘邦起先责备其不随征，随即以谋反罪将其囚禁，然后流放，不久再遭吕后骗回杀害，其事在汉十一年（公元前196年）。同样的手段，此前已施之于韩信等诸多功臣旧部。韩信是汉六年被抓捕，汉十年被杀害。杀韩最直接的后果，是刘邦冒进追剿匈奴，平城白登山被围（事在汉七年），几无良策以抗外侮，最终与冒顿达成屈辱性条约，方得脱身。而杀彭越等一大批功臣旧部的再一个后果，就是到吕后临朝，除了周勃等庸碌守成之辈，已无冲锋陷阵、摧城拔寨之将，只得接受匈奴单于对吕后的侮辱与挑衅。

　　这前两句中言"彭王"，是指涉一批功臣旧将，而"无状"二字，则显示了诗人的褒贬。为历史上的彭越等人鸣冤屈，就是为当朝受迫害的臣子鸣不平，实际上借此讽刺武后时使用酷吏罗织罪名，频频杀害李唐忠良致外事不张的情形。

　　后两句暗引刘邦《大风歌》事，来说武后治下的朝廷所面临的危机，表达了诗人的嘲讽与忧虑。

　　汉十二年，刘邦击破淮南王英布后，归途中顺道回到故乡沛县，举行宴会。又组建合唱团，并创作《大风歌》唱和："大风起兮云飞扬，威加海内兮归故乡。安得猛士兮守四方！"他将有威胁的功臣和旧部一一翦灭，不可谓不辛苦劳烦，但是，汉朝的江山又须得人来守护，怎么办？《汉书》云："上乃起舞，忧慨伤怀，泣数行下。"可见当时刘邦心情的沉重。这里的"风尘起"即指《大风歌》中所谓"大风起兮云飞扬"，喻社会动乱等异常变故发生。

　　此后二句，充分表达了诗人的讥讽和担心。以诗讽谏，与史家资治的精神相通，表达了诗人积极的世道关怀。诗人暗示：时代危机四伏，如今有多少类似的蠢举还在上演呢？

【作者简介】

孙处玄，《旧唐书·隐逸传》曰："长安中征为左拾遗。颇善属文，尝恨天下无书以广新闻。神龙初，元勋桓彦范等用事，处玄遗彦范书，论时事得失，彦范竟不用其言，乃去官还乡里。以病卒。"《全唐诗》存诗2首。

张说《蜀道后期》

客心争日月，来往预期程。

秋风不相待，先至洛阳城。

张说的《蜀道后期》一诗，作得精巧婉致，耐人寻味。

先说题意，所谓"后期"，指后于所定归期，即归期有延滞，诗作内容大约依此而感发。

所谓精巧，从开头两句即可看出。诗作有意倒装，而将客蜀的思归之心做了凸显。这两句言事兼言归心，大意说，客居于蜀，往返洛阳（当时首都，武后称帝定都所在）的时间和路程都已预先定好，而现在，思归之心真是与日俱增啊。言下之意，已暗含了归期延滞。不过，前两句虽含心情，总体而言较为平平。然而，千万不要小瞧了这所谓平淡的叙事。它往往是作家的有意而为：如若没有这个平淡，后面的翻空出奇则无法做成（况且，在结构上，"平淡的叙事"也在不动声色之中做了铺垫和伏笔）。常常，甚至为了后面的翻空出奇而有意要将前面的部分作得平淡无奇。

再看三、四句。在逻辑上，不过是将前两句字里行间的意思（即所谓"归期延滞"）说出来而已，但是，给人的感觉是诗人突然宕开了一笔，居然天马行空地说到了"秋风"如何。后两句大意说，"我"明明与秋风商量好了，要一道回洛阳去（大约诗人的归期定在了夏秋之交，故有"秋风"，云云），可它居然不等人，自己急匆匆地趁先跑到了洛阳（现在已是秋天了，而"我"仍然滞留在西蜀啊）。

这宕开的一笔，更见精妙。我们看，诗人的心情由前面的焦躁变成嗔怪，语气也由之前的急切变成惊讶，甚至在表情上，由一脸的认真变成耸肩解嘲，将诗句前两句聚集起来的紧张通过幽默一下子化解掉了。秋风如人，这一喻拟手段的运用，既避开了写作上的平铺直叙，又使诗作增添了一份意外的情趣，让烦恼也因节制和变相表达而变得轻松起来。这就是艺术（手段）的魅力。在这方面，清人徐增在《而庵说唐诗》的见解，可谓众里最显："人知其借秋风作解嘲，而不知其将秋风来按捺日月，故'争'字奇，'不相待'更奇。"

【作者简介】

张说（667—730），字道济，一字说之，洛阳人。早年制科考试，策论天下第一。历仕武后、中宗、睿宗、玄宗四朝。因不肯依附张易之兄弟，忤旨，曾被流放钦州。中宗复位，被召回，进同中书门下平章事，任兵部侍郎。711年任宰相，监修国史。玄宗时封燕国公，任中书令。因与姚崇不和，贬为相州刺史，再贬岳州刺史。721年，复为宰相。掌文坛30年，为开元前期一代文宗，与许国公苏颋齐名，号称"燕许大手笔"。有张燕公集。《全唐诗》存诗5卷。

张说《岳州守岁·其二》

桃枝堪辟恶，爆竹好惊眠。

歌舞留今夕，犹言惜旧年。

张说这首守岁诗，送往迎今，欢愉与忧伤与共，将一个复杂而微妙的心绪展露了出来，显示了诗人的两难和处理的巧妙，堪称智慧，给人另一种幽默。

《岳州守岁》诗共有两首，第一首"夜风吹醉舞，庭户对酣歌。愁逐前年少，欢迎今岁多"比较简单，大约叙议结合，写诗人"守岁日"（即传统"除夕日"）在官署庭院里与僚属们同饮共庆、载歌载舞、辞旧迎新的情形。

醉舞、酣歌，不可谓不尽兴，如果注意到诗人因为与名相姚崇政见不合又兼他事牵连而被外贬岳州的事实，就知道他心情的大概，宋人计有功《唐诗纪事》谓"常郁郁不乐"，故而"守岁日"的行为就显得非常特别，甚至"辞旧"的意思更为显著。诗人希望"愁"能随着前一年的逝去而减少，而"欢"，特别是通过今夜除夕尽情地饮酒、尽情地歌唱和舞蹈而不断增多。这是一个美好的祈愿。但诗人是聪明人，他马上就感觉到了特别棘手的问题。

我们看第二首。这首诗作也同前首，是叙议结合的样式。

一、二句叙事当然也很充分。从"桃枝辟恶""爆竹惊眠"的情形看，所谓歌舞，应该结合了岳州当地的风俗，可能还有傩戏之类的活动。一群戴着面具的傩神，手持桃枝翩翩起舞，将邪魔通通扫除；又一众青壮齐刷刷地撕开毛竹管子，发生惊破夜天的爆裂声（甚至惊醒了今夜已经睡下的人，从一个侧面见出欢庆的时间之长），将妖怪尽皆驱逐掉，共同赋予"祛邪避灾"的意思。

现在看三、四句的议论。今夕是除夕，是守岁，按照习俗的做法，既要对似水流年的过去一年表达惜别留恋之情，又要有对即将来临的新的一年寄予美好愿景的展望。然而，这即将过去的一年，对于诗人则是郁郁寡欢的一年，怎么能守着且留恋着呢？诗人今夜尽情地饮酒尽情地歌舞，就是要辞旧迎新，所以他对逝去的"旧年"毫不吝惜。但是，怎么处理"守岁"的尴尬呢？诗人即景抒情，说"歌舞留今夕，犹言惜旧年"，也就是说，"留今夕"（即所谓"守岁"）就"留歌舞"，就将今夜欢快的歌舞作为旧年典型的征候，咱们载歌载舞就当是回忆逝去的一年吧。

无论是在时间（除夕仍然属于旧）上，还是就现场发生（是"真实发生"）的情形，都可以这么做这么说，并不纯然是自欺欺人。而且，在年岁相分新旧两年的节骨眼上，以酒与歌舞的形式接续到新的一年，以非常规、不那么清晰、清醒的方式，于人于己，都是不错的选择啊。

沈佺期《邙（máng）山》

北邙山上列坟茔，万古千秋对洛城。
城中日夕歌钟起，山上唯闻松柏声。

沈佺期《邙山》一诗，笼括和收拢力强，暗示性强且对比性鲜明，显现了诗人惊人的笔力，给人以强烈的印象。

起句雄劲苍凉，"列坟茔"之"列"字，已见场面和气势，属于空间的造势。其坟茔之多，场面之大，在阴森惨淡的背景里，给人无限的警示：既壮观、雄峙，又令人惊骇！次句属于时间上的接应。万古千秋，言时间极久远，整句引人无限的遐思。开首两句，立足于"邙山"，而比对于世界另一极的"洛城"，此两者森冷僵硬，巍然对峙，又遥遥相望，所谓阴阳两极，冰火不容，然而又似息息相关，让人于惊骇之余遐思翩翩。

第三句略有转折，但仍然承接次句（关联于"洛城"），暗示性极强（"日夕歌钟起"让诗歌带着极鲜明的方向），显示世俗的浓色调，但语含讽意。本来，日出而作、日落而息，是大自然与造化所安排的万年不易的惯性，但是对于北邙山下洛阳城里世世代代或转迁来此生活着的人们来说，尤其是所谓上流（能享"歌钟"者），他们要以纵情的享受对抗自然的安歇，要以恣肆欲望挥霍来冷遇儒道们的苦口婆心。而眼下，这暮色刚刚降下，一切的豪奢放纵即已开始。

的确，夜幕下，洛阳城急管繁弦、轻歌曼舞，千百年来繁华热闹不已。多少人奉行及时行乐的人生哲学：歌钟日夜彻响，是无边的享乐，是过把瘾就死的狂欢，是将"醉生梦死"四字写尽的无边疯狂。但是，这"生"的浮华和轻佻，却让诗人感慨不已。他说，你听，夜色里的洛阳城实在是太吵闹了，再看那边，北邙山上，是多么安静，一切皆浸在浓厚的黑暗里，只有阵阵松涛柏浪的"唰唰"声，时不时地伴着风儿传过来。

诗作第三、第四两句对比强烈，"生"与"死"如一墙之隔，警示的意味极为浓厚。毕竟，闹得太凶，奔赴邙山的速度就越快吧。尽管此山是王侯将相、富贵闻达们理想中的埋骨之所，又有"生在苏杭、死葬北邙"令人艳羡的高标，但谁愿意匆匆赶赴彼岸的阴间地府呢？即使不是以上这些，关于生与死、此岸与彼岸、现在与未来，人生如何开启又如何落幕，世间的存寄与归宿，等等，在冷硬翘棱的墓地与死亡跟前，其实都可以静下心来好好地寻思一番的。不是吗？

【作者简介】

　　沈佺期（？—713），字云卿，相州内黄（今河南内黄）人。上元二年（675）举进士。武后时累迁考功郎、给事中。因依附张易之，流驩州（今越南义安省）。神龙中，召拜起居郎，修文馆直学士，历中书舍人、太子少詹事。诗与宋之问齐名，多应制之作。律体谨密，对律诗的定型颇有影响。有《沈佺期集》。《全唐诗》存诗3卷。

张九龄《答陆澧》

松叶堪为酒，春来酿几多。
不辞山路远，踏雪也相过。

　　张九龄的《答陆澧》一诗，感觉是诗人的不经意之作，但写得娴雅，风趣而又不失友情之真与诚。题目含"答"字，说明此诗属于回复性质，大致可以看出友人陆澧对诗人非常敬仰，邀请也很诚恳，其期待之情甚是殷切。

　　再具体看诗作。首句言松叶酒，一种药酒（能缓解诸如脚痛、痛风等症状），大约在唐时还较稀罕，做法似乎也较神秘，但诗人是何等聪慧的人，"堪为酒"，说明他知道做法，且语气颇为肯定，这是对友人的信任。言外之意，是诗人愿意一尝。这种酒从现今传出的一些技法看，每次的用量都很大，且颇为费料，明人方贤《奇效良方》谓："松叶一斤，细挫如豆，木石臼中捣令汁出，用生绢囊贮。以清酒一斗浸二宿，近火煨一宿。"《千金方》谓"初服半升，渐加至一升，头面出汗即止。"所以诗人诙谐地说："春来这酒酿造了多少啊，够不够用一次？"在中国只有熟人之间才较容易开一些玩笑，由此可见诗人与友人之间的熟稔程度。

　　但回信如果只有诙谐，未免失之于肤浅，也容易落下误会。对诗人来说，玩笑也只是使氛围更轻松，有了就行（所谓"娴雅"即指此），本意的表达才是重要的。所以正经的人在玩笑完了之后，肯定还要回到一本正经的台面上来，深得"谐庄"之妙。

而三、四两句正是如此，且语意为之一变，由诙谐转为真诚，且有递进关系的承诺，充分表达了诗人对友人的诚意。在诗人看来，可能此次所酿的酒真的不多，也没关系啊，只要有就行。至于路程的远近与行达的便否（事实上，路很长很难走，还是山路，并且还有积雪），都不在计较之内，诗人在此是做了保证的。一个讲求友情的人，一个珍惜别人心意的人，他深深懂得友人的用心，怎么会因为种种不便而随便放弃呢？又怎么会挖空心思为自己的拒绝而端出俯拾即是的借口呢？

从后人的一些做法上可知，松叶酒在服用之前，要经过三宿的浸煨才能做成，也就是说，要成行一次，于友人、于诗人自己，其实都非常麻烦。明白了这一层，故而玩笑之后，诗人很郑重地对友人表示，"不论山路多么遥远，脚下多么不灵便，也要成行，即使现在山里积雪很厚也不怕，那就踏雪前去拜访啊"。满满的诚意弥漫于纸面，相信一定会感动友人很多的。至少，它已将后世读者深深地打动了。

【作者简介】

张九龄（678—740），字子寿，韶州曲江（今广东韶关）人。幼聪敏，善属文。擢进士后又以道侔伊吕科策高第，为左拾遗，官至中书侍郎同中书门下平章事，迁中书令。为玄宗朝雅有名望的宰相之一，直言敢谏，后为李林甫所忌，贬荆州长史。其文为世所推崇，诗作和雅清淡，有《曲江集》。《全唐诗》存诗3卷。

王禹偁（chēng）《清明》

无花无酒过清明，兴味萧然似野僧。
昨日邻家乞新火，晓窗分与读书灯。

王禹偁此诗，写一个士子清明过活的情形，虽然清寒至极，却过得忙碌而充实，给人一种积极的指向。

诗作前两句即言清寒难耐，暗示世俗清明，此日有花有酒，欢乐游春；而有钱有势的富贵人家，更是花天酒地，招摇热闹。相对而言，清贫的诗人，自感蹩脚得像个郊野出家的僧人，没人瞧见，没人当回事，一时兴味索然。

但接下来，诗情顿然转折，翻成骨气，见出了指向。即是说，一时情绪的到来，谁也挡不了，人生确实不少时候，为自卑、为不如人流了眼泪；但生活还得要继续，该做的事还要接着做。三、四句说，确实家徒四壁、一贫如洗，备不起火种，昨日寒食熄火（在清明前一天）后，就特地向隔壁邻居讨了火种，点灯夜读，直至今日清明天亮，晓窗下才撤去了灯火。确实，很多时候，生活中有不少不如意的地方，但只要一做事，就能够将清贫的窘迫及发慌的闲劲憋住，就会感到像挑灯夜读的士子一样，一宵的投入和充实，再到天明，老天自会帮忙，于是又见到充满希望的新的一天。

另外，需说明的是，有人将诗作最后一句读成"讨取火种，准备清明天刚亮就起来点灯读书"，怕有问题，应当是"晓窗分与读书灯"。因为如果既有天明光亮，就无须再点什么灯。而次晓未及，读书自然仍须灯火照明。这是一般的常识。再者，再将诗作前后展读一番，又会发现，诗人在解嘲之余，是不是又自带了一份幽默？的确，很多时候，不如意的生活其实很需要那么轻轻地点化。

【作者简介】

王禹偁（954—1001），字元之，济州钜野（今山东巨野）人。太平兴国八年（983）进士，历任右拾遗、左司谏、知制诰、翰林学士。直言讽谏，屡受贬谪。至道元年任翰林学士，坐讪谤罢知滁州，改扬州。真宗时复召为翰林学士，预修《太祖实录》。又以直书史事为宰相不满，出知黄州，迁蕲州，病死。文学韩愈、柳宗元，诗崇杜甫、白居易，为北宋诗文革新运动先驱，著有《小畜集》30 卷、《五代史阙文》等。

卢照邻《芳树》

芳树本多奇，年华复在斯。
结翠成新幄，开红满故枝。
风归花历乱，日度影参差。
容色朝朝落，思君君不知。

《芳树》本是乐府鼓吹曲辞的汉饶歌十八曲之一，多关思念和别情。

所谓芳树，即散发芳香的绿树，或谓盛放芬芳之树，着意于情与容的表达。

南朝梁武帝萧衍有《芳树》诗："绿树始摇芳，芳生非一叶。一叶度春风，芳芳自相接。色杂乱参差，众花纷重叠。重叠不可思，思此谁能惬。"咏绿树花开，谓自一朵花生出，到花花相接成片，再到无数纷繁重叠，给人目不暇接之感。而此无数芳华堆积，情景千万，牵动人的情愫太多，不能多想，因为这会勾起无数年华盛放而易逝的感伤，又怎能让心情舒畅呢。

卢照邻的《芳树》诗，虽然依旧不能脱离旧套，但因为表达特别而自具一格。

年华，谓春光。首联言拥有此芳树本来已经惊奇幸运了，现在美好的春光又成人之美而来到。树未着花而芬芳可闻，值得期待，因为最好的条件（大好的"春光"）已经具备了。

颔联写芳树绿叶苍翠繁茂，形如新帐，去年着花的枝丫，今年仍然花红满开，一片灿然。写枝繁叶茂，写红满旧枝，展现情枝充沛、新不弃旧的美好情愫。

颈联侧面写芳花的情状，语意有转折。本来已经叶茂花繁，春意盎然，现在一阵清风拂来，繁花凌乱，随着日影移动，花影也跟着斑驳参差起来。写风、日的无心过往，不小心成了一种无情和摧折，暗示繁花心绪的易于不宁和常常凌乱的脆弱，渴望引起真正有心人的关注和厚待。

尾联是在颈联基础上的"直陈"。容色，容貌神色，指花容月貌。这里说，这些姿容盛美的花朵却不能久等，因为其生命短促，天天都会凋落芳魂，以至于落红无数。又说，其实，花儿每时每刻地思念着心中的君子，但君子好像并不知。忍视着容颜一天天地衰老，青春的心一天天地逝去，想念对方而对方却不知晓，这是多大的痛苦和伤悲啊！

读诗至此，感到诗作明显是"借花写人"。以女性的爱美装扮暗示不被心慕的男士认识和理解，最终只落得哀叹年华流逝、春情空落，以暗喻一种惨淡无奈的现实：在最美好的时候，最美的青春，遭遇无视，如春花盛开却又如花般凋零，让人感慨，也让人哀伤不已。

自汉乐府以来，诗关情愫，不离男女，唯有观乎自然，体察生活，细味人生，才能不使真情错付，不使人间生怨。宋朱淑真《秋怀》诗所谓"满眼春光色色新，花红柳绿总关情"，真是至情至性之言。

贺知章《咏柳》

碧玉妆成一树高，万条垂下绿丝绦。
不知细叶谁裁出，二月春风似剪刀。

一般说本诗是首"咏物诗"，原因即在于一、二句确实描绘了一株春二月的柳。

我们看，诗人笔下的柳树确实别具风情。首先是形象美丽，整株柳树好像是由无数碧玉所装扮而成，细瘦高挑，温润精美，亭亭而立，曼妙得像一个舞娘。这很容易让人联想到一个词语：小家碧玉——南朝宋汝南王小妾碧玉。北周庾信《结客少年场行》云："定知刘碧玉，偷嫁汝南王。"那是一个活泼的、才刚粗通人事而一任纯情所催使的女子，引发了多少代文士的神往和垂羡呢！

再看次句。在此春风缓缓之中，千万条垂丝瞬时成了它的万千裙带。正如马茂元先生所说，"用碧玉来比柳，人们就会想象到这美人还未到丰容盛鬌（jiǎn）的年华；这柳也还是早春稚柳，没有到密叶藏鸦的时候"。小家碧玉，想来这"小"字，是宛俏可人、十七八待嫁的模样。

面对如此迷人的柳树，诗人一时有点错愕。应当说年年有春，年年柳绿，今年的柳树也是应景而生，绿叶应时而长，一树转瞬之间变得绿意盎然，充满了无限生机。不过，人是时间的奴隶，明明已经是春天了，却仍然还带着残冬的气息，因为那种气息在身上仍然还很强烈。几乎还在昨天，眼前的株柳，仍然还在寒风中瑟瑟发抖，黯淡、枯瘦，一任朔风摧残。

是什么一夜之间改变了这一切？是什么让那丑陋不堪、人人嫌弃，或者嘲笑排挤的"丑小鸭"，变成了这高贵、优雅、圣洁的"黑天鹅"？你看，那些遒劲的苍松翠柏，是诗人们永远歌咏的对象，因为它们给人传达坚定的品质。再看那些白杨树，高大挺拔，有如肃然的卫士，也能在人们心中塑造品范。而眼前，是什么由内到外地将一株弱柳，一个如此不堪的"彼"变成人见人爱的"此"？

丹麦伟大作家安徒生在《丑小鸭》中成功塑造了一个类似的故事。在故事的结尾，这样说道："当我还是一只丑小鸭的时候，我做梦也没有想到会有这么多的幸福！"想来，如果那株柳树真有生命的感知，也一定会有这样的惊叹。这株柳为何有如此的变化，不否认一个冬天它都在蓄积养料，拼命地对抗着风霜和冰雪，也对抗无数生物对它的破坏。这个，自然是题中应有之意。但是，是谁将这株柳装扮得如此美丽呢？

第三句由次句"绿丝绦"而来，使诗作貌似无变却突然生变，而且是骤然之变。尽管用语温柔，但那种由表面的赞美深入到事物背后的寻思还是很醒目。因此，从这个角度看，本诗又不纯然是一首咏物诗。这柳叶细长细长的，在风中犹如柔细的纤指，又如可含情传意的如眉的柳叶，这一树的风情，皆由此万千"丝绦"来表现、来传达。因此诗人非常好奇，这"细叶谁裁出"呢？

有人说，诗人不是在结尾说"春风似剪刀"吗？你看，诗歌在一问一答之间，"用拟人手法刻画春天的美好和大自然的工巧，新颖别致，把春风孕育万物形象地表现出来了，烘托无限的美感"（马茂元语）。是吗？但在我看来，这春风温煦又带点料峭，说是剪刀又似有还无，却不关诗人的关切之问。细叶谁裁出？春风？非也，非也。答非所问，问不在答，妙在无穷远处。诗人只说"二月春风似剪刀"，并没有说是谁拿起了这把最能做巧的剪刀啊。

究竟是谁呢？后世苏轼在《喜雨亭记》的结尾说得好，兹引如此："伊谁之力？民曰太守。太守不有，归之天子。天子曰不然，归之造物。造物不自以为功，归之太空。太空冥冥，不可得而名。"

"不知细叶谁裁出"，诗人在诗作中的这似有若无、不经意的一问，使本诗超出了"咏物诗"的范围和高度，这是高妙者以大手笔写小文章的精彩一现。

万楚《五日观妓》

西施谩道浣春纱，碧玉今时斗丽华。
眉黛夺将萱草色，红裙妒杀石榴花。
新歌一曲令人艳，醉舞双眸敛鬓斜。
谁道五丝能续命，却令今日死君家。

这首诗通篇写"夺将""妒杀"，锋芒太盛。然此正是唐诗风貌之一。

今观唐诗鉴赏陈志明与谭克两位学人评鉴，皆以为写乐伎摄魂夺魄的魅力，而令诗作者有魂丧宴会主人家之虞。是吗？当然，《此木轩论诗汇编》虽持批评态度，仍认为诗作者有点神魂颠倒，故而说："既自误，又以惑后生，岂不可恨！万（指'诗作者'）之倾倒于此妓，何若此之甚？然固非诗之所禁也。'何事世人偏重色，真娘墓上独题诗'岂非良箴？然入诗，则煞风景矣。"这最后一句是文艺评论，也是《唐诗广选》的意思。《唐诗广选》认为"结语宋人所不能作，然亦不肯作"。

只是《唐诗选脉会通评林》则略有不同。一方面虽然也认为"结用事得趣，苟非狂客不能有此风调""狂而欲死，亦趣人也"；另一方面则认为这个诗歌文本还是来了一点曲终奏雅，说"然丝能续命，适以伤身，妆服歌舞，真伐性之斧，人何多中其饵乎？此诗别有讽刺"。

而笔者所关注的，是其中还有这样的陈述，如"王元美谓西施浣纱与'五日'无干，'碧玉''丽华'又不相比，余玩'谩道''今时'四字，必非无指"等。论者想琢磨出这些言辞背后的语义关联，好像没有获取。也就是说，对于这首诗，可能还看得不是那么透彻。既如此，则这个文本的具体含义还需要细细品味。

所谓五日，当然是五月五日端午这一天。此诗没有写及龙舟赛、吃粽子、饮蒲酒、彩丝缠臂、艾蒿插门等有趣的端午现象，而是只写观看乐伎表演的情形。故而乐伎如何美丽、如何演唱、如何宴饮等都在写作中涉及了。此外，诗中还出现了一些人名，西施、碧玉、（张）丽华等。还有，所谓与五月相关的即时性景物如"萱草色""石榴花"等也入了诗。如果就此而同意如《此木轩论诗汇编》所认定的"此等诗更无深意"，那就太过匆促了。

我们看，写宴会上的歌舞乐伎，既然是美丽动人者，自然少不了关联到历史上的诸多美色。但细心辨析，不难发现这美色可以归为两类，一类是来自草野民间的西施、碧玉，另一类是已经成功上位享受荣华、雍容典雅的贵族（张）丽华。当然，如果将诗作颔联所出现的花卉当作譬喻，则这些庭院中的即时美色自然是另外一些美人了。

下面稍作解析。

首句以西施自比，言其有大志。"浣春纱"？太过小看了。次句明"斗"，此一字见出锋芒，一篇之义陡然耸立。三、四句"夺将""妒杀"更是锋光四射。前四句渲染宴会场上的气氛极为紧张。今者一来即不善，要争夺、要上位、要取代的意思非常明显。你见过来自草野民间的绝色，有如此咄咄逼人的锋芒吗？此必有形势使之"一触即发"，或必有高人背后助推。然而五月骤热，天气变化莫测，从此百虫纵横百毒肆虐，有常规路径可寻吗？没有。

五、六句是写乐伎的表演，令人艳羡和陶醉，其节奏和现场的气氛稍稍有所缓和。然而，这两句也是高潮部分。顶级的、最吸引人的歌与舞，才是看不见的致命的"斗"和"杀"。不是吗？如果这两句理解充分了，那么，最后两句的意思才真正树立起来。端午用的五色丝也保不了早前上位的"（张）丽华"，她哪能抵挡得了这来自草野的旺盛生命力的勇猛进攻和柔情摧折呢？整个场景，没有一句写及（张）丽华，只有最后一句写到她的殒命，一时令人有无限的悲摧之感，而让人怅惘不已。

这，既可视为丽人间的残酷较量，也可认作彼时恶毒节候来临时的凶猛之喻吧。

【作者简介】

万楚，唐开元间登进士及第。沉迹下僚，后退居颍水之滨。与李颀友善。清沈德潜《唐诗别裁集》谓其《骢马》诗"几可追步杜甫的"。《全唐诗》存其诗8首，《全唐文》存其文1篇。

孟浩然《宿业师山房期丁大不至》

夕阳度西岭，群壑倏已暝。

松月生夜凉，风泉满清听。

樵人归欲尽，烟鸟栖初定。

之子期宿来，孤琴候萝径。

首联言夕阳西下，群壑一时昏暗下来。是叙述，也是必要的场景氛围与时间交代。颔联写入夜之景，谓月光透过松林洒下，山间的夜显得分外清凉；而清风吹拂下，山泉发出清脆的响声。这一联如诗如画，入景于心，而心旷于野，清凉寂静的禅意很足。

前四句写黄昏与入夜的情形，勾画了一个动止静生的特别环境。随着太阳的下山，黄昏在此山壑之中开始沉静起来，而夜月、山风之下，这个世界终于清静了。诗人感受很细腻，也很画意。尤其是诗作中的颔联，以动衬静，充满了禅语妙思。整个过程与画面虽然很是静寂，但并非死寂一片，它揭开了自然神秘的另一面，仍然充满了生机与趣味。

后四句言人事。第五、第六句是继续写山间的变化。随着时间的流动，其景致也跟着变化。随着樵夫的走尽，山中又还原成一个原始的世界，夜色中的山鸟这个时候也真正安静了下来。世界可以说进入了真实的宁谧之中。当然，"初定"二字，仍然可以感受到鸟雀从喳喳而鸣到偶尔而喧的渐渐止息的情形。这个世界并不反对动静，但主旋律是趋静的、温馨的，这个方向不会改变。这个静，充满了以自然为导向的静思和默想，当然也关乎依顺自然的人事的种种深邃的思考与清虑。

最后一联说，丁大先生说晚上来，可到现在仍然未见人影，那好，在此空山，容"我"一人张琴弹奏一曲，以消时间，全为等待。所谓"萝径"，乃是藤萝枝蔓缠绕着的似有似无的小路。只有识别山路的幽人才知道路径的延伸和判别之法。

当然，本诗所写为诗人在山中等待友人而友人不至的情景。尽管有些焦虑和意有不足，但独坐山中，感受山光月色、清泉鸟鸣的夜景幽趣，弹琴自娱，消忧忘俗，自然是别开了一番新境。于是，"等待"成了一段别样的富有情味的新趣。至于人生与人际的遇与不遇，其实已经不再重要。重要的是，依顺自然的安排，本心不为他事所牵，不为他情所苦。不断地守住心灵的正与定，那么人生也可谓"无失"与"无患"了。

有意思的是，崇拜孟浩然的大诗人李白，还在长安供奉翰林时，倒是写了一首与友人相遇相游的诗篇，与这首诗潇洒的襟怀，颇有些类似。其诗题为《下终南山过斛斯山人宿置酒》，曰："暮从碧山下，山月随人归。却顾所来径，苍苍横翠微。相携及田家，童稚开荆扉。绿竹入幽径，青萝拂行衣。欢言得所憩，美酒聊共挥。长歌吟松风，曲尽河星稀。我醉君复乐，陶然共忘机。"李诗处处步随渊明（指其《归去来兮辞》），又处处脱离渊明，由独徘徊变成相与欢。特别是诗中写山月有情，而人亦有深情，对山、对月、对山林，处处能见情。而对友人庭园居室的描写之中，又见出一贯的李白畅怀豪饮的神情，酒醉情浓放声长歌的豪情，以及忘忧忘俗忘机的真情。

两诗作可以共读，而能互补其有无。来与不来，共游还是独行，其实并非致命，关键在如何处心、如何待己。

【作者简介】

孟浩然（689—740），襄州襄阳（今湖北襄樊）人。早年隐居家乡鹿门山，40岁游长安，应进士举不第。畅游东南等地。后隐居在家。开元二十五年（737），张九龄镇荆州，署为从事，疽发背卒。诗与王维齐名，是盛唐山水田园诗派代表人物。长于五言诗，清新自然，古朴超迈，对当时与后世深有影响。有《孟浩然集》3卷。《全唐诗》存诗2卷。

王维《少年行》

新丰美酒斗十千，咸阳游侠多少年。
相逢意气为君饮，系马高楼垂柳边。

王维的《少年行》是组诗，共有四首，这里选其一。

何谓"新丰"，在今西安临潼区新丰镇。至于"新丰"与"游侠少年"是什么关系，东晋葛洪《西京杂记》卷二有一段记述，说："太上皇徙长安，居深宫，凄怆不乐。高祖窃因左右问其故，以平生所好，皆屠贩少年，酤酒卖饼，斗鸡蹴鞠，以此为欢，今皆无此，故以不乐。高祖乃作新丰，移诸故人实之，太上皇乃悦。故新丰多无赖，无衣冠子弟故也。高祖少时，常祭枌榆之社，及移新丰，亦还立焉。高帝既作新丰，并移旧社，衢巷栋宇，物色惟旧。士女老幼，相携路首，各知其室。放犬羊鸡鸭于通涂，亦竞识其家。"

这段文字很有意思，既讲明了新丰的来历，也让后世了解到刘邦出生与成长的大致环境。从刘父"平生所好皆屠贩少年，酤酒卖饼，斗鸡蹴鞠，以此为欢"，可以看出，所谓少年，是指喜欢踢球、斗鸡、喝酒、卖吹饼等生活于草根阶层、无学识和无多少教养的年轻人，与"衣冠子弟"（名门世族出身的生活优越、有教养的年轻人）不同。由这些"少年"，构成了社会的活力因素。在今天看来不可思议，在当时却是社会时尚。

而这种风尚，即所谓游侠精神，一直从战国延续到汉代，又复燃于唐代。"相逢意气"四字见神采。他们往往慷慨任气，因意气相投而相逢，相逢时往往彼此倾心，再言如故，豪放痛饮，放荡不羁，快人快语，直截了当。完全没有礼俗客套、虚情假意。他们往往为了一个誓言、一种情怀而挥金如土、不计其余。

所以首联里，新丰美酒即使是"一斗就要花费十千"，这些为意气而生的游侠少年们，并不在乎。诗人赞叹道，这些相聚一起的行侠仗义之辈多半都是少年啊！青春、活力、慷慨、负气，这就是美。开头这两句将一群视金钱为粪土、重义气的游侠少年形象写得有声有色。

最为生动的是诗作的最后一句，"系马高楼垂柳边"。马是少年们的行具，来时所乘去时仍乘，将它与高楼、垂柳组合在一起，点缀了酒楼风光，亦组成了一个画面，高大、雄健、飘逸，充满了动感，也从侧面烘托了游侠少年们的豪迈和英武。

而晚唐诗人温庭筠所写的《赠少年》诗，居然也体现了这种游侠的精气神。诗曰："江海相逢客恨多，秋风叶下洞庭波。酒酣夜别淮阴市，月照高楼一曲歌。"

前两句是倒装。眼下秋风吹起，秋叶纷纷飘落，如秋风劲吹、洞庭波涛起落。写叶落纷纷，是大场景，是渲染。这江湖一相逢，顿感客居在外人生苦恨多多。这开头两句显示侠义少年们（作者也是少年意气）爱恨离愁，感情丰富。如普通人一样，他们也触景生情，多愁善感。

再看后两句。所谓"淮阴"，让人想起后来扬名秦汉时期的大将军韩信，未出名时曾在淮阴市委屈寄食、受胯下之辱，被人耻笑。所谓"酒酣"及"一曲歌"，又让人想起战国末期，嗜酒如命的侠客荆轲，日日与"屠狗辈"及弹筑（像古琴的乐器）高手高渐离等人饮酒于闹市的情形。彼时饮酒尽兴，高渐离击筑，荆轲和歌，完了相拥而泣，旁若无人。这后两句一连用典，是说这一群侠气少年，能忍能受，能饮能歌，豪放恣肆，他们作别时豪壮放胆，显得耿直多气，个性十足。

总之，前两句写相逢，后两句写分别。相逢而悲，是触景生情；分别而豪，是因为酒壮人胆，侠气尽显。王维与温庭筠这两首诗作，一相逢一作别，如一枚硬币的两面，合成了一个完整的游侠少年人。

【作者简介】

王维（701—761），字摩诘，河东蒲州（今山西永济）人。开元九年进士，任太乐丞。曾一度奉使出塞。张九龄执政，写诗自陈，多有进取之心。安史之乱后，曾受伪职，受处分。此后长期长斋奉佛，参禅悟道，人称诗佛。诗书画都很有名，音乐也很精通。与孟浩然合称"王孟"。有《王右丞集》。《全唐诗》存诗4卷。

王维《文杏馆》

文杏裁为梁，香茅结为宇。
不知栋里云，去作人间雨。

"文杏"，词典说是"银杏（俗称白果树）"，其"木质纹理坚密，是建筑和手工业高级用材"。"香茅"，则谓"叶子扁平，长而宽"，其"茎和叶子可以提取香茅油，用作香水的原料"。"宇"，"屋檐"之义。首两句说，将粗大的文杏裁制成坚实的栋梁，将香茅编结成香溢的屋顶（或"屋檐"），再饰以其他名贵珍稀物什，这样坚实而芬芳的文杏馆就制成了。如此精心制作，足见此馆在诗人心目中的位置很特殊、很重要。

诗作前两句貌似实写，后两句则虚带奇幻色彩，说没想到栋梁间飘荡的白云，飘去人间化作了甘霖。由实及虚，由近指远，让诗歌有了余味，给人增想的地方也多了。但诗作如果仅仅如此解释，即使有所谓余味，其阐释的空间并不大。如果这样认为，可能就错过了一首表达情怀的好诗。

我们看，文杏、香茅二者在古代均为名贵之物。《西京杂记》卷一《上林名果异木》里说："初修上林苑，群臣远方各献名果异树。……杏二：文杏（材有文采者）、蓬莱杏。"司马相如《长门赋》又谓"饰文杏以为梁"。北魏郦道元《水经注·湘水》谓"（泉陵）县有香茅，气甚芬香"，李时珍《本草纲目·草二·白茅》谓"香茅一名菁茅，一名琼茅，生湖南及江淮间，叶有三脊，其气香芬"。考虑到司马这篇骚体赋的倾向（表现受屈被弃的苦闷和抑郁），以及香茅的地域（"湖南"）特征，不难看出：一是诗含以稀见之木喻稀见、能承重之才，又以此暗喻自身；二是与屈原以来以香草喻美人的手法一致，诗人暗以此喻自身不断增修品德和精进才华，以及表达人生不遇的悲恨。

此外，诗作第三句"栋里云"等又引郭璞《游仙诗七首·其二》之典，似乎更为清晰。郭璞原诗谓"青溪千余仞，中有一道士。云生梁栋间，风出窗户里。借问此何谁？云是鬼谷子。翘迹（举足）企（羡慕）颍阳（许由），临河思洗耳。闾阖（西风）西南来，潜波涣鳞起。灵妃（宓妃，洛水神）顾我笑，粲然启玉齿。蹇修（伏羲臣，掌媒事）时不存，要之将谁使？"诗人景仰于郭璞所描绘之鬼谷子，隐然于世、品格高标、不屑于世间的功名利禄，尽管有绝世之才、造福人间的善举，然而有感于人生不遇、君臣不能相得，而表达人生志愿难以实现的遗憾。

统整以上，诗作借名贵稀材制作高馆来显示德行之丰茂、才能之卓著，以地势之高峻来显示人格之高峻，又以栋里彩云化为人间雨来显现诗人的经世抱负和宽宏仁心，但骨子里仍然想表现诗人自身的生际不遇的隐恨。

王维《归辋川作》

谷口疏钟动，渔樵稍欲稀。

悠然远山暮，独向白云归。

菱蔓弱难定，杨花轻易飞。

东皋春草色，惆怅掩柴扉。

陈铁民先生《王维集校注》曰："辋川，地名，即辋谷水。在陕西蓝田难辋谷内。辋谷是一条长十里、宽约二百至五百里的峡谷，有辋川水流灌其中。《长安志》卷十六：'辋谷在（辋川）县南二十里。''辋谷水出南山辋谷，北流如灞水。''清原寺在县南辋谷内，唐王维母奉佛山居，营草堂精舍，维表乞施为寺焉。'"

诗作说，在平宽的辋川谷口，有稀疏的钟声微微地回荡，樵夫和渔夫们也渐渐地变少了。这开头两句钟声似有若无，人力也渐次消歇。这是先闻其声，再视其人，是傍晚典型的征象，也是暮色笼罩的开始。

颔联写暮色聚合的情形。又见远山暮色幽静，云气归收。自然的律动，所谓瞑色如画也。悠然，是闲静的样子。山本以静显，而远山更显空灵，又逢傍晚，于是显得格外悠闲和虚浮，仿佛清虚得可以飘浮飞动。第四句写云气收拢，是动态，但诗人别有会心，以浮动的白云为静根，于是闲静的山仿佛成了飘荡的云，向着云天飘去。这或许是傍晚的暮色云气使然，但这种错觉恰恰成了颈联的起因和催化剂。当然，这第四句也可以直接理解为诗人归向白云聚拢的山里，与渔樵们的归与之向相反，显示诗人独特的人生取向。

颈联写不得已的浮动。远山之浮动触动了诗人，于是他又看到了渔夫归舟之后是菱蔓的随漂，樵夫担柴背影里是杨花的纷飞，菱蔓与杨花，似乎皆被带动而有所不得已。厚重的大山仍然有动感，何况这些无助的轻微的菱蔓和杨花呢。由此，又触动了诗人进一步的思想。动后如何复静，静与物体的重量没有直接关系，静是与心尤其是本心相联系的。

颈联承颔联，撕开一颤动小口，但隐而不显。因为像菱蔓和杨花这些无质感的事物，即使不是出自诗人的感悟，照一般人的眼见，也是易飞难定的轻物。所以诗人巧妙地将自己的发现隐藏在世俗的见识里，显得隐含而不露。但是，诗人还是原谅了这种本于生命无内在的质的轻浮。

最后两句，表示时间变化与生命之叹。诗人说这日日晨往的东皋，唯其草色自春而绿意盎然，显得与自然最为贴切，没有什么与之相符了。既不轻浮，也不随波逐流，是"无心"中有一份"本心"在。所谓惆怅，并非诗人自身失意于世，乃伤怜于菱蔓、杨花不能坚定自持地浮转飘随。而其一"掩"字，则是诗人坚定的选择，也是本诗的一个结论。

王维《过香积寺》

不知香积寺，数里入云峰。
古木无人径，深山何处钟。
泉声咽危石，日色冷青松。
薄暮空潭曲，安禅制毒龙。

所谓"香积"，是佛教传说众香国的佛名；"香积寺"，是唐佛寺名，在今陕西长安区南神禾塬上。"安禅"为佛家术语，指静坐入定，即安静打坐，俗称打坐。"毒龙"，佛家指邪念妄想，用以喻世俗人的欲望，本来指恶龙，是一种残暴恶势力。佛教故事说，佛本身曾作大力毒龙，众生受害；但受戒以后，忍受猎人剥皮，小虫食身，以至身干命终，后卒成佛。（事见《大智度论的故事》第315—317页，花城出版社1995年版）

对于一个凡俗之人像"我"，一开始未必有此感受：忘却尘世的欲念而沉浸于自然的清凉与幽静之中。

诗作一开始说有一种我们所"不知"的东西，只看到那虚无缥缈的远处，那是一处距离生活很远的所在。如果是"我"，那一定很有些失望的意思。所要寻找的对象不知在哪里，只知那是我们所要去的地方。走啊走啊，到处都是古木荫蔽，甚至连一条小路都没有，一定是个人迹罕至的地方了。并不确定地找寻，茫然无措地找寻，一定非常令人失望。不过，正当不知去处时，是不是听到了什么？是什么呢？是悦耳悠扬的寺庙钟声，在这空林里久久回荡着、徘徊着，让我们暗暗地有了一丝激动。不知怎么地，又让人感到一丝空荡与寂寞。

就循着钟声前行吧。眼见在那高耸的、如刀劈斧砍的山崖前，有一脉细泉，如怨如慕、如泣如诉，似乎不让人好受。我们甚至还能够感受到那山崖也仿佛因而悲咽、因而啼泣了。这是一个什么去处？抬头看看天，人仿佛掉进松林的陷阱。日光缥缈，只偶尔洒漏一点淡淡的金黄的光，却更增了一种寒冷的意绪。傍晚了，一缕缕斜晖挂在空中，倒映在崖下的空潭里，静静地，就在那里，时间仿佛凝固又像是永恒。那不是天上的彩虹，但它唤起西天的壮丽和静穆。那一抹抹光辉，突然使人想起一个佛教的故事。在西方一个潭里，有条毒龙，屡屡害人，有高僧以无边的佛法制服了它，于是这空潭，永远归于宁静。这样想着，它是那样的宁静，"我"就在幽深曲折的潭岸，洗洗"我"的脸颊，清清"我"的肠胃，在这四下寂静无声里，是不是也不知不觉而忘却了尘世呢？

"我"以一个尘世的俗人来看这首诗，诸位不要责骂。但本诗所传达出的意绪难道不是如此吗？当然，经验在感觉与回想的时候，可能还要进一层呢。既已领悟到那种幽眇的佳境，回视来路，竟原来也如此分明呢！于是，心里欢喜了。

深林里传出那悠扬回荡的钟声，细泉从高壁上滴落而下，这林深之处，感觉日光也是那么的清凉，特别是到了傍晚，那种超世的静谧更无法言说了。是的，随处都可以参禅，随时都可以领悟，又何必一定要去苦苦寻求一个目的地呢？

这里最有名的句子当数"泉声咽危石，日色冷青松"。唐人于邺在《东门路》诗里说得好："从来名利地，皆起是非心。所以青青草，年年生汉阴。""汉阴"，本指汉水南岸，后人多用为"汉阴抱瓮丈人"的典故。《庄子·天地》谓，孔门子贡游楚返晋过汉阴时，见一老人一次次抱瓮浇菜，用力甚多而见功寡少，就建议用桔槔汲水，却遭拒绝。后以"抱瓮灌园"喻安于拙朴的生活。汉阴丈人，又见晋人皇甫谧所著《高士传》。明人唐顺之《秋夜》诗云："汉阴鲜机械，河上多道情。"从红尘里来，我们带着太多的欲念，那真是苦也悲哉。这句诗颇好，一个"咽"字恰是对红尘冷冷的反应。在世俗世界，人何以"咽"，常因欲望的不得而"咽"，但这山泉，这山崖仿佛是对行路人的嘲笑：常人只有在悲伤、哭泣时才有可能静心地想一想。日光是热的，这一"冷"字，恰似浇在凡人心头的一盆清凉之水，于是我们"又"静了下来。这个"又"字，因为那"古木"、那"深山"、那"钟声"已经潜在地落在了人的心灵里，而有了一层悠远的意思。

就这样，一次次地，一层层地，心灵终于得到平静。于是，我们渐渐地远离了那日色里的红尘，而渐渐地有了一份超尘脱世的禅想。

李白《子夜四时歌·夏歌》

镜湖三百里，菡萏发荷花。
五月西施采，人看隘若耶。
回舟不待月，归去越王家。

《子夜歌》属乐府吴声曲辞，有春夏秋冬"四时歌"。李白沿用乐府旧题创作了一组新词，这是他创作的"夏歌"。

起首两句颇为震撼，大场面，宽镜头，满湖荷箭正在次第开蕾。真是一时花开，何等壮盛！本来柔媚的娇植，风情婉转的物儿，一转眼间，美学的风格大变，所以令人错愕、惊叹，由此让人心头自然涌起一股股庄严感。

然后，第三句，万花丛中蓦地显出一飘然的西施，何等的圣洁，何等的婀娜，仿佛是古希腊神话爱神维纳斯诞生了。清水出芙蓉，冉冉物华生也。此种惊艳的场景，一下子攫住了观众的心和眼。猜猜看，西施是白莲抑或红莲？红色固然醒目、热烈，但缺少了莹澈如玉和圣洁如雪的特质。如果以艺术的呈现，定当是一袭白莲为基，以至越靠近中心，色越显白。而湖中心，西施犹如一朵独一无二的白莲，莹洁玉定如水晶，衣袂随风飘舞，莫能名状。

再看，第四句"人看隘若耶"，可谓人潮涌动，挤满了若耶溪。一"隘"字生动传神，将人潮汹涌、人舟填溪、满岸争看女神西施的喧闹场景，做了一个富有动感的显示。这是场景的瞬时切换，由湖心而至于溪边。但盛大的场景没变，簇拥的视觉也没有变，中心人物自然还是那一个。这前四句，有三句渲染烘托，第三句是交代，但人物的形质和气场则和盘托出，令人印象深刻。

李白此诗，完全合乎现代镜头美学。由远而近，再渐而由近推远。镜头反复推移，极尽渲染之能事。确实，千秋一丽人，怎么形容都不过分！何况不久的将来还要靠她去搅动天下风云，改变局势，灭人种国，强行争霸呢。没有这大面积的形容和夸张，怎么表现一个旷世女人的神采和气场呢？至于诗作的结尾，是自然的结论，也是另一个想象平台的起点。不是日暮乘舟、戴月而归，而是直去王家、平步青云。她既已吸睛无数，举国狂欢，那么，她就不再是那个浣纱溪边一普普通通靠双手漂洗的女子，而是一步登天、凡尘不再之人了。

最后两句，轻描淡写，举重若轻，显得平静，不动声色。但越是如此，则令人想象的余地越多。为什么偏偏是她？为什么此时被朝廷选中？是为越王的选美与享受，还是要担当重任，为国远行？而一个浣纱女子的绝世传奇，又为后面多少女子命运的改变提供什么经验与帮助呢？这些都给人留下了巨大的想象空间。

而以此为夏歌，正切时令热烈的特征。

关于此诗，后世人却认为，"如果是借镜湖湖水的清澈来表现西施'自鉴其美'，或者是借三百里的水程来表现拜倒西施的人的众多，那么下句'人看隘若耶'就显得多余了，这可能是李白百密一疏的笔误"。此论甚怪。这就不能怪李白而是发论者的不解与自误太多了。

当然，又有多少凡间的女人能够一朝飞升呢？在西施炽热的面相上，是有多少女人共同筑成了辛劳、寂寞、哀愁而黯淡的背景板呢！又有多少人能有西施的幸运呢？相传晋有女子名子夜者，曾创作一首莲歌："朝登凉台上，夕宿兰池里。乘月采芙蓉，夜夜得莲子。"记写采莲事，晚上露宿野外，仍然要乘着月光去采莲，不可谓不辛苦了。

以此衡量，谪仙的诗似乎是别有托寄了。

李白《独坐敬亭山》

众鸟高飞尽，孤云独去闲。
相看两不厌，只有敬亭山。

敬亭山又名昭亭山，在安徽宣城北，诗作通过诗人对孤独的感受，并通过对青山的晤对，让人感其内在修为与精神品范。

有人称诗作前两句是说"你们皆是众鸟，李白独为云"，非也。众皆逐豪华而去，高洁孤僻如彼孤云者，亦游于其所谓自在，而李白并不羡也。何者？一"飞尽"一"去闲"，皆无流连意，亦无行止度。且李白素不羡慕隐于世之隐者。这是前一联大体内容。

鸟聚鸟散，为食而谋，来去无形，没有定型。而其群聚喧闹，纷繁搅扰，自然寻不得片刻的清静。但"天下熙熙皆为利来，天下攘攘皆为利往"，自古而然，没有什么惊怪。唯孤云一片，虽然闲雅，却非"我"志之所在。故而其闲然飘走，并不吝惜。诗人是仙道中人，炼丹返真，以气化道，得道升天或化纷解难，无为治世（依顺自然之道治理人世），仍然求得奉献社会之机会。自然不屑于那些庸众和潜隐者。

李白说"我慕山来山慕我"，或者说"我期待山来山期待我"，唯此而已。确实，诗人与敬亭山缘分颇深。天宝十二载（753），李白南下宣城，有诗《寄从弟宣州长史昭》，说："尔佐宣州郡，守官清且闲。常夸云月好，邀我敬亭山。"

其《登敬亭山南望怀古赠窦主簿》诗曰："敬亭一回首，目尽天南端。仙者五六人，常闻此游盘。溪流琴高水，石耸麻姑坛。白龙降陵阳，黄鹤呼子安。羽化骑日月，云行翼鸳鸾。下视宇宙间，四溟皆波澜。汰绝目下事，从之复何难？百岁落半途，前期浩漫漫。强食不成味，清晨起长叹。愿随子明去，炼火烧金丹。"又，其《自梁园至敬亭山见会公谈陵阳山水兼期同游因有此赠》诗曰："我随秋风来，瑶草恐衰歇。中途寡名山，安得弄云月。渡江如昨日，黄叶向人飞。敬亭惬素尚，弭棹流清辉。冰谷明且秀，陵峦抱江城。粲粲吴与史，衣冠耀天京。水国饶英奇，潜光卧幽草。会公真名僧，所在即为宝。开堂振白拂，高论横青云。雪山扫粉壁，墨客多新文。为余话幽栖，且述陵阳美。天开白龙潭，月映清秋水。黄山望石柱，突兀谁开张？黄鹤久不来，子安在苍茫。东南焉可穷，山鸟飞绝处。稠叠千万峰，相连入云去。闻此期振策，归来空闭关。相思如明月，可望不可攀。何当移白足，早晚凌苍山？且寄一书札，令予解愁颜。"

李白之于敬亭山，不仅游于、醉于斯，还在敬亭山下盖起房子，接来子女共住，以享天伦之乐。其《游敬亭寄崔侍御》诗云："我家敬亭下，辄继谢公作。相去数百年，风期宛如昨。登高素秋月，下望青山郭。俯视鸳鹭群，饮啄自鸣跃。夫子虽蹭蹬，瑶台雪中鹤。独立窥浮云，其心在寥廓。时来一顾我，笑饭葵与藿。世路如秋风，相逢尽萧索。腰间玉具剑，意许无遗诺。壮士不可轻，相期在云阁。"

如今，诗人来看山，一切都暂时清空，眼前只有山。所谓两不厌，彼此相处相对，精神交流往来，保持健朗的心态，耐心等待对方的变化。想来，太白诗人一定是遇到心结了，坐对、面山而自悟。人生的高潮之后必然是低潮，要静止如山，所行有止；奇幻的激情过后，肯定是怅然若失，还要等待时机，做到心中有数。

有人说此诗作作于肃宗上元二年（761），诗人捉月前一年，应该有这种可能性吧。

李白《塞下曲》

五月天山雪，无花只有寒。
笛中闻折柳，春色未曾看。
晓战随金鼓，宵眠抱玉鞍。
愿将腰下剑，直为斩楼兰。

首联点明特殊地理气候现象。这里的"天山"指祁连山，属于高海拔、高纬度地区。五月在中原或江南一带已经进入夏季，天气非常炎热，但在天山仍然大雪笼罩，朔风凛冽，依据气候推移说，以为可以进入春天了，但根本不见一朵花色啊。"无花"，说明还是真正的冬季，春天还远着呢。一"寒"字，则点明了时节给人的印象和感受。

颔联写雪寒之中的军旅生活。与下一联比较起来，这里应当是军中的间歇时间。有人吹起了哀怨的笛子，是著名的《折杨柳》曲，本是古《横吹曲》名，魏晋时古辞亡失，晋太康末京洛有《折杨柳》歌，辞多言兵事劳苦。南朝梁、陈和唐人多为伤春惜别之辞，而怀念征人之作尤多。这里是两者兼指。也就是说，既含伤春惜别的回念，又叙述眼前的兵事劳苦。而由这一曲所引起的情绪之波动很大。"春色未曾看"，就说明了时间至少已经过了一年又两月。因为是自去年春季（应当是"暮春"）离别家人踏上征途，而进天山的。所谓折柳为昔年景，示念念不忘也。这些，都充分说明了唐军在边塞苦度时日的情形。

这一联反映的是人情和人性的部分。士兵们都有离别家乡的痛苦，都有怀念亲人的至真之情，他们都是有血有肉的良家孩子，很讨厌这种暗无天日的生活。尽管如此，他们仍然坚守着，未曾离开，哪怕思乡之情与思念亲人之心如烈火焚烧。而他们也有抱怨。但这些都是通过笛声传达出来的，一切都显得那么幽静而充满了惆怅。但换言之，正是因为这种情绪的宣泄，方才窥见了我军坚守的秘密：为了自己的家乡，也为了自己的亲人，可以忍受着常人难以想象的艰苦。这是一种深沉而昂扬的底色。

颈联是写紧张的战斗生活：清晨即作战，随着进击的军鼓声迅猛杀敌；到了晚上，丝毫不敢懈怠，仍然要抱着马鞍睡觉，以便随时应敌——显示了军队严明的纪律和统一的要求。

尾联写我军的誓言和军中气概：希望抽出腰悬之剑，像当年西汉的傅介子们那样，直上王庭，斩杀背信弃义的楼兰王——显示了我唐军不畏顽敌、奋勇直前的孤胆英雄主义。

本诗篇写作颇具特点，是渐渐渲染起调，渐渐演奏出塞下军旅昂扬奋进的战曲。先点明环境，渲染特定情感。次写军旅间歇的生活，在哀愁中显示深蓄的坚忍。接着是写紧张激烈的战斗及抱鞍以待的警惕。最后是雄壮的誓言和勇往直前的豪情。可以说，没有有关苍凉、哀感的背景渲染，不足以显示我军艰苦卓绝的战斗精神。英雄主义的塑造，需要特定的环境、行动和口号。可以说，这短短的篇章，任何一句都不可或缺。

李白《立冬》

冻笔新诗懒写，寒炉美酒时温。
醉看墨花月白，恍疑雪满前村。

六言诗来自赋体，比之五言诗显得缓慢板滞，较之七言诗又显得流畅婉转不足，根源在于节奏感顿挫的音乐性不足，但其描写性因继承了赋体风格而显得较强。

李白这首《立冬》诗，写时令超乎寻常的寒冷，以及诗人的特别感受。因为依照《礼记·月令》说法"水始冰，地始冻"，立冬日尚不至于冰天雪地、上下封冻。

首句是叙述。在诗人的笔下，起笔与所有人的感受都一样，也显得很普通，但叙说了时令之冷和人的"懒写"心理状态，显示了天气之冷已经超出了常态。其结果就是，似乎让写作的灵感和情思都冻僵了。冻笔，写客观环境；一"懒"字，是提不起劲儿，表示心绪不高。次句仍然是直写天气之冷。寒炉，不是说炉子的火未生仍然冰冷，而是说火炉内虽有柴炭燃烧，但暖意却不能或很难投射出来，足见天气之奇寒。"时温"二字也说明寒气之重，美酒需要不断地加热才能不被封冻、凝固。

前二句其实都显得普普通通，尽管展露了一些奇寒的感受，大体上仍见不出大诗人的大手笔。但诗人毕竟是大诗人，人们向来多知他奇特的想象，神奇的夸张和冲天的豪放，以及瞬间急遽的情绪转变；但在这里，诗人为我们显示了他还是铺垫的高手，于寻常中早早地暗下了奇变的因子，比如"冻笔""寒炉""美酒""时温"诸词所做的潜伏。

再看三、四两句。"月白"显示月色皎洁，世界一片照彻。"墨花"，承前面所说"冻笔"，天寒地冻之下，墨汁结冻，翘起成结晶状。这句是说，晶莹的墨花在月光下闪闪发亮。第四句承接第三句，眼前的世界一片银白透亮，见此晶莹如雪花的墨花，让人直要怀疑整个村子已经被瑞雪所覆了。在这里，既是细节的呈现，又是奇特的想象与夸张的延续，更是前面伏线、前面敷设的清晰显示。因为天寒，墨花晶莹，又因为月光的照彻让世界彻底变了颜色，更因为白日里御寒而饮美酒，却因过量而成醉，于是醉眼蒙眬，产生种种错觉。于是，白日的理性世界里几乎不可能发生之事，在酒精的作用下，在此夜特别是月光的氤氲里，眼前终于幻化成一个烂漫而银亮的世界，也因此让人感觉到了冬天的另一副面孔、另一种情愫。

这就是冬天给世界的特别的恩赐，以满雪成被的方式，装点着整个世界，于是整个世界虚化了，成了一个童话，并含着温情。于是这眼前的世界，也有了诗人所期待的诗意。因懒而不出的诗意，忽然因了这奇寒而与诗人有了邂逅，这真是一件非常快意的事。天气的奇寒又算得了什么呢？

杜甫《绝句四首·其三》

两个黄鹂鸣翠柳，一行白鹭上青天。
窗含西岭千秋雪，门泊东吴万里船。

杜甫的《绝句四首·其三》，即著名的"两个黄鹂鸣翠柳"，云云，玩味之处甚多。

有解诗谓写早春景象；又谓"翠柳"为新柳；又谓"白鹭"自由飞翔，晴空万里，甚至一碧如洗；又谓"门泊"句显示战乱平定，交通恢复，视通万里，胸次开阔。余谓不尽然如此。

王融《齐明王歌辞七首（应司徒教作）·其六》有"翠柳荫通街"之句，其一"荫"字说明当春已深。杜诗首句言"翠柳"，至少亦当写春至深处，黄鹂雌雄求偶对鸣于柳叶间的情形。黄鹂叫声清脆婉转，也充满了彼此相悦的欢情，但遮隔于深叶而不见。首句以"听"而得之，而所"见"则在次句也。

看次句，青天背景下，一行白鹭正振翅高飞，因色"白"而显眼。《艇斋诗话》曰："韩子苍云……古人用颜色字，亦须配得相当方用，'翠'上方见得'黄'，'青'上方见得'白'，此说有理。"此说一半有理一半勉强。"黄"不一定能见，而"白"确实凸显于青天。深柳不见黄鹂影，而青白似乎过于清淡，故而开头两句有欢意而仍显清冷。此与诗人在《蜀相》所咏"映阶碧草自春色，隔叶黄鹂空好音"较为近似，而与《江畔独步寻花·其六》"留连戏蝶时时舞，自在娇莺恰恰啼"迥异。大概景摹心境、所叙由心吧。

首句写声，故近。而听声婉转流丽而知是黄鹂，故而因声而寻索，于是举目而见白鹭一行远影。然而，仿佛一切才刚刚开始，其"上"字既是鹭鸟的尝试，又显其努力，是写白鹭的离开之状，似乎有意无意之间有多重寓指。

清人仇兆鳌《杜诗详注（全五册）》谓本诗在内的《绝句四首》，"是年（765）四月，严武方卒，公行出蜀矣"。从时间看，已经到了夏季；而从实际境遇看，因为所依靠的好友暴病去世，诗人确实又到该离开的时候了。"首章咏园中夏景。别开门，恐踏笋也。却背村，为堑隔也。""次章为鱼梁而赋也。赵曰：'作鱼梁，须劈竹沉石，横截中流，以为聚鱼之区。因溪有蛟龙，时兴云雨，公故不敢冒险以取利。'""三章咏溪前诸多景。此皆指现前所见，而近远兼举。""四章为药圃而赋也。种药在两亭之间，故青色叠映。彼苗长荒山者，不能遍识其名。此隙地所栽者，又恐日浅未及成形耳。"（第1142—1143页，中华书局1999年9月）这前后三章都是实咏，存生活的种种担心；唯第三章为虚，带有某种预测的性质。

比如因"不敢冒险以取利"，故"白鹭上青天"作远举之行。再看，"窗含西岭千秋雪，门泊东吴万里船"，当述何意？邓魁英、聂石樵《杜甫选集》谓，"东吴，泛指今江苏省江南地区。蜀人赴吴地，在成都城外上船，可以万里直达。……末句结出草堂形胜，并流露去蜀游吴之想。"（第247页，上海古籍出版社1983年11月）又，杨伦《杜诗镜铨》亦谓："范成大《吴船录》：'蜀人入吴者，皆从合江亭登舟，其西则万里桥。句亦寓下峡意。'"（第560页，上海古籍出版社1980年7月）两者大意接近，窗前所见，西边岷山，还有合江亭西万里桥，可由此登舟，顺流而下，远赴东吴。趋向于东方，此与诗人欲离开的心境有暗合。

但别忘了春已深、夏已至，而气候仍稍滞。"窗含西岭千秋雪，门泊东吴万里船"，压而言之即"窗含雪，门泊船"是也。积雪未消，船仍停泊，皆谓时快到而仍未到，含着期待并隐隐的焦虑吧。

【作者简介】

杜甫（712—770），字子美，河南巩县（今河南巩义）人。开元（713—741）中南北游历，裘马清狂，天宝五年（746）到长安，困顿十年获右卫府胄参军之职。安史之乱逃亡行在，拜授左拾遗。乾元二年（759）弃职西行，入川定居成都，投奔节度使严武，官参谋、检校工部员外郎。永泰元年（765）留滞夔州，大历三年（768）携家出峡，漂泊鄂湘一带，死于赴郴州途中。其诗现实主义，沉郁顿挫，唐前期诗歌集大成者。自号少陵野老，世称杜工部、杜少陵等，被尊"诗圣"，诗称"诗史"。诗约1500余首留存，《全唐诗》存诗19卷。

杜甫《为农》

锦里烟尘外，江村八九家。

圆荷浮小叶，细麦落轻花。

卜宅从兹老，为农去国赊。

远惭勾漏令，不得问丹砂。

　　这首诗是杜甫开始卜居成都草堂时所作。当时安史之乱尚未平息，川外兵戈扰攘，而锦里江村一带难得有"世外桃源"之感，诗人遂写下这首诗。

　　锦里，即成都，因号称锦官城，故称。首联说在成都一个叫江村的地方，没有纷争，所住的人家不多（只有"八九家"），显得很清静，于是诗人有一份淡淡的喜悦。"烟尘"（指"战火"）二字，让人触目惊心，联系杜甫从长安一路逃亡到成都，不难理解这二字对于他的意味。所以"烟尘外"，当然是劫后余生的一份欣幸了。

　　颔联写江村周遭物象的生长和成熟，读来亦令人欣喜。为什么？自然的规律在这里恢复，该生长的没有谁阻拦其生长，比如新荷的圆圆的小叶很舒松地浮铺在水面上；已经到了成熟的时候，没有什么阻断其成熟，比如小麦轻细的花束正在按自己的节奏纷纷扬落。依乎自然，在宁静平和的环境里，或新生，或成熟，没有杀戮，也没有摧残，这就是一份美好啊。若细细揣摩，还会发现，诗人错综句式，玩了点儿别样生新的小花样。诗人将原来的"荷浮小圆叶，麦落轻细花"变成"圆荷浮小叶，细麦落轻花"，不同植物的一疏朗、一细密的感觉就跃然纸上。如果没有一份无余悸的沉浸的心去感受，这些事物的鲜活形象怎么会呈现出来呢？

　　颈联承前，写人生决定。可以说是一个自然的结果了。"卜宅"，因为人居的环境不错，这从首联可以看出的。另外，颔联里，水里有莲，是洁品，有青莲可赏，兼顾了文人士子一贯思想洁癖的需要。小麦生长良好，扬花落蕊，给人很多的期待。所以"为农"，则因为此地宜农，作物宜于生长、成熟，给人一种可以自给自足的念想和自觉自愿能够成事的诱惑。是啊，好不容易才来到一处清静之地，确实需要这样的一个场域来安顿早已疲惫不堪的身体和灵魂。尽管已经远离了京城长安，尽管以前是一介政府官员和吟诗作赋的文士，但现在要重新改变自己了，因了这周遭的物事，和所见的欣喜，于是诗人决定要做一个新农。而这，颇有些"畎亩中乐尧舜之道"的意味。因为"舜既躬耕，禹亦稼穑"（陶渊明《劝农》诗其六），圣人们都做得很好，"我"又为何要相违呢？

最后一联说，"我"做个农民已经知足了。很惭愧，暂时还不想追慕数百年前的大炼丹师葛洪，弃俗归隐求仙有点远了。

不过，有解读说，"后面四句，表现为国设想渐远渐荒唐，也渐使人明白：那不过是一种极其无奈的自嘲。杜甫不会真下决心'为农'而'从兹老'，更不会下决心追随葛洪故事去学炼丹砂。这是愤世之言，不可坐实。从'去国赊'可见杜甫始终不能忘怀国事"，并说"此诗是杜甫生活史上一个转变的标志"。这就有点为难杜甫了。

杜甫《船下夔州郭宿别王十二判官》

依沙宿舸船，石濑月娟娟。
风起春灯乱，江鸣夜雨悬。
晨钟云外湿，胜地石堂烟。
柔橹轻鸥外，含凄觉汝贤。

从诗题看，诗人一家准备去夔州，当晚宿于郭外（所谓"郭宿"），可能准备上岸去与王十二判官道别，却因为下雨，岸路湿滑而没能成行。于是写下这首诗，予以相赠，表达离别之情。大抵是这首诗的背景与主因。仇兆鳌《杜诗详注》以为"大历元年（766）春晚，自云安迁居夔州时作"，所以诗中说到"春灯"（春夜的船灯）。

以上是诗作的有关情况。下面具体地看看这首诗。

从时间上看，本诗从昨晚未雨大船停泊写起，到下雨的情形，然后是次日清晨的情形，结尾是向这位友人致意，表达想念之情。

首联叙事兼写景，描述未雨时江夜的美好。大船靠在沙滩边停宿，看见沙石间的急流（所谓"石濑"）经过，而月光便在这清亮的水流上漂动（所谓"娟娟"），显示了云安夜晚的安静之美。但诗人写来并不板滞，而是笔致灵活，充满了与自然亲近的欢乐与欣慰。我们看，水流是活泼的，月光是跳荡的、银亮的。这种细微之乐，在杜诗里很多，显示了诗人对生活、生命的态度。联系结尾，这可能是诗人表达他对云安的情感，间接表达对友人的情感。

颔联写变化，写夜雨大作的情形。首先是忽然起风，船上的夜灯一时晃动起来，灯火变得闪烁不定，让人内心烦乱。不久，雨悬如注，江涛涌动，江面上喧响声一片，仿佛整个世界要被这眼前的暴雨所吞没。在此夜晚，这降雨，让世界充满了恐惧和不确定性。于是人的孤独无助感变得特别强烈。而此时此景，心中仍存有"友念"，又是一种什么感受呢？

这一联，童庆炳先生在《文体与文体的创造》一书里说，"其中的'乱'和'悬'二字就偏离了正常的用法，按理说灯会在风中晃动，而从不会'乱'。若在一般叙述话语中，用'乱'字显然是不对的，违背常规的，但杜甫在此用'乱'字来描写灯在风中晃动，就不仅再现了灯的晃动，而且也表现了诗人在雨中与朋友告别时的那种心烦意乱的心理状态，无疑更富于表现力。'悬'字也用得怪，人们通常只说'下雨''降雨''落雨'，从来不说'悬雨'，'悬雨'完全违反语言的规范，是对'下雨''降雨''落雨'的疏离与异化，但杜甫用此一'悬'字，就把那雨似乎是永久悬在空际的情景，把江鸣雨声，无休无止，通宵不绝于耳的那种感觉，鲜明而强烈地表现出来了，这就使我们的生命体验大大加强了"。

颈联写次日晨景。夜雨之后，一切恢复了常态，但又增加了内容。悠远的钟声从空中（所谓"云外"）传来，有点儿低沉，仿佛还带着昨夜的潮湿。而夔州的胜景石堂的景象，也在夜雨之后所形成的云烟里隐显出没。这景，是历经夜雨之后的心绪的传达，有一丝低落，也有一份向前的憧憬。

尾联写别情。眼下行船启动，橹桨轻划（所谓"柔橹"），沙鸥轻浮于江面，显得十分柔驯。但诗人并无余心欣赏这眼前的惬意与美景，而是说，"我"的心里仍然有一种凄然的别情，尤其经历了这一场大雨，所谓"岁寒知松柏，患难见真情"，想起了在云安对"我"的照顾，更觉得你——王十二判官为人的"美善"（所谓"贤"）。

刘眘（shèn）虚《阙题》

道由白云尽，春与青溪长。
时有落花至，远随流水香。
闲门向山路，深柳读书堂。
幽映每白日，清辉照衣裳。

本诗虽然没有题目，但诗旨则很清晰，就是写诗人寻访隐居深山的一位读书好友的情形。在散淡的笔意里，沿途的景致、友人的幽趣与读书的形象等都得以呈现。

首联写进山寻访的感受。蜿蜒的山路在白云深处消失了，可见人迹罕至，也显现友人所居是一处幽僻之所在。尽管如此，但这沿途的风景却颇为可观。走了一路，都是沿着青溪而上的。这溪流，不仅是指示，也是陪伴。诗人说，这一道长长的青溪，破除了行人的孤独，让人兴味盎然，你看，这溪流从头至尾都见春季的时令特色。有了山，获得了宁静、厚实和深沉，也蕴蓄了灵魂与虚静。但水是活泼泼的，化静为动，化死寂为生机，显示了灵动、变化和智慧，以及承载和不争。

颔联则是专对次句的展开。其时正当春暖花开，繁花盛草，春色无尽，但诗人觉得最有情趣的还是落花时不时地从枝头落离，随风飘于溪面，然后又随着水流漂向远方。香随着花开在枝头绽放，又随着花落而从枝头下飘，现在，又随着流水在波面散逸。诗人行走一路，攀缘一路，闻香一路，于是感受到了山水草木鲜洁馨香的不灭灵魂。

颈联写访友的目的地之所见。幽闲的柴门朝向崎岖的山路，而在柳树林深处隐藏起来的则是友人的读书堂了。门显得幽闲，是因为很少有人打扰，或关或开，散淡随意。不需要锁扃和设防，也没有必要对谁存在戒备。设置在路边，纯粹是为了出入方便。而读书处做得隐蔽，则说明读书主人不想被打扰，只想专心致志。由此可见主人的心性和志向所在。一个有意避绝人群、远离纷扰而治学用深、追求境界的贤者修行的形象，则呼之而出。

尾联是对第六句的扩充，再给读者增加情景交融的感受。白日里，光线穿过柳叶缝隙投射下细碎的斑荫；而有月光的晚上，一片清幽的光辉便洒满了读书人的衣裳。一个日读柳下、夜读月下的勤奋苦研或坐或行或沉思或吟哦的形象显得多么真切又多么可人啊。

总之，作为寻访的记游，全诗环境的渲染和友人的介绍，都给人留下了极为深刻的印象。同时，笔法有致，特色鲜明，也显示了作诗的楷范。从以上赏析可知，原作即使压缩成四句，也颇隽永："道由白云尽，春与青溪长。闲门向山路，深柳读书堂。"

【作者简介】

刘眘虚（约714—767），亦作慎虚，字全乙，洪州新吴（今江西奉新）人。20岁中进士。开元中，以宏词科举左春坊、司经局校书郎，转崇文馆校书郎。为人淡泊，脱略势利，壮年辞官归田，寄意山水，与孟浩然、王昌龄等相善唱和。其诗文当时颇有盛名，有《鹡鸰集》5卷传世，后散佚。殷璠《河岳英灵集》录其诗11首。《全唐诗》存诗15首，残句1则。《全唐文》存文1篇。

顾况《听山鹧鸪》

谁家无春酒，何处无春鸟。
夜宿桃花村，踏歌接天晓。

先作有关语词释义。

（一）山鹧鸪：唐代乐曲名，《乐府诗集》谓"羽调曲也"。有研究说，羽声近乎现代音乐 A 调，比变徵音（F 调）高，能表现激昂的情绪。

（二）谁家：与"何处"义同。

（三）春酒：这里指"冬酿春熟之酒"更宜切些。

（四）春鸟：自然是指题目所显示的"山鹧鸪"。这里一语双关，既指音乐，又具体指音乐活动所涉及的山间鹧鸪。此鸟似鸡而略小，适于在丘陵灌木温暖的环境生长，为南方特有。东汉杨孚《异物志》说它"其鸣自呼""其志怀南，不北徂也"，由此衍化出眷恋故土、异乡忧怀之意。此外，晋崔豹《古今注》说它"早晚稀出，有时夜飞", 唐刘恂《岭表录异》说"多对啼", 因其鸣凄愁, 又衍生出羁旅愁绪、人事艰难等意涵。

而本诗旨意, 则近于《山堂肆考》卷一百六十《乐章上》所云: "《鹧鸪辞》, 近代思归之词曲也。"其所引唐李益词"湘江斑竹枝, 锦翅鹧鸪飞。处处湘云合, 郎从何处归。"和郑谷《席上贻歌者》诗"花月楼台近九衢, 清歌一曲倒金壶。座中亦有江南客, 莫向春风唱鹧鸪。", 都旨在抒发男女夫妇相思之情。而诗人顾况也曾作《湖中》诗, 来表达"思妇"的主题。其诗曰: "青草湖边日色低, 黄茅嶂里鹧鸪啼。丈夫飘荡今如此, 一曲长歌楚水西。"

这里的"春鸟", 是用其声音, 代指伴随歌舞的音乐演奏所呈现的拟鸟声。

(五)踏歌: 是一种群舞, 舞者成群结队, 手拉手, 以脚踏地, 边歌边舞。从汉唐及至宋代, 都广有流传。据《后汉书·东夷列传》记载: "昼夜酒会, 群聚歌舞, 舞辄数十人相随, 踏地为节。"到了唐代, 踏歌一方面在民间更为流传, 成为一种重要的群众自娱性活动; 另一方面也被改造加工成为宫廷舞蹈, 甚至出现唐睿宗时期(712)元宵节, 皇家在安福门外举行千余妇女参加的踏歌舞会。三天三夜, 场面极为壮观。

下面再看诗作大意。

首两句说, 春酒佳酿已成, 看着杯面泛着"绿蚁", 颇能引人动饮。听着鹧鸪鸟的叫声, 无处不有, 愁肠哀切, 让人无以释怀, 既有此佳酿, 且家家皆有, 那么何不买醉消愁忘忧, 尽情地取饮呢!

这两句将春酒与鹧鸪并提, 也就是将消愁物和诱愁因子糅合一起, 一下子攫住了主题。游子飘荡, 他乡未卜, 春半不归, 而思妇牵念, 日望天涯, 永夜断肠。不闻游子悲怨, 只闻春山愁绕, 鹧鸪夜啼, 一声声, 一处处, 凄苦愁烦, 如泣如诉, 如代思妇发声, 如此真切, 撞击心扉, 催人泪下。可以说, 诗作这一开始用了既通俗又惊奇的场景语言, 以最简单的句序并举的方式, 传达出最直接的意绪, 在如痴如醉的倾诉中, 一下子抓住了读者或者听众的心灵。

诗作后两句属于叙事, 交代了《听山鹧鸪》事发的具体情形。也顺势解开了首两句之谜, 即何以处处有春酒, 何以处处有鹧鸪。原来春酒为所办的歌舞会而聚集一处, 鹧鸪是出于现场歌舞音乐的演奏, 旋律强烈而集中。

这里是说，在桃花绽放的春光里，诗人夜宿一处桃花村，而该村正在举行一场大型的踏歌舞蹈。大意是在尽情地倾诉着可怜春半不归的游子思妇的相思之苦，而又将平日里难以释放的情感在此饮酒、踏舞中尽情地宣泄着。于是众人环臂相挽，成群结队，踢踏以舞，伴以歌唱。而新酒助兴，随处取饮，于是场面如痴如醉，通宵达旦。一曲相思之念，最终被演绎成宏大的情感的倾诉和宣泄。

这是在讲求实事、理性和秩序的日神原则之外，以酒神的原则即以所谓沉醉、狂欢、宣泄、歌舞的方式，使得个人的孤立和悲苦等消融于群体的欢乐之中，并接受和赞美生活，以及接受生命和人生的反复无常。以原地超越的方式，规避情绪等负面因素对个体的伤害。

【作者简介】

顾况（725—814），字逋翁，苏州海盐（今浙江海盐）人。至德二载（757）登进士第。曾官著作郎，以作诗嘲诮当朝权贵，贬饶州司户参军。途经苏州时，与韦应物有酬唱。后归隐茅山（今镇江句容茅山镇），自号华阳山人。乐府多讽喻之作，绝句清隽自然。有《华阳集》。《全唐诗》存诗4卷。

韩愈《盆池五首·其五》

池光天影共青青，拍岸才添水数瓶。
且待夜深明月去，试看涵泳几多星。

在读韩愈《盆池五首·其五》诗之前，顺便找到与之相关的另外四首，明白似儿歌。抄之如次。

其一："老翁真个似童儿，汲水埋盆作小池。一夜青蛙鸣到晓，恰如方口钓鱼时。"这首是说，"我"这老头儿真像个儿童，将盆子汲满水埋在地里权当个小池子；结果周围是青蛙，一夜鸣叫到天亮，就好似"我"当年在方口钓鱼时所遇到的情形。童心不泯，饶有趣味，是满满欢快的回忆。

其二："莫道盆池作不成，藕稍初种已齐生。从今有雨君须记，来听萧萧打叶声。"

这首意谓，不要认为盆池浅狭不能容物生长，看看，刚种下的藕梢都一齐冒尖吐叶撑起了小伞盖；那么从今往后自然不一样了，一旦下雨，你就可以听到雨打荷叶所发出的"萧萧"之声。惊叹于莲藕的生长，又欣喜于荷叶给生活带来的期待和诗意。

其三："瓦沼晨朝水自清，小虫无数不知名。忽然分散无踪影，惟有鱼儿作队行。"这首大意是说，夜雨初霁，早晨瓦盆里的水已经自变澄清了，于是看到水里游着无数的不知名的小虫子；再看小虫们忽然四散开来没了踪影，原来是成队的鱼儿游了过来。写出了两个过程，一是小虫吃浮游生物，使雨水变澄清；二是诗人所饲养的金鱼来吃小虫子了，于是这些小虫子受了惊吓，四散而藏。这里不事雕琢，生动有趣。

其四："泥盆浅小讵成池，夜半青蛙圣得知。一听暗来将伴侣，不烦鸣唤斗雄雌。"这首谓，泥盆浅小自然初不成池子，半夜里跳进了两只青蛙，便迅速灵敏地获知了这一点。它们挤在一起，都试图吸引着各自的伴侣，于是不厌其烦地鸣叫着，似乎要在声音上一斗高下、一决雌雄。夜间青蛙的欢鸣，更增添了庭院生活的几分野趣。

这四首诗作，一读便知诗人老韩在院中埋盆汲水，自做一小池，引来青蛙求偶鸣叫，又引种莲藕，还看到小虫子净化污水、小鱼儿池中成长的情形。给人的印象，诗人确实玩心不泯，真真老顽童一个。

再看"其五"诗，是写诗人又有新的玩法。

我们看，再在池中加了几瓶水，在水中搅混几下，于是"波澜"兴起，拍打"崖岸"，甚有情致。而待静止时，又发现另外一番世界。韩老小中可以观大，于是眼前的池子俨然幻现一片奇妙的天地，从中可以窥见云天、明月、星辰的景象。

不禁让人想起了道家的缩地术和通天的本事来。即使没有这本事，也没有关系啊。苏轼有首《题陈公园》诗，是看友人庭院里的假山小池而意趣甚为浓厚，也是玩心忒大的主儿。其诗曰："春池水暖鱼自乐，翠岭竹静鸟知还。莫言叠石小风景，卷帘看尽铜官山。"这首诗，笔者曾经作了一个简注，抄之如次："鱼自乐"，取《庄子·秋水》"濠梁鱼之乐"意；"鸟知还"，取陶潜《归去来兮辞》"鸟倦飞而知还"意。其诗的大意，"言陈园主人不慕荣利、闲静淡雅、优游自在的生活情趣。既感知四时物候，又尺幅千里；既欣然于物我两欢、不粘连于势利，又察人以情、观世用理，深得老庄精神的趣旨"。

其实，在韩愈的贪玩里，不也可以瞥见这一旨趣吗？

【作者简介】

韩愈（768—824），字退之，河南河阳（今河南孟州）人。贞元八年（792）进士。宪宗时曾同裴度平定淮西藩镇之乱。因谏迎佛骨，触怒宪宗，贬职潮州刺史。后历国子监祭酒、京兆尹及兵部吏部侍郎。病逝追赠礼部尚书，谥号"文"，故称韩文公。其诗为中唐大家，绝句学杜甫，骨气遒劲。又系唐古文运动倡导者，后世尊为唐宋八大家之首，与柳宗元并称"韩柳"，有文章巨公和百代文宗之名。著有《韩昌黎集》等。《全唐诗》存诗 10 卷。

韩愈《杂诗》

古史散左右，诗书置后前。

岂殊蠹书虫，生死文字间。

古道自愚蠢，古言自包缠。

当今固殊古，谁与为欣欢。

独携无言子，共升昆仑颠。

长风飘襟裾，遂起飞高圆。

下视禹九州，一尘集豪端。

遨嬉未云几，下已亿万年。

向者夸夺子，万坟厌其巅。

惜哉抱所见，白黑未及分。

慷慨为悲咤，泪如九河翻。

指摘相告语，虽还今谁亲。

翩然下大荒，被发骑骐骥。

诗分三节，首节自开首至"谁与为欣欢"。言为官博士时的诗人，整日埋头于书堆学术之间，茫茫隔世，自感与书籍里的蠹虫无异。所谓"散左右""置后前"，是指书籍堆放显得很混乱，可以看出诗人埋头读书治学的情状。同时诗人以反语嘲弄的方式，言说古道、古言以及好古之士的落寞与无奈。"固"，系"确实"之意。

次节自"独携无言子"至"万坟厌其巅"。诗人其实愤激、绝望于古今异轨、人心离乱，于是与深怀寂寞的"无言子"一道，登昆仑，游太空，也像当年的屈原、后来的张衡等辈，高蹈辞世，以追求个人的极世理想。诗人由此获得了极大的快乐：拥有了无穷的空间和时间。而为名利纷纭的人世，即使是亿万之九州，也不过是蜗角而已，甚至只是笔下的一点浮尘而已。还有，纷争不息，皆无有常，争之何益？由此，也写出世事沧桑之变的慨然。故而《韩昌黎诗集编年笺注》引说道："方世举曰：或疑公不好神仙，而此诗多作神仙之语。不知其寄托，盖有探意也。当李实、伾、文用事之时，所为夸夺，贤奸倒置，公被挤而出。未及三年，而世故纷纭，大非前时景象。向者诸人，复安在哉？故欲超然于尘埃之外。俯仰人世，夸夺者何如也？"至于"无言子"，为诗人所虚托的得道不言的绝世天人。大抵源自《论语·阳货篇》，曰："子曰：'予欲无言。'子贡曰：'子如不言，则小子何述焉？'子曰：'天何言哉？四时行焉，百物生焉，天何言哉？'"有关词语方面，"高圆"，即太空。"禹九州"，即中国。大禹序九州，故称。"豪端"，毫毛末端，喻细微之物。"夸夺子"，谓争名夺利之徒。后世王安石《奉使道中寄育王山长老常坦》有诗曰："百年夸夺终一丘，世上满眼真悠悠。""巅"，山顶，这里指"（夸夺子的）头顶"。

余下为末节。前二句所惜当为反语，感慨科考时流不识研阅史籍与诗书之本意，遂只为名利而终归身名俱灭。然红尘滚滚，志士只能寄身世外。而诗人慷慨悲愤，泪如江河，何其浩瀚之痛，又有谁知！即使将心中肺腑之言倾诉于"无言子"，又有何用呢？仍然会像屈原那样发出悲叹：回到故土之后，还有谁可以亲近呢？——"国无人莫我知兮"！所以，只好也像屈原在《离骚》中的选择——"既莫足与为美政兮，吾将从彭咸之所居"！骑着麒麟到大荒之野，披头散发，做一个放浪的仙家。清人王元启说，诗人"自慨独抱真识，世莫可与言者"，真是确证。至于有关词语的解释，"抱所见"，谓所学及胸中见识。"白黑"，《荀子·君道》曰"知国之安危臧否，若别白黑"。"指摘"，谓指出并摘录。"大荒"，谓世外之地。

附带说一点。千载（其实不到千）以还，那位将自己的书室取名"惜抱"的大学者姚鼐氏，他在辞职前一年所写的《岁除日与子颍登日观观日出作歌》，亦有壮游地巅的快意、凭虚飞举的独立。然而，在此背后，其"孤臣羁迹自叹息，中原有路归无时"的沉郁，又有几人深知？世谓其长期伏案，久致脱肛，系中医所谓中气下陷、元气虚损之象，故劝其清静散观，或以两手合抱树干，含抱元守中、爱惜身体之意，是所谓"惜抱"得名之由。或得其浅而已。

吕温《孟冬蒲津关河亭作》

> 息驾非穷途，未济岂迷津。
> 独立大河上，北风来吹人。
> 雪霜自兹始，草木当更新。
> 严冬不肃杀，何以见阳春。

"息驾"，停车稍作休息，以便观览。本诗依乎《列子·说符》之所言。其文说，"孔子自卫反鲁，息驾乎河梁而观焉"，因为看到一卓尔男士穿越鱼鳖都不能穿行的悬瀑和漩涡而渡过了河，询问原因，被告知出入水中"以忠信"，于是深受启发。所以，对于诗人来说，面对困难，须认清形势并依靠至性之诚，那么都能够渡难。

首联说，并非因为无路可走了才停下车来，而是停下车子以便观览；没有渡河，也并非因为迷失了方向，事关不大。这些，都显示了诗人行事的审慎。"未济"，指没有渡河。《易经》"未济卦"以未能渡过河为喻，阐明"物不可穷"之理。在这里，是说未能渡河，并非要命，不可强行而为。未济须努力，但不盲目而动，仍需待时。

颔联写停车稍事休息时的所感。诗人独自走在大河堤上，感到特别的孤寂，没有人可以体会到他此时的感受，一切只有他自己最清楚，而一切也只能由他自己默默承受下来。"北风来吹人"，既是即时的感受，也是即时的征候，像一种征兆，暗示着诗人。刚刚入冬，北风劲吹，后面当是朔风凌厉，则意味着形势越来越严峻，容不得半点和暖的幻想和奢望。

颈联、尾联写所悟。诗人似乎是在"占候"，深有体会地说，从现在开始霜雪即将来临，草木也迎来更新的时机。这一句当然也是经验之语。但此刻说出，尽管仍未详明未来形势，但预告和自信的意味比较足。诗人接着说道，如果没有严冬的"酷烈杀伐"，又哪里见出阳春的和煦温暖呢。在这里，诗人不但自信，更像是个哲人，深具前瞻意识并仁厚之心灵。霜雪之降乃更新之始，冬天之酷烈方显来春之温煦。一切不可怕。生命未僵未亡，不过是潜藏、更新，蕴蓄更大的生机而已。

尽管眼前一切看起来非常萧疏荒凉，而北风似乎是助纣为虐，猛下残酷的冷刀子，但这是一个新的季节来临的预兆。北风不断吹送，雪霜齐下，水结冰、地封冻，草木进入凋零更新的轮回。这个过程不免显得肃杀消沉。但如果缺乏了，那么，温煦的春天怎么会到来呢？这是自然的辩证法。所以《载酒园诗话又编》说："温《孟冬蒲津关河亭作》有句云：'雪霜自兹始，草木当更新。严冬不肃杀，何以见阳春？'语自佳，然敢作敢为，勃勃喜事之态，亦见言下。"

后四句，确实是深邃的勇敢者穿透时空的明哲圣言。

【作者简介】

吕温（771—811），字和叔，一字化光，河中（今山西永济）人。贞元十四年（798）进士。又中博学宏词科，授集贤殿校书郎。贞元十九年（803），与王叔文善，任左拾遗。次年夏，以侍御史为入蕃副使。使还，转户部员外郎。历司封员外郎、刑部郎中。元和三年（808）秋，与李吉甫有隙，贬道州刺史。后徙衡州，甚有政声，世称"吕衡州"。卒于任。有《吕衡州集》10卷。《全唐诗》存诗2卷。

戎昱《霁雪》

风卷寒云暮雪晴，江烟洗尽柳条轻。
檐前数片无人扫，又得书窗一夜明。

首句言大风卷尽寒云，终于让连雪下到傍晚停止，真是大好事一件。次句继续言其利好，说因为这场大风劲吹，江面上的烟云气雾尽皆吹散。而江边的柳条也因此受惠，因为积雪也被吹散而顿然轻松起来。这两句一言雪晴，再言积雪和烟雾散尽，也不再受雪天烟雾笼罩之困和积雪难消的封闭封冻之苦，于是江天高朗，柳枝轻盈，没有比这自然更懂人事的了。要感谢这大风。

但第三句突然来了转折，说屋檐前的空地上还有几块积雪没有人打扫，似乎有点懊恼。从这积雪残留的状况来看，这大风应当从屋后吹来，所以庭院前面这一片空地的雪没有吹及。而古代居所一般都坐北朝南，可知所吹的风是朔风。而从诗作的第一句来看，可知这所下的雪是连雪，从第二句第三句来看，又可知这雪是干雪，故而容易被风吹掉。另外，依据生活的经验，这干雪多半是所谓的"腊月雪"，因为天气干冷，积雪不易融化。当然，天一晴，次日太阳一出，即意味着这淤积的几块残雪要融化，除了铲除，要使庭院干洁如初，还真没什么好办法呢。

第四句是峰回路转。在傍晚的遗憾之余，诗人发现，到了掌灯的时候，就觉察到外面很亮了。再一看，书房居然也是朝向庭院的，没有上灯而雪光居然也透了进来。索性打开了书房的窗户，将更多的雪光让了进来。于是拿起书本，居然可以映雪夜读了。加上夜晚的安静，庭院的清幽，真是难得的一片清明的世界。所以傍晚天晴而喜，到旋即片雪残存而恼，而现在居然因此而再度窃喜，情绪之波折自然是行事的折射。但一切好像皆出于天意，是上天对读书人特别的眷顾与优待，又见得天机的神秘莫测啊。

你看，得了这么一处清幽之境，没有任何人来打扰，又不废灯油，又可以一个晚上地读书，可以一直读到次日天明，这是多么难得的美事啊！大自然似出于无心的经营，而能够成就一个凡俗之学子的美事，到底是一种"偏爱"了。

当然，从"又得"二字看，这一夜的读书尚未开始呢。以上当然是想象之中的虚景。但读书人的心情之欣喜已经可以充分感受得到了。于是眼前这几块残雪对人格外泛着那么点温情，对于贫寒之家来说，则又意味着另一种福赐。尽管天明残雪一化，就不能再有这种享受了，但给了一次，其实也很让人知足。不是吗？

最后，从诗歌用典角度来说，诗作的末句，《网师园唐诗笺》说是"熟事虚用"，而《升庵诗话》说得更具体些，谓"暗用孙康事"。据《尚友录》载："晋孙康，京兆人。性敏好学，家贫无油，于冬月尝映雪读书。"这自然是天赐于读书人而读书人又珍惜读书的双美呈现之事。又，《艺文类聚》卷二说："孙康家贫，常映雪读书，清介，交游不杂。"可见这雪，于人的精神品范的确立，也是起了作用的。

【作者简介】

戎昱（744—800），荆南（今湖北江陵）人。少试进士不第，漫游荆南、湘、黔间，又曾客居陇西、剑南。大历初，卫伯玉镇荆南，辟为从事。建中（780—783）中，为辰州、虔州刺史。后客居剑南、陇西。乐府多述民间疾苦，语多警切，七绝清丽明快，有《戎昱诗集》。《全唐诗》存诗1卷。

元稹《咏廿四气诗·清明三月节》

清明来向晚，山渌正光华。
杨柳先飞絮，梧桐续放花。
鴽声知化鼠，虹影指天涯。
已识风云意，宁愁雨谷赊。

首句所谓"清明"，系指东南风。《淮南子·天文训》曰："明庶风至四十五日，清明风至。"是所谓清净明洁之风也。首联说，傍晚时分，清新明纯的东南风吹来，山间清泉亮光闪闪，倍显精神。这两句是诗作的见起意，诗人从风、从山泉里感受到了新的物候的变化，于是感到新的时节已经到来，暗生喜悦。

颔联和颈联写诗人放眼而观之所见所感。

这个时节，正是自然生气活力正盛之时，上天施恩布德，万物开始尽情地生长。于是《礼记·月令》说："桐始华，田鼠化为鴽（rú），虹始见，萍始生。"桐树开花，天边出现彩虹，以及水面长出浮萍，这都是应时而生；至于田鼠变为鹌鹑，则富有惊奇和神话色彩。这些当然都是旺盛春天所带来的惊喜了。

而在本诗中，诗人亦循此路数，说杨柳吐绿开花，飞絮纷纷，然后是梧桐花开放。"先"与"续"，表达物候表现的先后。"鴽"，鹌鹑类。第五、第六句写作，继续脱于《月令》而有所变化。诗人没有说见到地面（耕地、荒地、溪边及山坡、丘陵）上猛然出现了很多鹌鹑的活动，而是很策略地说听到了它们的叫声，于是判断自然神奇的"物换"，田鼠隐然而消，代之以鹌鹑活跃地觅食与寻偶。第六句说，色彩并不明朗的春虹一俟出现，暗示云雨增多，目光随着手指方向远望天边（即所谓"天涯"），果然云层加厚，意味着雨水的丰沛。而春天万物饥渴生长，正是需要大量雨水的时候。

于是诗人顺势得出一个欣喜的结论：通过种种物候，尤其是已经通过风候和密压的云层感受到了春天的雨意。至于雨水和农事的丰歉，自不用发愁。雨水充足，农谷自然丰收有望。

有人说此诗"俗"，只是古代文献的一个复述。其实关情山水，着意民生，自古以来都是良性理政的路数，不能叫俗。何况诗作亦着意于变化，并不刻板。

【作者简介】

元稹（779—831），字微之，河南河内（今河南沁阳）人。幼孤，聪颖，15岁举明经，补校书郎。元和（806—820）初，应制策第一，除左拾遗，后除监察御史，坐事贬江陵士曹参军，徙通州司马。元和末，召拜膳部员外郎，祠部郎中、知制诰。因附宦官，遂官至相位。后出为同州刺史等，卒于武昌军节度使所，赠尚书右仆射。与白居易倡和，共创新乐府运动，时称元白，号为元和体。有《元氏长庆集》。《全唐诗》存诗28卷。

白居易《寄皇甫七》

孟夏爱吾庐，陶潜语不虚。
花樽飘落酒，风案展开书。
邻女偷新果，家僮漉小鱼。
不知皇甫七，池上兴何如。

白居易能宽人能得人，从这首诗作可以读出。

首两句简述陶潜《读山海经·其一》一诗的大意，显示物貌风华和人在其中的幽乐。次两句表现了书酒人生的安静与惬意。不急，不争，但书的境界是开放和延伸的。陶渊明有泛览前王、流观奇书的猎异与欣喜，以及俯仰宇宙的无尽的远想与徜徉，想必在白居易这里也有。但白诗所展示的，更富于诗情画意，更富有纤丽缠绵的温柔。

尤其，这两句在修辞上不拘常格，"错采"之美既出天然也深具匠心，表现得隐微而不露，颇值得一说。这种对普通语言刻意偏离，历史上很多，如"风起春灯乱，江鸣夜雨悬""香稻啄余鹦鹉粒，碧梧栖老凤凰枝""鸡声茅店月，人迹板桥霜""万壑有声含晚籁，数峰无语立斜阳""秋阴不散霜飞晚，留得枯荷听雨声"等，可以细细地加以品味。

第三联则展示了生活里的情味。"邻女"与"家僮"相对，可知都是天真可爱的小孩儿；所谓"偷新果""漉小鱼"，所反映的都是天然的机趣，都是由自然的牵动或引诱而产生的尚不能自制的冲动。

以上，唯有悠闲人能得取，泛爱者能领受。

最后一联显示了香山居士的写作用意。但不刻镂、不显露，于含蓄中显坦诚：皇甫七兄啊，我的庐边亲历如此，你的池上所见所感又当如何呢。没有说教，也没有使气，是关切之问，也是真性之传递。不是吗？儒家向来讲民胞物与、推己及人，以体己之心体人。而其所谓如此，是由于"己所不欲，勿施于人"，这一切都是从"恕"字即如心、听从本心讲起。而诗作前六句则做了极为自然而真实的展示。

皇甫七何许人？其人资料不多，但还是可以陈述一二。本名皇甫湜，是韩愈较有成就的古文弟子之一，《新唐书·韩愈传》有其"附传"，谓性情偏狭急躁，狂傲自负，常借酒使气，致耽误很多。曾于长庆二年（822）前后与白居易发生争名事件，晚唐高彦休《唐阙史》有详细记述。其时晋国公裴度任东都留守，重修福先佛寺，想请白居易撰写碑文。而当时皇甫湜在场，悍然指责裴公，并贬低白诗人："近舍某而远征白，信获戾于门下矣。且某之文，方白之作，自谓瑶琴宝瑟，而比之桑间濮上之音也。然何门不可以曳长裾，某自此请长揖而退。"还是裴公能容大度，让皇甫湜写了。当然，此人确实有才，"乘醉挥毫，黄绢立就"。后来还向裴公索要高额的润笔费，而"公闻之笑曰……立遣依数酬之"。

而白居易其时正分司东都，在做太子左庶子之职，本诗作于宝历元年（825），离前事不远，却可以见出白的胸襟。查《白居易集》，有三四首写到这位怪脾气的皇甫老兄。甚至还有一首《哭皇甫七郎中（湜）》（"志业过玄晏，词华似祢衡。多才非福禄，薄命是聪明。不得人间寿，还留身后名。涉江文一首，便可敌公卿。"），显示白居易对人的理解，以及对人才和人文的敬惜。

【作者简介】

　　白居易（772—846），字乐天，祖籍太原，迁居下邽（今陕西渭南），生于河南新郑。贞元中举进士，补校书郎，迁左拾遗、左赞善大夫。后因触忤权贵，出为江州司马。累迁苏杭刺史。文宗立，入为刑部侍郎。为避免党争请分司东都，以太子少傅进封冯翊侯。晚居香山，号香山居士。与元稹推新乐府运动，号元白。又与刘禹锡唱和，称刘白。有《白氏长庆集》。《全唐诗》存诗39卷。

白居易《勤政楼西老柳》

半朽临风树，多情立马人。
开元一株柳，长庆二年春。

　　这首五言绝句，两两对句，以柳对人，以时间对时间，以多情对无情，可谓"临风立马，语短情长，意境苍茫"。

　　不是说衰柳临风，人则多情有感，而是人柳两两互对，柳则衰朽纷披，阅尽沧桑，艰难无状，而人亦半朽残年，垂泣驻马。同为暮年衰朽，凄凉无限，彼此有感，唯彼此可以抚慰。当年紫禁朝天的宫殿与楼宇还存否？问谁呢？勤政楼西这一株柳树，种在玄宗开元（713—741）间，至穆宗长庆二年（822），匆匆百年已过，一朝未改，而恍若前朝异代，这究竟是何等苍然之变矣。一株老柳，"半朽"二字已括尽沧桑，春风又绿，自然已是艰难万状了。树犹如此，那么，人对春天的喜色还有否？何况此时之人（指"诗人"）也已至于老境呢。写作本诗时，白居易已有51岁之老。"多情"二字太好，多少有点儿没事找事的味道。暗自伤悼，兀自垂泣，有点儿没出息的感觉了。

　　但人又如何做无情人呢？想想自开元以来盛世衰变，社会空前逆折，沧海桑田，作为政体国体一部分的政府官员之诗人，又如何可以超然忘情呢？何况百年前还有一株老柳，仍然艰难地越过无数次毁灭，竟然余生偷度，延续至今，实在是不容易。

无论怎么说，它作为岁月和沧桑巨变的见证者，带着历史的风霜和沉重，都让人睹见，或生景仰，或唤后世人们的救世急世的热念。

诗题中的"勤政楼"，在长安兴庆宫西南，始建于开元八年（720），宪宗元和十四年（819）重修，自然含着当时皇帝对前朝的政治追念和中兴热望。现在睹物思人，遥想前朝，诗人自然况味良多，感情复杂。然而诗人似乎对政治的话题颇为避忌，不愿意多加涉足。所以他愿意将情感还归情感，有此一份寄托已经足矣。还能奢求什么？

故而后两句宕开一笔，将伤悲撇出。一株老树，跨过百年，还能活在又一个春天里，应该是很幸运的事了。而且，还能被人发现，是不是也很有一种邂逅的欣慰呢？

纵使时光没有变化，但从开元年间至长庆二年算来，眼前的这棵老柳也已阅世如流、饱经沧桑。即使没有前面安史之乱等世间巨变，而百年间又该有多少人情世事上的变化啊。又有谁能抗得过时间呢？何况，人还是短暂时间的匆匆过客呢。放到一个稍长的时间里去，人与柳就都不算什么了。其实，人从"长庆"这头是望不到"开元"那头的，只能看到一株风中缓缓招摇的半截沧桑的浮象———一点时间的剩余物而已。至于它由谁所栽，如何由小苗长成绿树婆娑，风情曼妙，引发追想，以及如何慢慢变老，经历世变，遭遇毁坏，都不得而知。反而于人于物，这样都很好。

人承受不了太多。能触发一点点念想，已经够多了。《唐人万首绝句选评》曰："语似率易，而'开元''长庆'四字中，寓无限俯仰悲感。"《诗境浅说续编》亦曰："诗仅言开元之树、长庆之人，不着言诠，而含凄无限也。"差不多是这个意思。但于人于物，又已经过了。还是点到为止，含蓄蕴藉一点好。

王涯《送春词》

日日人空老，年年春更归。
相欢在尊酒，不用惜花飞。

惜春、伤春是经久不歇的主题，诗人也应该多少回不离此题，但他现在忽然有所觉悟了。

伤啊惜啊，徒增烦恼，一点儿作用也不起，再多费神，也不能挽回这美好短暂之春。这是一。二是即使不因春天而费神，人是日日在衰变，在变老，这是不以人的主观意志为转移的客观存在。一个"空"（"徒然，白白地"）字，显得人在时间和造物主跟前颇为无奈。所以，即使"春在""春留"也没用。而与此相应的是，春天也有其自身的规律，根据经验，去了还会再回的，所以伤悼、追悔也没有多大意思。三是年年念春，为花飞、花落、花逝而感伤，让生命变得很纠结，何必呢？为一个异己的存在而丧失了生命主体的自足与充盈感，确实不应该。

以上是首二句的大意。

所以，后两句顿然逆转，放达情怀，开怀相欢，在杯酒之中寻得了一份精神上的亢奋与忘俗——不用日日为柳絮纷飞、新春即将逝去而烦恼。弄明白了这些，就知道与其在空追一个异己物中失了自我，莫如改变精神，在酒神的沉醉之中寻得一份"娱神乐心"的欢乐。那么，就一起饮酒吧。世间没有比这更能让人忘情忘俗了。

此诗与其说是"送春"，不如说是"调心"，以"快乐"化解"不舍之惜"，化解心头难以开释的"执着之念"。当然此念的消除说着容易而实难操持，那么，确有一个办法可以做到，这就是诗作第三句所谓"相欢在尊酒"。《礼记·乐记》说："酒食者，所以令欢也。"《汉书·食货志》也说："酒，百乐之长。又，酒者，天下之美禄。"而《汉书·东方朔传》更直言："销忧者莫若酒。"酒在中国文化中占有非常重要的位置，就因为它在现实生活中使人暂时忘却眼前而沉醉于一个相对"忘忧"的环境之中。

所以说，与其"送春"莫若相忘也。或者说，最好的相送就是忘却。

【作者简介】

王涯（764—835），字广津，太原人。博学，工文，贞元八年擢进士，又举宏词，调蓝田尉。以左拾遗为翰林学士，进起居舍人。元和时，累官中书侍郎，同中书门下平章事。穆宗立，出为剑南、东川节度使。文宗时，以吏部尚书代王播总盐铁，为政刻急，始变法，益其税以济用度，民生益困。"甘露之变"事发，为宦官所害。至昭宗时才被平反昭雪，追复爵位。《全唐诗》存诗1卷。

韩翃（hóng）《寒食》

春城无处不飞花，寒食东风御柳斜。
日暮汉宫传蜡烛，轻烟散入五侯家。

此诗有一种齐整之美，谓天恩浩荡，无处不在。

先从后两句看。夜色降临，皇宫烛火，青烟袅袅传入王侯贵戚之家，显示了皇恩。本来寒食节这天，依照传统要吃冷食，所以禁火。但贵戚公侯之家有特例，可以受赐燃炬点烛。而唐代有制度，清明节这天，皇帝宣旨，取榆柳之火赐予近臣，以示恩宠。所以日暮夜上之时，中官领旨，走马传烛，于是人们看到，随着轻马的速度，燃烧的烛火上的轻烟，也随风飘进特享恩宠的贵戚公侯之家。

能得到皇帝的这份殊荣，自然门楣光彩。但并非仅仅表示皇帝对这些近臣的特别偏爱，而是说，他们是代表，显示了皇恩对于上流社会的普惠。看啊，沿途飘散的一缕缕青烟，多么引人垂羡啊。自然，未赏之家要努力于事功，争取到恩荣。所以这传烛之举，也是激励和劝进之策了。需要说明的是，这里的"五侯"，是泛指贵戚公侯，并非专指后汉桓帝一天所封的那五个得宠为侯的宦官。

至于黎民百姓，亦不必望烟而失意，同样有恩光可以沾染。何以见得？现在看诗作的首二句。

这两句字面的意思说，春日春城，热闹繁华，无限风光。你看，除了处处簇拥着的万紫千红变幻成五彩缤纷，这城里的空中，也是花瓣飘举、柳絮漫飞。尽管已是暮春时节，但春意仍在加浓，阳光变得更加和煦，这是一年最好的时候。这不是其他地方，这是在皇城长安啊，自然显得意义非凡了。即使是这到处纷飘的飞花柳絮，也与别处不同，它们漫舞、轻柔，传递着京城的和暖。生活在这样的环境里，难道不有"羲皇上世"的身感吗？这温煦平和的岁月，不就是贤臣志士们一直执着的追求吗？当然，要清楚的是，这些花絮，并非发自哪里，而是从那株高大倾斜的"御柳"上飘出的，它代表的、所显示的正是浩荡的皇恩啊。任何人，只要身在京城，都能够感受到这曼妙的花絮之舞，都能收到这份春到深处的平安与惬意的报告。

总之，所谓春城弥漫之飞花，皆东风御柳之所送也。于是飞花不再含愁。此诗妙就妙在一、二句倒置而不点破，然后借三、四句流水运转而成。俞陛云先生在《诗境浅说续编》里也说："二十八字中，想见五剧春浓，八荒无事，宫廷之闲暇，贵族之沾恩，皆在诗境之内。以轻丽之笔，写出承平景象，宜其一时传诵也。"可谓深得本诗之旨。

也正因为如此，这首诗据孟棨《本事诗》，也得到当时的皇帝唐德宗的肯定，为此特赐"驾部郎中知制诰"一职给多年失意的诗人，成为流传一时的佳话。关于此诗，《批点唐音》说有"大家语"，《批点唐诗正声》说"禁体不事雕琢语，富贵闲雅自见"，可见其格调，因此而获得皇恩的惠及，自然是难得的上篇佳作了。

【作者简介】

韩翃，生卒年不详，字君平，南阳（今河南沁阳）人。天宝十三载进士及第，曾佐淄青、宣武节度使幕府。建中初，以《寒食》诗受德宗赏识，授驾部郎中知制诰，官终中书舍人。为"大历十才子"之一。其诗多送行赠别之作，饶有秀句，绝句亦婉丽有致。有《韩君平集》。《全唐诗》存诗3卷。

杜牧《山行》

远上寒山石径斜，白云生处有人家。
停车坐爱枫林晚，霜叶红于二月花。

诗作开头两句，与其说写景不如说叙事更准确些。所写的是诗人的目力所及：有一条歪歪斜斜的石阶山路向寒山上延伸，又见到半山腰有白云萦绕，于隐约明灭之际，感觉有屋舍人家居住在那里。

说是寒山，是因为到了深秋时节，人自然是感受到颇为寒冷的氛围，而山色亦呈现季节所特有的情状，清冷，清寒，烟气层层凝聚，枯黄的草木围裹着，山巅却青翠欲滴。此外，还有萧索的风和肃然的空气。这些都共同营造了一片寒山。而在诗中，诗人所远望的寒山其实并不高峻森然，大体丘陵状，因为还能看到半山腰层层萦绕着的烟云，以及忽隐忽现的山居。那里的人家会是什么状况呢？

显然诗人已经没有了探索的欲望。在诗作的第三、第四句，诗人做出了自己的选择。细心的读者会发现，此时诗人已经置身于另一座山的山间路上。这应当是一条官道，因为还有车马。在诗人看来，远处的寒山虽悠然可观又可想，然终因既寒且崎岖而不可前往。而近处呢？唯道旁枫叶的"红尘腾焰"，虽青春已过，却艳姿不减，到底温暖着诗人的心。

而诗作中的"晚"字倒也很有趣。一个意思是"时间已到傍晚"，自然对面的寒山不可把玩，趁早还是要赶着山路，走出这一片山地，以便投宿休息。另一个意思是"近处把玩了很长的一段时间"，因为经霜的红叶，实在是太过特别。诗人抬眼观远山，但近处才是殊绝的风景啊。远处的寒山淡然萦素，而近处这枫林红叶，如染如流，在夕晚的晖光里，又如霞似血，远比二月的春花还要火红、灿烂。至少在时间上，春花只是新妇，还带着羞涩；而红叶，则人过四十，饱富生活的阅历，带着成熟，是开放和豪放的姿势。

尽管秋天萧索，但这里的一片红色，使山林、道路都呈现春天所没有的生命力以及热情奔放的动势。于是诗人情不自禁地停车、驻足，陶醉于造物所绘制的迷人图景。红色的枫林与金黄的夕照，呈现了自然的热烈和壮丽，一扫时令给人的萧索、荒冷及寒凉。这是一个颇富天机的时刻，就像获得天启的先知，而这时猛一抬头，居然是在身后骤然排列，这是刚才还在举首远望而不曾心期的所在呢。这是近乎神赐的天人际会，色彩绚烂、风格明丽，令人迷恋。于是这大红的渲染、不惜成本的蜡染，在这蜿蜒崎岖的颠簸的官道旁，终于有了一处震撼心地、慰藉灵魂的所在。于是诗人在一段长长的孤寂的山路上，有了温暖和怀想。

清人刘邦彦《唐诗归折衷》云："唐云：妙在冷落中寻出佳景。"可谓深得此诗创作的精髓。至于清人范大士《历代诗发》中所谓"结句写得秋光绚烂"，自然也是好评。

【作者简介】

杜牧（803—853），字牧之，京兆万年（今陕西西安）人，宰相杜佑之孙。大和二年（828）登进士第，授宏文馆校书郎。多年外地任幕僚，后历任监察御史，史馆修撰，膳部、比部、司勋员外郎，黄州、池州、睦州刺史等职，终中书舍人。其诗豪爽清俊，与李商隐齐名。其绝句俊逸爽朗，晚唐独步。有《樊川文集》20卷，《樊川外集》《樊川别集》各1卷。《全唐诗》存诗8卷。

杜牧《东都送郑处诲校书归上都》

悠悠渠水清，雨霁洛阳城。
槿堕初开艳，蝉闻第一声。
故人容易去，白发等闲生。
此别无多语，期君晦盛名。

先作题解。东都，指洛阳；上都，指长安。太和九年（835），诗人授任监察御史，分司东部，八月赴任。此诗作于次年。郑处诲，《新唐书·郑余庆传附传》谓宰相郑余庆之孙，"字廷美，文辞秀拔。仕历刑部侍郎、浙东观察、宣武节度使等职。（为校书郎时）更撰《明皇杂录》，为时盛传"。

首联写景，勾画了送别的大环境。"悠悠"，指连绵不尽的样子。"渠"，《大业杂记》谓"出端门百步有黄道渠，过洛二百步，又疏洛水为重津渠"。这两句说，洛阳城刚刚雨过天晴，明空如洗；黄道渠、重津渠，连绵不断，水清见底。对于诗人与友人郑校书郎而言，仿佛天遂人愿，特地要为送别安排这样一个场景：眼前风光如画，清新明丽，道路纤尘不染，渠水悠悠不尽。这情，是纯洁而难舍的。

颔联继续写景，着意于身边的小景，显得细腻入微。槿，即木槿，夏秋开花，朝开暮闭，花有白、紫、红诸色。一名舜，取"仅荣一瞬"之义。《诗经》有"有女同车，颜如舜华"一句。《广群芳谱》谓"五月始开"。"蝉闻"句，冯集梧《樊川诗集注》引吴均诗谓"蝉声不可闻"。南宋刘克庄亦有诗云："何必雍门弹一曲，蝉声极意说凄凉。"可见蝉声虽然响亮，换成另一面则是凄厉。这两句说，又到傍晚时分，木槿花落下了晨开时艳丽的姿容，而蝉嘶的第一声就已经让人不忍听闻了。鲜花的凋落，蝉声的凄厉，此情此景，都在渲染离别的愁郁。

颈联是直接抒情，是诗人的感慨，也是人生常有的无奈。故而诗人说，越是情深越是容易相别离，而两鬓的白发时常竟无端地冒了出来。显示了离别带给人的忧郁和愁闷之重。于是情之纯之诚，借助于这种苦和愁而获得了凸显。反而言之，如果离别没有愁思也没有苦恨，那哪里还显得二人的友情之深呢？

尾联是离别的关切。所谓"无多语"，即"毋多谈"，不要说过多的话；晦盛名，即让很高的声望掩抑一些。《新唐书·郑余庆传》说："（庆）子澣。……（澣）四子，处诲、从谠尤知名。"从这个记述看，郑处诲当时确实很是知名。加上显宦家世背景，动辄成为舆论中心，稍有不慎即是非缠身。而这一点，于诗人自己也是深有体会的。两人都是宰相之孙（杜牧祖父杜佑、郑处诲祖父郑余庆，皆两度为相），都有建功立世的热望，相似的家世背景和人生追求，在一个急遽变化、时局动荡的社会（太和九年十一月，发生了震惊朝野的"甘露之变"，受株连被杀者千余人，以至于一时为官，人人恐惧）里，都有朝不保夕之感，因而诗人的劝勉，当是至切之言。诗人说，这一别之后，请把紧口风不要多说什么，只期望郑君能掩抑盛名以避是非。如果彼此友情不深，怎么会替对方考虑这么多呢？

赵嘏（jiǎ）《东归道中·其二》

未明唤僮仆，江上忆残春。
风雨落花夜，山川驱马人。
星星一镜发，草草百年身。
此日念前事，沧洲情更亲。

先看诗作大意。诗人醒来很早，天色未明即唤起童仆上路赶路，毕竟匆匆回乡的心情古今都一样。从京洛要回家乡山阳县，山一程水一程，山长水阔啊。这一日匆匆行于江边时，却触景生情，不禁想起往昔残春时的情形（这恰恰等于人生旅程的回顾与反思）。最后收念，还是觉得劳劳奔忙了无趣意，莫如归隐舒怀为好。

所谓残春，既是记眼前的时间，又可能是诗人对于人生非典型印象的标记。这就是中间四句（自"风雨落"至"百年身"）的表述。需要指出的是，首句是拟陶氏渊明先生《归去来兮辞》中的"归与"之情，"问征夫以前路，恨晨光之熹微"，其迫切可知，痴情可知。故《唐诗归》钟（惺）云："此'忆'字跟'唤'字，有情。"

三、四两句，在眼前是回乡的写实，但作为回忆，可能是当年为科第匆匆别乡赴京的印象。有时间盼春，却没有机会迎春和享春，只有在春天将尽的时候，快马加鞭，日夜兼程，马不停蹄，风尘仆仆，希望追上它的尾巴，所以劳苦奔波可知。有时候，人生的实际境遇就是如此，所谓的机缘与命运总是要相差一些。何况风雨无情，落花无数，眼前的和记忆里的这"残春"，又是何等的让人不堪面对。

五、六两句借身形显境遇。"星星"，头发花白貌，晋左思《白发赋》有所谓"星星白发，生于鬓垂"之言。至于"草草"，忧虑劳神貌。《诗经·小雅·巷伯》有"骄人好好，劳人草草"之句，可知人世间种种复杂的人事纠缠。打开镜子，满镜都是白发而无遗留；而回忆也是一面镜子，在反省之中也照见了一辈子的身心忧苦。这是多么痛切的直面和痛苦的反思与回想啊。换而言之，这也是很多人不敢照面、更不敢回忆的原因。故而《唐诗归》谭（元春）评曰："'草草'二字悲甚。"

当然，像本诗敢于反思、回顾是好的。就像尾联所示，累了就回去，或者跑得远远的，一个人选择一个地方，清清静静地修道修心，也算是难得的天赐。故而《唐诗选脉会通评林》说："叙道中之可悯，见往事之堪悲，顿觉远游避世之想为是：亦深于苦调者矣。"沧洲，滨水之地，古代常指隐士居处，谢朓有"既欢怀禄情，复协沧洲趣"等句。

【作者简介】

赵嘏（约806—853），字承佑，楚州山阳（今江苏淮安）人。年轻时四处游历，大和七年预省试进士下第，留寓长安多年。其间似曾远去岭表入幕府数年。后回江东，家于润州（今镇江）。会昌四年（844）进士及第，一年后东归。大中（847—860）中，仕为渭南尉。卒于任上。颇有诗名，不拘小节。有《渭南集》。《全唐诗》存诗2卷。

陆龟蒙《丁香》

江上悠悠人不问，十年云外醉中身。
殷勤解却丁香结，纵放繁枝散诞春。

陆龟蒙的《丁香》一诗，以诗自道，其失意遭遇，令人颇生恻隐。其含蓄地表达自身解放的申诉和希冀，又颇有震撼之力，给人以积极的精神指引。

首两句言丁香处境和现状。首句是环境的展现，茫茫江边，日日除了江风和江涛为伴，似乎颇为寂寥。"悠悠"，是目力所及，是江面的辽阔无际，是茫然，更是无力和无助。这里的"人"，自然是指江上官场、商旅等往来者，都是来去匆匆，为着各自的生计，不会顾及另一个与他们无关的人与事的存在。所以"人不问"，所显示的是一种典型的人际漠然的社会环境和人世的处境。次句以人拟物，写丁香的处境与现状，言其多少年来一直置身世外，以酒自醉，浇灌胸中的块垒。"云外"，是指世外，与世隔绝。这句在放旷中揭示了一种孤独失意的存在。

第三句翻转，欲主动化解心中的愁苦，显示积极的人生态度。"殷勤"，是指恳切叮咛。此词一出，心诚之意十足，显示了诗人的一贯温情的特性。本来，十年的孤寂生涯和无人问及，已经让人不耐其烦了，然而诗人却有意化藏锋芒与怨气，将心底的真诚托出，显示了他改变现状的真实愿望，以及温柔蕴藉的为人处世之态。

最后一句，也是一次翻转，是对前十年人生姿态的彻底转变，更是希冀一种不再隐忍和克制的开放，尽情释放被屈压、被漠视的憋气。这是生命显示存在的正当性诉求。所谓"纵放"，是怒放，是心结解开之后的纵情抒发和全情开放，更是一吐胸中闷郁的快意冲决。"散诞"，更显示了一份悠闲自在、放荡不羁的舒心和惬意。

无独有偶，北宋王安石也有一首《出定力院作》诗，与此相埒。其诗曰："江上悠悠不见人，十年尘垢梦中身。殷懃为解丁香结，放出枝间自在春。"

当然，需要说明的是，王安石的诗作应当是对陆诗的改订或者说叫再创作，在细微的调整处显现了王安石颇为微妙的新旨意。与陆诗相比，王安石更着意于诗歌意境的营造，在表达上显得更为含蓄蕴藉，而诗风也显得分外地清新可人。

王安石的诗前两句说，丁香处于江边一个荒寂无人的环境里，并且自其长大稍显风姿后即遭遇尘垢所埋十年之久，故不为世人所知，可谓不幸至极。而此处境中的丁香，不得不以梦寄托自身的存在。这是抗拒悲哀失意的一份坚持了。

而后两句更是积极主动，自诉情愫，表达对生命存在的热望和追求。"殷懃"，此处是反复、频繁之意。这里说，多次想除却心中的郁愁之结，于是频频释放出枝间自然所蕴蓄的春意。让枝叶释放心意来呼唤解除心中的愁怨，显示了丁香别样的人生努力。

王安石的这首改诗读下来，悲愁的申诉减了很多，而努力追求的成分多出了不少，显示了诗人的顽强作风和执着精神，读来令人感动和深受启迪。

【作者简介】

陆龟蒙（？—881），字鲁望，长洲（今江苏苏州）人。年轻豪放，通六经，尤精《春秋》。举进士不第，曾任湖州、苏州刺史幕僚，后隐居松江甫里（今苏州角直镇），人称"甫里先生"。置园顾渚山下，常乘船设篷席，任游江湖间。诗文对晚唐时弊多有抨击。后封官左拾遗，未到任即卒。与皮日休交友，世称"皮陆"。诗以写景咏物为多，是唐隐逸诗人代表。编著《笠泽丛书》。有《唐甫里先生文集》。

陆龟蒙《春思二首·其二》

江南酒熟清明天，高高绿旆当风悬。
谁家无事少年子，满面落花犹醉眠。

陆龟蒙的《春思二首·其一》："竹外麦烟愁漠漠，短翅啼禽飞魄魄。此时忆著千里人，独坐支颐看花落。"比较简单直白，写诗人见麦烟笼罩、飞禽啼叫而想起千里之外的友人，想象他独坐看落花的情形。虽则如此，却可以作为诗引，为本诗做一个思路和理解上的牵引。

《春思二首·其二》则要复杂得多，所表达的内容也显得更丰富、充沛。其所呈现的是：酒好，时闲，心地悠然无牵，自在洒脱，青春与花事，无处不是美好。诗作可谓写满了一种风流。诗人在另一首《和袭美春夕酒醒》一诗里，也构造了一个花香醉美的掩映："觉后不知明月上，满身花影倩人扶。"然在万象勃发的春季背景里，是静，是寂，也是闲置，给人的又好像有一种淡淡的隐然无言的孤清。

《春思二首·其二》前两句说，江南潮湿寒冷的冬天之后，冬酿的酒经过长冬时日的发酵，已经熟了。而清明这一天，既是外出扫祭的日子，也是踏青和春游的好时光。对于另有所求的人们来说，这一天既有大好的春光，又有美酒，正是一解醉馋的大好时机。再看，酒家似乎也懂得人意，而酒店的绿色旗帜似乎别有招人的意思：高挂旗杆，当风悬摇，格外引人注目。一边是冬天之后可以踏青、甩脱冬日包袱之累的时日，有春天美酒酿成待品的犒赏，一边又有酒家有酒有菜地恭候。这就如同小说叙述，既是有关背景的介绍，也是人物出场前的时间、空间等特定情境的设定，别有一番引人瞩目的期待。

再看诗作后两句。没有像小说那样有一个开端、发展、高潮和结局的展开过程，突然煞尾，人物出场了，但并无具体的活动场景，没有与谁的矛盾冲突，也没有相应的情节的继续，只留了一个特写镜头——一个少年醉倒在花丛里，落花满面，显得那么悠闲和惬意。这一特定的镜头，将花儿与少年扭结到一处，形成一个绝美的组合，相互映衬，相互凸显，其青春的气息，其旷然于天地间的豁达，以及尚未被人发现的一丝落寞，都尽显其中。

而美好的时光，无处抛掷的时日，借酒消愁或是买醉尽兴的畅快，都静静地隐藏到了少年的背后，这一现象让人着迷，当然也会让人生出遗憾来。这究竟是谁家的少年？少年本当意气风发，挥斥方遒，纵横驰奔，为何却寂然于此花中作儿女之状？……这些，都引人思索，启人想象。这就是诗作的魅力之所在。

然而，无论如何，这一青春而悠闲的"落花醉眠"的形象，在文学史上始终是独具一格的。

薛能《宋氏林亭》

地湿莎青雨后天，桃花红近竹林边。
行人本是农桑客，记得春深欲种田。

薛能《宋氏林亭》一诗与白居易洋洋洒洒的《牡丹芳》比较起来，其创作的立意、结构和效果都相差不多，孰短孰长都风流。

前者简淡而意隐，但稍稍强行转合处，还是将诗人的用意做了凸显。至于后者，表达要华丽风骚得多，牡丹的妖艳迷人在诗人的笔下获得了充分的展示。它更像是赋体。于铺张扬厉之余，又像数百年前的汉赋一样，来一个曲终奏雅，在王公贵族热赏牡丹、举城若狂之后，突然切入时弊之论，势大力沉，让人警醒，让人反思。

现将白居易《牡丹芳》抄之如下，并做简析。

"牡丹芳，牡丹芳，黄金蕊绽红玉房。千片赤英霞烂烂，百枝绛点灯煌煌。照地初开锦绣段，当风不结兰麝囊。仙人琪树白无色，王母桃花小不香。宿露轻盈泛紫艳，朝阳照耀生红光。红紫二色间深浅，向背万态随低昂。映叶多情隐羞面，卧丛无力含醉妆。低娇笑容疑掩口，凝思怨人如断肠。浓姿贵彩信奇绝，杂卉乱花无比方。石竹金钱何细碎，芙蓉芍药苦寻常。遂使王公与卿士，游花冠盖日相望。庳车软舆贵公主，香衫细马豪家郎。卫公宅静闭东院，西明寺深开北廊。戏蝶双舞看人久，残莺一声春日长。共愁日照芳难驻，仍张帷幕垂阴凉。花开花落二十日，一城之人皆若狂。三代以还文胜质，人心重华不重实。重华直至牡丹芳，其来有渐非今日。元和天子忧农桑，恤下动天天降祥。去岁嘉禾生九穗，田中寂寞无人至。今年瑞麦分两岐，君心独喜无人知。无人知，可叹息。我愿暂求造化力，减却牡丹妖艳色。少回卿士爱花心，同似吾君忧稼穑。"

开首"牡丹芳"至"芙蓉芍药苦寻常"为第一部分，极写千万朵牡丹盛开的艳丽容态。其花蕊、花瓣等，在朝暮如霞如灯般灿天照地，以及不同色调的无数变化。又以拟人写其娇媚的情态，并较之于石竹、芙蓉等，显示其超凡脱俗、不可伦比。

"遂使王公与卿士"至"一城之人皆若狂"为第二部分，写王公贵族狂热赏玩牡丹，以及举城若狂的情形。王公贵族们穿戴如节日盛装，是倾家出动，他事所未有。而花开花谢二十余天，引发观赏者如醉如痴，确实盛况无前，但也显得异常过分。

"三代以还文胜质"至结尾，为第三部分，是诗歌突然进入反折，激起巨响。先是告知以历史的教训，三代以后"重文胜质"的社会流风影响过大。实是对越来越浮靡的时代弊病的痛斥和警告。这是诗人的议论。然后是直接现实，诉说天降吉祥，造福人间，无人理会，让人叹息。诗人以瑞生田野寂寞无人问津，冷对人们狂迷于牡丹的非理性行为，让人警醒并让人寻思。最后是诗人的呐喊，尽管透着无力回天、无可奈何之感，但希望世人能"返本""弃末"，希望改变追逐虚浮牡丹的心声很是坚定。

至于两诗的"不同"，薛能的诗真朴，能替人自省。薛能诗说：春雨过后，地湿莎青，桃红竹翠。在此湿润的空气里，春光是一片大好。而此地又有这一处宋氏林亭，正好可以游观乐赏。看看，岂非天心人意，要成全这一段大好时光。但诗人并没有从眼前这清新明丽的春景里自我陶醉，尽管玩赏也很惬意，但始终在提醒着"农桑客"的身份，也提醒着再过一段时间，到"春深"之时，要以农事为要。毕竟"衣食为天"，耽搁不得。

薛能这里的写作，写景比较简括，所谓"地湿""莎青""桃红"之类，只是点到一些特征即止。至于大好春光，一定有不少值得大写特写之所在，但诗人一律隐而不提，因为诗人"意不在此"。后两句是诗人的用意所在。一是提点"行人"的身份，二是提醒春天的事务。告诉人们千万勿要失了"农桑本业"。所谓"行人"，照字面意思，就是出行的人，冬去春来，大家都是行人，都是游观之人。但是，颜师古注《汉书·食货志上》"行人振木铎徇于路"曰："行人，道人也，主号令之官。"又，尹知章注《管子·侈靡》"行人可不有私"曰："行人，使人也。"所谓"使人"，即使者。可见，每一个出游之人，自然又都是春天的"行人"，都有职责、有义务"振木铎徇于路"，采摘信息，提示农耕。

《唐诗选脉会通评林》说得好："唐汝询曰：下'记得'二字，益状其朴。……谢（枋得）注：游园圃而思畎亩，览花草而记农桑，此有道者之言。齐景公欲比先王游觐，晏子以省耕、省敛对，正此意。胡次焱曰：夫莎青桃红，正春深欲种田之时。因莎桃青红而触农桑之思，此务本之言也。"

这与白居易的叙议，本质上仍然是讽谏一路，凸显了作家们"忧世"的一面。

【作者简介】

薛能（817—880），字太拙，河东汾州（今山西汾阳）人。会昌六年，进士及第，补盩厔（zhōu zhì，今陕西周至）县尉。历任三镇从事，累迁嘉州刺史、各部郎中、同州刺史、工部尚书，先后担任感化军、武宁军和忠武军节度使。广明元年（880），为许州周岌所逐，全家遇害。耽癖于诗，日赋一章为课。著有《薛能诗集》10卷、《繁城集》1卷。

司空图《即事九首·其一》

宿雨川原霁，凭高景物新。

陂痕侵牧马，云影带耕人。

司空图的《即事九首》，是写眼前事，将即时的见闻与感受写下，有点速记的味道。

不过有的写得清新，有的略微苦涩，有的又显得空灵。因而在诗人的笔下，生活虽然没有多少风浪，也无大起大落，但时间是流逝的，万景匆匆，风物自换，于是庸常的生活也显得富有多样性。至于心绪也起伏于其间，显示了生命的动向。

当然，这些动向里，有时还带点所谓的禅意，像"云从潭底出，花向佛前开""旧居留稳枕，归卧听秋钟"等，皆是。在此不表。但说其"第一首"。

晚上下了一场雨，天明时分停了，但雨留下的痕迹还在，空气的湿度还很大。一个"霁"揭示了这点。首两句点明了时间和诗人的观察点，还有叙事的角度。一是视野宽阔，二是居高临下，三是诗人的心情还不错。一个"新"字体现了所见的一切的特征，又反馈回来再进心里，心情自然也很好。这是一个交代，又起着总领的作用。

与前两句稍稍平淡比较起来，诗作的后两句显得精彩动人。我们看第三句。由于视野宽远，雨后由山原野旷的气雾所形成的气象，便自然给眼前的画面打上一层朦胧而苍茫的底色。在这个底色上，远处的山坡也是蒙蒙的，但牧马是动的，吃着草，向前走动，改变了气雾，于是山坡的轮廓呈现了出来，而啃啮后的坡痕在牧马的后面延伸着。"侵"字，显现了诗人造语的新奇和对世间物动的趣味。

最后一句，当是近景。早起的农人在水田里耕田，水面出现了波晃，天云在水田里的倒影也随之晃动起来。但诗人颇调皮，说云影带动了耕人，因为从高处看，巨大的云影里，人与牛都显得很渺小啊。

这幅晨起雨停牧马耕人图，清新、开阔、自然，描写了雨过天晴的过渡景象，以及山川物象在其间的奇妙的动态，充满了一种流观自然和生命自在的趣味。是诗人隐退生活的一个记录，带有一定的写意性。

【作者简介】

司空图（837—908），字表圣，自号知非子、耐辱居士。祖籍临淮（今安徽泗县东南），自幼随家迁居河中虞乡（今山西永济）。咸通十年（869）进士，曾参王凝宣歙观察使，历礼部郎中、中书舍人。朱温篡唐，召为礼部尚书，伴装老朽不任事被放还，继而绝食而死。诗论主"韵味"说。著有《司空表圣诗集》。《全唐诗》存诗3卷。

李煜《虞美人》

春花秋月何时了？往事知多少。小楼昨夜又东风，故国不堪回首月明中。

雕栏玉砌应犹在，只是朱颜改。问君能有几多愁？恰似一江春水向东流。

李煜《虞美人》里所写，是一个亡国之君真切的感受，悲劲苍凉，心怀深恸，是王国维所谓的"血书"。

这首词有两点值得一讲。

一是其欲吐还吞、欲吞不得、似吞还吐的矛盾心理，在词中有着不少流露。怕见"春花秋月"，因为这些勾起了多少往事的回忆，在往日是醉生梦死地沉迷与欢乐，在今日却是梦醒时分的悔恨与懊丧。所以良辰美景、赏心乐事，现在都成了万箭齐发，射向词人此时已经清醒的内心。但物候是不解人意的，它们只知道依照自然之理依时而发生，到底于人来说，就显得残酷无情了。越是怕见物候的到来，而它们却偏要重来，结果触目惊心，令人不堪回首。然又不能不回首，于是只好看看身边的侍女，轻轻地问一声："故国的宫殿怕还在吧？"

词中写了"两怕"或"四怕"，颇为真切哀伤。其一是怕见现实又怕往事，其二是怕回首故国又怕正视自己，于是只好说："那些富丽的建筑应该还在那儿吧，一切都没有变化的，只是你们红润的玉颜改变了，是吧？"都还好好的，真的都还好好的？

而已然是阶下囚的词人，不言自己的处境，竟然还痴人说梦、佯作无知似的对身边的侍女说："是什么让你们变得这么苍老了？噢，你有多少烦忧啊？"这就把一个亡国之君的失国之痛、亡国之恨，及其无言的深悔都表现了出来。因为任何沉重的语言都不足以表达此时内心的痛苦，所以他的痴人说梦式的呓语，虽轻实沉，越轻越沉。江山易主，物是人非，唯有"只是"二字以叹惋的口气，才能传达出无限怅恨之情。

二是情感的高度积蓄，最后全情倾泻。最后一句"恰似一江春水向东流"，所谓"真伤心人语"，借侍女之口道出，将词人的满腔幽愤全盘倾倒。于是情感再难控制，深恸如浩浩春水，不舍昼夜，奔涌向东，无有尽时。压抑的感情终于获得了一个宣泄的口子，虽然修辞含蓄，却直露恣肆，一泻千里，将无尽的哀思全部淹没，化而为浩浩荡荡的愤怒了。

有人说，正是这首词中的"小楼昨夜又东风"，或"故国不堪回首月明中"，或"雕栏玉砌应犹在"，让人嗅到了词人念念不忘故国的情思，而结果让宋太宗要了他的性命。而宋人的笔记，王铚在《默记》里，却有另外的一种说法："后主七夕在赐第命故妓作乐，声闻于外。太宗闻之，大怒。又传'小楼昨夜又东风'及'一江春水向东流'之句，并坐之，遂被祸云。"（引自《默记、燕翼诒谋录》第4页，中华书局1981年版）词人遭祸的原因，除了其他复杂的政治因素，其实就本词的内容上看，"一江春水向东流"直抒胸臆的因素似乎更大些。诚如高原先生所说："一个处于刀俎之上的亡国之君，竟敢如此大胆地抒发亡国之恨，是史所罕见的。"他并引述法国作家缪塞的话说："最美丽的诗歌是最绝望的诗歌，有些不朽的诗歌是纯粹的眼泪。"［引自《唐宋词鉴赏辞典（唐·五代·北宋卷）》第123页，上海辞书出版社1988年版］

这一切都源于"真实"。是真实，惨烈的现实真实，给了文学以强大的生命，但也就此断送了词人的一切。这让后世的人们读来，心灵莫不受到强烈的刺激。词人这种全情倾泻，甚至孤注一掷，就是王国维所谓"赤子之心"。《虞美人》注定是一篇不朽的杰作。

最后，关于本词的理解，有几个词语是可以重新解读的。一是"朱颜"，作玉颜解，可以指词人自己或是词人身边的侍女，也可以指雕栏玉砌下的守宫人。李煜的悲哀不仅仅是"亡国"，还有"人非"的深沉悲哀在里面。二是"问君能有几多愁"中的"君"，似乎作解"身边的侍女"较好，更能见出这位亡国之君的"怕"，所谓"王顾左右而言他"。

【作者简介】

李煜(937—978),字重光,祖籍彭城(今江苏徐州)。南唐后主。宋开宝八年(975),兵败降宋至汴京,授右千牛卫上将军,封违命侯。太平兴国三年(978)七月七日,死于汴京,追赠太师及吴王。精书法、工绘画、通音律,诗文均有造诣,尤以词成就最高。后者继承晚唐以来温庭筠、韦庄等花间派传统,又受李璟、冯延巳等影响。亡国后,词作更是题材广阔,含意深沉,别树一帜,对后世影响深远。

苏轼《浣溪沙·簌簌衣巾落枣花》

簌簌衣巾落枣花,村南村北响缲车。牛衣古柳卖黄瓜。

酒困路长惟欲睡,日高人渴漫思茶。敲门试问野人家。

散步回来的路上,发现裤腿上有一些黄色的花粉,在黑色的裤上较显眼,却又不忍心扑去。走着走着,竟然想起了幼时所背诵的苏词《浣溪沙》。

记得好像曾经问过人,为民求雨得雨,还不忘还愿的苏太守,走了太长的路渴得要死,既然有牛衣老农在路边叫卖黄瓜,而黄瓜很解渴,何不买几根尝尝呢?要说没钱,不至于吧?居然还要去农家敲门讨水喝,又是为什么?有资料说这形象很亲民。如果是这样,那就有些装模作样了。但率真不做作的苏子瞻,可不是那等人。你读过他写的《杞菊赋》,就知道他是整个中国历史上难得的好官,他怎么会去忸怩做作呢!

后来又看到一些关于这首词的解析文字,也感到颇为奇怪。比如"日高人渴漫思茶"这一句,有名家说:"'漫思茶',想随便去哪儿找点茶喝。'漫',随意,一作'谩'"。笔者以为,这不是体现苏轼的亲民或是不官威,而是真渴了。渴,这种感受,相信每个人都有,尤其是走了长路,喝了酒,或吃了重盐的菜,一旦干渴起来,就没那么悠闲。"想随便找点"?没那回事。真的渴起来,是非常着急去找水喝的。

电影《巴黎圣母院》里卡西莫多的叫声至今还在耳际："渴——！""渴——！"那一声声简直是催命。当然，中国最著名的例子就是《山海经·海外北经》里的"夸父逐日"："夸父与日逐走，入日；渴，欲得饮，饮于河渭；河渭不足，北饮大泽。未至，道渴而死。弃其杖，化为邓林。"这虽是神话，但却基于生活的真实。每个细节都经得起推敲。因为靠近了太阳，被炙热所烤，口渴得要命，一气喝干了黄河水和渭河水，还不解渴，又想着到北边的大泽去喝水。却因为路远，在奔向大泽的途中渴死了。俗语所说的"远水解不了近渴"，就是这个意思。

再回到苏东坡的这首词，大概也是这个意思吧。所以，这个"漫"直接释为"长"（长久，一直），至为恰切了。至于嘴里很干渴，如果在路边遇到商贩卖黄瓜，相信大苏一定会掏钱购买的。但笔者要说，这卖黄瓜的商贩并不在"枣花簌簌落衣巾"的沿路上，距离太守一行人还远着呢。这原因有二：一是太守先生不可能舍近求远而去"敲门试问野人家"，而这"敲、问"也一定在路边，就近，太渴了就得就近想办法。二是卖黄瓜的商贩还在很远处。为什么？秘密就在"簌簌衣巾落枣花"一句里。

"簌簌"，拟声词，风吹叶或花（下落）的声音。枣花飘落的声音都能听得清，可见此时太守一行所走的路确实有些僻野了，安静得有些不可思议。于是本词上阕次句，"村南村北响缫车"也是远距离所听到的声音，而"牛衣古柳卖黄瓜"自然也不近。这上阕连起来，就是：赴城东石潭谢雨还愿回来，走在乡野的小路上，枣花落在衣巾上"簌簌"有声，又有村南村北轻微的缫丝声传来，再继之有农人卖瓜的叫声也传了过来，宁静而悠长啊。词人听着这悠扬淡远的声音，应该对这美景而乡人亦甚闲静安心，感到欣慰吧。还有，说不定太守先生还颇有几分自得呢，严重旱灾，求雨得雨，老天还是很给面子啊。现在，紧张的求雨终于过去，是时候可以放松了。

下阕是破静为动，是干渴，是心慌，是紧张，是难耐，是沿农家就敲门求水。这样就富有生活真实的气息了。但这是什么意思呢？求雨得雨的人，居然没水喝，是老天开了一个玩笑吗？或许是。这就幽默而富有情趣了。相信苏东坡也一定是笑到了自己。因为他骨子里就是一个善于"讥诮"的人。"讥诮"，不是笔者的意思，是北宋时人对他的印象。

当然，太守先生为何要"敲门试问"呢？这回，我同意这一分析："他是一个体恤民情、爱民如子的父母官，谦和有礼，不会贸然闯入农家。"

【作者简介】

苏轼（1037—1101），字子瞻，号东坡居士，眉州眉山（今四川眉山）人。仁宗嘉祐进士。上书言安石新法之弊，后诗讽新法而下御史狱，贬黄州。哲宗时任翰林学士，曾出知杭州、颍州，官至礼部尚书。后贬谪惠州、儋州。卒谥"文忠"。为"唐宋八大家"之一，与父及弟合称"三苏"。其诗风格独具，与黄庭坚并称"苏黄"。词开豪放派，与辛弃疾并称"苏辛"。有《东坡七集》《东坡易传》《东坡乐府》等。

苏轼《惠崇春江晚景·其一》

竹外桃花三两枝，春江水暖鸭先知。
蒌蒿满地芦芽短，正是河豚欲上时。

这首诗因载入了中学课本，几乎家喻户晓，人人皆知。名为题画诗，写得清新可人，早春时节的江水江岸风色，都历历于读者眼前。并且诗人还将自己细致、敏锐的感受，以及对生活的喜爱之情都铺诸纸面，让人在感受到浓郁生机的春情的同时，也一并享受了生活的滋味。

诗的首句写景，竹与桃花，红绿掩映，高低错落，疏朗有致。同时也暗示了画作的布局与诗作的观察点，显得颇为精巧。此外，"三两枝"也暗示了春色之早，先见则占得先机，令人欣喜。次句写稍远的江景，是寒鸭江中嬉游，画面也极为简洁。但诗人生怕写作板滞，在写实的画笔尖子上点一点禅趣，说"水暖鸭先知"。早春自然寒冷，但诗人通过动物感知，巧妙地传达了自己的心绪，感受到了微微的暖意。于是画面的微细的春意，以及画作者对春天的把握，都巧妙地获得了展示。而这一句也因为诗人的入微观察而凝聚了对生活的哲思，向来为人所称道。

再看，前两句展示了物候，后两句则宕开一笔，写生活，使诗情有了跳跃和跌宕，展示了人道的情怀。第三句写"蒌蒿""芦芽"，充满了食欲，而最后一句则又有变化，乃由实及虚，牵引着味蕾，由新鲜的植物性食材，再到河豚的绝美食材，让人充满了强烈的期待。这是进一步写春天的变化，令人欣喜，令人期待。而耐人寻味的是，河豚本为画面所无，诗人有意想象，俏皮风趣，似乎专与画作者惠崇和尚开了个玩笑，展示了诗人对生活无处不在的热爱。而此举延伸了时间，也拓展了空间，使读者的想象跃出了画面。这是苏轼厉害的地方。

总之，这首题画诗既忠实于原作，又超出象外，带着诗人强烈的个性，颇值得称道。

但是，这么一首诗作，也会有笔墨官司。足见后世对诗人诗作的锤敲之细。

钱锺书《谈艺录·第六十八》曰：《随园诗话》卷三："毛西河诋东坡太过。或引'春江水暖鸭先知'，以为是坡诗近体之佳者。西河云：'定该鸭知，鹅不知耶。'此言则太鹘突矣。"……东坡此句见题《惠崇春江晚景》第一首："竹外桃花三两枝，春江水暖鸭先知。蒌蒿满地芦芽短，正是河豚欲上时。"是必惠崇画中有桃、竹、芦、鸭等物，故诗中遂遍及之。……西河未顾坡诗题目，遂有此灭裂之谈。

这里所谓西河，是指清人毛奇龄（字大可，号西河）。关于苏轼诗作中用物，提出了自己的质疑，说："水中之物皆知冷暖，难道鹅不知？必以鸭，妄矣！"而钱锺书则反驳道："惠崇原画中是有鸭等物；而鸭先知者，指比人先知而不是比鹅。"

看起来毛奇龄好像是"杠精"，但细细思之，则不无道理。一是惠崇原画早已不存，无以凭据。二是宋人有好出新意的节疤子。前人以为东坡脱杜牧"蒲根水暖雁初下"而以鸭换之。三是苏轼本善讥诮，故毛氏以鹅难之。而用"鹅"亦有据，因为《惠崇春江晚（晓）景》有二，其二云"两两归鸿欲破群"，"鸿"即雁即（野）鹅也。

辛弃疾《生查子·题京口郡治尘表亭》

悠悠万世功，矻（kū）矻当年苦。鱼自入深渊，人自居平土。
红日又西沉，白浪长东去。不是望金山，我自思量禹。

"京口"，即今江苏镇江，当时为府郡行政所在，具体郡治据说在城北临江的北固山。"尘表"，即"风尘表物"，亦作"风尘外物"，释义为超越于世俗的杰出人物。出自《晋书·王戎传》"王衍神姿高彻，如瑶林琼树，自然是风尘表物"。

"尘表亭"，当是纪念有关杰出人物的碑亭。从本词看，当包含纪念大禹的一个所在。

词人发怀古壮思，作慨然之想，上片歌颂大禹治水之功，吞吐吸纳，以时间化空间，用豪情压抑郁。

开篇即表达无限崇仰的心情，说虽然年代已经久远，但大禹所建立的影响万代的功业仍然存在。继而又回到禹神当年建功的现场，回顾他勤劳不懈（"矻矻"）、无比艰苦的开凿沟渠和疏通江河的情形。《史记·夏本纪》对此有记述，说："禹伤先人父鲧功之不成受诛，乃劳神焦思，居外十三年，过家门不敢入。"接着，再度回顾了至今后世仍然享受的福泽：龙蛇鱼鳖自动回到它们生活的深渊，而人民也有平坦的大地可以居住，进而安居乐业，不再遭受洪水和龙蛇鸟兽的侵害。对此，《孟子·滕文公》也有一段生动的描述，说："《书》曰：'洚水警余。'洚水者，洪水也。使禹治之。禹掘地而注之海，驱蛇龙而放之菹（zū），水由地中行，江、淮、河、汉是也。险阻既远，鸟兽之害人者消，然后人得平土而居之。"

过片转而写眼前的景象。万世以还，神功邈远，而壮日沉沦，江流兀自。今世何世，如何沉寂！由此抒发了一段苍劲悲凉、豪视一世的旷古感慨。

下片即景申怀，写壮丽的落日和翻涌壮阔的白波，意境恢宏沉雄，情端苍茫。但落日和江流都寓含着时间的流逝，因而在景象壮阔的背后，随着红日的西沉、白波的东去，是不依人的时代情势的他向转变，以及词人面对青春、岁月的不可挽回的无限的无奈和痛楚。当然，词人强为己说，"不是望金山，我自思量禹"，不是欣赏美景，也不是羡慕富贵，（《舆地纪胜·镇江府景物》谓，"金山，在江中，去城七里。旧名浮玉，唐李绮镇润州，表名金山。因裴头陀开山得金，故名"。）而是怀念伟大的禹神所开创的不世之功业。由此表达了词人心头的苍凉耿郁。当然，词人也有叹禹及己的慨然。

顾随先生在《稼轩词说》里，对此也有一段精彩的评论。现抄之如次。

"悠悠之功，矻矻之苦，何也？鱼之入渊人之居陆是已。羞水之行地中，民之皆垫也，于兹之千有余岁矣。何人？何人？何人？则禹是已。稼轩有用世之心，故登京口郡治之尘表亭，见西沉红日之冉冉，东去白浪之滔滔，遂不禁发思古之幽情，叹禹乎？自伤也。前片四句与后片结尾二句之间，楔入'红日又西沉，白浪长东去'十个大字，便觉阮嗣宗之登广武原尚逊其雄浑，陈伯玉之登幽州台尚逊其悍鸷也。

'又'者何？一日一回也。'长'者何？不舍昼夜也。得神阿堵，颊上三毛，尚不足以喻之。"

【作者简介】

辛弃疾（1140—1207），原字坦夫，改字幼安，号稼轩，济南府历城（今济南历城区）人。生于金国，参与耿京起义，归宋，献《美芹十论》《九议》等，条陈战守之策。先后在江西、湖南、福建等地为守臣。因与当政政见不合，数次起落，终退隐山居。开禧三年（1207）抱憾病逝。恭帝时获赠少师，谥号"忠敏"。一生以恢复为志，全寄于词作，豪放沉雄，为南宋豪放词代表。现存词600多首，有《稼轩长短句》等传世。

辛弃疾《鹧鸪天》

石壁虚云积渐高。溪声绕屋几周遭。自从一雨花零乱，却爱微风草动摇。

呼玉友，荐溪毛。殷勤野老苦相邀。杖藜忽避行人去，认是翁来却过桥。

这首词写的是词人有关村居的生活，具体是写应邀到山村老人家做客的情形。

上片写景摹物，着重在两点，一是山村老人所在居舍的环境描写。屋后的背景是刀劈斧砍的石壁挺立在那里，其上暗云缭绕，烟气正升腾而上；而屋舍的周围，则是訇訇作响的溪水，屈曲缠绕，然后奔向远处，颇见遒劲的地理位势。这自然是一处有风物有情调的独到之地。当然，这一描写，还暗示了刚刚雨后的一些特征，与后面的内容悄悄关涉。

二是写屋前之景，风吹山草的风姿。风不大，是微风，所以山草轻轻摇晃，展现了一种风度，一种风情。虽然眼前经雨，使得山花凌乱不堪，让人感到惋惜；但有风度的山草，则于无形中弥补了不足，所以山间生活大抵是快意的。词人这里用了一个"爱"字，足见得出他很深的用情。需要说明的是，若从美学角度看，则这四句，壮美与柔情兼而有之，自然的动静与人的心情相而生之。

还须说明的是，上片的"爱"字与下片的"苦"字，是遥相呼应的。

显然，这里的写景，不是为写景而写景，而是大有文章。能够让词人沉浸其中，可见出此地风光的殊绝；更为重要的，这一野处，至少暂时是可以消解词人心中长期积压的无奈与惆怅。所以词人一往情深，对吃什么反倒显得漫不经心，端着酒杯而"王顾左右"了。当然，这山村的野老是不了解的。他急了，频频问："酒不好吗？""菜不入味吗？"要知道，老人待客的礼数丝毫不马虎。他为这一场邀请，已经动用了太多的心思，等候了太多的时间了。

其实，一幕幕轻喜剧，在宴会之前就已发生了。我们看下片，将一个个生动有趣的场景都做了再现。

下片里，先写山村老人的殷勤款待。玉友指酒，溪毛是溪边的时新菜。"呼""荐"都是殷勤劝进的举动，老人的好客和热情就在这一举一动里。再写老人的邀请。词人作为客人，自然是老人很重要的一位，所以"苦相邀"见出了真诚。然后，词作重点写了老人迎接的场景，充满了轻松和欢快。

为招待好词人，老人显然是精心准备了一桌好酒菜。还可以想见的是，老人在家一定等候了很长的时间。但今天似乎有点不凑巧，山里刚刚下了一场雨，你看将山花都打得凌乱不堪，这雨应该不小。再看，"石壁虚云积渐高。溪声绕屋几周遭"，客人怎么来，他究竟来不来，似乎都是问题。

一定是在家等待得不耐烦了，再看老人，披蓑戴笠，拄着藜杖，颤颤巍巍地迎到路上来了。山路很湿滑，走起来很费气力，视线又受到了极大的限制，结果老眼昏花，居然认错了几个行人，可能让他非常懊恼吧。但非常奇怪的是，词人不写老人的窘态，却放大"杖藜忽避行人去"这一笔，为什么？手里拄着藜杖，自然有山野的特点，但不是重要的。而是见得他年纪很大了，行动应当是非常迟缓的，但是，与"藜杖"给人"老迈"与"迟缓"的印象相反，是老人的"忽避"（就是快速避开，与今天"闪避"是一个意思），这动作太敏捷了，敏捷得让词人有些不敢相信自己的眼睛。这快速的动作里，是老人的急。错认人了，一看，不是的，赶紧避开，一方面避免引起别人的误会，另一方面心中其实更急切。但这一矛盾的行为，在这一场山雨之后，又显得有几分滑稽和幽默。但老人对词人的切盼之心在这矛盾的动作里，是更加凸显了。这不能不感动词人。

等到老人认定了前面来的确实是词人时，他赶快跨过小桥来相迎。一个"认"字，又将急切等待的老人的细心分辨的情态，刻画得非常逼真。从"闪避"到"赶紧过桥迎接"，把老人的真挚待人、热情欢迎表达得很生动曲折，充满了风趣。

这首小词，虽然短小，却屡见波澜，屡生幽默与情趣，这应当得力于词人巧妙的用词和构思。而读这首词，还能想到"田父有好怀。壶浆远见候"（陶渊明《饮酒·其九》）吗？如果是，那么词人这一通演绎，可以视为与另一个伟大心灵的千年遥对了。

李清照《减字木兰花》

卖花担上，买得一枝春欲放。泪染轻匀，犹带彤霞晓露痕。
怕郎猜道，奴面不如花面好。云鬓斜簪，徒要教郎比并看。

徐培均《李清照集笺注》中说："（此）词乃新婚后作。李清照《金石录后序》'余建中辛巳（1101），始归赵氏。时……侯年二十一，在太学作学生。'……时清照年十八，故……尽情表现青春气息与新婚之乐。"这大抵提供了一种背景。

此词描述初为人妇而仍属花季的少妇形象。词中女主感情丰富而复杂，但风格不失明快，显示了词人独特的个性诉求。

上片写买花与观花。买花而在"卖花担上"，有些不一样。显然，女主听到深巷卖花声，没顾及礼数，兴冲冲出门，到花担上挑购了。于是爱花的情态获得凸显。至于说"一枝春欲放"，一则所买的是含苞花，可以插放瓶养；二则用了典故。南北朝陆凯《赠范晔》诗曰："江南无所有，聊赠一枝春。"这是春天到了，诗人向远方友人赠花以表达深深情意。这里是反用典，有点俏皮。词人说，毋须夫君像往日那样再寄赠，"我"现在自己买了。显然有主动报慰的意思。

接着是观花。"泪染轻匀，犹带彤霞晓露痕"。这花挑得好，还是一支带着晨曦和露珠的新鲜花朵，像出嫁女的泪湿粉黛。但泪痕轻盈，似有若无，楚楚动人。

不过，对此，敏感的词人还是感到了花朵被折的痛和伤。不是吗？尚是天真无瑕、青春美盛时，却要早早地就离开原生家庭去做人家的新妇，从此与过去做永别。有谁知道杜秋娘《金缕衣》的人生况味？采摘要及时，但"折枝"之失，又有谁知？由此可见词人多情善感的心灵。

　　下片写猜花与比花。花儿既已买了，忽又添了忧愁。担心夫君看了，认为"我颜"不及花色。岂非添乱？这是字面的意思。其实词人仍然用了典，也是反用。崔护《题都城南庄》诗，其"人面桃花"写了青春男女一段邂逅追念的情愫。"花面"是谁？怕是词人丈夫曾经有过的一段艳遇，而心有灵窍的词人是知道的。这个时候想到，不免暗生了嫉妒和不自信。怎么办？经过复杂的心理斗争，词人还是回到现实。怕什么，毕竟也是有丽质的底子和果敢的胆魄在。最后是心里一横，好胜心上来了，那就摘一朵鲜花斜插在云鬓里，让花与"我"的脸庞并列，让他看看，哪个更丽质。

　　最终胜负未言。其实又何须言明？纯粹是一个多余的、脑力过剩的想法。但，不如此则不能显示爱美、爱夫的心灵。大约年轻闺房的生活与滋味，就是这般复杂而挣扎吧。

【作者简介】

　　李清照（1081—1155），号易安居士，济南（今属山东）人。家势清贵，书香门第，早年生活优裕，多写悠闲；流寓南宋后，境遇孤苦，格调感伤。其词创为"易安体"，为宋词一家。有《易安居士文集》7卷，不传。今词集《漱玉集》，为后人辑本。

李清照《忆王孙》

　　湖上风来波浩渺，秋已暮，红稀香少。水光山色与人亲，说不尽，无穷好。

　　莲子已成荷叶老，清露洗，蘋花汀草。眠沙鸥鹭不回头，似也恨，人归早。

李清照早期不少词作都写得情态丰足，此词显得沉静洗练，但内心的"活泼生动"

并没有变。词作本名《双调忆王孙》，有"对照写"的意思，是写一次清秋莲湖之游的观感，上阕写得概括简约，是写来时的"观赏"；下阕写得具体细密，是写去时的"流连"。

上阕先写乘船进湖的眼鼻身受。秋风迎面而来，秋波浩渺，湖面开阔，身心舒顺，起句颇为大气。不过，又暗写叶稀荷衰的情实。因为在长夏荷叶长势最盛时，叶子田田层层，肩并肩密密地挨着，叶底的水面是看不见的。

接着点明时况。"秋已暮"语带双关，既说明时节已深，又说明来湖上赏玩是在近于黄昏之时。但词人并非要抒发传统的入秋入暮的双重悲慨，而是要表达她眼里的新奇和发现。"红稀香少"，显然也是放眼望去，一瞥之间的印象。是说莲花已稀疏、香气已不浓。这淡淡的，在似有若无之间最妙吧。这里造语新奇，像她的《如梦令》的"绿肥红瘦"（红花萎落、绿叶繁茂）、《多丽》的"雪清玉瘦"（菊花洁白如雪、瘦劲如玉）一样，均给人以凝练简括之感。

然后是写湖光山色的印象。好像是静写，实际上是动态描述。词人坐在船上，船在水面上前行，从物理学的相互运动角度看，又显得四围的青山在主动向人靠近，于是说"与人亲"。这一乘船的感受，巧妙地将自然人情化了，于是自然物象的谐和之美、词人喜悦的无间之感交融在一起，可谓是神来的"会心之感"。《世说新语》里说："简文帝入华林园，顾谓左右曰：'会心处不必在远，翳然林水，便有濠濮间想也，觉鸟兽禽鱼，自来亲人。'"的确，身边就有林泉佳致，不必舍近求远，随处可得人生胜境。关键是要摒弃尘世之心、利欲之眼而已。"说不尽，无穷好"，所谓肺腑之言呼之而出，虽然是俗语，却大俗大雅，道出了内心深处的真诚和喜悦。

下阕仍然写秋光秋色，但用笔繁细，显得留恋光景，粘连不舍。

前三句写在水中，莲子已含情结实，荷叶更挺拔老成；沙洲边，岸草青青，蘋花点点，仿佛在清洁的露水里洗过一遍。这"清露"不是朝露，而是刚刚下过的一场微雨。词人显然是一时心情大好，想趁着这雨雾暮光畅游一番。果然没有让人失望，这雨下得恰到好处，使眼前的花花草草更显得青嫩多情了。其实"莲子已成荷叶老"也不赖，让人联想，爱情有了结晶，生活更显强势和劲道。这不是衰败与萧飒。如此点染，于秋意中又有了一份挺拔和妖媚。

再看小沙洲上，几只鸥鹭在休憩，看看这暮色里迎面而来的游湖人，又勾头缩颈入它们的眠了。不过，一勾头、一缩颈的情态吸引了词人。多像家里闹了别扭的孩子，含着嗔怪，扭头不理大人了。因为词人与它们只是擦肩而过，并无逗留。这里将鸥鹭拟态、写活，充满了情感上的不舍感。野鸟于人不畏惧，正见出物我无心、忘机谐处。这正是上阕"与人亲"的意思。当然，借鸥鹭之"恨"，又曲折地表达了游湖流连的一份特别的深情。

仇远《立冬即事二首·其一》

细雨生寒未有霜，庭前木叶半青黄。
小春此去无多日，何处梅花一绽香。

立冬在每年的十月节（公历 11 月上旬）。《月令七十二候集解》里说："冬，终也，万物收藏也。"到这个时候，耕作已结束，一年进入尾声了。我国习惯将此节作为冬季之始。

关于立冬，《礼记·月令》说："水始冰，地始冻，雉入大水为蜃，虹藏不见。"彩虹躲藏不奇怪，但野鸡钻进大海变成大蛤蜊，确实是奇事。《月令七十二候集解》说得较靠谱："水始冰，水面初凝，未至于坚也。地始冻，土气凝寒，未至于拆。"

而本诗中，到了立冬这一天，居然下起了小雨，故而地面不会见到冰冻的情形。但毕竟时节到了，所以还是显得有些寒冷。不过，这种情形会给人一种错觉，不仅没有冰冻，甚至也未见霜降。而真正的霜降（物候特征是"地面结霜"）已经过了半个月。《月令七十二候集解》说："霜降，九月中，气肃而凝露结为霜矣。……草木黄落。色黄而摇落也。"而本诗次句则说，庭院中的落叶（所谓"木叶"）也飘落地面，但看半青半黄的色泽，给人感觉好像还未到深秋似的。

以上这两句说，尽管时令已经到了立冬，尽管小雨中有些寒冷，但气温还没有凝结成霜成冰，并且落叶没有完全枯黄，所以给人的错觉是，这是到了该冷的立冬了吗？

第三句，诗中的"小春"，也是指夏历十月。何以有此称呼？宋人陈元靓《岁时广记》

卷三十七引《初学记》说："冬月之阳，万物归之。以其温暖如春，故谓之小春，亦云小阳春。"本诗作中说，温暖的十月"小春"刚走不长时间呢。这都显示了气节的推迟。这一句仍然是承接前面两句，同时还捎带着一点解释：何以"未有霜""木叶半青黄"，原来都与这暖冬的天气有关。

诗人同时所作的《立冬即事二首·其二》诗说："奇峰浩荡散茶烟，小雨霏微湿座毡。肯信今年寒信早，老夫布褐未装棉。"整个儿的意思说，因这小雨，远处的山峦云烟弥漫，而身下的坐垫子也湿气不小；怎么会相信（"肯信"即"岂信"）严寒会来得早呢，看看，老夫还穿着这一身粗布衣，内里还没有加棉絮呢。"其二"所叙"暖冬"，与本诗相同。

再回到本诗。于是引发诗人奇想，终于在结尾处制造了一个波澜。

这是诗歌创作上的变局。诗人突然发问："何处梅花一绽香？"在一般的经验与记忆里，被誉为"岁寒三友"之一的梅花的开放，一般要到来年的二三月。迟一点的，北方地区可能要等到四月。而作为出生在钱塘的江南才子的诗人，其梅花的开放，最早也要到来年的一月中下旬。而即使是早于梅花的"蜡梅"，其开放也要等到与立冬间隔三个节气的小寒呢。不过，这里的问题是，诗人如此奇想，与前面暖冬与物候有关系吗？在逻辑上能自洽吗？为什么要作此奇想？

原来，物候既有常态，亦有变格。而后者似乎可遇而不可求。现在诗人求于后者，所显示的自然是奇趣和别一份的兴味了。明人谢肇淛在《五杂俎·天部二》说："十月有阳月之称，即天地之气四月多寒而十月多暖，有桃李生华者，俗谓之小阳春。"这十月居然还有桃李开花，尽管道理上"不奇"，但事奇啊。而此十月，也有梅花开放呢。

宋代大文豪欧阳修的《渔家傲》一词，则表现了这一情形："十月小春梅蕊绽，红炉画阁新装遍。锦帐美人贪睡暖，羞起晚，玉壶一夜冰澌满。"这是说，小春气象，红梅绽放，给新装的楼阁，增加了鲜丽的色泽；而美人贪睡迟起，懒于梳洗，又烘托出一片暖洋洋的氛围；只有靠窗的玉壶，一夜下来而结了一层轻霜。如此说来，凌寒独开、傲视群芳、喜漫天雪、暗送幽香的寒梅，还在诗人此时此刻的意料之外呢。

【作者简介】

仇远（1247—1326），字仁近，一字仁父，自号山村居士，钱塘（今浙江杭州）人。

宋咸淳(1265—1274)间,以诗名与白埏并称于吴下,人称仇白。元大德九年(1305),时58岁任溧阳儒学教授,不久罢归,优游山河以终。著有《金渊集》6卷。另有《兴观集》《山村遗集》。词集《无弦琴谱》,《稗史》1卷,以及《七言诗卷》等。

唐温如《题龙阳县青草湖》

西风吹老洞庭波,一夜湘君白发多。
醉后不知天在水,满船清梦压星河。

"老",是"衰颓"之意。首二句言西风之烈。一是洞庭青波泛白,秋风萧瑟,洪波涌起,景象苍茫。二是让悲欢离合的湘水男神湘君(一说即巡视南方死于苍梧的舜帝),一夜之间愁白了头发。山长水阔,人神殊隔,对此滔天巨波,又当如何迎接所深爱的湘夫人呢?又当如何安慰仍在苦苦等待归家的有情人,使其免于苦痛和伤悲呢?可以说,第一、第二两句,诗人将眼前壮阔的自然景象和缠绵的神话传说巧妙地融为一处,描绘了秋色,也渲染了秋情,给人以莫大的深沉、苍茫和阔远之感。

再看第三、四句。特写湘君醉后的镜头,描写了水天浑然、天地不分的幻境。又以对昔日美梦的追忆,表达了深沉厚重的思念。这两句在表达情感的同时,也勾画了风波平息、星河明灿的夜的世界。但诗人或湘君无法也无心于对夜景欣赏和沉醉,反而,此水此天又重新唤起了对往日的诗一般的回忆,占据脑海的都是男神女神的情愫的表达和爱意的缠绵。诗人将清梦置于水面星光灿烂的倒影背景之下,或者说以灿然星河的倒影来渲染和烘托一个永恒的美梦,将人世间最纯洁的情爱作了最梦幻般的表达,给人这样一个深沉的印象:越是进入清梦不能自拔,越发显得现实的痛苦与失意。

可以说,诗作带着浪漫主义的色彩,借助于洞庭湖一带古老的爱情神话传说,将一个黯淡、苦涩、无望的现实感遇展露无遗,深切地表达了诗人浓厚的悲愁和无边的怅惘。"龙阳县",即今湖南汉寿。"青草湖",即今洞庭湖东南部,因湖之南有青草山而得名。自古以来,萧瑟秋风,"碣石""潇湘",都会引发无限的时令情绪。而今，心怀惆怅的诗人途径这一带，历史的带入，与现实的交融，自然难免于情感的摇荡和抒发。

而本诗可贵之处在于，尽管悲观失意，诗人仍然巧借艺术手法，将内心无限的愁苦做了醉美的包装，于是惨白的现实、失落的境遇获得了永恒的存在，而曾经美好的生活记忆，也超越了沉重的现实而成了最动人心魂的念想。有形的世界确实不断地"老"化，但无形的清梦却有着巨大的质量而压在船上，也压在星河之上，显示了巨大的心灵分量。曾经柔弱的美好并非一文不值，它在最关键的时候，占据了心灵，温润了世界，也淡化了现实。不是吗？

【作者简介】

唐珙（gǒng），字温如，元末明初会稽山阴（今浙江绍兴）人。生平仅略见于《御选元诗》卷首《姓名爵里》以及《元诗选补遗》小传。仅有 8 首诗传下。《题龙阳县青草湖》一诗原题作《过洞庭》。《全唐诗》收录此诗，实误。

孔尚任《甲午元旦》

萧疏白发不盈颠，守岁围炉竟废眠。
剪烛催乾消夜酒，倾囊分遍买春钱。
听烧爆竹童心在，看换桃符老兴偏。
鼓角梅花添一部，五更欢笑拜新年。

依稀记得日间班上学生所出的黑板报，有孔尚任的《甲午元旦》一诗，感觉有些意思，读几遍遂至于默诵。觉得意思好像还没说尽，遂做了查询，原来还有后面四句。黑板报上的只是前四句。

这里的"甲午"，指康熙五十三年（1714），其时诗人已 66 岁，在家乡曲阜隐居。本诗分两部分，前四句写围炉守岁，饮酒消夜，倾囊赠钱。写自己在辞旧迎新之中的一些感受与做法，暗含了人至老境的自嘲和一些欣喜。后四句写进入新年元旦后诗人的听闻感受。听爆竹、看换符、听锣鼓器乐演奏、感受新年欢笑等，字里行间，让读者感受老年的诗人仍然有一颗未泯的童心，反映了他脱离官场后享受世俗生活的愉悦心情。

首联说，"我"稀疏的白发连头顶也难以盖满，围着火炉守岁竟然彻夜不眠。一方面，诗人不避忌自己年老难堪的局面，颇有些自嘲解嘲的味道，显示了诗人尊重事实的健朗的心态；另一方面，诗人尊重自古以来辞旧迎新的守岁习俗，但没想到的是自己的兴致居然很高，六旬老人一点瞌睡都没有，确是奇迹。所以诗人用一个"竟"字来说意外，颇有惊喜的味道。

颔联写守岁的一些活动。剪烛、吃夜宵酒，都是消遣这除夕夜间剩余的时光，但具体又略有差异。诗人在做这些活动时，显得饶有兴致。蜡烛燃久了，烛芯会结穗变暗，所以需要剪掉烛穗使灯芯明亮。这个过程显示了时间的悠悠变化。而在吃夜宵酒的时候，诗人用了一个"催"字，显得颇为急切，一方面说明兴致不错，另一方面也在表明除夕将尽，余时所剩不多，故而急促提醒席上诸位多多饮酒助兴，以使这剩余的时间不再虚过。除此之外，诗人说，元旦时刻一到，即给过新年的亲属分赠喜钱，以庆贺新春的名义，显示一份长长的期许和祈愿。"倾囊"，不吝惜，显真心，作为长辈分赠喜钱是发自真愿。"分遍"，是一个也不落，人人有份，又显示诗人对所有子孙的关注和爱护。字里行间流露出一份浓浓的亲情。

颈联、尾联都写喜于听闻的欢感。无须多解释。有几个词需说明一下。"烧爆竹"，是祭祝祈年的一项传统民间活动。燃烧老竹，发出炸裂声，以迎神驱邪，以除旧迎新，以求欢愉和吉利。"换桃符"，旧时于辞旧迎新之际，用桃木板分别写"神荼""郁垒"二神名字，或纸画二神图像，悬挂、嵌缀或者张贴于门，用意驱邪灭祸祈福。"老兴偏"，谓兴致高。"偏"，通"翩"，疾飞，飘扬。"鼓角"，泛指敲击、吹奏乐器。"梅花"，指《梅花落》曲，表达旷达士人的雅趣。

【作者简介】

孔尚任（1648—1718），字聘之，又字季重，山东曲阜人，孔子第六十四代孙。捐纳"例监"（国子生）。37岁曲阜祭孔御前讲经，破格授国子监博士。39岁奉赴江南治水。康熙三十八年（1699）著《桃花扇》。次年三月被免职。两年后回乡隐居。与《长生殿》作者洪昇并论，称"南洪北孔"。有《湖海集》《岸堂文集》《长留集》等。

搭架理诗

搭成高架待藤花

　　"二重阅读"搭架讲析，用既有知识融汇新知，让读诗有可靠的理性基础。即注重初读的把握、拓展性联想和再读的结构性比较，让诗歌阅读出于感性而复归理性。

江总《雨雪曲》

雨雪隔榆溪，从军度陇西。
绕阵看狐迹，依山见马蹄。
天寒旗彩坏，地暗鼓声低。
漫漫愁云起，苍苍别路迷。

一、初读

南朝陈朝文学家江总的这首《雨雪曲》写景记情，写出了在边地的特殊感受。

先看首句"雨雪隔榆溪，从军度陇西"。"榆溪"，旧塞榆林塞，指边塞。"陇西"，在今甘肃东部。这两句交代了时间、地点和具体环境，也叙述了事件，营造了氛围。这两句是说，雨雪交加，已经阻隔了身后的榆林塞，紧随军队继续向前进发，并已经渡过了陇西一带。风雪的环境已经非常险恶，但军队仍然有紧急的战事要完成，所以尽管如此，还是要不断地前进，由此可见，特定情景下的情与理是何等尖锐地对立了。也为下文情感的释放做了一个铺垫。

颔联和颈联，都是写渡过陇西一带的所见。"绕阵看狐迹，依山见马蹄"，环绕着军阵壁垒，能看见清晰的狐狸踪迹，在山脚下也可以看见有马匹走过的印记。只见兽迹，不闻人烟，其荒凉苦寒可见。再看"天寒旗彩坏，地暗鼓声低"两句。"天寒"，承接上文"雨雪"；"旗彩坏"，言被冻裂的程度。"地暗"，天色惨淡，地面昏暗，多指云雾遮蔽日月或风沙漫天的景象；"鼓声低"，言受环境天气影响，战鼓声很细微，不再雄壮。"低"，声音细微。

尾联是景中兼带抒情，点明愁思的主题。"漫漫愁云起"，"漫漫"，言眼前空间无边无际；"愁云"，打上了诗人的惆怅之色，如此环境和境况，不由得令人生愁。"苍苍别路迷"，"苍苍"，亦言广阔无边；"别路"，岔道，歧路，错误的道路。这句是说，在此广阔无边的地域，居然迷路，不知所在。于是，彻天彻地的惆怅和痛苦，以及绝望，是何等的强烈，就可想而知。

二、支架

再看唐代欧阳玭（pín）的《榆溪道上》一诗：

> 初日在斜溪，山云片片低。
>
> 乡愁梦里失，马色望中迷。
>
> 涧底凄泉气，岩前遍绿荑。
>
> 非关秦塞去，无事候晨鸡。

先看首联，是就眼前所见，所谓即时即景。"初日"，刚升起的太阳。"山云片片低"，云朵片片，并且低矮，是高原云朵的典型呈现。这是来自南方（福州）的诗人，所见到的奇特的景观。一种异常所见，让人顿时产生身在异乡的特殊感受。

再看颔联，是继续首联所写的内容，关于思乡，关于乡愁。"乡愁梦里失"，是言及昨夜的情形，诗人说昨夜的梦里居然没有乡愁，其言下之意是乡愁在人清醒的时候，是无处不在的。"马色望中迷"，马色，不同颜色的马匹，可能内地所见之马，颜色甚为单调，但到边地，颜色呈多样化，且马体高矮、长短等也要复杂得多，由此让诗人心生迷乱之感。一种强烈的疏生之感，油然而生。

颈联"涧底凄泉气，岩前遍绿荑"，有点特别。"荑"（tí），茅草的嫩芽。"凄"，本义为"云雨兴起的样子"。前一句的意思是，斜溪所在的涧底，为幽泉的水汽所弥漫。后一句意思是说，岩壁前到处都长着绿草。这在南方到处都可以见到。由此，诗人为眼前的景象所倾倒。小草哪里都能够扎根，都生长得很旺。只要有水有温度等，即使是西北的高原上，也一样地生长，且长势还很茂盛。由此启发诗作的最后一联。

尾联"非关秦塞去，无事候晨鸡"，引用了孟尝君脱身出关的典故以做反衬，来说明诗人心情的变化。诗人说，这次由边塞回关内，不必像孟尝君那样，为急于脱身，而让门客变身雄鸡，以提前鸡叫骗取秦人开关放人，急匆匆逃奔而去。这次不急，等候着就是。言下之意，其思乡之心已经和缓了许多。

三、再读

欧阳玭《榆溪道上》一诗，起承转合，一路作下来，诗意在第三联（"涧底凄泉气，岩前遍绿荑"）发生了逆转，由此缓解了思乡的情结。而与欧阳玭的诗不同的是，江总的《雨雪曲》一诗，带有乐府诗的一贯情调，所写与戍卒征战是一类的题材，所反映的内容也大体一致，都是言战反战之类。

再细细比较一下，还可以知道，《雨雪曲》是写赴关外的漫漫征途中所见所历的情形，且所写风物与《榆溪道上》迥然不同。这两首诗的比较，也大致能够将各自诗作所呈现的差异进行放大，这样读者就会看得更清楚。

需要说明的是，有资料说，"'别路'的意思是戍卒离别家乡到边关的路"，又说"这首诗表现了戍卒身处辽远而艰苦的边塞的思乡之情"，可能出于某种习惯性解读。事实上，"别路"指"歧路"，是在空旷的西北高原上所面对复杂路况的体认。再则，诗人言说自己出关的感受，有可能代戍卒体会边塞之苦，但并非直接指认后者，不能由此认定这首诗是一首代言体"征戍诗"。

骆宾王《夏日游山家同夏少府》

返照下层岑，物外狎招寻。
兰径薰幽珮，槐庭落暗金。
谷静风声彻，山空月色深。
一遣樊笼累，唯馀松桂心。

一、初读

先看骆宾王诗作首联，点明了时间和环境，以及事件的起因。"返照"，指夕阳、落日。"层岑"，层层叠叠的小山。首句是说，黄昏时分，层层叠叠的小山那边，落日渐渐沉下。次句"物外狎招寻"，物外，世外；"狎"，亲近，接近；"招寻"，寻找。这句是说，"我"游于世外，希望寻找到可以亲近的所在。

颔联是情境感很强的景色描写。"兰径薰幽珮"，"薰"，同"熏"，熏染；"幽珮"，即"幽佩"，用幽兰连缀而成的佩饰（语本《楚辞·离骚》"扈江离与薜芷兮，纫秋兰以为佩"）。言诗人走在幽谷开满兰花的香径上，香气四溢，使"我"身上所佩戴的配饰更加芬芳。"槐庭落暗金"，"槐庭"，种植槐树的庭院，当指世外隐士的隐居；"暗金"，指槐花，为淡黄色，花期在夏季 6—7 月。这句说，游走在隐士的居所，树型高大的槐树已开满了一缀缀金黄的槐花，现在正纷纷扬扬，犹如片片黄金般纷坠。

颈联由上一联的近景转而远景描述。"谷静风声彻"，言幽谷安静，风声绝无。"彻"，去也。"山空月色深"，环谷的山岭呈其无边的空明，而此时的月色更加明亮起来。

再看尾联，"一遣樊笼累，唯馀松桂心"。"一遣樊笼累"，言走在此幽谷，隐居，耳目鼻舌的感受，顿时排遣了庸碌世务的牵累。"樊笼"，鸟笼，喻受束缚、不自由（语本陶渊明《归园田居》"久在樊笼里，复得返自然"）。"唯馀松桂心"，言现在只剩下归隐山林的想法。"松桂心"，归隐山林之想。

二、支架

再看杜甫《返照》一诗：

楚王宫北正黄昏，白帝城西过雨痕。
返照入江翻石壁，归云拥树失山村。
衰年肺病唯高枕，绝塞愁时早闭门。
不可久留豺虎乱，南方实有未招魂。

首联即时、即地、即景。两句有互文关系，是说，黄昏时分，斜阳西下，但在楚王宫北面、白帝城西边，还可以见到刚刚下过雨的痕迹。开头介绍似乎很平淡，但联系到后文所写云雾的情形，就可知道，与这里所写的刚刚下过雨有必然的关联。好的诗作，都很注意暗暗地、巧妙地铺垫，使前后浑然，不让人感到唐突。

颔联写景颇具形象性。"返照入江翻石壁"，言夕阳的光柱照到江面上，好像巨大的石壁翻倒在江水里。这是一系列巨大的物象的投射，应当是深深震撼了诗人的。"归云拥树失山村"，是说聚拢起来的云雾在树林间弥漫开来，遂使林间的村庄顿时淹没在云海里。"归云"，为傍晚聚拢的云气。"拥树"，环绕树木（林）。这眼前的情景，也是无形的巨大的物象，也都使诗人感到震撼，由此引发他的自身渺小、孤独之感，并由此引发诗作后两联的身世之慨。

颈联言说自身的艰难，叙事直白，不加丝毫掩饰。"衰年肺病唯高枕"，诗人说自己到了衰朽之年，现在是肺病缠身，唯一觉得舒服的姿势是高枕而卧，倍言自身的难堪和悲哀。"绝塞愁时早闭门"，言身在边地，感时伤世，愁思弥漫，寂然无聊，早早地就关了门。"绝塞"，指极远的边塞地区。

尾联"不可久留豺虎乱，南方实有未招魂"，是写自己的另外一份忧虑。当时夔州时局不稳，诗人敏感即将有战乱发生，因此这个地方实在不可久留啊，一心想回北方去，可是竟未能成行。"豺虎"，比喻凶狠残暴的寇盗、异族入侵者（语出王粲《七哀诗》"西京乱无象，豺虎方遘患"）。"招魂"，招生者之魂。《楚辞》有《招魂》篇。汉王逸《题解》："《招魂》者，宋玉之所作也……宋玉怜哀屈原，忠而斥弃，愁懑山泽，魂魄放佚，厥命将落。故作《招魂》，欲以复其精神，延其年寿。"杜甫想到了这一句，用来比喻自己，说南方确实还有一个未招归的旅魂，用以表达自己想回北方去的意志。

三、再读

杜甫的《返照》一诗，即时、即景、抒情，言说自己的时代身世之悲。首联平淡，但颔联洪波涌起，为诗作翻成悲诉。然后诉说自己的处境和心情，充满了哀伤。最后一句又惊魂未定，表达自己的另一份忧虑，可谓时势艰难，民无着落。

反观骆宾王《夏日游山家同夏少府》一诗，其首联也与杜甫的诗作一般，都是即时即景言事，都是从"傍晚""夕阳"这个特定时间和物象出发，来言说事端。但中间写景因为充满了闲雅之气，而使诗作波澜不惊，并使诗作结尾水到渠成——"一遣樊笼累，唯馀松桂心"，可谓自然收尾。

李白《泾溪东亭寄郑少府谔》

我游东亭不见君，沙上行将白鹭群。
白鹭行时散飞去，又如雪点青山云。
欲往泾溪不辞远，龙门蹙波虎眼转。
杜鹃花开春已阑，归向陵阳钓鱼晚。

一、初读

李白向来快人快语。诗作开头，即直率地说其所见。不见所拜访的朋友郑谔，只见沙地上白鹭群行。颔联即因此宕开一笔，描绘了白鹭惊见陌生人时的情状。前一句似乎只是简单地叙述，但"散飞"二字暗含用心。"又如雪点青山云"，当为"又如青山雪点、青山云"，是说散飞起的白鹭们，连成一片，犹如青山腰缭绕的白云；而更远一些的白鹭们，随着飞出视线，越来越小，就像青山上所下的雪点子。此用喻，极为生动形象，颇见大诗人的捕捉形容之功力。另外，诗人见白鹭说事，而泾溪的白鹭又纷纷化而为雪点白云，颇见神化莫测的环境和东亭主人的化道之深。

颈联是写诗人游兴仍浓，再写眼前所见。所谓"欲往泾溪不辞远"，写自己不辞路途遥远前来，可见是抱着莫大的热心和希望前来。"泾溪"，"《一统志》：赏溪，在宁国府泾县西，一名泾溪。源出石埭，支流出太平县，流至泾县、南陵、宣城、逾芜湖，入于江"。（引自清王琦注，下同）"龙门"，"《江南通志》：龙门山，在宁国府太平县西北四十里，林麓幽深，岩壁峭拔，中有石窦若门。产茶及诸药草"。"虎眼转"，"谓水波旋转，有光相映，若虎眼之光。刘禹锡的'汴水东流虎眼文'是也"。这句是说，龙门山泉流的皱波如纹，水波旋转，光影相映，就像虎眼如电闪闪。此处写景，更见不凡的世外之情。

尾联是写诗人归去。杜鹃花开，在春二三月，此花烂漫，满山遍野，此时泾溪一带一定也是最为盛美之时。但对精于道修的诗人来说，眼前这些都不过是过眼烟云。时光易逝，物盛即衰，是自然之理，诗人深懂这一切。"春已阑"，是自然的提醒，所以诗人此时幡然警醒。"归向陵阳钓鱼晚"，所谓临渊羡鱼不如退而结网，何况年岁匆匆，时不我待，诗人也有自己的修炼功课要做，表示也要回陵阳子明溪去钓他的鱼去。"陵阳"，"《太平寰宇记》：陵阳山，在泾县西南百三十里，石埭县北三里。按《舆地志》：陵阳令窦子明于溪侧钓鱼，一日钓得白龙，子明惧而放之。又数年，钓得白鱼，剖其腹，乃有书，教子明服饵之术。三年后，白龙来迎子明，遂得上升。溪环绕山足，今有仙坛，祭醮不绝"。如此看来，所谓钓鱼，不过想多结一份仙缘。

二、支架

再看孟浩然《夜归鹿门山歌》：

山寺钟鸣昼已昏，渔梁渡头争渡喧。

人随沙路向江村，余亦乘舟归鹿门。

鹿门月照开烟树，忽到庞公栖隐处。

岩扉松径长寂寥，惟有幽人自来去。

这是一首七言古诗，通过描写夜归鹿门山的见闻感受，抒发了诗人的隐逸之情。

诗作首联写特定的时间、地点和所发生的事件：山寺的钟声回荡山谷，表明已到黄昏时。此时，渔梁渡口处，是一片争渡的喧闹声。"争渡喧"，是俗人及俗世里发生的事情，诗人自然不怎么在意。所以颔联，诗人说，那些人沿着江岸沙路回到他们的江边村子去，我呢，自然是乘坐小舟返回到我的鹿门山去。所谓分道扬镳，泾渭分明。俗人世界里的闹，更衬托诗人内心的静和坚决。

颈联是写诗人回到鹿门山的所见。"鹿门月照开烟树"，谓月光明明如昼，散开了树林间缭绕的夜气。此句非常具有情境性，显得神秘而迷人。由此启悟下一句"忽到庞公栖隐处"。这是一个自然的结果，也是诗人意外的惊喜。"忽"字，显示了意外和原来的凝神之深。

最后一联"岩扉松径长寂寥，惟有幽人自来去"。前一句是写庞公（即庞德公，东汉襄阳人，隐居鹿门山。荆州刺史刘表请他做官，不久他即携妻登鹿门山采药，一去不回。）隐居地的独特环境，石门、松下小路等，都还在，但寂静冷清，显然不是俗人世界所能理解的，不过诗人感到自然而亲切。这里没有尘世的扰攘，一直清静散淡，而诗人也并非特意前来打扰，只是路过而已。所以诗人说"惟有幽人自来去"。幽隐山林的人（"幽人"，实际上是诗人自称、自许），自来自去，来去无碍，了无牵挂。一个何等潇洒得意自在的人！

三、再读

孟浩然的《夜归鹿门山歌》，写得散淡潇洒，将一个幽人的情怀和风度表现得淋漓尽致。而这首诗作属于古体，在形式上好像是两首绝句的混合，我们看其韵脚（一组是"昏""喧""村""门"，另外一组是"树""处""去"）就知道了。再看，诗作由叙事及于写景，最后归于诗人自我的抒发。

再回到李白这首《泾溪东亭寄郑少府谔》，从形式到内容，居然也是如此。我们看，这首诗，也好像是两首绝句的混合（其韵脚，一组是"君""群""云"，另外一组是"远""转""晚"）。而诗作也是由叙事及于写景，最后归之于诗人自我的行动上。

当然，两诗略有不同的是，孟浩然的诗是写与高人隐居地的不期而遇，而李白的诗作则是写其寻访而不遇，但两首诗所表现的，都是高人的态度与风度。孟诗是幽情是自足，而李诗是高情的飘逸是真我的率性。两诗所共同的，都是来去无碍，潇洒自然。

岑参《发临洮将赴北庭留别》

闻说轮台路，连年见雪飞。
春风曾不到，汉使亦应稀。
白草通疏勒，青山过武威。
勤王敢道远，私向梦中归。

一、初读

杜甫说"岑参兄弟皆好奇"。这"好奇"就在"明知山有虎，偏向虎山行"。赴北庭之路充满了艰险，诗作以闻说展开了具体的想象："闻说轮台路，连年见雪飞。春风曾不到，汉使亦应稀。""连年"，写出时间之长。"雪飞"，是气候之恶劣。春风不到，写其偏远。汉使稀，是诗人的合理猜测与一个自然的判断和结论。

下面是诗人的应证。"白草通疏勒，青山过武威"，是诗人在甘肃一带之所见。"白草"，喜生在山坡或路旁较干燥处，是地边、苗圃常见杂草。荒凉不难见出。但青山一直绵延到武威以西以北，又见出诗人的好奇。可以说，这两句诗是忧喜交加，兼而有之，实际上，并不如闻说中的那么灰暗。

二、支架

再看韦庄《含山店梦觉作》诗：

曾为流离惯别家，等闲挥袂客天涯。

灯前一觉江南梦，惆怅起来山月斜。

诗人韦庄生活在唐末，所经历的迁徙流转，是家常便饭。开头两句，貌似豁达与豪放的表达，实则是他人生经历的曲折的表达。在乱世面前，诗人将内心的真实隐藏了起来，而将自己包裹在一层以意志力做成的甲胄之中，于是，我们看到了一个行走江湖的快意侠客的形象。

但是，诗人韦庄也是人，是一个感情与思想特别细腻的人。在清冷的夜里，当一切都沉浸了下来，整个混乱的世界都暂时消失的时候，他的江南梦获得了无边的放大，尽管他有僵硬的甲胄包裹着，但仍然难以抵抗真实自我由内而外的膨胀，于是感到了一份别离家乡的愁苦。而这种愁苦，又在斜斜的山月跟前显得更加无法收敛了。

支架小结：一是，韦庄的诗凸显一种前后的对比。二是，梦境是关纽。

三、再读

岑参的诗可以与韦庄的诗作进行比较，两首诗都凸显一种对比后的变化。岑诗以闻说的可怕作参照，写其远赴边庭的豪勇与气度。而韦诗则显示另外一种变化。在真正的乡愁到来之后，方才觉得昨日的豪勇与等闲视之不过是年轻人阅历尚浅的表示。

另外，两诗都提及了梦境，这是非常耐人寻味的。岑诗回避了一个梦境，而韦诗则是梦境的介入。梦境毋宁看作是一个人撤除意志力外的真实的本我的看法。回到一个真实的人的时候，就知道边地的艰难可怕；同样，回到一个真实的人的时候，才知道很多所谓的意志力的主张（所谓"不思家"），不过是欺骗自我的举动而已。

岑参最后两句诗。"勤王"，尽力于王事，道出诗人的责任与担当。在表现征途畏惧的私梦与需要担当的国家责任意识之间，诗人又做出了理智的选择，显示了他的公私分明。这分明是诗人经过思想斗争的又一个豪勇的宣示。

刘长卿《寻南溪常山道人隐居》

一路经行处，莓苔见履痕。
白云依静渚，春草闭闲门。
过雨看松色，随山到水源。
溪花与禅意，相对亦忘言。

一、初读

从诗题看，诗人寻找的当是常山道人，而不是隐居；但结果却是隐居，隐秘的居所，可见是"退而求其次"。

首句"一路经行处"，是直白的介绍，没有什么新意，但接下来是"莓苔见履痕"，两句一联系，新意就产生了。一路找寻着常山道人，只见一路青苔小道上，留下木屐的印迹。说明此路非常隐秘而外人不常来。路或许是旧有，但足迹绝对是寻访者自己留下的。一种荒僻感油然而生。

颔联"白云依静渚，春草闭闲门"，前一句是写远景，白云依绕着静静的小沙洲；近处，春草茂盛，封闭了清闲的山门。"春"字，点明时令。两句展现了环境的纵深和幽静的程度。白云缭绕，点出不俗，而草闭山门，则点明道人的安闲。由此可见，道人绝俗世间情的仙风道骨的一面。此外，一个"闭"字恰恰说明了另外一种情形，就是诗人所要寻找的常山道人，本属方外，并不在家，也并非俗人所能知悉。

颈联"过雨看松色，随山到水源"，是写诗人的继续行走和寻找。山上飘来阵雨，但很快云散雨收，再看松色，似乎更加青翠了，它们时时经受洗濯，仿佛时时享受大山的恩赐。而顺着山势，诗人不经意间来到水源处。

最后，再看水源下溪流腾起的浪花，诗人突然间若有所悟，不过，随即默默凝神，心与万化冥合，语言已经多余。

二、支架

叶绍翁的《游园不值》，写春日游园所见所感，于不足之余而有意外的惊喜。告诉读者，自然是浑圆而丰富的，只要不怀揣偏见，或者执着于一念，总能补足人的意愿不足之缺憾。其诗曰：

应怜屐齿印苍苔，小扣柴扉久不开。

春色满园关不住，一枝红杏出墙来。

我们看诗作首句"应怜屐齿印苍苔"，诗人说苍苔青青，屐齿踩踏上去多可惜。青苔长得那么好，可见此园主人已经很久没有出来走动了。但青苔着实招引人的眼，因为是园子主人家的青苔嘛，似乎总有一份别样的情。

次句"小扣柴扉久不开"，"小扣"显示来访者尊重人，有风度；"柴扉"而不是朱门，说明园主人素淡安隐的情怀。"久不开"，明明知道园主人不在家，还是深情款款地"小扣"，期盼的心情跃然纸上啊。但是，失望不也在其中吗？等待得越久，就越发显得有些失落和焦虑。不是吗？

再看，"春色满园关不住，一枝红杏出墙来"，仿佛是自然的报慰，给心怀尊敬和焦虑期待的诗人以另外的惊喜。"红杏出墙"，以鲜明的色彩，像个特写镜头，将诗人发现和顿悟自然禅机的激动和喜悦一并展示出来。

这首诗有两点值得注意：一是诗人是徒步而来。徒步而不是通过车马，最能显示一个人的诚心。而诗人肯定走了很长的一段路程，并怀着一个强烈的求见小园主人的意识。其"屐齿印苍苔"，也能见出诗人的心情与风情。二是诗人在"小扣柴扉久不开"之后，另有一份惊喜化解了求见园主人的款款深情，也化解了他的期待与失落的情绪。

三、再读

回到诗人刘长卿的《寻南溪常山道人隐居》。我们发现，一是为了心中的一个目标（寻求南溪常山道人），诗人徒步走了一条长长的山路，他也见到了自己的一个个脚印，既显示了诚心，又显示了一份荒僻与神秘的环境。二是诗人发现道人并不在家之后，他求之于自然，也获得了自然的极为丰厚的回馈。他看到了雨与松色、水源与溪花之间的"禅意"，更为可喜的是，他居然"默默凝神""心与万化冥合"，达到了陶渊明悠然优游的境界（所谓"此中有真意，欲辨已忘言"）。

四、说明

待解读的诗歌，也可以拟三点。

一是徒步寻访，见出真诚。而"屐齿"，其实代表了诗人的体会。一路的山路行走，多少份留心的体验，还有找寻的那一份份真诚与期待，都含在那足迹里。

二是寻访不遇。叶绍翁是"小扣柴扉久不开"，没见着小园主人。刘长卿是"白云依静渚，春草闭闲门"，也没见着常山道人。

三是眼中有情，又有意外的发现与惊喜。叶诗是"怜苍苔"，而见满园春色并一枝出墙之红杏。而刘诗是见清幽之环境，并继续游寻而发现雨与松、水源与溪花之禅意，精神上有意想不到的提升。可以说，此次寻访，都通过一草一木、一山一水，充分从一个侧面了解和感知了世间的隐居之高人。他们的精神排布于周围草木泉源，影响及于他人。那是一种怎样的人生境界呢！

杜牧《西江怀古》

上吞巴汉控潇湘，怒似连山净镜光。
魏帝缝囊真戏剧，苻坚投棰更荒唐。
千秋钓舸歌明月，万里沙鸥弄夕阳。
范蠡清尘何寂寞，好风唯属往来商。

一、初读

先看诗题。所谓"西江"，注家以为指蜀江，又有人以为指西陵江（长江西陵峡一段）。首联中的"潇湘"，指湖南洞庭湖上游湘江与潇水等。"连山"，谓波如连山。"净"，纯，也作静。"镜光"，如平镜之泛光，形容江波平静如镜。这联是说，西江上游侵吞巴水汉水，沿江而下，又控扼潇水湘水。然而，如此气势盛壮的西江，江流气盛时如连山翻动，可是眼前却波平光净，平静如镜。这一联写出了江流（西江）的两种性格，看似猛烈，却平静如镜。诗人由此触动感思，引发联想，催生感慨。

颔联引用历史故事，说明一些人枉费心机和荒唐可笑。当然是批评某些决策者运筹的弱智和愚蠢。"魏帝缝囊真戏剧"，"魏帝"，指曹操，其部将曾建议以沙囊填塞长江并借以侵吞孙吴。"缝囊"，指缝制沙囊（装沙以沉江）。《吴志·步骘传》引吕范、诸葛恪等言论，云："每读步骘表，辄失笑。此江与开辟俱生，宁有可以沙囊塞理也！""戏剧"，儿戏，开玩笑。"苻坚投棰更荒唐"，"投棰"，即投鞭，前秦将攻东晋，部下石越认为晋有长江之险，不可轻动。 苻坚说："以吾之众旅，投鞭于江，足断其流，何险之足恃？"（《晋书·苻坚载记下》）

再看颈联"千秋钓舸歌明月，万里沙鸥弄夕阳"。"钓舸"，钓船，渔船。"千秋"，千年，形容岁月长久。此联明显是就眼前之景象赋义说事。你看，这万里江山，江面寥落，沙鸥翻飞，捕鱼正忙，恰似在逗弄着夕阳；而千秋以还，这波平如镜的江面上，皓月当空，明明如照，渔舟唱晚，垂钓悠然。这一联，无形之中，对上一联进行了彻底的否定，颇启人深思：历史与生活的常调是什么？是搅动社会风云的兴风作浪（包括"争战"），还是还时代与社会以波平浪静（或"硝烟散尽"）的太平和乐？答案自然不难寻得。当然，这一联写得苍茫深沉，是千秋绝对。

最后是尾联"范蠡清尘何寂寞，好风唯属往来商"。"清尘"，拂除尘埃，喻高尚的品质。尾联意外一笔，更是引发慨叹，给人以余波不尽之感。这一联说，范蠡当年助勾践灭吴，创立不世功业，可他居然功成身退，又悄隐江湖，从商业买卖中自在地做起了生意。这等不骄矜的高怀，千载而下，似乎无人知晓，倒是他经商买卖，为人所津津乐道。你看，这满江的好风，好像总是在吹着来来往往的财奴商客呢。

二、支架

再看杜牧的《江南春绝句》：

千里莺啼绿映红，水村山郭酒旗风。

南朝四百八十寺，多少楼台烟雨中。

首句描写了千里江南春天的秀丽景色和蓬勃生机，将婉转与幽柔做成了极具铺张的声势，这是杜牧写景的一个特色。

次句"水村山郭酒旗风"，名词集句，颇有现代蒙太奇的艺术效果，以标志性的物象（水村、山郭、酒旗），显现了社会的繁荣。而一"风"字，又使这一句显得动态十足。不是吗？在春风的吹送下，酒旗飘动，多么招人眼睛。每一个水村、山郭都有酒店，则说明社会足够余裕。

以上两句展现了一个社会面貌，这春色春光，无疑给这繁荣的社会以更动人的装扮，引人无限联想，也引人以无限沉思。杜牧在写景之外，或者说在形象性的表达之中，常常又寓含着复杂的情感。

最后两句，语势关联，更给人深沉的思索。我们看，在千里春光之外，诗人增加了"水村山郭"，又增加了"四百八十寺"，给人的印象，这社会岂非更加繁荣富庶、文化昌盛？

不过，要知道，诗人对春光的描写，绵延千里，给"水村山郭"和"四百八十寺"装点，这本身就很吊诡。不是吗？春光易逝，春景不常，当大好春光消退之余，"水村山郭""四百八十寺"必然反跌。

再细细思量，诗人在"四百八十寺"前加了一个"南朝"限定，表明所说的并非眼前事，而是由眼前进入历史，将人的视线转向了过去。但诗人又告诉大家，现在是生活于唐代。于是，在眼前，这"四百八十寺"并不存在，而现在的"水村山郭"是真实存在的吗？诗人对单纯的物质富庶论，有一种潜在的隐忧。由此引发了今昔盛衰之慨叹。

三、再读

杜牧出生名相（杜佑）之后，一生很有政治抱负，注意探讨治乱兴亡，有不少精辟的见解。他的怀古诗，常常将哲理的思索与历史的议论融会于鲜明的形象中，给人以独到而深刻的见识，常令人掩卷沉思。

这首诗，赞美了范蠡，批评了曹操、苻坚和商人。以西江的浪兴和波平起事，感慨时无英雄，尤其是缺乏大智大勇且既能兴风作浪又能平风静浪的范蠡。诗人在诗作中批评了两种人，一种人能兴风作浪，但智慧愚蠢暗弱，成事不足败事有余；另一种人只安于表面的太平无事，品质沦丧，蝇营狗苟，全身心所扑向的只是争财夺利。而时代总是沉渣泛起，不断地演绎着可笑的愚蠢的曹操式决策、苻坚式决断，给社会和人民带来无尽的痛苦和灾难。再看，时代承平既久，不懂得居安思危，人们只知道奢靡竞夸，只知道牟利争财，那么，不久的将来，社会崩坏，又何从拯救呢？

范仲淹《御街行·秋日怀旧》

纷纷坠叶飘香砌。夜寂静，寒声碎。真珠帘卷玉楼空，天淡银河垂地。年年今夜，月华如练，长是人千里。

愁肠已断无由醉。酒未到，先成泪。残灯明灭枕头欹，谙尽孤眠滋味。都来此事，眉间心上，无计相回避。

一、初读

词作开始两次"由近而远"：先写夜色下的落叶的形与声，由形及声，落叶的坠落与细碎的寒声，给人留下了很深的印象。然后是相思楼上的空寂，到宇宙的浩瀚苍茫，写相思人的张望与无边的惆怅。从景物写起，第一句陪衬第二句，共写出秋日独特的气象：物华纷坠，清夜寂静，声响细切，寒气阵阵，以及秋日的孤寂和空旷都尽显于眼前。

然后，"年年今夜"三句，点明月夜相思。"长"，常常也。

词的上阕写景，景象细切与苍茫兼顾。尤其是上阕最后的"月华千里"，更显示悠远无边的相思。

词作的下阕是描写与议论，写出相思人种种痛苦的情状，都是在细节上做文章。先写愁醉，次写愁眠。愁肠因愁而断，人早已哭成泪人，借酒消愁愁更愁。然后以忽明忽暗的残灯和歪斜的枕头，来渲染凄惨的愁眠的环境，写出相思人的极度痛苦的情形。

最后的议论，所谓"眉间心上"，眉间是泪，心上是愁。"无计相回避"，直点愁容惨淡的真实和无奈。

二、支架

俄国作家巴乌斯托夫斯基《黄色的光》（片段）：

我看出，秋天把大地上一切纯净的色彩都调和在一起，像画在画布上那样，把它们画在遥远的、一望无际的大地和天空上面。

我看到了干枯的叶子，不仅有金黄和紫红的，而且还有鲜红的，紫的，深棕色的，黑的，灰的，以及几乎是白色的。由于一动不动悬在空气中的秋天的烟雾，一切色彩都似乎显得格外柔和。而当下雨的时候，色彩柔和这一特点就变成了豪华：被云遮住的天空仍然能提供足够的光线，让远方的森林仿佛笼罩在一片深红和金黄的火焰之中，宛如在熊熊燃烧，蔚为奇观。松林中，白桦冷得发抖，渐渐稀少的叶子如同金箔一样纷纷飘落。斧头伐木的回声，远方女人们的呼喊声，鸟儿飞过时翅膀扇起的微风，都会摇落这些叶子，它们在树枝上的地位竟是那样不稳。树干周围堆着很宽的一圈圈落叶。树从下往上开始变黄了：我看到，白杨的下边已经变红，树梢却还完全是一片翠绿。

秋天里，有一次我泛舟普罗尔瓦河上。正是中午。太阳低悬在南方。斜射的阳光落到发暗的水面上，又反射回去。船桨激起层层波浪，波浪上反射出一道道太阳的反光，有节奏地在岸上奔驰，反光从水面升起，然后熄灭在树梢之间。光带潜入草丛和灌木丛的最深处，一刹那间，岸上突然异彩纷呈，仿佛是阳光打碎了五光十色的宝石矿，星星点点的宝石同时迸发出耀眼夺目的光辉。阳光时而照亮闪闪发光的黑色草茎，以及挂在草茎上、已经干枯的橙黄色浆果；时而照亮毒蝇草仿佛撒上点点白粉的火红色帽子；时而照亮由于时间太久、已经压成一块块的橡树落叶；时而又照亮瓢虫的黄色背脊。

秋天我时常凝神注视着正在飘落的树叶，想要把握住那不易察觉的几分之一秒的瞬间，看到叶子从树枝上脱落、开始飘向地面的情景，但我很久都没有能做到。我在一些旧书上看到，落叶会发出簌簌的响声，可是我从来也没听到过这种声音。如果说叶子会簌簌地响，那么这只是在地上，在人脚底下的时候。以前我觉得，说叶子会在空中簌簌作响，就像说春天能听到小草生长的声音一样，同样是不足信的。

我的想法当然并不对。需要有时间，让听惯城市街道上的种种噪音、已经变迟钝了的听觉能好好休息一下，能够捕捉到普通的秋天大地上非常纯正、非常准确的声音。

……

有时，秋夜万籁俱寂，静得出奇，森林边缘没有一丝微风，只有从村口隐约传来一阵阵并不响亮的、打更人的梆子声。

那天夜里就是这样。提灯照亮了水井、篱边的一棵老枫树和已经变成一片金黄的花坛上被风翻乱了的金莲花丛。

我望望那棵枫树，看到一片红叶小心翼翼地慢慢脱离树枝，颤抖了一下，在空气中稍一停顿，然后摇摇晃晃，发出极其轻微的簌簌声，斜着飞向我的脚边。我第一次听到了落叶的簌簌声——声音含糊不清，好似婴儿的喃喃低语。

《黄色的光》抓住秋日最富于特征的秋叶之色，以及落叶之声等，写出了作者对秋的感察入微的体会。

三、再读

秋天从哪里开始，本词和《黄色的光》一文都写到从"落叶"开始。《黄色的光》一文也写到一些人事，而本词则集中笔墨写到秋夜悠远的怀人之思。

《黄色的光》最有滋味的地方，是写落叶的光与色，以及落叶在秋夜的声响，显现作者对奇伟自然的深情。而本词则以景衬情，纷坠的落叶和细碎的落叶声，展现的是自然物逝的残酷和不可逆转性，无疑又为悠远的怀人增加了悲凉的氛围。至于词作下阕，则直击人事，描写出种种相思愁苦的情态，给人留下了极为深刻的印象。

巴氏散文一写秋叶与自然等光色，二则有关人事。以此为支架，看范仲淹的词就比较清晰了。范词从落叶写起，既绘自然秋形、秋声、秋况、秋境，又写秋日的人事，所谓月夜思远怀人，可以是恋人间、夫妇间，亦可以是思乡、思君等。

晏殊《破阵子·春景》

燕子来时新社，梨花落后清明。池上碧苔三四点，叶底黄鹂一两声。日长飞絮轻。

巧笑东邻女伴，采桑径里逢迎。疑怪昨宵春梦好，元是今朝斗草赢。笑从双脸生。

一、初读

晏殊《破阵子·春景》，一般被解读为是一首清新活泼的作品。

词作上片写景。"燕子""梨花"，以及"碧苔""黄鹂"与"飞絮"等，写出春暖、春秀和春慵的情调，也写足春色之娇娆媚人。

下片写人。撷取烂漫春色里年轻村姑之天真进行表现。"巧笑"闻其声，见其容；"逢迎"察其色，观其形。而借"女伴""今朝斗草"的生活细节展露，惟妙惟肖，将村姑天真可爱写活，与上片春光共同形成和谐画面，极富有情韵。又以"笑从双脸生"特写收尾，全词浑成，浏亮清秀，场面轻快，洋溢着青春活力，给人以美好的遐想。

二、支架

再看苏轼《蝶恋花·花褪残红青杏小》：

花褪残红青杏小。燕子飞时，绿水人家绕。枝上柳绵吹又少，天涯何处无芳草。墙里秋千墙外道。墙外行人，墙里佳人笑。笑渐不闻声渐悄，多情却被无情恼。

此词上片写景，暮春之色里夹带着伤春的情绪。"花褪残红"四字见伤感。"燕飞绿绕"，也见一层忧郁（"绿"字虽有生机之意，但因冷色调，也有忧郁之意）。"柳绵吹又少"，春见尽了，似更见落寞。"天涯何处无芳草"是强作之语。

再看下片。词作重点写了一个事件，是一场春天的误会。"墙里佳人笑"一句，饱富意韵。春天的伤逝，并未减却天真烂漫的少女的心情，她们青春、活泼，对发生在身边的自然变更，并未过多关注，而是沉浸在自己的欢乐之中。这笑声极富感染力，让墙外行人驻足而听，有所启发。但最终，还是刺伤了墙外行人："多情却被无情恼。"像词人，上了年纪，兀自多情，实则是社会生活使然。

小结苏轼的词，会发现词作写作有两点，一是上片以景写情，渲染伤感；二是下片写事，以多情对误会，写出更深一层的痛苦和烦恼。

三、再读

再回到晏殊的词，有无类似的两点呢？也有。

重温晏殊的《破阵子·春景》，若再细读，就会发现，以为"是一首清新活泼的作品"，明显属于误读。看词作有关风物，几乎与苏词所写一致。像燕子、新社、柳絮等，都是暮春见尽的景象。这些难免都要打上悲凉或者伤感的色彩。先看上片，新社即春社可能很热闹，但时令在暮春，新社一到，即意味着春尽，因而夹带着一点伤春的意味。至于次句"梨花落后清明"，落花之余，又是清冷时节，简直给人忧伤和清冷。而"叶底黄鹂一两声"，大学者周汝昌先生以为有杜甫诗作"隔叶黄鹂空好音"式的寂寞与荒凉。至于"日长飞絮轻"，所显示的是懒散与难耐，以及愁绪的无处不在。

至于词作下片，表面上看是对少女游戏生活的生动纪录，但细细读来，与苏轼词里的"误会"，并无二致。

从上片写景看，词人相当忧郁，"巧笑东邻女伴，采桑径里逢迎"这一插曲，似乎可以缓解词人心头的愁绪。词人的心情也确实好了些，他甚至猜想——"疑怪昨宵春梦好"。可是，这个女伴的话狠狠地"抽"了他一下，哪里是什么春梦之类，人家才没有那么多情与幻梦，于是直接告诉词人——是在"斗草"游戏中获得了胜利，让生活充满了快乐。你看，"笑从双脸生"呢！

词人会做何感想，词作没有说，但可想而知，会更沮丧的。整个春天，整个自然仿佛都跟词人作对似的。而路遇一对天真活泼的女孩子，居然跟自己的想象或猜想并不一致，这世界到底怎么了？为什么"我"如此多情，而别人并不与"我"同调呢？

晏殊《清平乐·红笺小字》

红笺小字，说尽平生意。鸿雁在云鱼在水，惆怅此情难寄。
斜阳独倚西楼，遥山恰对帘钩。人面不知何处，绿波依旧东流。

一、初读

太平宰相晏殊的词，一般写得词气闲雅，虽然是写离情别绪，也写得悠然而有风致。

我们看，首两句"红笺小字，说尽平生意"。"平生"，终身，一生。在制作很精雅的红色信笺上，写上密密小字，将一生或终身的意思都含在里面，可见主人公用情之深。语虽平淡，但已经饱含深意。然而，词人的用意不在前两句，而是叠放在后两句上。这后两句是，"鸿雁在云鱼在水，惆怅此情难寄"。情感足够抒发了，信件也写成了，但怎么寄出呢？这才是问题和烦恼所在啊。

一般而言，寄出成了一个问题，不外乎这样的情形：一是知道对方，因为怕被人知晓而偷偷运作，但找谁从中帮忙呢？二是其实并不知道对方是谁，也不知道他身处何地，只是与他有一面之缘，但对方的形貌与精神气质已深深印入脑海而无法忘却，即使是有办法找人捎信，现在也是无奈他何啊。从本词写作的情形看，后者的可能性非常大。

再看"鸿雁在云鱼在水"，也非常有意思。"鸿雁传书"，这是已熟知的典故，但现在你没有办法让它从云头降落地面啊。古代也有"鲤鱼传书"，汉乐府"有客从远方来，遗我双鲤鱼。呼儿烹鲤鱼，中有尺素书"之诗，但现在鱼还在水里呢，要何人捞取，送给何人去寄送，等等，也都是问题。

这词的上片，写得平静而又克制。但写信的用情和寄信的愁思却很明显。

词的下片，基本承袭上片的"愁思"而来。"斜阳独倚西楼"，是写女主人公因为寄信无门，只好凭借侥幸，倚楼独望。从书信的写作来说，晚上最相宜，而"斜阳"一词可知，女主应该已经盼望一个晚上和一个整天了。其时间跨度之长，可以想见。"遥山恰对帘钩"一句，近处是帘钩，女主的位置也大约可知。"遥山"，应当是女主倚楼远望所在，但既是遥远的峰峦，岂能望得透彻，不过平添了一点茫茫的远景罢了。晏殊的写作很含蓄，他不彰显主人公的茫然与痛苦，只是平静地将两种景致或物象对列，读者不难从中获得想象与启发。近处是帘钩，远处是遥山，什么都无所见，要说构成所谓的意思，也只是两者的"恰对"而已。而这"恰对"，对女主又有什么意义呢？不过增加她的无奈和无聊而已。

而"人面不知何处"，算是直接点出，但在这位太平宰相写来，仍然四平八稳，只是点明女主是在期盼和焦虑于她心目中的"人面"即男子而已。最后一句"绿波依旧东流"，仍然写得含蓄而深沉，但湖水的无情东流，更彰显人物的无奈。

二、支架

从晏殊词的"人面不知何处"一句可知，他用了唐时崔护的《题都城南庄》一诗的诗意。这是从男子的角度来写邂逅一位女子和对她的相思，并表达了一点物是人非的感慨。其诗曰：

去年今日此门中，人面桃花相映红。

人面不知何处去，桃花依旧笑春风。

我们看，头两句是追忆。说去年的时间和地点与一个刻骨铭心的相遇事件。尤其是"人面桃花相映红"更是烘云托月，将女子的艳丽和桃花的红火都表现了出来。一个"红"字，更写出了一种热烈的精神气质和强烈的感染力。如此春天、如此青春、如此气息和如此精神影响力，都让诗人深受感动。而另外，姑娘的热情，难道不也折射出她对诗人同样有一份别样的好感吗？由此可见，这是一个藏有双方兴奋与欢情的诗句。由此形成诗歌的张力。于是后两句的失落与遗憾也就分外强烈了。后两句着重在今昔对比，花还是热烈地开着，但心中所期待的人，已经不见。巨大的落差，让诗人情何以堪！以桃花的无情之开，无情之笑，来冷对诗人心头炽烈之情、无尽之愁和无限之痛。而眼前的景也越发加剧诗人的惆怅与落寞。不是吗？

本诗有两点非常突出，一是注重今昔对比；二是物人之对，即用物的无情之性来反衬人的有情之痛。

三、再读

晏殊的词作也有类似的结构，一是词的上片，为写信的用情和寄信的愁思之对比；二是物人之对，即女主倚楼远望之深情，与水波无情东逝之间的比对。

再说，晏殊的词，恰恰是对唐人崔护《题都城南庄》诗作的一个隔朝呼应。崔诗写出一个男子的深情，而晏词则着力于一个女子的多情，但显得那么含蓄、娴雅和平静，迥异于崔派诗热烈而张扬的风格，可以说是写出了一个深婉而矜持的年轻贵族女性的形象。这个女子，感情丰富，能书善写，含蓄温柔，有自己对未来爱情婚姻的期待与主张。在她平静的外表下，我们仍然能够见出她的热烈和坚持、她的执着和期待。尽管她所面对的困难超乎想象，她所经受的痛苦也大得无法想象，但是，她默默承担，将绝望视为希望，日复一日，年复一年，其所用情，与自然一样恒久，令人至今感佩啊。

苏舜钦《秋宿虎丘寺》

生事飘然付一舟，吴山萧寺且淹留。
白云已有终身约，醁酒聊驱万古愁。
峡束苍渊深贮月，崖排红树巧装秋。
徘徊欲出向城市，引领烟萝还自羞。

一、初读

庆历八年（1048）秋，苏舜钦复官为湖州长史，因故未能赴任，乘舟赴吴县游虎丘以解愁闷。首联叙事，讲述人生飘零、如寄一舟之感慨，并交代住宿虎丘寺的原因。因为"舟"的飘零，所以希望"寺"的稳定。"生事"，生计，这里指境遇。"飘然"，飘零之意。"付"，通"附"，附着。"萧寺"，指佛寺，这里指虎丘寺。"淹留"，逗留、停留。

颔联，表达苦闷与归隐之意。"白云"，喻归隐。"醁（lù）酒"，美酒。"醁酒聊驱万古愁"，引用李白《将进酒》借酒消愁，表达苦闷和希图积极用世之意。这一联显示了诗人的苦闷和矛盾的内心。

颈联以拟人手法，描写了虎丘周围山谷的奇异景观，表达了一份归隐的体验。这两句是说，峡谷控住河流，做成深潭，并将月亮深贮其中；而崖头那边，也将那些依山而长的红树一排排列开，巧妙地装点着秋色。这景致，幽深而有层次，体现了诗人对归隐的倾向和态度。当然，就诗歌的表现力来说，诗人使用"束""排"等动态性词语，赋予自然以人的意识情态，并将其深藏的生命力激发出来，显现了自然富有生机的一面。"苍渊"，深渊。"红树"，枫树之类，叶经秋霜而红。

尾联则体现了诗人犹豫和矛盾的心理。"徘徊欲出"，显现了心理的复杂；而"自羞"，亦复如是解。这多多少少让人感觉，诗人"身在江湖，心存魏阙"之念。诗人没有做清高的归隐名士，对于朝廷仍然难以割舍，也不迷恋所谓功名富贵，而是向读者敞开了心扉，一样是真诚而值得信赖的。"引领"，伸直脖子（向远处眺望），形容殷切期待。"烟萝"，草树茂密，烟聚萝缠，谓之"烟萝"，亦借指幽居或修真之处。

二、支架

王安石的《怀舒州山水呈昌叔》一诗：

> 山下飞鸣黄栗留，溪边饮啄白符鸠。
>
> 不知此地从君处，亦有他人继我不。
>
> 尘土生涯休荡涤，风波时事只飘浮。
>
> 相看发秃无归计，一梦东南即自羞。

首联即物即事，以山下、溪边习见之禽鸟，或应节而鸣，或自在而啄食，显现舒州为一方山水乐土。"黄栗留"，即黄鸟，为麦黄豆熟时鸣叫的小鸟。"白符鸠"，鸟名，注家引《晋书·乐志》云，苦于东吴虐政而思归晋朝也。

颔联也是就事论事。这里是说，也不知道今日继"我"而为舒州通判的人士是谁，在此地，是否还有谁和"我"一样跟随朱君（即诗题里的"朱昌叔"）您，与您相处之深？从这一联看，首联当是诗人的回忆中，印象最深的一个回忆了，显示了诗人虽然离开了舒州，但对彼处的风土人情格外娴熟。由此可见，诗人虽然只做了三年的舒州通判，但感情于彼是很深的。这种深，表现在首联言物、颔联言人，都是关乎深挚的情感。需要说明的是，荆公曾任舒州通判，故此说"他人继我"，云云。

第三联是诗人对人生的感慨。尘土生涯，谓辛苦奔波、蹉跎劳顿之生涯。"风波"，喻生活或命运中所遭遇的不幸或盛衰变迁。这两句是说，"我"这一生都在辛苦奔波、转程劳顿之中，这一身的尘埃怕也休想清洗干净了。何况人世翕忽，时局变化，所遭所遇与盛衰变迁，都让人只能与之俯仰，漂泊不定。也就是说，"我"与时俯仰，混混沌沌，不知不觉地过了许多年，就是没找得着自己的心魂所在。颈联深沉，宕开一笔，饱含人世沧桑之感，实为尾联收蓄伏笔。

尾联说，眼看"我"头发渐渐秃了，想再回到当年的舒州去看看，却怎么也不能从行。所以，一梦见东南方的舒州山水，"我"便生出无限艳羡而暗自羞愧啊。你看，那山下、溪边习见之禽鸟，或应节而鸣，或自在而啄食，它们在自己的乐土上，是多么逍遥自在呢。王安石一生经历了许多政治风浪，但他总觉得没多大意思，他念念在兹的，仍然是他的灵魂之所系，不能不说是深得人生之要了。

三、再读

王安石的《怀舒州山水呈昌叔》一诗，讲述人生尘土、风波，饱含人世沧桑之感，所以他不能忘怀的是世俗风尘之外的纯洁的风物与人情。同时，诗人也表达了一份对纯真自我珍念的感慨。诗作起承转合，可谓一气呵成。难能可贵的是，诗人没有对富贵功名有多少眷恋，相反，他珍惜一个个昔日淳朴的日子和清淡的交往。修世修心，这首诗可谓是一个绝好的诠释。

而对于苏舜钦《秋宿虎丘寺》诗来说，尽管诗人有人生飘零、如寄一舟之感慨，但他也绝无对富贵功名的艳羡，他与王安石不同之处是，他有自古以来文士身上所常见的精神特征：现实难容，精神苦闷，归隐修心，再希图积极用世。诗作在技法处理上，叙事、抒情、写景和申志相组合，首联为起，颔联和颈联为承，尾联为转合一体，显得逼促，将诗人复杂的内心和矛盾的心结坦诚地展示了出来，也由此可见诗人儒家的政治思想和情怀。

欧阳修《劳停驿》

孤舟转山曲，豁尔见平川。
树杪帆初落，峰头月正圆。
荒烟几家聚，瘦野一刀田。
行客愁明发，惊滩鸟道前。

一、初读

"劳停驿"，驿站名。本诗为欧阳修被贬峡州夷陵令时作。

首句"孤舟转山曲"，"孤舟"，诗人心凄人寒可知；"转山曲"，落寞中似有一线新机。次句"豁尔见平川"，眼前果如期待的，豁然开朗起来。视线在累受山脉的阻遮之后，突然放开，心情自然为之一好。然而，待看所见之景，又不禁情收意灰，让人感慨再三。

颈联写景。"树杪帆初落，峰头月正圆"，"帆初落"，言暮色临近，行船停驻，风帆扯下，正见眼前平川的树梢；而后背峰头上，一轮圆月正挂在空中。此景似乎乏善可陈，属于纯粹的实写，但细细思之，又觉得别有孤意。不是吗？我们看，"月正圆"与首联"孤舟"相对，反衬诗人当前的落寞。而平川远树的静穆，又反衬当前诗人所乘征帆的行波不定。

于是诗人从颔联的景中含情，转而为颈联的以景带情。"荒烟几家聚，瘦野一刀田"，所谓眼前的平川，也不过尺寸之地而已。"荒烟"，荒野的炊烟，与"帆初落"的时间吻合。"几家"，与莫大的荒野比较，仍然显得孤零。"瘦野"，贫瘠的山野，仍然言其荒凉。"一刀田"，言田地之狭小、逼仄；"一"，与"几"相对，更衬托诗人眼前所见之荒冷。

最后一联，"愁明发"，为明日是否出发而发愁。再看"惊滩鸟道前"，前有险滩，背有高峻的鸟道（鸟道，所谓只有鸟才能飞越的路，喻高峻陡峭的山道）横阻于身后，写出行途之难。

二、支架

再看沈佺期《夜宿七盘岭》一诗：

独游千里外，高卧七盘西。

晓月临窗近，天河入户低。

芳春平仲绿，清夜子规啼。

浮客空留听，褒城闻曙鸡。

这首诗描写诗人旅途中夜宿七盘岭（诗人由关中进入四川的一处山岭，在广元县）的情景，抓住凌晨时分自然环境的特点，充分表达被远流他乡的哀苦心情，抒发了惆怅不寐的愁绪。

先看首联，是叙事。"游"字掩盖了被贬黜的事实，但"独游"则显示了诗人无限的失意，而"千里外"更显示远流之苦。再看首联后一句"高卧七盘西"，点明了夜宿的地点，但"高卧"似乎与前面的失意不同，但细心的读者会有一番比较。此处的"高卧"，并非安卧、悠闲地躺着，乃至有所谓"无为而治"之意。此意引自《史记·汲郑列传》，汉代汲黯做东海太守时，因身体多病，"卧闺合内不出。岁余东海大治"。这一词汇，另有所指，与东晋名臣谢安的"高卧东山"（避嫌隐居）的意味较近，进一步点出失意的境况。

诗作中间两联是写景。先看"晓月临窗近，天河入户低"，这两句是承接前面"高卧"而言，因为地势高，月亮仿佛就在窗户跟前，而银河也很低平，仿佛要流进门户。天月与银河等巨大物象的逼近，不可能不给诗人新奇之余后强大的压力。于是颈联，诗人在写景中反思到自身的窘迫境况。

再看颈联"芳春平仲绿，清夜子规啼"。"平仲"，是银杏别称，似无特别之情。有人说，银杏因"其白如银"，可能还含有自我清白的意味。然未必如此。但是，这树是诗人在异乡所见，逢春又绿，有年岁又增而年华再逝之叹。且次句"子规啼"，杜鹃的悲啼，使环境弥漫着愁思和惆怅。又当此"清夜"，令人情何以堪。

最后一联，诗人打落自己戴上的"高卧"的帽子，恢复自己"浮客"的事实。所谓"浮客"，即四处漂泊的人，又所谓游子。"空留听"，指听闻杜鹃的"不如归去"的悲啼而不能归去，只能忍受着游子滞留他乡的痛苦。再看"褒城闻曙鸡"。"褒城"，在今陕西汉中北。这一句是说，诗人已经进入四川广元了，可是还能听到关中褒城清晨的鸡叫声呢，表达了对故土强烈怀念的情感。

总体来说，这首诗首联叙事，中间两联写景抒情，最后直接抒情，点明无限的愁思。

三、再读

再回到欧阳修《劳停驿》诗。这首诗也是首联叙事，中间两联写景抒情，最后直接抒情，点明羁旅之悲愁。

我们看，尤其是最后，诗人直抒胸臆："行客愁明发，惊滩鸟道前。"中间两联的景，使诗人落寞伤心无比，而自然的荒凉孤寂的山水，何尝不是人生仕途的一个写照呢？"行客"，是诗人言自己。"愁明发"，为明日是否出发而发愁，言下之意，满目凄凉，前途何在！何况，诗人又看到了"惊滩鸟道前"，前有险滩，背有高峻陡峭、人类难攀难行的"鸟道"横阻着，好一个莫大的前后夹击的阻障横于眼前和身后，不是平川，是险阻，是天阻啊。如此，诗人将人生失意和前途的黯淡写绝。其羁旅之难，不禁令人叫一声"行路难"！

梅尧臣《送何遁山人归蜀》

春风入树绿，童稚望柴扉。
远壑杜鹃响，前山蜀客归。
到家逢社燕，下马浣征衣。
终日自临水，应知已息机。

一、初读

首句"春风入树绿"，点明了特定的时间，勾起了特别的情绪。在春天，树木着绿，对于游走他乡的游子来说，睹物思人，最能引发春愁和思念。"绿"字表面上看，是一个春天来临、自然触发的结果，但这一字眼又常常见于描述隐逸的诗文之中。对于隐士们来说，深居简出，隐于山林，整日里与绿色拥抱，是生活的常态。这一回，一见到这绿色，自然也牵动了何遁山人特别的念想。他要回到他潜修的居所，过他隐居的生活了。

次句"童稚望柴扉"，从语法上说，应当是"童稚望于柴扉"，颇有些陶渊明《归去来兮辞》里所描述的"稚子候门"的感觉。对于儿女心很重的男人来说，一想到家里还有很小的孩子在盼望，其心灵的软化自是无须多说。

以上两句，淡淡写来，却很能体贴入微地表达山人回家的强烈的心思。

颔联"远壑杜鹃响，前山蜀客归"，可谓情景交融，杜鹃的啼叫在深山里传响，正催促着多少人的乡土之念，而此时，就见山人已经回到前山了。其归来步伐真是快啊！颈联是顺势写下回到家的情形。"到家逢社燕，下马浣征衣。"前一句是写回家后所见，熟悉的燕子归来而山人也正归来，喜悦可知。后一句是写行为，一下马即洗罢行旅之衣，则不见一时的疲乏，也是心情愉快的表征。

尾联"终日自临水，应知已息机"，是显示山人的本象，他归家之后仍然不忘潜修、完备纯洁的心灵。这是他归家后的生活描写，系诗人的想象和推测。"临水"，指临渊默察，对着深水静静地观察和思考。"息机"，熄灭机心（机心，巧诈之心，机巧功利之心。《庄子·天地》："吾闻之吾师，有机械者必有机事，有机事者必有机心。机心存于胸中，则纯白不备。"）。

二、支架

再看杜甫的《月夜》一诗。杜氏写作此诗时，正好是安史之乱被禁于长安时。他望月思家，遂有此作：

今夜鄜（fū）州月，闺中只独看。

遥怜小儿女，未解忆长安。

香雾云鬟湿，清辉玉臂寒。

何时倚虚幌，双照泪痕干。

首联见月起思，并想象妻子在鄜州（具体在鄜州的羌村）独自看月思念诗人的情形。颔联又说小儿女的情态，实在令人怜爱。你看，她也随其母亲一道望月，却无法理解母亲为何望月（思念在长安的丈夫）。可能，还在大人旁边，见母亲对月久立，孩子也静静地站在一边，做模仿的样子，也是双手作祈祷状，看其样子，实在是稚嫩得令人怜爱啊。

颈联再写想象中妻子独自久立、望月怀人的形象。夜深人静，夜气萦绕在人的周围，与人的体香混合在一起，再则雾深露重，云鬟（指古代妇女的环形发饰）沾湿，而人浑然不知，仍然痴痴地凝望着、思念着、祈祷着。这夜气中的人，如雕像一般，皎洁的月光（即所谓"清辉"）下，玉臂裸露，冰冷生寒，又令人心生无数的怜爱了。此情此景，令人情牵，令人忧伤和愁叹！

尾联是抒情感慨，希望在日后某时，夫妻二人能并肩坐于帷帐，再在这明亮的月光下，夫君将爱妻的泪痕擦干。

三、再读

杜甫的《月夜》一诗，妙在以想象中妻子对自己的思念，来表达自己对妻子对家人的思念。从对方角度来着笔，借对方对自己的深情来表现自己对对方的深情，可谓用笔曲折而婉致，令人倍感缠绵和柔情。同时诗作期待来日夫妻相聚擦泪以慰情，来反衬今日相思之苦，却也情真意切，深婉动人。

再看梅尧臣这首《送何遁山人归蜀》诗，与一般的送别诗很不同。它以时间为序，从对方角度想象未归时的情形、快到家时的情形以及到家和在家生活的情形，是别一份《归去来兮辞》。不过，再略略细想，就会感到，这首诗作，同样是从对方角度来着笔。诗人没有写自己如何送别、如何牵挂、如何祝愿，而这些似乎都淡如微盐之入水，令人浑然不觉。让人只看到在不同的时间段里，比如初春，树叶吐芽了，又绿了；而立春过后，大地渐渐从沉睡中苏醒，布谷鸟开始啼叫；随后，约在春分前后，燕子纷纷归来……在时间不断地递移里，何遁山人每一步的行动，每一处的行程，对于诗人来说，都了如指掌。可见分别之前问得很仔细，问得很用心。这位友人整个回家的过程，都在诗人过细的关切里，一一如画般地铺在纸面上，令人感动，也让人倍感温馨和温暖。不是吗？

苏轼《澄迈驿通潮阁》

倦客愁闻归路遥，眼明飞阁俯长桥。

贪看白鹭横秋浦，不觉青林没晚潮。

一、初读

本诗作于元符三年（1100），诗人离开儋州之前，描绘了登通潮阁所见，隐然透出羁旅的愁绪和离开时的脱然心境。"澄迈驿"，设在澄迈县（今海南北部）的驿站；"通潮阁"，一名通明阁，在澄迈县西，是驿站上的建筑。

首句"倦客愁闻归路遥"，点明诗人的心境和处境。"倦客"，指诗人自己。"倦"字令人见出诗人的旅途颠沛、神情困顿。"愁闻"二字直白表情，而"归路遥"，是愁闻的对象，见出倦客的漂泊之愁绪，盼望归去之切，以及思乡难耐之苦。"归路"，指从被贬谪之地儋州回到中原之路。

次句情绪逆转。"眼明飞阁俯长桥"，正值诗人愁思满腹，眼前突然一亮：诗人身处一座飞檐四张的高阁，凌空而起，正俯视着跨水的长桥。"眼明"二字写出诗人对通潮阁的强烈感受，暗写登阁及阁之高峻，由此，诗歌的情调由苦闷低沉转为豁然开朗。两句之间的起落变化之大，怕是只有李白《将进酒》的大开大合超出于它。眼前这座凌空而起的通潮阁，以及下面的跨潮长桥，让诗人看到了离开海南绝域、回归故乡的希望。倒不是通潮阁以所谓宏伟之势、阔大之景吸引了诗人的注意力。

再由此，诗歌的情绪继续转好："贪看白鹭横秋浦，不觉青林没晚潮。""贪看"

毋宁为欣赏，也见出诗人沉浸其中的心情。为什么？因为白鹭更为神极，它们不仅不需要像诗人坐等忧愁绝望，也不像跨潮长桥那样耗费人力物力，它们通灵轻盈，想飞便飞，一张翅便能飞跃阻隔，举手投足之间便能实现自己的心愿。"横秋浦"，显然是场面描写，大量的白鹭连成一个整体，从左到右，形成巨大的白色带，给人的是"面（面积）"上的强烈印象。这里的"横"，不是鲁迅《故乡》"苍黄的天底下，远近横着几个萧索的荒村"的荒冷凌乱，也不是韦应物《滁州西涧》"野渡无人舟自横"里的错乱横陈，而是雄健的气势，阔大的面积和壮观的动量。至于"秋浦"，当然是指诗人所处澄迈驿通潮阁的一个水边地点。

"不觉青林没晚潮"，也写得极为精彩。"不觉"，写出诗人对白鹭群飞的沉浸之深，"没"字又写出晚潮活动的无声无息。诗人非常诙谐，不说晚潮退下，而是说"青林没晚潮"，青林"淹没"了晚潮，白色的宽带之后，不是清汪汪的大片水色，而是大片青葱的树林，渐次地从水里恢复出来。令人惊喜，也令人称奇。

二、支架

再看苏轼《澄迈驿通潮阁二首》之二。这首诗是苏轼受命移廉州（今广西合浦县）安置，六月赴廉途中所作。这首诗着意抒发思乡盼归的心情。诗曰：

余生欲老海南村，帝遣巫阳招我魂。

杳杳天低鹘没处，青山一发是中原。

首句写自己已经放弃了回归的念头，次句写皇帝下诏召回，猛然之间诗人得到政治上的减刑，平静的叙述中有了波澜：似留恋又似乎归心急切。"帝"，本指天帝，这里指当朝皇帝。"招魂"，见《楚辞·招魂》（"帝告巫阳曰：'有人在下，我欲辅之。魂魄离散，汝筮予之。'乃下招曰：'魂兮归来！'"。"巫阳"，王逸注曰："女曰巫。阳，其名也。"）。由此，诗人的激动欣喜跃然纸上。于是，回归的念头再次被激发，诗人不禁张目北望。

最后两句写诗人张望的心情，但他并没有直接说，而是借景抒情，或者说融情于景。"杳杳"两句显示，在鹘隼飞没的天空的尽头，山细如丝，而那里，就是中原大地啊。绵绵青山，细如发丝，可见诗人张望之遥。"杳杳"，形容遥远。这两句，归途是那么遥远，表现了诗人重返中原时的复杂心情。虽然已经可以张望，毕竟遥远，要真正回归，仍然需要期待于时日，于是又表现了诗人眼前的焦虑。

三、再读

苏轼《澄迈驿通潮阁二首》之二，固然表现了诗人复杂的心情，但是，如果着眼于青山已显，中原在望而可归，其实可以看出诗人心情仍然是欢快和明朗的。至于苏轼《澄迈驿通潮阁二首》之一，诗人登澄迈驿通潮阁，即景抒情，表达了一份豁达的心胸。但是，如果对于"不觉青林没晚潮"，再作处理，则又可以见出诗人到底是抑郁难平，欣喜之余，又含着渺茫迷乱之思。"青林没晚潮"，还可以理解为"青林没于晚潮"。那么，最后是江潮上涨，水天空阔，眼前一片茫茫，完全给了诗人一个"不知不觉"的、"平静安闲"的打击。那么，又可以看出，这首诗，仍然表现了诗人对人生和前途深重的担忧。

秦观《满庭芳·碧水惊秋》

碧水惊秋，黄云凝暮，败叶零乱空阶。洞房人静，斜月照徘徊。又是重阳近也，几处处，砧杵声催。西窗下，风摇翠竹，疑是故人来。

伤怀。增怅望，新欢易失，往事难猜。问篱边黄菊，知为谁开。谩道愁须殢酒，酒未醒、愁已先回。凭阑久，金波渐转，白露点苍苔。

一、初读

少游的词格律精工，用意深切，向来推崇。清代陈廷焯说："少游《满庭芳》诸阕，大半被放后作。恋恋故国，不胜热中。其用心不逮东坡之忠厚，而寄情之远，措语之工，则各有千古。"有研究者以为此词当作于北宋绍圣三年（1096）郴州重阳节前。

先看首三句，共同营造了一个荒寒凄恻的氛围，为全词定下低沉的基调。庭池的碧波显出寒意，天上的黄云显现沉沉暮色，空阶上落叶纷纷，零乱不堪。词以拟人的手法，让人感知环境氛围，一"惊"字，给人突如其来和超出常态之感。

次二句，词人以虚拟的抒情女主人公，写在清冷深沉的室内(所谓"洞房")的情状，所谓月夜难眠。一切皆寂然无声，而月影徘徊，与孤独的人相对、相伴。要知道，重阳此日，在乡里，是亲人之间的团聚，是兄弟登高、饮酒、插茱萸等仪式游戏的时刻。但是，词人身在他乡，且遭贬谪，并不在故乡啊。"又是重阳近也"，多么摧折人的心情和感情。随着这热闹时节和习俗临近，词人一时无法解决心中的焦虑，只得黯然神伤。更何况，秋气不解人意，仍然要一如既往地向着寒冷的深处走去。"几处处，砧杵（指捣衣石和棒槌，亦指捣衣。）声催"。家家户户都在赶制寒衣，寄给远方的亲人，所以，在此砧杵声里，情不自禁地让人更加生了故园之思。

再看上片最后三句。以曲折之笔，写出处境之孤凄。秋风吹动窗外翠竹，沙沙作响，好像故人的脚步声，顿时给人一阵惊喜。然而冷静下来，就会知道，这只是一个错觉罢了。所谓故人，当然是与词人同调的元祐党人之类，词人时时惦记，所以一看扶疏竹影，便产生此感。然而，再仔细思之，发现给人错觉的背后，是词人孤独感和迁谪感的无法消解。

词作上片以写景为主，下片则侧重抒情。过片"伤怀"无疑是主题的揭示。所谓"增怅望"，是翠竹响处并无故人，所以不过是怅惘再增而已。

再看"新欢易失"。所谓新欢，有研究者说，盖指长沙义妓。宋人洪迈《夷坚志补卷第二·义倡传》载："长沙义妓者，不知姓氏，善讴，尤喜秦少游乐府，得一篇，辄手笔口哦不置。久之，少游坐钩党南迁，道经长沙，访潭土风俗，妓籍中可与言者，或举妓，遂往访。……坐少游于堂，妓冠帔立堂下，北面拜。少游起且避，姬披之坐以受拜。已，乃张筵饮，虚左席，示不敢抗。母子左右侍。觞酒一行，率歌少游词一阕以侑（yòu）之。饮卒甚欢，比夜乃罢。"不久，少游自长沙南迁，遂与义妓分手，故词云如此。所谓"往事难猜"，眼前既如此，往事又何堪！猜，想也。

接下来是"问篱边黄菊，知为谁开"。这两句是回应上片"重阳近也"。少游《淮海集》卷十一《题郴阳道中一古寺壁二绝》之一云："门掩荒寒僧未归，萧萧庭菊两三枝。行人到此无肠断，问尔黄花知不知。"有研究者认为，诗词都问花，想必在同一时所作。人苦于抑郁无聊之际，会每每问花。东篱菊开，词人无缘回乡赏菊，故而持酒痴问。

接着"问菊"话题的，是后三句"谩道愁须殢（tì）酒，酒未醒、愁已先回"。"谩道"，勿轻易说。"殢酒"，病于酒，困于酒。这三句是说，酒本消愁，可是这愁怨连饮酒都无法消除，可见此愁之深。真是非有真痛者不能道此语也。

词作最后三句，是"以景结情"。"凭阑久，金波渐转，白露点苍苔。""凭阑"，与前面"洞房"相对；"金波"，本指月光浮动，这里指月光，也与"斜月"相对；所谓"苍苔"，暗写所居幽僻冷清，少有人来，以致庭中生此物。这三句是说，夜已深，而词人仍然不眠，凭栏远眺，直到月光低转，此夜更加深沉起来。白露凝结成水，滴答在苍苔上，这一轻微的响声，反衬夜之寂静，又反衬抒情主人公凝望之呆、陷情之深。这"凭阑久"，无限的情意，都在这幽微的景上，令人一唱三叹，玩思无穷。

二、支架

再看柳永《雨霖铃·寒蝉凄切》一词：

寒蝉凄切，对长亭晚，骤雨初歇。都门帐饮无绪，留恋处，兰舟催发。执手相看泪眼，竟无语凝噎。念去去，千里烟波，暮霭沉沉楚天阔。

多情自古伤离别，更那堪，冷落清秋节！今宵酒醒何处？杨柳岸，晓风残月。此去经年，应是良辰好景虚设。便纵有千种风情，更与何人说。

这首词，前三句写景，含具体的时间（晚，黄昏）、地点（长亭）和情境（寒蝉凄切、骤雨之后），已渲染一层离别凄惨的意绪。

"都门帐饮无绪"以下五句，是正面写离别难舍难分的情状。"帐饮"，设帐饯别而饮酒，从后面所写看，一定是饮酒无数至于成醉。"无绪"，无好的心情，谓心情特别糟糕。"留恋处，兰舟催发"，从侧面写情难舍。"执手相看泪眼，竟无语凝噎"，不忍分别的动作，无限悲痛的神情，是正面而集中的刻画，其感情的深挚，形象的逼真，千年而下，如在眼前。

而"念去去"三句，又是一层渲染，给离别拉长了一个无限广阔的空间，也等于拉长了离别的时间。在古代，交通条件极度落后，空间的加大，加上山长水阔，种种无法预料的不便，无异于生死别离。所以，这"念去去"三句的增加，几乎给这眼前的离别再镀绝望之色。

再看词的下片。先是过片"多情自古伤离别"，是直接的点题。"伤离别"，是主题；而"自古多情"，则增加了历史以来离别情感的厚度。而"更那堪，冷落清秋节"，又回照开头的写景，"更那堪"又为下文张本。

"今宵"三句蝉联上句，是历来传诵的精彩之句。这是词人所想象的目前尚未到来的情形，是所谓时空倒置法。这三句所想象的今宵旅途的况味：小舟临岸，晓风清冷，杨柳空疏，一弯残月高挂，词人梦回酒醒。整个画面凄清冷落，清幽缠绵。此情此景，与词作上片所写，完全不同，是清淡的小写，不是浓情重染，恰恰达到了举重若轻的效果。

再看"此去经年"四句。在时间上，再往后推移，推移到一年两年甚至多年之后，进一步将离情做足。由此，再度形成情感上的渲染，构成另一种抒情的情境。词人设想，每逢良辰好景，也引不起赏兴，只能徒增烦恼而已。"便纵有千种风情，更与何人说"，见出钟情对方之深，以及离愁之重。而词作以设想的情景作结，也给读者无穷的思绪，同样耐人寻味。

三、再读

柳词无论是写景铺垫情感，中间直写离别场景，还是过片直接点题，以及后面层层虚拟铺设渲染，以虚就实，都将离情别绪做得极为充分。

而对秦词来说，也是先写景铺垫情感，中间也是直写不眠、倾听和猜疑；至于过片，也是点题，然后是或实或虚，涉及"新欢""问篱"两事，最后在写景回照开头之中，以情景作结，同样令人展玩不已。再说，全词以景语开篇，以景语结情，中间涉及伤离，情韵兼胜。再者，与柳词一样，层层铺叙，步步迫近，委曲婉转，凄切动人，显示了非凡的艺术功力。

朱敦儒《浣溪沙》

雨湿清明香火残，碧溪桥外燕泥寒。日长独自倚阑干。
脱箨（tuò）修篁初散绿，褪花新杏未成酸。江南春好与谁看。

一、初读

词作的上片写景较为清冷荒寒，而下片则清新可喜。但对于抒情主人公来说，前者让人对这春天感到难耐，而后者又让人感到孤单寂寞。

词作上下片的写景自构成一个对比，无论正面反面，对于词中的主人公来说，都是难耐寂寞的，都是无法忍受的。

词作上片通过一组叙事 (所谓赋，所谓铺叙)，来反映主人公身处的环境之糟糕。清明时节，湿漉漉的天气，祭祀残剩的烟火，都让人感到气氛的灰暗。而因为天气寒冷，燕子衔泥做窝的热闹劲没了，这春天显得很寂寥。而春分之后，日子长了，白天多了，但能做什么呢？只不过孤身一人倚靠在栏杆上看荒冷而无聊的风物而已。

词作下片，所写的小景，显得清醒可喜。我们看，刚褪去笋衣的竹子，正散发着嫩绿之色；刚掉落花瓣的新杏子，还是青青的样子，还未显现出酸味正是可以把玩和欣赏的时候。可是，"江南春好与谁看"一句，又让主人公回到自己的身处，"与谁看"，点到了痛处，显示了他孤独的身份，仿佛是被抛掷到这荒冷之所。

二、支架

柳永《甘草子·秋暮》：

秋暮，乱洒衰荷，颗颗真珠雨。雨过月华生，冷彻鸳鸯浦。

池上凭阑愁无侣，奈此个，单栖情绪！却傍金笼共鹦鹉，念粉郎言语。

这首词作有两个鲜明的特点，一是写景凄冷，二是通过女子的口吻来叙述。

柳词所写的景，所叙的事，也是凄凉荒冷的，以雨打衰荷，鸳鸯浦的彻寒彻冷，凭栏人孤独无依，鹦鹉学舌揭人心事等，共写出了一个凄冷世界里孤独的感受。

而借女主人公的感受来说事，也是这首柳词的一个特点所在。这首词完全可以视为词人柳永模仿相思中女子的口吻而写的精彩片段。借由女性来表达男性的心声，这也是中国古典诗歌里非常普遍的写作方式。绕到对方来抒情，来诉说，可以使表达效果成倍增加。另外，古人追求的是委婉、含蓄的文风，而借助于或模拟女人的心态来写作，则使诗歌显现更为温柔的情绪，从而避免激烈、直接表达所致的伤害。在这方面有所擅长的如柳永，还有如秦观，就是写《鹊桥仙》的那个人，其委婉而风情的表达之作也不少。他们似乎都通过虚拟对方的情绪来曲折地表达自身的情绪，让情感绕了一个弯子，不断地回旋蕴蓄，于是显得更为含蓄而深沉了。

三、再读

再回到朱词。与柳永《甘草子·秋暮》所写的景几乎一致，而所用的写作手法，象征的手法，也几乎一致，都是通过一个弱女子来反映词人的时代之受。

朱词所写，除了荒冷的景之外，就是刻写了一个孤苦无依的女主人公。词作读到此处，不禁让人对这女子发出深深的同情与怜悯。她是谁，为何被抛掷于这荒冷之所，受此难耐的落寞呢？

但这样的追问，显然又没有什么结果。其实，通过一个女子的身受来写时代之身受，正是这首小词的精妙之处，显得婉约而多情。

再稍稍回身，就会发现，词作中清冷的环境，在一定程度上正是时代之折射。而女主人公的感受，正是词人的感受，也正是时代将他这样一个洛阳人，抛掷到洛阳以南直至岭南地带。

何以选择一个女人的身受呢？因为女人最孤独无依，最单弱可怜，这正是北宋国破家亡之后，天下无数众生最直接的身受。

阮阅《眼儿媚·楼上黄昏杏花寒》

楼上黄昏杏花寒，斜月小阑干。一双燕子，两行征雁，画角声残。
绮窗人在东风里，洒泪对春闲。也应似旧，盈盈秋水，淡淡春山。

一、初读

词作上片大体写景。前两句是情境性描述。先看"楼上黄昏杏花寒"句。"楼上"是地点，"黄昏"点明特定时间，"杏花寒"带有季节性点明。此外，"楼上"还显示闺阁，说明词作主人公系女性。"黄昏"若从文化情结来看，又显示女主人公在每日傍晚该团聚的时候却因孤单而倍感愁煎。而"杏花寒"，说明时令在二月，天气确实非常寒凉，对于孤孤单单的女主来说，身上的寒意自不待言。次句"斜月小阑干"，也是特定情境的描述。黄昏时分，斜月在天，楼外走廊上只剩小栏杆（即"小阑干"）空对天月，显得何其冷清和荒凉。

这两句，在做时间地点交代之后，兼带情境，渲染了一种凄冷和荒寒的氛围。

上片后三句是抒情女主人公的所见和所闻，或反或正地再增凄凉和孤单之感。"一双燕子"，突出成双，与自由性、与女主的孤单和楼上的不自由形成鲜明对照。"两行征雁"，也是突出成双成对，仍然与女主的孤单冷落比对。"画角声残"，指女主耳边听到城上传来戍守的号角声，"残"字显示听者所感受到的是凄凉，可见其心境之凄怆。

词作下片是细节描写和情境性抒情。

先看前两句。"绮窗人"仍然是上片楼上的主人公，"绮窗"不是特意描写，仍然是地点揭示，说明女主人在窗下；"在东风里"是说窗户开着，一任这带有寒意的春风吹拂，说明女主的孤单和失意。"洒泪"一句是丰富的细节，写闺人思念远人而不觉籁籁落泪，是有情，是多情。而所谓"春闲"，不过是这闺房的主人公除了落泪外，百无聊赖、无所事事而不知如何是好的意思。"也应似旧"一句，从眼前的实写中脱开，延伸到过去的情形，以虚衬实，增加细节与情感的时间厚度。所谓"盈盈秋水"是指女主的明如秋波之眼及眼神，即《古诗十九首·迢迢牵牛星》所谓"盈盈一水间，脉脉不得语"。所谓"淡淡春山"，是指美人隐约含愁的眉黛。比如宋人吴礼之《雨中花慢》有"眉扫春山淡淡，眼裁秋水盈盈"，赵必象《戏题睡屏》有"秋水盈盈娇眼溜，春山淡淡黛眉轻"等句。

二、支架

再看南宋人石孝友的《眼儿媚·愁云淡淡雨潇潇》一词：

> 愁云淡淡雨潇潇，暮暮复朝朝。别来应是，眉峰翠减，腕玉香销。
>
> 小轩独坐相思处，情绪好无聊。一丛萱草，几竿修竹，数叶芭蕉。

开头两句是写景，写愁雨连绵的情形，让人倍感难耐，对全词起很好的渲染。这两句中，四组叠字的使用，所谓以声传情，渲染沉闷、迷蒙和凄冷的氛围，兼带惆怅及悲苦之意。试想，眼前不是不散的阴云，就是急骤的春雨，总是有无法消歇之时，就是不见春日的明媚。"暮暮复朝朝"，似乎无有尽头，其难耐和无聊赖就可想而知。

次三句是设想对方，想象女主因思念而消瘦的情形。所谓"眉峰翠减"，乃是女主无心于上妆，遂使时髦的眉上粉黛不断凋落，而成了惨淡之容。所谓"腕玉香销"，自然也是因为别后无心于整饰而失容失态。"香销"，指像花一样地萎靡、凋零。

总之，上片写景，兼带想象，写出词人的愁思和失意。

词作下片是细节描写和情境性写景及抒情。

再看前两句"小轩独坐相思处，情绪好无聊"。这两句是直接描写行为和感受。从上片的"别来应是"看，这里的两句应当是词作者自己的写真。"小轩独坐"，其别后孤独可知，"相思"无须说明，"情绪好无聊"也是直接说明，都是写词人相思痛苦、情绪失落的状态。

结尾三句可谓曲径通幽，融情于景，一句一景，三句联合成整体，读来含蓄蕴藉。"萱草"，本来就是忘忧草，可种在小轩，根本无法令人忘忧，只能点缀一点风景，甚至是陡然增添忧愁而已。"修竹"，杜甫《佳人》诗有"天寒翠袖薄，日暮倚修竹"句，言美人倚修竹，现在美人不见，所谓修竹，徒增烦忧罢了。再看"芭蕉"，张说《戏草树》有"戏问芭蕉叶，何愁心不开"之句，可见此物亦增愁绪。此三物联成一体，"以虚应实"，共同表达了词人别后怀人的难以排解的愁思与郁闷。

三、再读

石孝友的《眼儿媚·愁云淡淡雨潇潇》词与北宋末期阮阅的《眼儿媚·楼上黄昏杏花寒》词，开头都是兼带点明特定的时间和地点，并夹带渲染全篇的写景。次三句（或两句），都是突出女主人公的行为特征，以表达相思之苦或别后思念之深。然后是下片开头的细节描写，最后是两句（或三句）的情境性写景或抒情，以含不尽之意，给读者留下想象的空间。

而在具体描写上，以景写情，由实入虚，再由虚及实，最后又是由实入虚，以景结情，虚虚实实，令词作别具曲折和情味。

张元幹《卜算子·风露湿行云》

风露湿行云，沙水迷归艇。卧看明河月满空，斗挂苍山顶。
万古只青天，多事悲人境。起舞闻鸡酒未醒，潮落秋江冷。

一、初读

处国家沉沦、江山更替之时，词人张元幹的词作多耿介之气，而这首《卜算子·风露湿行云》小词，居然也写得苍茫沉郁，颇有杜甫之风。

从字面上看，本词当写于词人回家途中（在沙水）的夜境。开头两句是实写性质，描写了归途的所见与所感。水面上雾气较重，湿气也很大，这秋夜的风露连天，又似乎将天上的行云打湿了似的，写出了风露弥漫的情形。"风露湿行云"，又恰恰导致"沙水迷归艇"，小船在湖水里迷失了方向。连天的风露何其浩阔无边，小小的归船就显得何其渺小与单弱！

再看次两句"卧看明河月满空，斗挂苍山顶"。在逻辑上，似乎因为归舟迷失，不辨方向，词人干脆放弃了辨识，索性横卧小舟，仰望天空。而这一仰望，则使所呈现的境界顿然阔大苍茫起来。我们看，一月横天，光芒万丈，银河（即"明河"）茫茫，而北斗则悬挂在苍山之顶。巨大的天象，使天空呈现前所未见的奇观和壮观。而天界的庄严，也由此可睹。而越是壮大的境界、庞大的物象，所呈现的壮美，越能在人的心底引发莫大的震撼。由此形成压力，逼人去审视自己，检索自己。

由此，引发了词人的感慨。他的感慨之一是"万古只青天"。"万古"，万世；"只"，唯此，无它。万世只此是（见）湛湛青天，除此之外，都被阴云所罩，不能见澄澈的天际。而词人接下来的第二个感慨，就是"多事悲人境"。"多事"，指天下不安定；"人境"，即人间。在词人看来，天下不安定，弄得人间悲怨深沉，似乎万古如斯。哪有这朗朗青天，玉宇澄澈啊！而这浩瀚青天，反而激起更多的遥想和悲恨。此夜耿耿，词人想到了悲凉的时事和时局，当然，也想到了自己，在词作最后是非常分明的。

词作最后两句"起舞闻鸡酒未醒，潮落秋江冷"，则点明了所有事件的关键，并寄情于景，表达一份低怨迷茫的无尽之情。因为"酒未醒"而致"迷归艇"，也因为此而有心杀贼却行动乏力（"起舞闻鸡酒未醒"）。但"酒未醒"更深的情因则是壮志未酬、借酒消愁而致自我麻醉而已。最后一句的情与景，也因此而显得异样的悲冷、深沉和迷茫起来。

二、支架

现在来看杜甫的《旅夜书怀》一诗。这首诗作我们已经熟悉，这里再温习一二：

细草微风岸，危樯独夜舟。

星垂平野阔，月涌大江流。

名岂文章著，官应老病休。

飘飘何所似，天地一沙鸥。

首联写近景、小景，写诗人在月夜孤独停泊，其凄孤无依之境顿然显现而出。颔联写远景、大景，显得景色雄浑阔大：平野广阔、明星低垂；大江东流，月随波涌。杜甫的诗作用此法处很多，常常是自然的壮阔、浩瀚、苍茫，给人世以无穷的启示，或给孤苦无依的诗人以莫大的慰藉，或给流落转徙、一事无成的诗人以莫名的警告与暗示。如果是后者，可能更令诗人难以自持和平静，他常常反思自身，检索自己的人生。

我们看颈联"名岂文章著，官应老病休"。对一个有远大政治抱负的诗人来说，应当是靠自己卓著的政治实绩来说话，但时代哪会给这样的机会呢？通过那一点点文字来博取声名，实在显得有些滑稽。再说，做官，倒应该因为年老多病而退休。表面上看是这样的。而杜甫此时确实是既老且病，但他此前的休官，却主要不是因为老和病，而是由于被排挤。这一联，诗人人事不顺、耿耿于怀的郁闷，是何等的强烈了。

最后是诗人即景自况，寄情于景，以抒悲怀。转徙江湖，水天空阔，沙鸥飘零，与人何似！诗作以此形象结束，含不尽之意于纸上，令人思绪万千。

三、再读

如果稍稍小结，不难发现，杜甫的《旅夜书怀》的一个基本结构是，首联因事即写，颔联放大距离，作邈远之观，以巨大而苍茫的物象，勾勒出深沉而壮阔的意境，并由此启发人事之思，以照见诗人时时处处的"身世际遇"之感。

再看宋人张元幹的《卜算子·风露湿行云》词作，也有类似的结构。词作开头即记回家途中在沙水的夜况。次写卧看夜空的壮观，由此引发词人对人事的追想与感慨。最后是回到了词人的"身世际遇"，即所谓"起舞闻鸡酒未醒，潮落秋江冷"，情感深沉而迷茫。

再说，杜诗开头的即事即景，如果细细咀嚼起来，也有象征的意味。所以，我们前面说"其凄孤无依之境顿然显现而出"。就张元幹的词来说，细细玩味，开头两句实写感受，其实在词作之中也被赋予了象征性。弥漫的风露无疑是时代的写照，而词人乘坐的小舟，又无形中是那个艰难备尝的国家——南宋的象征。不是吗？

杨万里《野菊》

未与骚人当糗粮，况随流俗作重阳。
政缘在野有幽色，肯为无人减妙香。
已晚相逢半山碧，便忙也折一枝黄。
花应冷笑东篱族，犹向陶翁觅宠光。

一、初读

杨万里的《野菊》一诗，是一首七言律诗，写得极有个性，充分展现了野菊的精神品质，给人以深深的精神启迪。

我们看，前两联的句式一致，都是以反问展示出来。首联，所谓"骚人糗粮"，出自屈原《九章·惜诵》"播江离与滋菊兮，愿春日以为糗芳"。"糗粮"，即干粮，后引申为被文人赏识。这一联是说不愿意为一般的诗人文士所赏识，何况更为卑下，为所谓随流俗在重阳节的俗人所赏识呢？颔联，"政"，正也，正因为此花在野外独有一份幽雅之色，它哪肯因为无人赏识而暗自减却幽香呢？这两联一出，一个傲岸不群、睥睨风骚、倔强自信的野菊形象，就跃然纸上了。它宁愿生活在远离文人们所喜爱的田园、泽畔或江边地带，不为他们行吟泽畔或登高作赋之所用。它只生活在乡野幽僻的地方，自开自落，从来不讨取人怜，也不主动献媚，它为自己而活着。它独立自持，芳香四溢。

颈联叙事，"已晚相逢半山碧，便忙也折一枝黄"，说一个傍晚时分，诗人行色匆匆，在一片深绿的半山腰与野菊相逢，即使再忙，也要采摘一朵黄菊。可见诗人对菊是多么喜欢了。这是诗人对野菊的喜爱与膜拜，进一步揭示了野菊的不屈从权势，以人之卑衬托了菊之傲。尾联"花应冷笑东篱族，犹向陶翁觅宠光"，则以冷嘲之笔，嘲笑了那些哗众取宠于东晋陶渊明的东篱菊们。两者一比较，野菊的精气神与脾性、品格便更加凸显了。

二、支架

同为宋人（不过是宋末）的诗人郑思肖的《寒菊》，也为读者展示了一个独立不群的有品节的菊君子形象：

花开不并百花丛，独立疏篱趣未穷。

宁可枝头抱香死，何曾吹落北风中。

前两句说，不愿意花开在百花盛开的春节，不为万紫千红、锦上添花，而愿意在此寒冷时节，独自在稀稀疏疏的篱笆边儿开放着，并且感到有自己开放的趣味。

再看后两句，宁可在枝头抱着清香而死，也绝不会被凛冽的北风所吹落。相比前两句，更见风骨和气质，显示了它的不媚不屈的精神。

郑思肖的《寒菊》，托物言志，先是描其形，再是揭其骨，从而歌颂了菊花的独立自持与不屈傲岸的品质。

三、再读

与郑思肖的《寒菊》一诗相比，杨万里的《野菊》诗，也写得极有个性，也是描其形、揭其骨，甚至是两者共有。与郑思肖的诗一致的地方是，杨万里的诗也成功地运用了对比的手法，使野菊的精神气质显得更为凸显。为强化野菊这一形象，诗人甚至不惜暂时委屈气节照人的屈原和陶渊明这两大诗人的精神形象，而有意将他心目中的野菊形象提升到一个前所未有的新高度，从而给人以极大的精神鼓舞。

当然，要知道，诗人托物言志，名为言菊，实在颂人，诗歌有意塑造一个经受苦节考验的独立自持的精神形象，来为时代与风尚注入一股刚劲之风，或者寄托一种人生理想与追求。这些在诗歌中，都不难读出。比如郑诗在宋元换代之际，他笔下的寒菊，自然就有了一种与他的人生遭际相应的苦节与坚守。而在杨万里的诗中，大体也能读出他的傲岸耿介的内心诉求。

陆游《哀郢·其一》

远接商周祚最长，北盟齐晋势争强。
章华歌舞终萧瑟，云梦风烟旧莽苍。
草合故宫惟雁起，盗穿荒冢有狐藏。
离骚未尽灵均恨，志士千秋泪满裳。

一、初读

先看首二句，回顾楚国当年有关兴盛的历史。远承商、周二代的王业，国运由此最为长久，也曾为对抗强秦，和北方的齐、晋等强国结盟。从历史着笔，暗含与后来的衰亡以及今日遗址荒芜的景象做强烈的对比。"祚"，福运、国运。

颔联再叙历史，写楚国不修内政而终由盛而衰，教训很深。"章华"，即章华台，楚国离宫。春秋战国，烽火连连，七雄争霸。能抗衡者，北秦南楚。公元前535年，楚灵王"举国营之"，在古云梦泽内修建了一座方圆40里的宏伟宫苑，以豪华富丽夸于诸侯，"台高十丈，基广十五丈"的章华台被誉为当时的"天下第一台"。楚灵王日宴夜息于台上，管弦之声，昼夜不绝，由此也注定了楚国的最终走向（最后被秦国所灭）。"章华歌舞终萧瑟"，写的便是这种历史的结局。当年的歌舞豪华，早已萧索寂寥。但是，"云梦风烟旧莽苍"，楚地云梦大泽，风烟迷蒙，阔大苍茫，气象万千，依旧动人心魄。在这里，云梦风烟的映照下，章华歌舞显得何其短暂和渺小！由此产生强烈的对比，令人感叹和深思。"莽苍"，形容郊野景色的苍茫广大。

颈联由历史转向现实。"草合故宫惟雁起，盗穿荒冢有狐藏"，为对眼前景象的描写。当年郢都宫殿，如今已是草场滩头，人迹罕至，唯见雁群起起落落；那些被盗掘的王公坟冢，也已遗弃成荒坟野窟，成了狐狸和兔子们的藏身之所。此情此景，多么凄凉败落。眼下的衰败惨境，又如何与当年楚国的盛况相提并论呢？

而这其中深刻的成败、兴亡的教训，历史已经做了多少回总结，多少回反思，但又真正激起多少回正面而积极的回应呢？尾联"离骚未尽灵均恨，志士千秋泪满裳"，是说历史有多少遗憾是无法尽说的，只使得千秋而下，志士们感慨万分，热泪沾裳，而无丝毫救助的办法。痛苦、呐喊、悲诉，都不能显示诗人内心全部的痛。

是啊，楚国的衰亡，正如屈原《离骚》中所指，奸邪蒙蔽君王，惑乱国政，仁人志士全遭打压，纷纷出朝，甚至被流放、斩杀，只能眼睁睁地看着国家沉沦和消亡。诗歌最为深沉的地方，正在这里。"灵均"，是屈原的字。

二、支架

再看晚唐许浑的《姑苏怀古》诗：

> 宫馆余基辍棹过，黍苗无限独悲歌。
>
> 荒台麋鹿争新草，空苑凫鸟占浅莎。
>
> 吴岫雨来虚槛（jiàn）冷，楚江风急远帆多。
>
> 可怜国破忠臣死，日月东流生白波。

先作题解。"姑苏"，即姑苏台，夫差曾在台上备官妓千人，又造春宵宫，为长夜之饮。越国攻吴，吴太子友战败而焚之。后人常借吟咏姑苏台来抒发对吴越争霸历史的感喟。

首联叙登台。"宫馆余基"指姑苏台陈迹。"辍棹过"言舍舟登岸，凭吊古台。"辍棹"，弃置船桨。"黍苗无限"，当是登上姑苏台基、放眼眺望的所见。沧海桑田，宫馆变农田，眼前的无垠绿色让人忧伤。当然，"黍苗"一词，又脱化《诗经·黍离》诗意，借古人亡国的哀思，表达对人世沧桑的感慨。"独"字，以一己之身受来应对历史遗留的无限伤情，何其深沉，何其孤独。"悲歌"，自然是含《黍离》之悲意。

颔联再承首联，描写苏台遗址荒凉的景象。高台荒芜，麋鹿为争食新草而相斗，苑囿林空，原本小岛上的野鸭子也移置于这里，为一点点筑巢的莎草而争执不下。野草逢春，似乎正盎然生长，而野兽野禽们外出觅食，正为自己的生活而相互争夺，似乎也显示了自然生机。但是，它们的争夺，恰恰反映了社会历史人事的荒芜，令人深受刺激和倍感伤感。

颈联由历史转切到现实。诗作说，吴山（即"吴岫"）上飘来阵雨，于是在这台基上凭依栏杆（即"虚槛"），让人感到凄冷异常；而放眼楚江，江风飙急，江涛汹涌，那么多远行的航船，又让人心绪不宁啊。但这一段现实的情绪描写，似乎带有一定的暗示与象征意义。此情此景，何其凄冷危殆，又不禁让人想到严峻的时局。所谓其来有自，"吴岫雨来""楚江风急"等确实可以引发历史联想，于是尾联说"可怜国破忠臣死，日月东流生白波"。

"忠臣"，指伍子胥。春秋吴越争霸，夫差败越，勾践求和，子胥力谏夫差不可应允，不听。《史记·伍子胥列传》言伍子胥死前，"告其舍人曰：'必树吾墓上以梓，令可以为器；而抉吾眼县吴东门之上，以观越寇之入灭吴也。'"，然后"乃自刭死"。旋即遭吴王弃尸江中，而越国果击败吴。可怜，可叹。尾联前句，本来句序应当是"可怜忠臣死、国破"，这是诗人对国家败亡命运和伍子胥悲剧命运的感叹，说明忠臣对于国家的重要性。但历史上屡屡发生的事实，后世又有多少君王能够镜鉴呢？所以历史非常深沉、令人叹息的地方，正在这里。

最后一句说，时光匆匆、日月如掷，江流东去、白波滔滔。意即时不我待，如果不及时奋发振作，积极有为，那么历史无情，自然无情，最终一切都无法挽回，遗憾变成永憾。

三、再读

唐许浑的《姑苏怀古》一诗，悲劲苍凉，以"姑苏台"为描写对象，起句以眼前所见抒发深沉的情思，继而又以眼前景引发历史的感慨，落脚于忠良之于国家兴亡的重要性，并以警告当权者当以时不我待的奋发意识作结。

而对陆游《哀郢·其一》诗来说，自然也写得感慨深沉。诗作以"章华台"作为描写对象，与许浑诗作稍稍不同的是，陆游从回顾历史开始，以古今沧桑巨变来言说兴亡和历史的教训。当然，两诗共同的地方，都对眼前现实的衰飒做了精致的描述，并将诗人自己的情感深融其间，锻造出了凝练而厚重的情词深句。此外，两诗的落脚点，都关注于国家命运与人才的使用情况。可以说，寄托于志士与忠良，或者以志士与忠良自比，都蕴含着诗人强烈的家国兴盛与个人奋发有为的期待。这也是这两首凭吊诗的共同期许吧。

朱熹《咏岩桂》

露泡黄金蕊，风生碧玉枝。

千林向摇落，此树独华滋。

木末难同调，篱边不并时。

攀援香满袖，叹息共心期。

一、初读

诗首联。"泡"，湿润，滋润。"露"当然是秋露，"风"自然是秋风，秋天的风露应当是非常寒冷了，但桂树却全然不在意，反而生长得蓬茂滋荣。因秋露而滋润了桂花黄金般的花蕊，因秋风而使桂树长出了碧玉般的枝丫。这一联既是正写，也是赞美。

颔联是诗人的再次强调，以千林的摇落凋零，来比衬桂树的丰美滋润（即所谓"华滋"）。"向"，"刚刚"意。"独"字，显得突出与不凡。

颈联"木末难同调，篱边不并时"，也是在衬托。"木末"，指荷花。引自屈原《湘君》"采薜荔兮水中，搴芙蓉兮木末"（屈原倒置使用了意象）句，所谓水芙蓉即荷花。"篱边"，指代菊花。引自陶渊明《饮酒》诗"采菊东篱下，悠然见南山"句。这一联是说，荷花虽美，但难与桂花（即"岩桂"）音调相同、志趣相投。而菊花傲然风霜，又可惜不开在同一时。这一联的说法，还是为了引出最后一联。

而尾联"攀援香满袖，叹息共心期"，以描写兼抒情的方式，表达了诗人（即朱熹）对桂花的深情：他引桂花为知音、相知。他攀援桂树，采摘桂花，满袖芬芳，叹赏再三，并与桂树心心相许（所谓"心期"）。也就是说，诗人撇开了他人喜欢的荷花、菊花，他独独喜欢这芬芳四溢的桂花。在它的身上，诗人感受到了其独特的君子风度。不是吗？诗作的首联即已言明。

二、支架

再看曾几的《岩桂》一诗：

粟玉黏枝细，青云剪叶齐。

团团岩下桂，表表木中犀。

江树风萧瑟，园花气惨凄。

浓薰不如此，何以慰幽栖。

首联描写，为读者展现了桂树栗玉般的繁密的花朵，以及树冠蓬松，像被剪刀裁剪过的青色云朵一般。

颔联突出花之密集（团团，凝结或集合的样子）和桂树木质之强（犀，强大），在所有的树木中显得非常卓异、特出（表表，卓异、特出）。这一联也可以算是一种正面的比衬或烘托。总之，这两联组合起来，共同写出了桂树的形色特征。

颈联，横出一笔，写江树与园花，与诗人所要着力表现的山中之"岩下桂"进行一番强烈的比对。这一联是说，当江树遭遇一场秋风的吹袭时，它们只能瑟瑟发抖；而花园中的花朵也因之而遭殃，竟一时间零落惨凄，令人目不忍视，由此凸显"岩下"桂树幽静的"态"和幽情的"神"。

最后，诗人说"浓薰不如此，何以慰幽栖"，可谓直抒胸臆，抒发了诗人自己对桂花的浓厚的情感。意即假如没有这芳香浓郁的桂花伴着我，又拿什么来慰藉"幽栖"（一曰幽僻的栖止之处，二曰隐居）的"我"呢？显然，在诗人的笔下，桂花或桂树成了隐士的陪伴，而具备隐居避世君子的风度和风情了。

三、再读

需要注意的是，这两首诗作，同写岩桂即桂树，而且都运用了非常相近的手法。曾几的《岩桂》诗，手法更为显著些，先是正面描写，突出桂树的形色特征。接着是烘云托月，正面比衬，强化桂树的整体形象。然后是侧出一笔，以江树和园花来反衬之，强化了山中岩下的桂花独特的风采。最后，直抒胸臆，抒发了诗人的隐君子情怀。

而朱熹的《咏岩桂》一诗，其实也有近似的结构。我们看，首联是正写，突出桂树的形貌。颔联以反面比衬来强化桂树的形象。第三联横出一笔，为尾联作衬，而尾联以描写兼抒情的方式，表达诗人对桂花的深情，突出诗人的喜好和个性特征，也抒发了朱熹的君子情怀。

总而言之，为突出"岩桂"的形象，诗人们正写、侧写，或反衬或烘托，或直接抒情，来显现自己对写作对象（即"岩桂"）的深情和寄托（通过岩桂来表达自己的君子风范）。

可以说，这两首诗，都可以算是诗人们的托物言志。

四、说明

（一）就屈原《湘君》"采薜荔兮水中，搴芙蓉兮木末"一句，笔者之所以说屈氏倒置使用了意象，是因为本应当"采薜荔兮木末""搴芙蓉兮水中"。屈原使用倒置意象，是用来说明所做的事已经反常，则预示所追求的情爱发生了错位。

（二）这两首诗的结构，也可以按"起承转合"的古代诗文通用结构来标示一下。首联即起头、开头，陈述桂树事，带描写性质。颔联承接首联话题，为巩固的性质，或重复或侧面地加强话题。颈联为转折，凸显与主题相关的变异，或拓展，或对比，常给人以意外的发展。最后，尾联即结束，有总结与提升主题之意。元人范德玑《诗格》说："作诗有四法，起要平直，承要春容，转要变化，合要渊水。""春容"，原指用力撞击，这里指有力回应话题。"渊水"，指深潭（之水），这里指总结主题要深广些。

高启《黄氏延绿轩》

葱葱溪树暗，靡靡江芜湿。

雨过晓开帘，一时放春入。

一、初读

诗作一开篇用两个叠词写景抒情，"起""承"之间写出了轩外雨中景致的特色与变化的情形。"葱葱"，形容草木苍翠茂盛，写出溪边树木受水的滋润而生长茂盛的特点。而一个"暗"字与后面一个"湿"字互对，又写出了溪边草树等在阵雨来临前后变化的特点。"暗"字，写出了山雨欲来之时云天背景下的溪树变暗的色调。于是，眼前的情景一时让人看得不够分明。此当是写远景。但随着山雨的降下，光线渐渐地变亮。特别是近处，一"湿"字，又显现了草木的亮色。试想，受溪水的滋润，树木显得枝繁叶茂，而所谓"江芜"，江边的草丛，或者说溪边的草丛，自然也是长势良好。这不，与静静挺立的溪树不同，在雨水的滋润下，草丛扛不过这风雨，纷纷作"靡靡"之状。"靡靡"，草本随风倒伏的样子，或纷乱的情形。这是雨中风中的情状，是近处的情形。

但是，雨后的情形如何？有生活经验的人都知道，雨散云收，天空放晴，外面的世界一下子亮堂了起来，于是溪树被雨洗过的清新明丽，"江芜"披拂的盛状，以及暴涨的溪流，还有更多得了雨水疯狂生长的花草树木，都会历历于这"黄氏延绿轩"之前。不过这些，诗人都没有去写。他似乎故意将眼前声势浩大的春景搁置一边，他甚至将这春天的声势砍削掉很多，只是写了一个光线的变化，其遥控器的按钮全在第三句里。

第三句是一个简短的交代。"雨过"，交代了刚才有雨；"晓"字，点明了是在晨间发生的一场春雨；"晓"字并"开帘"二字，也与前面的"暗"字遥为呼应。原来眼前的一切，既是刚刚下了一个阵雨，又说明是发生在清晨，是诗人等人刚刚春晨醒来的所见。应当说，一开始，大家还处于惺忪蒙眬之中，还看不清外面到底发生了什么，何况还隔着一个朦朦胧胧的窗帘呢。但是，即使如此，已经感受了这春天已经是枝繁叶茂，已经是披拂迷离了。这模糊不清，既因为是清晨，还因为眼前正在下的这场春雨——是它们，故意地将这春天的盛况有意遮挡，好像扯天扯地的大帷幕罩着，好像是同诗人等人开了一个玩笑。

是啊，等诗人打开了窗帘，于是一场充满喜感的场景顿时迎面扑来。"一时放春入"，这句写得曲折。户外春景的含糊，本来是轩内的主客人关闭了窗户所致，现在，窗户一打开，春天好像非常迫不及待地要涌入进来，它们与诗人等人是那么迫不及待地要相会一处。这时候，这春天是何等模样呢？如潮的春天肯定汹涌澎湃的。不是吗？当然，一切都留给读者去发挥想象。

二、支架

现在来看王安石的《书湖阴先生壁·其一》一诗：

> 茅檐长扫净无苔，花木成畦手自栽。
>
> 一水护田将绿绕，两山排闼（tà）送青来。

湖阴先生本名杨德逢，隐居，是王安石晚年居住金陵紫金山时的邻居。这位先生品行气质如何，诗作没有直接描写，但读完全诗，读者应该若有所悟。

先看首句。"茅檐"，是指茅草盖出的居所，当然是相当简陋了，也显示屋主人清简的生活倾向。"长扫"，说明主人有爱清洁的生活习惯。"净无苔"三字，写出一种清洁的结果。一般来说，青苔生长在僻静潮湿之处，是角落里人所不注意或难以够得着的地方，现在居然是"净无苔"，可见屋主人爱安静的程度和对清洁的追求了。

次句写屋主人的爱好，就是爱栽种些花木之类。但这些都是他亲力亲为，不劳别人之手。"成畦"，既说明花圃种类繁多，也说明编排得非常整齐。这也说明他是一个极有生活条理和情趣的人。在他的手下，生活是简单的、清洁的，也是丰美的，并不单调。

这两句简单而平静的叙述，其实就将屋主人的品行做了一个外围式的介绍。

第三句是宕开一笔。"一水护田将绿绕"，这一句写得极富有层次感。环绕屋子，是一层绿树，绿树的外面是水田，水田的外面才是一条溪流环绕着。层层围绕，既似乎是无心经营，又好像显得特别用心。溪流也好，水田也好，以及绿树也罢，它们仿佛都特别崇敬屋主人，所以要层层护卫，生怕有什么不洁净之物来干扰、破坏了这一方净土。这拟人化的手法很有表现力。这里，"护"与"绕"，以及下一句的"排"与"送"，打破了诗作前两句的静态，充满了动感和力量。

但诗人仍嫌不够，最后一句仍然强有力地表现了一种倾慕。"两山"，当然是两旁之山，是在溪流的更外层，联系前一句来看，屋主人所潜心营修的处所，当在山间的冲积扇，一个很隐秘的所在。"排闼"，开门，语出《汉书·樊哙传》："高帝尝病，恶见人……哙乃排闼直入。"显现青山迫不及待的心情，"送青"是主动投其所好，虽然有些粗鲁，显得不够温情脉脉，却也恰切而强烈表达了倾慕的急切情状。

三、再读

从写作特色来看，王安石《书湖阴先生壁·其一》诗前两句是描写，后两句是衬托和烘染。而恰恰是后两句拟人手法的运用，使整个诗作出神入化，显现出非凡的气质。当然，最后两句，特别是最后一句，使读者阅读的视角一下子从屋主人的居所，延伸到屋子周围，并更延伸到远处的大山，那一座座绵延的山，青葱勃郁的生命气息和博大深厚的蕴涵，更是引发读者无尽的想象。再进而思之，连如此深沉厚重的大山，两派大山，都呈奇献瑞，似乎还颇为性急，由此可见屋主人的深沉渊默的志向和无人不敬的品质了。

再回到高启《黄氏延绿轩》诗作，前两句也是描写。与王安石的诗作不同，这两句是写外围的景，但所写比较克制，但已经隐含春景的迷人。第三句宕开一笔，有如关纽，最后一句显示了春景春情的浩荡勃发的力，亦给人以无穷的想象，由此可见"黄氏延绿轩"的迷人所在。至于这所延绿轩如何，其主人如何，诗作都未有涉及。但稍稍想想，就都知道，其主人将延绿轩选在一个溪流旁，有远树和近草的装点，那么这里一定是一个幽深幽静的所在；由其绿色的偏好，更不难看出其主人幽雅的心性和恬淡的人生追求了。

纳兰性德《南乡子·秋暮村居》

红叶满寒溪，一路空山万木齐。试上小楼极目望，高低。一片烟笼十里陂（bēi）。

吠犬杂鸣鸡，灯火荧荧归路迷。乍逐横山时近远，东西。家在寒林独掩扉。

一、初读

纳兰词首片，视角低平，由近及远，使所写的秋景极富有纵深感。"红叶"，显示深秋；"寒溪"，自然夹带冷寒的感觉。而"空山"，并非山体空旷，而是指山林幽深少人，给人以空灵之感。"一路空山万木齐"，实际上是承前省略，整句为"一路空山，万木齐红，叶满寒溪"。这两句，当是一路所见，山林幽深，而万木齐红，叶落满溪，一溪红艳。好一派深秋清冷色调背景下的大红渲染！由此，又引发了词人的极大兴致，所以才有接下来三句的登楼远眺。

"高低。一片烟笼十里陂"，是远眺的所见。"烟笼"，写暮色苍茫，山体云气凝结。这两句是说，高高低低的十多里的山坡呈现一种虚幻而缥缈的境界。

再看词的下片。"吠犬杂鸣鸡"，显然这些鸡犬都受到惊扰而出现了一时的纷乱。"灯火荧荧归路迷"则解释了纷乱的原因：一群人举着闪烁的灯火，在回家的路上竟然迷路了。而此时，一座东西向的山体横阻在前，于是这一帮人时东时西、忽远忽近地寻找着（"乍逐横山时近远，东西"）。结果，蓦然一看，"家在寒林独掩扉"。家，还是那个家，正安安静静地坐落在寒林深处——独自一户，门扉兀自地掩着呢。

二、支架

再看宋代词人辛弃疾贬官闲居江西时创作的《西江月·夜行黄沙道中》：

　　明月别枝惊鹊，清风半夜鸣蝉。稻花香里说丰年，听取蛙声一片。

　　七八个星天外，两三点雨山前。旧时茅店社林边，路转溪桥忽见。

此词上片写景，写当时当地的夏夜山道的景物和词人的感受，并洋溢着对丰收年景的一片美好的期待。我们看，明月光里，惊飞了栖息枝头的鹊鸟，夜风清凉，仍然难掩躁动的蝉声。闻着稻花四散的香气，大家谈论着丰收在望的年景，而耳边是阵阵如潮的蛙声，看来年景有保证，真的不坏啊。

词作的下片，凸显夏夜雨前的场景，与上片的悠然之景和闲然之情不同，是紧张慌乱中充满了新鲜刺激的情趣，以及与旧时茅舍不期而遇的意外惊喜。

但细心的读者可能觉得以上的一些解释，还不够意思。

再看，首两句是描写，勾画了夏日月夜特殊的景况。明月惊醒了斜枝树栖的鸦鹊，于是喳喳地纷扰骚动起来。而半夜里，有清凉的山风吹来，但燥热的蝉声仍然不停。此两句里，明月并非是太过明亮，而是夜月在云层的掩映下，时亮时暗，于是当云层遮拦不力而明亮的部分浑然露出时，月光就显得太过明亮了，于是惊醒了栖鹊，以为是天光大亮，结果引发了纷扰。至于鸣蝉，尽管有清风徐徐而来，但仍然难以抵消夏夜的炎热。

显然，这里的描写，还暗含着半遮半隐的云层的不断聚集，而夏夜仍然酷热的事实。这便是夜雨要来的征兆。尽管大家因为欣赏夜景和丰收展望，而将眼前雨兆忽视。但是，夜雨还是如期而至。"七八个星天外"，言天气突变，乌云不断堆积天空，"两三点雨山前"，先期的雨头说到就到。于是一阵子的骚乱，大家争着奔跑躲雨。"旧时茅店社林边，路转溪桥忽见"，终于在山路拐弯的一个溪桥边，忽然看到了一个可以避雨的所在。而那个地方，竟然是社林边的旧时茅店！一时显得好熟悉好温馨啊。

小结一下。词作的上片写景，虽然悠然而闲雅，但仍然有为下片的慌乱躲雨插曲做铺垫的意思。全词一弛一张，一放一收，体现了词人深厚的功力，令人玩味。

三、再读

再回到纳兰性德的《南乡子·秋暮村居》词，在写景叙事上，与辛弃疾《西江月·夜行黄沙道中》词，居然用笔无二，相得益彰。全词也是一弛一张，一放一收，颇见功力。词作的上片写景，阔大而缥缈，颇有境界。但词人并非为写景而写景，实不过以阔大之景、迷蒙之境，来为迷路铺垫，为"山间秋暮村居"勾画一个异样的图景。词人所写的是一次归途迷路的经历，但善于敷景成境，夹以动静，充满了戏剧性，词作氛围在宏大的静穆、短暂的骚动和复归的惊喜之中传递，并使整个氛围最终又复归于安闲的静气。

赵执信（shēn）《秋暮吟望》

小阁高栖老一枝，闲吟了不为秋悲。
寒山常带斜阳色，新月偏明落叶时。
烟水极天鸿有影，霜风卷地菊无姿。
二更短烛三升酒，北斗低横未拟窥。

一、初读

先看诗作首句"小阁高栖老一枝"。"高栖"，指隐居。《宋书·谢灵运传》有"尽高栖之意得"之句。"一枝"，一根枝杈（语出《庄子·逍遥游》"鹪鹩巢于深林，不过一枝"），言所占不多且易满足；"老一枝"，意为终老谨守本分，从不多占。这一句是说，诗人隐居自己的小阁，虽然局促，但始终自足满意，终老未变。次句"闲吟了不为秋悲"，意思显明，人常悲秋而"我"独不悲，显现诗人倔强的个性。"了不"，全不，一点儿也不。

颔联，言寒山常常染上夕阳将逝的悲愁色，但新月偏偏要在树林落叶之后才变得明亮起来。这后一句仍然显现了诗人抗逆境而上显现个性的特性。

颈联"烟水极天鸿有影，霜风卷地菊无姿"，前一句言烟气弥漫，水面浩阔，飞鸿低徊，顾影自怜。"极天"，满天，处处。而后一句，言风霜之厉，菊花在严寒的天气面前被摧折得凋残不全。这一联的两句从不同角度勾勒出了一个严酷的环境。

最后一联"二更短烛三升酒，北斗低横未拟窥"，全是针对上一联而言。在严酷的外界环境面前，诗人大有后世鲁迅《自嘲》诗"躲进小楼成一统，管他春夏与秋冬"的气派与风度。"二更"，言夜已渐进深沉。"短烛"，与"三升酒"对照，言烛已烧短，却显示不以为意的意思。"三升酒"，其数量自然是多，表达诗人抗逆境以酒浇灌心中块垒的豪兴与逸情。而后一句"北斗低横未拟窥"，言天快要亮了，北斗七星已经低垂横排，可诗人却连看都懒得看，也颇能见出他睥睨、高傲的个性。

大体而言，本诗起、承、转、合，路径分明，诗人在一顿三挫之中，既揭示了人情世态之恶，又显示了自己恪守本分、睥睨傲然的抗逆个性。

二、支架

再看宋代叶梦得的词作《鹧鸪天·一曲青山映小池》：

一曲青山映小池。绿荷阴尽雨离披。何人解识秋堪美，莫为悲秋浪赋诗。

携浊酒，绕东篱。菊残犹有傲霜枝。一年好景君须记，正是橙黄橘绿时。

叶梦得的创作，早期词不出传统题材，作风婉丽。以南渡为界，随着社会的巨变，词风也随之发生巨大的变化，或抒发家国之恨、抗敌之志，或以气入词而表现出英雄气、狂气、逸气。而这首《鹧鸪天·一曲青山映小池》则较能体现他的"逸气"（超脱世俗的气概、气度）。他在本词的词前小序里就说："梁范坚常谓欣成惜败者，物之情。秋为万物成功之时，宋玉作悲秋，非是。乃作美秋赋云。"

先看词作上片。首句言假山与水池的互映，自然有风致；次句反出，言荷叶枯萎而被秋雨打得衰残分离（所谓"离披"）。两相对比，为物伤情，特别是为秋感伤者肯定要悼物情伤起来。但是，词人马上警告说："何人解识秋堪美，莫为悲秋浪赋诗。""解识"，知晓。"浪"，无节制，随便。这两句是说，谁能真正知晓秋天的物美呢，一定要考虑一下，千万不要为了所谓的"悲秋"而随便写诗作词。

再看词作下片。"携浊酒，绕东篱"两句是叙事，也是为后文感抒张本。词人特别针对上片"绿荷阴尽雨离披"，而说即使是在一片所谓残破、衰飒之中，仍然能见出风骨所在。不是吗？虽然枯荷残败，却透着一种不屈。而且，它也有一种别样的情韵在。李商隐诗云："秋阴不散霜飞晚，留得枯荷听雨声。"你看，"菊残犹有傲霜枝"，菊花被秋风无情打残、扫落，但是，那一枝枝"傲霜枝"仍然是那么倔强地、傲然地挺立着，对抗着风霜的肆虐。这物美之中，也折射出了一种人格。而在本词的结尾，词人仿拟上片的"警告"而提出"忠告"说"一年好景君须记，正是橙黄橘绿时"。这是苏轼《赠刘景文》的诗句。其实，本词前三句，连带词作的上片有关句子，都来自苏诗。其全诗曰："荷尽已无擎雨盖，菊残犹有傲霜枝。一年好景君须记，最是橙黄橘绿时。"这一番引用，诙谐而温馨，恰似异口同声地劝慰。

总之，本词娴熟地运用了苏轼的诗作，于惯常的悲秋意味之外，别开生面，又于寻常的物象之中凸显事物内在的精神与风骨，显示了词人的精神生命气象。

三、再读

再回到清代诗人赵执信的《秋暮吟望》一诗。本诗一脱传统文人常见的"悲秋"情，显现诗人倔强的，甚至是抗逆而上的个性。尽管诗人的人生处境非常糟糕，但他并没有因此落寞、惆怅和颓废。本诗中，虽然也出现了所谓落叶、霜风、残菊等意象，但是见不到诗人的无奈失意和悲苦等诸种色调。反倒是在闲淡甚至是旷达之中，见到了一个孤峭和倔强的隐士形象。

我们知道，清代诗人赵执信，他有过少年得意之时（14岁中秀才，17岁中举人，18岁中进士），却在青春正盛之时因为一个意外的事件而惨遭人生的打击（28岁时因康熙佟皇后病逝尚未除服"国恤"期间，被友人洪昇邀请观《长生殿》，被告发，获"国恤张乐大不敬"之罪），而被革职除名，从此不再入仕。在此后的半个多世纪里，皆在漫游中度过。可以想见的是，赵执信所面对的社会风霜又何其多而猛烈，如果没有一定的内心倔强与秉持，诗人怕是早早地就在所谓悲愁、无奈和种种失意与惆怅之中先自颓败。因此，在这个意义上讲，这首诗作，毋宁是诗人的一首述怀和申志的言志诗。

注疏纂诗

细读遗篇思注解

以诗、词为主，其中以唐宋诗为多。每首诗后都有说明性的"疏解"。以注疏代读，凭简要注释和述意性疏解去把握整体诗意。

陈子昂《送魏大从军》

匈奴犹未灭①，魏绛②复从戎。

怅别三河③道，言追六郡雄④。

雁山横代北⑤，狐塞接云中⑥。

勿使燕然上，惟留汉将功。⑦

【注释】①"匈奴"一句：暗用西汉霍去病之语，以显魏大报国心。②魏绛：即魏庄子，春秋晋国大夫，打仗多有战功，力主和戎，辅佐晋悼公恢复春秋霸主。这里比喻魏大。③三河：旧指河南、河东和河内，此指洛阳。④六郡雄：言魏大有智勇，可比西汉陇西等六郡良家子出身的名将。⑤雁山：即雁门山。代北：代郡北部，在今山西代县西北。⑥狐塞：即飞狐口，在今河北涞源县、蔚县一带，地势险要。云中：郡名，治所在今内蒙古自治区托克托县西北。⑦"勿使"二句：激励魏大建立新功。燕然，即燕然山（今蒙古国杭爱山一带），东汉窦宪大破匈奴，曾登山刻石勒功。

【疏解】友人魏大就要出征塞外，诗人遂创作这首赠别五律《送魏大从军》，以表达对其报国建功的殷殷期望。全诗感情激扬，气语悲而能壮，正体现了赠别诗的特点。诗作首言友人魏大有汉朝霍去病的报国雄心，又有春秋晋国魏绛的有谋善战，表达对友人质素的赞美。次言临别之伤，但在友人再申前代勇壮将领以为激励的豪言壮语里，又让人颇为动容。本来，送别一般是送者要多给别者以宽慰之言，不承想这里却是别者的反向劝慰，可见友人魏大的坚定和自信。颈联描述了北方雁代一带苍茫的绝域风色，当系魏大往北的征守之地。横亘的雁山，冲插的狐塞，在代北、云中的大漠荒原上，凸显出异常坚毅的品质和勇往直前的意识。无疑，这也是以物拟人，暗含诗人对友人的肯定和嘉许，其喜悦之情可谓油然而生。尾联，回照"言追六郡雄"，诗人热切地希望友人可以再建不世之功，使全诗充溢一派昂扬奋发的精神。

张九龄《感遇^①十二首·其一》

兰叶春葳蕤，桂华秋皎洁^②。
欣欣此生意，自尔为佳节^③。
谁知林栖者，闻风坐相悦^④。
草木有本心，何求美人折！^⑤

【注释】①感遇：古诗题，用于写心有所感，借物寓意之诗。②葳蕤（wēiruí）：形容枝叶茂盛。诗人以兰桂自比，兰见生气、桂显品行。③欣欣：草木兴荣的样子。生意：生机，活力。自尔：自然。④林栖者：指栖隐于林中之人，或为隐士（其真假不知）。闻风：听到风声或消息，这里指感受兰桂之风韵。坐：因之，因而。⑤"草木"二句：谓兰桂等草木之馨香源自其天性，不为了博取谁。托物言志，显君子孤高之情。本心，天性。美人，指诗中的"林栖者"。

【疏解】这首诗系开元末（741），朝廷腐败，身为宰辅的张九龄遭谗被贬荆州长史时所作。晚而遭谗，忠而被逐，孤愤之情可见。但诗人托兰、桂以自况，抒发身世感慨，表现高尚的节操和对理想的坚守，可谓诗人人格的自我写照。诗中写道，春兰秋桂，日观其繁盛馥郁，而夜见其清雅皎洁，让人流连不已。又说面对它们自身所散发出的活力，让人感到有此花开即自成"佳节"，可见兰、桂的魅力之所在。但诗人转而又说，没想到那些归隐山林的"林栖者"，居然也这么喜欢春兰秋桂。其言外之意，当然是要告诉时人，千万别误会，不会因有林栖隐士的喜欢而兰桂的品性与气质发生什么改变。诗人的意思是，兰、桂的本心（"天性"）如此，不会因为遭受挫折（"贬谪"）而改变，也不会因为受到归隐者的关注而有归隐之念。它们仍然是"怀才抱德"、待事而动的"达兼天下、穷善其身"的士大夫。

王维《春中①田园作》

屋上春鸠②鸣，村边杏花白。
持斧伐远扬，荷锄觇泉脉③。
归燕识故巢，旧人看新历④。
临觞忽不御，惆怅远行客⑤。

【注释】①春中：即"春仲"，农历二月。②春鸠：即斑鸠、山鸠等鸟。③伐：砍伐。远扬：长得远而扬起的（蚕桑）枝条。荷锄：扛着锄头。觇（chān）：察看。泉脉：地下伏流的泉水，类似人体脉络，故称。④旧人：指屋主人，相对于"归燕"而言。看新历：为知节气，以便耕种。新历，指新年历书。⑤临觞：犹言面对着酒。觞，酒杯，这里借指酒。御：进用，指饮酒。"惆怅"句：言诗人触景生情，由春燕回归而想到仍远行在外之人尚不得返乡以分享眼前的春景，于是颇有伤感。惆怅，伤感，愁闷。

【疏解】《唐诗镜》认为此诗有"野趣"，确实。你看，斑鸠飞回来了，正在屋顶上欢鸣，村边的杏花，也争开得雪白一片。这仲春的时光，已经闹了、浓了。然后诗人由物及事，写农人斧伐长长的桑枝，察看地泉的通路。这伐桑觇泉，表明蚕事已经开始，而春耕即将开启。接着，诗人又写燕子归来，飞上屋梁，在旧巢边呢喃而语。这春意似乎已经很浓很深了。而故燕归巢，又似乎是一个安和顺遂的征候。由此激起屋主人的兴趣，于是兴奋地打开新置的历书，看看这一天究竟是何种佳日。就这样，春天的意趣和热闹的景象，逐一被打开，而春天的喜气便扑面而来。不过，诗作的结尾却陡增古意，给这眼前浓郁的春情再增别样的意韵。诗人忽然写"临觞不御""惆怅远客"，颇为感伤缠绵，诗调似乎一下子低沉起来。不过想想即能明白，这不过是诗人触景生情之故。眼前这美妙的春光，若能与所有有情人分享，又该是何等美妙的时刻啊！这种带着和美与共的和合之念，尽管带着那么一丝感伤，但思想的底色是健康积极的。难道不正是这眼前的春天闹出的？

王维《早春行》①

紫梅发初遍，黄鸟歌犹涩。②

谁家折杨女，弄春如不及③。

爱水看妆坐④，羞人映花立。

香畏风吹散，衣愁露沾湿⑤。

玉闺青门里，日落香车入⑥。

游衍益相思⑦，含啼向彩帷。

忆君长入梦，归晚更生疑。⑧

不及红檐燕，双栖绿草时⑨。

【注释】①题解：此为诗人所作闺怨诗。②"紫梅"二句：以紫梅初开并黄鸟歌声尚不流利，起兴，以暗喻女子刚及成年、初通人情。发，（花）开放。黄鸟，即黄莺（俗呼黄离留），叫声婉转流利。涩，指声音不圆润。③弄春：游赏春景。不及：谓迫不及待。④"爱水"句：指爱对着水自照而坐于水边，看自己的装扮。"羞人"句：谓害羞而立于花丛以花自遮。映，遮蔽。⑤畏、愁：写女子护卫与警惕的隐微内心。⑥玉闺：闺房美称。青门：原指汉代长安城东霸城门（门涂青色），泛指京城城门。香车：香木车，这里指女子所乘华美之车。⑦"游衍"句：言本想游乐以驱离愁，不承想更增添相思之苦。游衍，游乐。啼：犹含悲。彩帷：彩色帐子。⑧"忆君"二句：言常在梦中见到夫君，归来过晚，梦魂颠倒，更疑心见到他。⑨不及：不如。双栖：雌雄飞禽栖止一处。

【疏解】《早春行》是诗人早年创作的一首闺怨诗。描写一位贵族少妇为摆脱相思之苦，白日游春、婉转于风花之中的既娇且惕的情形，但晚间独守空房的现实又让她难抑不可阻遏的相思。而尽情的游乐，尤其是想到日里所见红檐燕在新铺绿草的巢里卿卿我我，更增添了夜晚无尽的思念与苦痛。尽管如此，从诗作所述的情形看，早春青涩的春光（紫梅刚刚开遍，黄莺的歌声有点涩涩）已经有不少可人的地方了；而少妇的出游，无疑也是一幅占尽风情的美丽画卷，其"爱羞畏愁"的情态更是让人久久难忘。于是青春之美，自然与人的相互映发，都使得这个春天散发出迷人的光彩。

至于诗中少妇的相思和哀愁，其实还只是其初涉人世而并未尝尽人生真实滋味的表征。但少妇为驱遣相思而迫不及待地出游，以及其回家相思愁苦之深所体现出的用情之深，都像这个春天一样，萌于天然，出于真诚，显现于热烈，尽管还有些青涩，但到底都是青春的色彩和光亮，一样迷人，一样让人感慨和钦佩。

李白《嘲鲁儒》

鲁叟谈五经，白发死章句①。
问以经济策②，茫如坠烟雾。
足著远游履，首戴方山巾③。
缓步从直道，未行先起尘。④
秦家丞相府，不重褒衣人⑤。
君非叔孙通⑥，与我本殊伦。
时事且未达，归耕汶水滨⑦。

【注释】①"白发"句：言鲁地儒生过分地辨析章句，最后多老死于此。章句，不重词义解释，而侧重辨析章节句读，为汉代儒者治经通用方法。②经济策：经世济民之策。③方山巾：方山冠，取意"己心均平"。④"缓步"两句：言其步伐僵化迂阔，宽衣大袖招惹风尘。此乃刻画鲁儒丑态。⑤秦家丞相：指李斯，大儒荀子的学生，禁儒倡法。褒衣：褒大之衣，即前注所言儒生所著"宽衣大袖"者。⑥叔孙通：老儒生，颇知变通，西汉初曾协助刘邦制定朝仪。⑦汶水滨：指鲁儒的故乡。汶水，今山东大汶河。

【疏解】这首讽刺诗系诗人开元末游东鲁时所作。诗中描述了腐儒们死读经书、不懂治国的情形，并惟妙惟肖地刻画了他们行动迂阔、装腔作势的滑稽情状。诗作一开始就说腐儒死钻章句、不知变通，点出他们因目光短浅、缺乏灵活而没有经邦济世之用。可谓见识深刻。三、四联从穿戴、举止等方面集中刻画了儒生们的泥古不化、僵硬迂阔的丑态。五联横亘，以"变通之儒"（李斯）拒斥"迂腐之儒"。"不重褒衣"，可谓掷地有声。结尾两联说，"你们不是通儒叔孙通，和我本来就不是同类人；你们如此不识时务，还是回老家去种地吧"，是劝告中含着讥讽了。这首诗也从一个侧面显现了李白希望读书以变通、进而达于时用的用世观。当然，从中亦可窥见大诗人直率豁达的为人和性格。

李白《古风·十九》①

西上莲花山，迢迢见明星②。
素手把芙蓉，虚步蹑太清③。
霓裳曳广带，飘拂升天行。
邀我登云台，高揖卫叔卿④。
恍恍与之去，驾鸿凌紫冥⑤。
俯视洛阳川，茫茫走胡兵⑥。
流血涂野草，豺狼⑦尽冠缨。

【注释】①题解：本诗是诗人用《离骚》"远游—反顾"体（或谓"游仙"体）所写的一首五言古体诗。清人王琦说，"此诗大抵是洛阳破没之后所作"。学者葛晓音也说："社会的动乱惊破了诗人幻想超脱现实的美梦，使他猛然从神仙幻境折回，转而面对战乱的惨象。……诗中李白正视和关切现实，忧国忧民的心情，是十分明显的。"②莲花山：华山北上有莲花峰，故名。迢迢：遥远的样子。明星：华山女仙"明星玉女"。以下四句写玉女升天情形。③芙蓉：莲花。"虚步"句：描述女仙凌空行走。④云台：峰名，在华山东北，四面陡绝，岿然独秀。卫叔卿：华山仙人，曾与汉武帝会面，失望，转身飘逝。⑤恍恍：形容心神不宁。凌：乘，驾驭。紫冥：空中紫烟。⑥胡兵：指安禄山之兵。⑦豺狼：安禄山所用之逆臣。

【疏解】李白本来怀揣理想，又受到朝廷召见，曾经狂喜不已。但三年的翰林近侍生活，又使他清醒地意识到"使寰区大定，海县清一"（《代寿山答孟少府移文书》），只是一个春秋大梦，所以主动要求辞京。自天宝三载（744）被"赐金放还"，李白的生活并不顺意，而思想更是矛盾重重。尽管漫游各地精神上获得不少的解脱和慰藉，但"济苍生""安黎元"的念头仍时时萦于心间。玄宗天宝十四载（755）冬，安禄山发动叛乱，帝国大厦倾危，天下震动。李白亦受到震动。叛军的猖獗、国家的丧乱，更使他倍感忧虑、痛苦和愤怒。此诗作于肃宗至德元年（756）春，正月安禄山洛阳僭号称帝以后，诗人采用屈原《离骚》的"远游—反顾"式，反映了他身在山林而心系国家、不能忘怀现实的矛盾思想，表现了他强烈的忧患意识和鲜明的政治态度。

李白《秋登宣城谢朓北楼》①

江城如画里②，山晚望晴空③。
两水夹明镜，双桥落彩虹④。
人烟寒橘柚，秋色老梧桐⑤。
谁念北楼上，临风怀谢公⑥。

【注释】①谢朓北楼：即谢朓楼，又名谢公楼，唐代改名叠嶂楼，为南朝齐代诗人谢朓任宣城太守时所建，故址在陵阳山顶。谢朓，是李白最敬重的前贤之一。陵阳山，《江南通志》说："在宣城城南，冈峦盘曲、三峰秀拔，为一郡之镇，系宣城的登览胜地。"②"江城"句：开门见山，为一篇之要。"如画里"统摄全篇。③"山晚"句：由山上俯视江城，点明诗作的视角及时间。"望"字，领起以下四句。④两水：《宣城郡图经》上说："有宛溪、句溪两水，绕郡城合流。"双桥：指横跨溪流上下的两座桥，上桥曰凤凰，在城东南门外，下桥曰济川，在城东门外。两桥在烟光作用下，如彩虹落架。⑤"人烟"句：谓秋色已深，梧桐叶更显黄老，而人烟和橘柚等都裹着一层苍寒。写山光的寒凉寂冷，为诗末感怀张本。⑥"谁念"二句：抒发他人不解诗人怀念前贤谢朓的深情。临风，迎对秋风。

【疏解】本诗描绘了诗人深秋登上谢朓楼所见宣城的山水之美，抒发了对前贤的怀念和前贤不被后世记怀的无奈之情。诗作前六句写景状物，登楼远眺，凸显宣城"如画"的"晚晴"风光：两条溪水如同明镜夹抱着江城，溪上的双桥又好像是天上落下来的彩虹。眼前之景使人着迷。再看，山光凝寒，秋色深老，炊烟寂冷，橘柚裹寒，而梧桐老叶更显黄老了。不禁让人感慨秋光又一年。而此时秋风阵阵，似乎更引人遥想。此情此景，诗人想到了前代的偶像谢公（谢朓）。数百年过去了，后世的人们已经将在此镇守的大贤忘却。只有诗人想到。这是横亘于诗人心中何等的荒凉、寂寞和无奈啊。《唐诗直解》评说"'寒''老'二字孤清"，可谓读得深透；《闻鹤轩初盛唐近体读本》又引方霞城的话说"中四写景如画，正从起句生情"，也确实看出了李白作诗的用心。

杜甫《寄韩谏议注》①

今我不乐思岳阳，身欲奋飞病在床。
美人娟娟隔秋水，濯足洞庭望八荒。②
鸿飞冥冥日月白，青枫叶赤天雨霜。③
玉京群帝集北斗，或骑麒麟翳凤凰。④
芙蓉旌旗烟雾落，影动倒景摇潇湘。⑤
星宫之君醉琼浆，羽人稀少不在旁。⑥
似闻昨者赤松子，恐是汉代韩张良。⑦
昔随刘氏定长安，帷幄未改神惨伤。⑧
国家成败吾岂敢，色难腥腐餐枫香。⑨
周南留滞古所惜，南极老人应寿昌。⑩
美人胡为隔秋水，焉得置之贡玉堂。⑪

【注释】①题解：韩谏议注，名韩注，《杜臆》称是楚人，岳阳其家也；谏议是其官职。②美人：所思慕之人，此指韩注。娟娟：姿态美好。濯足：洗脚，喻除世尘、保高洁。③鸿飞冥冥：指高远遁世。雨：音yù，动词。④"玉京"两句：指诸神盛集天宫（实指群臣集于朝廷）。麒麟、凤凰，用来描述骑从仪卫之盛。

⑤"芙蓉"两句：写潇湘之野，日月之上，仙界烟雾缭绕、倒影幢幢之景。⑥羽人稀少：言韩注离职远去。羽人，神话中飞仙，指韩注。此句启下。⑦赤松子：仙人，神龙时雨师。道教传说张良终了随赤松子仙去。韩张良：张良，西汉刘邦智囊，运筹帷幄，决胜千里，道教多称之，其先韩国人。⑧"昔随"二句：借张良辅佐刘邦定都建国之事，言韩注有功于朝廷，但人事已非，不由人不黯然神伤。⑨"国家"二句：国家成败岂敢面对，但同流合污做不到。吾，指韩注。色难腥腐，言面有难色，不愿追逐污浊之利。腥腐，典出《庄子·秋水》，系鹓鶵（yuānchú）不愿与鸱鸮（chīxiāo）所争抢的腥臭腐败之鼠。枫香：《尔雅注》言枫似白杨，"有脂而香"。道家以它和药服食。⑩周南：今洛阳，典出《史记·太史公自序》"滞周南不得与从事"，后以称滞留某地而毫无建树。南极老人：老人星，见则治平，主寿昌；这里指韩注。⑪玉堂：西汉未央宫，指朝廷。末二句望韩注再出匡君济世。

【疏解】此诗作于代宗大历元年（766），诗人思念韩谏议，对其遭遇表示惋惜，希望朝廷能够重用他。前六句直言思念之意。岳阳、洞庭，点明韩公遁世隐居之所在；叶赤、天霜，则表明深秋的时令。次六句，写神仙盛会（实指朝廷盛筵）的盛况，车骑仪卫，旌旗云霞，群仙毕集，纵情畅饮。只是独独缺了韩公，令人颇感惋惜与不足。接下来六句，说明韩公去官归隐的原因。诗人将其与仙人赤松子、汉代功臣张良相比，言其为国之心犹在，但因厌弃浊世而选择了遁世。最后四句，言韩公有治国之谋而未能被用，诗人希望他能回到朝廷来佐君济世，使人们能见到标志着寿昌的老人星重现于天空，从而使历史、现实和人生都不留遗憾。当然，这篇为隐者而歌的诗作，也寄托了老境艰难的诗人执着不舍的人生理想和政治情怀。需要指出的是，本诗取事、叙述采用了不少神仙语言，在杜甫的诗中虽不多见，却使诗歌打上了曲折朦胧的意境之美。

杜甫《新安吏》①

客行新安道，喧呼闻点兵②。

借问新安吏："县小更无丁③？"

"府帖昨夜下，次选中男行④。"

"中男绝短小，何以守王城⑤？"

肥男有母送，瘦男独伶俜⑥。

白水暮东流，青山犹哭声。

"莫自使眼枯，收汝泪纵横⑦。

眼枯即见骨，天地终无情⑧！

我军取相州，日夕望其平⑨。

岂意贼难料，归军星散营⑩。

就粮近故垒，练卒依旧京⑪。

掘壕不到水⑫，牧马役亦轻。

况乃王师顺，抚养甚分明⑬。

送行勿泣血，仆射如父兄⑭。"

【注释】①题解：本诗乃乾元二年（759）诗人自东都洛阳回华州，经历道途所见，系有感而作。②客：杜甫自指。新安：地名，今河南新安。喧呼：喧闹呼叫，言声音嘈杂。点兵：征调丁壮，准备出征。③借问：询问。更无丁：言岂无余丁可征。更，"岂"，难道。丁，能担任赋役的成年男子。④府帖：即军帖，唐代实行府兵制，故称。次选：依此挑选出。中男：指未成丁男子。《新唐书卷五一·食货志一》："天宝三载，更民十八以上为中男，二十三以上成丁。"⑤短小：指身材矮小。王城：即周之王城，为唐之河南府，府治洛阳县。⑥伶俜（língpīng）：孤单。以上，《杜臆》："'短小'是不成丁者，盖长大者早已点行而阵亡矣。又就'短小'中，分出肥、瘦、有母、无母、有送、无送。此必真景，而描写到此，何等细心！"⑦眼枯：谓泪水流尽。收：收束，控制。纵横：形容数量多。⑧"天地"句：实指朝廷无情。⑨相州：即邺城，州治在今河南安阳。平：收复平定。⑩岂意：怎么想到。归军：指朝廷败兵。星散营：

散乱扎营。当时九节度汇兵围邺日久，军无统帅（朝廷故意不设置），又缺食乏粮。史思明自魏城来救，战于安阳，官军溃退，郭子仪拆断河阳桥，才保住东京。⑪就粮：移兵到粮多的地方以取得给养。故垒：原先的营垒。当时郭子仪尚有军粮六七万石。旧京：指东都洛阳。⑫壕：城下之池。不到水：指掘壕很浅，言活儿轻。⑬况乃：何况，而且。王师：国家军队。顺：指顺天之理，意谓代表正义。抚养：指对部下爱护体恤。泣血：泪尽血出，形容极度悲伤。仆射：丞相，指郭子仪。时子仪因滀（yù）水之败，从司徒降为右仆射。如父兄：指极爱士卒。

【疏解】肃宗乾元元年（758）冬，郭子仪收复两京，旋即和李光弼等九节度使乘胜进击，包围邺城安庆绪叛军。然朝廷猜忌，不设统帅，致使诸军散乱，又兼粮食不足，士气低落。次年春，叛军史思明援至，唐军大败。各节度使逃归各镇。郭子仪退保洛阳，拆断河阳桥，才阻断叛军南下。邺战后官军散亡，亟待补充，于是朝廷下令征兵。而此时杜甫恰从洛阳回华州，路过新安见征兵，遂写下此作。此诗与《石壕吏》《潼关吏》统称"三吏"，为杜甫现实主义名篇。全诗分两部分：前十二句写军队抓丁和骨肉分离的场景，揭示动乱和军战给人民带来的痛苦。在悲惨的叙事之外，诗人以"白水暮东流，青山犹哭声"，强化了眼前人间悲剧的惨烈程度。后十六句，诗人转换角度，不再以"情"渲染，而是以"理"开导。对处于骨肉分离惨剧中的百姓予以劝慰，反映了诗人对百姓的同情和体察之深，也反映了诗人对统治者尽快平叛、实现王朝中兴仍然抱有很高的期望。

李贺《野歌》

鸦翎羽箭山桑弓，仰天射落衔芦鸿。①
麻衣黑肥冲北风，带酒日晚歌田中②。
男儿屈穷心不穷，枯荣不等嗔天公③。
寒风又变为春柳，条条看即烟蒙蒙④。

【注释】①首二句：以良弓良箭射猎而中，言装备精良而射技精湛。鸦翎羽箭，用乌鸦羽毛制作的箭支。衔芦鸿：传说大雁衔芦棒以防猎人矰缴的伤害。②麻衣：唐时举子衣装，或平民所穿服装，这里指诗人的清寒装扮。黑肥：衣上腻垢。田：同"畋"，打猎。前四句叙当日打猎事，后四句感发议论。③屈穷：谓身屈抑不伸。枯荣：草木盛衰，比喻人的得志和失意。不等：即不待，不用，不必。嗔：怒，不满。④条条：谓柳枯无叶之状。看即：眼看，随即。烟蒙蒙：谓春柳如烟。

【疏解】此诗前四句叙事，后四句议论抒怀，表达了诗人"屈穷心不穷"的高志，寄寓他对未来的热望。首联写猎射装备之精良，有良弓、良箭在手，又射技高超，即使再难射的衔芦鸿也会应声而落。不禁令人赞叹叫绝。但与首联相比照的是，颔联绘成另一番面貌：猎手穿着粗劣、肮脏、肥大的麻布衣，迎着凌厉的朔风，饮酒高歌，直至暮色四起，仍然射猎不辍。两幅场景，尖锐而不协调，这个技艺精湛、爱惜装备甚于生命的猎手，为何竟活得如此贫困？本来通过高超的射术就可以过上相对自在的生活，为何却要如此辛勤地奔波呢？关于这位"猎手"，读者肯定会有很多猜想，但猎手又会作何想呢？诗作后四句的议论抒怀，既揭示了原因，又将这位倔强猎手的精神世界做了揭示，一下子让人肃然起敬。不是吗？这后四句说，男儿虽身受屈压困窘，人生不得志，但心性并不沉沦。不必怒问天公何以有枯荣不公平的安排，你看，朔风终将过去，而春风一来，枯柳即会换成拂绿的新柳；而赤条条的枯枝，也会顿然变身如烟笼罩、摇曳多姿起来。

李贺《开愁歌》

秋风吹地百草干，华容碧影生晚寒①。

我当二十不得意，一心愁谢如枯兰②。

衣如飞鹑马如狗，临歧击剑生铜吼③。

旗亭下马解秋衣，请贳宜阳一壶酒④。

壶中唤天云不开，白昼万里闲凄迷⑤。

主人劝我养心骨，莫受俗物相填豗⑥。

【注释】①华容：华丽的姿容，形容花。碧影：指叶或树（木芙蓉之类）。②"我当"句：指李贺21岁应河南府试告捷，因父名不得参加进士试之事。愁谢：因愁绝而颓落。③衣如飞鹑：指衣衫褴褛。马如狗：言马瘦小。"临歧"句：处于歧路而击剑，含不甘消沉之意。生铜吼，谓剑鸣。④旗亭：酒楼。贳（shì）：赊。宜阳：即福昌县，诗人出生地，这里是其自称。⑤壶中：即醉中之意。"白昼"句：言浮云蔽塞，白昼凄迷。闲，阻隔。⑥主人：旗亭主人。心骨：心力。填恢（huī）：指俗物填塞心胸。

【疏解】本诗三韵（兰、酒、恢），可分三节。首节言诗人人生失意，愁心如枯兰，又加以寒凉秋色的渲染，让人不禁为诗人感到愁绝。而一句"我当二十不得意"，又含了多少人生的悲恨。诗人21岁应府试，初试告捷，却因乃父名讳遭人阻挠，由此人生进程被断，其悲愤抑郁就可想而知了。次节抒发诗人的痛苦、宣泄和买酒消愁的情状。而"衣如飞鹑马如狗"，衣衫破烂、坐骑瘦小如狗，则形象地描绘出诗人窘迫的生活境遇。第三节写酒醉之后情绪的低迷，以及店主的劝慰与宽解。"壶中唤天云不开，白昼万里闲凄迷"，系以大境写大愁，让人感受到李贺心中悲愁的苍凉和深沉。而主人的貌似劝慰，使诗作跌宕起伏，让愤懑悲苦的思想有了一个虚旷的回荡，显得更为深潜而含蓄。诗题名曰"开愁歌"，意谓开解愁闷之歌，但实际上仍然是悲愁的抒发。只是在诗人大开大合的宣泄里，我们看到了他豪放的笔力与苍凉的意绪，与一般悲愁的抒发颇为不同。这点，倒是与大诗人李白近似了。

孟郊《远游》

慈乌不远飞，孝子念先归。①
而我独何事，四时心有违。②
江海恋空积，波涛信来稀。③
长为路傍食，著尽家中衣。④
别剑不割物，离人难作威。⑤
远行少僮仆，驱使无是非。⑥
为性玩好尽，积愁心绪微。⑦

始知时节驶，夏日非长辉。⑧

【注释】①慈乌：乌鸦的一种，传此鸟能反哺其母，故称。不远飞：犹如人之"父母在，不远游"。念：心想着。先归：尽早回家。②何事：何故。四时：指一日的朝昼夕夜。有违：指违于人子对父母晨昏定省之礼节。③"江海"两句：谓不曾恋游于外，却因受阻而难见家信。江海，泛指四方各地。空积，极小数目，谓概率极低。波涛，言阻隔，或艰险处境。④"长为"二句：极写客身在外的衣食之难。长，通"常"，经常。路傍食，沿路乞食。家中衣，指父母所置备的衣服。⑤"别剑"句：言双剑一分开就失去了宝灵之性，甚至不如钝刀能割物。别剑，分开的双剑，指干将莫邪剑，后为张华、雷焕所分，最终二剑离开人类，化龙而去。诗人以此自谓。《晋书·张华传》："雷焕曰：'此剑……灵异之物，终当化去，不永为人服也。'"离人：离别家乡之人，亦诗人自比。作威：指发威动怒。《左传·襄公三十一年》："不闻作威以防怨。"⑥"远行"二句：言到处漂泊如同被人驱使，手下无人可差，是非也难以讲究。⑦"为性"二句：好玩的天性没了，长久的郁积让人余兴全无。为性，本性。玩好，玩赏与爱好。积愁，久愁。⑧始知：才知。时节驶：谓岁月流逝。"夏日"句：日光最盛之夏也并非可以久照，喻指一切美好（"父母之爱"）有难以尽享之憾。夏日，当指至亲之爱。长辉，久照。

【疏解】诗分四节，每四句为一节。首节言"四时心有违"的不能归家尽孝的遗憾。可谓先声夺人，令人慨叹。次节言在外受尽磨难之苦。这受阻于外无法回家的遭遇，在困苦之中越发让人感受到诗人对家对亲人的思念。其"著尽家中衣"，就是最无声的思念。第三节继续写在外的艰难遭遇。言人一旦离家，百无一用，甚至连发威动怒的性子也使不出来，笼罩脑海的，都是难以驱谴的怨恨伤悲。因为到处漂泊，如被人驱使，早已丧失了是非与独立。末节说，仅存的一点兴趣爱好，都因长久的郁积而消失净尽，人生似乎失去了"主心骨"。这时候，才悟得，一旦离家，最炽烈的父母之爱就已经再难享受了；反而言之，失去了至亲之爱，则在一切磨难困苦之余，似乎再也找不到人生航船的航向。诗歌就这样，以深切的远游的体验，为父母之爱做了深沉的注脚。从而提醒每一个人子，要倍加珍惜在家的时日，懂得朝夕昼夜对父母行好晨昏定省的礼节，将孝爱做进每一个温馨的细节里。

白居易《慈乌夜啼》①

慈乌失其母，哑哑吐哀音②。
昼夜不飞去，经年守故林③。
夜夜夜半啼，闻者为沾襟④。
声中如告诉，未尽反哺心⑤。
百鸟岂无母，尔独哀怨深⑥。
应是母慈重，使尔悲不任⑦。
昔有吴起者，母殁丧不临⑧。
嗟哉斯徒辈，其心不如禽⑨。
慈乌复慈乌，鸟中之曾参⑩。

【注释】①题解：本诗于元和六年（811）作于下邽（在今陕西渭南市）。时作者为去世的母亲守丧，因感念而有此作。②哑哑：拟声，慈乌鸣声。③经年：一年或多年。④沾襟：浸湿衣襟，多指伤心落泪。⑤告诉：告知，对人说明。反哺：乌雏长成，衔食喂养其母。后喻报答亲恩。⑥哀怨：悲伤怨恨，指"未尽反哺心"。⑦母慈：母亲对幼子的爱。不任：不胜，不尽，表程度极深。⑧吴起：春秋卫国人，法家著名人物。曾经求学于曾子，其母死不归，曾子薄之，并与之断绝关系。殁：死。丧：指守丧期。不临：不到，不归。⑨嗟、哉：叹词。不如禽：指不如慈乌。⑩曾参：即曾子，字子舆，春秋鲁国人，孔子弟子，以孝著称，事母至孝。作《孝经》。

【疏解】此诗语言质朴，通俗如话，所叙之事，也关乎最为普通的人伦道德。在诗中，诗人以"慈乌"这种有母慈子孝美德之称的小鸟自喻，寄托一份"舐犊情难报，未尽反哺心"的愧疚之心。诗作前八句，先叙慈乌失母悲痛的情状，表达母子情深和子乌无法报答亲恩的内疚。在此基础上，后十句重点感发议论，并运用典故，将吴起母死不归、曾参事母至孝做正反比照，以强化事亲尽孝的人伦之理。对诗人白居易来说，家庭情况与人颇有不同。其出生时，乃父44岁，母陈氏18岁。诗人23岁时，乃父66岁卒于官舍，而其母时年40岁。诗人29岁时进士及第，37岁时与杨氏结婚。40岁时，诗人任职翰林学士、京兆府户曹参军，前途看好；而时年57岁的乃母陈氏因受好友邀请，到对方园中赏花，却误踩废井坠摔而亡，令人唏嘘。诗人是大孝子，听闻母丧，连忙辞官回乡，想到无法报答母恩，悔痛不已，遂写下此篇。白居易之心，至今能闻。

白居易《望月有感》①

时难年荒世业空，弟兄羁旅各西东。
田园寥落干戈后，骨肉流离道路中。②
吊影分为千里雁，辞根散作九秋蓬③。
共看明月应垂泪，一夜乡心五处同④。

【注释】①题解：本诗约作于贞元十五年（799），原题为：自河南经乱，关内阻饥，兄弟离散，各在一处。因望月有感，聊书所怀，寄上浮梁大兄、於潜七兄、乌江十五兄，兼示符离及下邽弟妹。题中河南，指唐时河南道，辖今豫及苏鲁皖部分地区。关内，指关内道，辖今陕及甘宁内蒙部分地区。②首联、颔联：德宗建中三年（782）十月，李希烈叛。四年正月，陷汝州，东都震恐。同年十月，长安泾原兵变，德宗奔奉天，泾原兵拥朱泚为帝。十二月，李希烈攻陷汴州。兴元元年（784）秋，关中大饥，民蒸蝗虫而食之。……居易全家约于建中三年左右，自新郑避难迁符离，旋又往江南。此二联盖居易忆旧之辞。世业，祖传产业。寥落，荒芜零落。干戈，指战争。③吊影：独居无伴，对影自怜。千里雁：失散孤雁，喻兄弟相隔千里。辞根：离开根部，指兄弟分开。九秋蓬：秋时随风飘转的蓬草。④乡心：思亲恋乡之心。五处：指诗题中浮梁（今江西景德镇）、於潜（今浙江临安）、乌江（今安徽和县）、符离（今安徽宿州）和下邽（今陕西渭南）五处，诗人当时身在洛阳。

【疏解】德宗贞元十五年春来，宣武（今河南开封）、彰义（今河南汝南）节度使相继有叛乱发生，朝廷遣兵攻打，战事遂发生在河南境内。此即诗题所谓"河南经乱"。当时河南是漕运关纽，战乱遂使"关内阻饥（饥荒）"。于是无数田园荒芜，无数骨肉离散，人祸与天灾纷至沓来。原诗题较长，交代了与此相关的家族状况：所谓自战乱以来，祖传家业无存，故乡田园一片荒芜零落，兄弟姊妹天各一方。就诗旨而言，诗歌描写了社会动乱所致骨肉分离、田园荒芜的惨景，抒发了骨肉间无法分割的亲情和无法相聚的思念，以及乱世飘零的伤悲情绪。具体说来，首联交代了时代荒芜的背景和家庭成员分散的现状，颔联写战乱后的凄凉景象，但在语义上，则是对首联进行了必要的重复和意义的加深。颈联则着重强化了首联、颔联的后一句，着重描述了兄弟骨肉之间"千里雁""九秋蓬"式漂泊、流离的惨状。结末一联，在亲情思念和牵挂中，融情于事，抒发了对骨肉零落、人人凄惶不宁的伤感。

杜牧《长安秋望》

楼倚霜树外①，镜天无一毫②。
南山与秋色③，气势两相高④。

【注释】①"楼倚"一句：言楼以树林为背景。倚，靠近。霜树，已染霜的树林。②镜天：谓天空明净如镜。一毫：指一丝云彩。③南山：指终南山（秦岭主峰），高峻、雄峙，在长安南。秋色：谓秋霜、秋树，尤其指秋日（天空）。④气势：气概、气派。两相高：谓二者互争高下。秋色高爽，而南山高峻。潘德舆《养一斋诗话卷十》谓："杜牧之非徒以'绮罗铅粉'擅长者，史称其刚直有大节，余观其诗，亦伉爽有逸气，实出于李义山、温飞卿、许丁卯诸公上。"

【疏解】此诗写诗人登高楼俯瞰长安，眺望南山，仰观和感受秋高气爽，表现他明净开阔的襟怀和峻拔秀挺的人格。诗的首联写诗人登上高出周围霜树的高楼，眼界顿时开阔起来。仰望高爽的天空，居然无一丝阴翳云彩滞留，也无一丝纤尘沾染。这种高远澄澈之美，让诗人的心境也生发高远澄净之思。颔联写诗人南眺南山。诗作没有具体描述南山如何高峻，也没有显示所处渭河地带的长安的低势，只是说"南山与秋色"，后者是浑然整体的霜树、镜天，是清虚，是广大面积；而前者尽管占据一方，是立体的硬物，是比高楼高得多的高度的标杆。而从"气势两相高"可知，南山甚至是直插天空，与天伴的竖挺存在。由此可见南山坚毅不额的品格。再细细品来，尽管诗人说"两相高"，却有侧重所在，是以镜天来托衬南山，让时间凝固于此，让明净澄洁、高远寥廓有一根永固不坏的楔钉。诗人所欲精心托出的南山，尽管刻意预留空间不予笔墨描述，但从"两相高"里，读者仍然能够感受到它峻拔向上的强劲冲势及其精神和性格。这毋宁说就是诗人自身清刚道健的骨格的写照。不是吗？

李商隐《安定城楼》^①

迢递高城百尺楼^②，绿杨枝外尽汀洲。
贾生年少虚垂涕，王粲春来更远游^③。
永忆江湖归白发，欲回天地入扁舟^④。
不知腐鼠成滋味，猜意鹓雏竟未休^⑤。

【注释】①题解：本诗作于开成三年（838）。这年诗人应博学宏词试，遭人作梗，旋赴安定郡（治所今甘肃泾川北），登楼发感。②迢递：高远的样子。③"贾生"两句：作者以贾生、王粲自比。贾生，即贾谊，少有才名，文帝时任博士，迁太中大夫，一时律令国策均出其手，旋即受权臣排挤，抑郁而亡。虚，徒然。垂涕，谓忧愤国事，痛彻流泪。王粲，东汉末建安七子之一，时局动乱，依附刘表，仍不得志，作《登楼赋》以寄慨。④"永忆"二句：暗用春秋时代越国范蠡功成身退、泛舟五湖事，反言功业未就不能罢手。永忆，长想，总想着。⑤"不知"二句：引《庄子·秋水》"鸱得腐鼠"排摈过境鹓鶵事，自谓有鹓鶵的高远志向，博宏试不过一具腐鼠罢了。

【疏解】文宗开成三年（838），诗人考中进士后，任泾源节度使李党王茂元幕僚，并娶其女为妻。但他曾得到牛党令狐楚父子的帮助，由此陷入党争。进士及第后参加吏部博学宏词科考试时，诗人便受到朋党排斥，不幸落选，失意再回泾源。安定城，是泾源治所。诗人登高远眺，纵目朝政混乱，有理想才干者无从施展，不禁忧时伤世、自悼不遇；当然，诗人鄙视群小，胸怀坚定，又体现了受挫中的年轻人的高远志向。此诗首联写登楼即景。登上高耸的城楼，远处绿杨尽处的洲渚尽收眼底。登楼望远，气象万千。即景生情，无穷感慨由此生发。颔联想到为国痛哭落泪、抑郁不得志的天才贾谊和避乱荆州依附刘表的才子王粲，表达了怀才不遇的处境和心情。颈联转折，以春秋范蠡功退五湖的淡泊之心，欲回天地以建不世之功，表达了强烈的政治抱负。在低徊中激昂奋进，这是诗人的倔强个性。尾联又借庄子寓言表达敝履功名、不愿与腐浊之辈相争的坦然。其睥睨恶浊、决不妥协，其胸次之光明磊落，顿然闪亮生辉。

李商隐《无题》①

昨夜星辰昨夜风②，画楼西畔桂堂东③。
身无彩凤双飞翼，心有灵犀一点通。④
隔座送钩春酒暖，分曹射覆蜡灯红。⑤
嗟余听鼓应官去，走马兰台类转蓬。⑥

【注释】①题解：本诗写诗人对昨夜相遇、旋即成间隔的心仪者的期盼与遗憾之念。②"昨夜"句：用《尚书·洪范》"星有好风"典，暗示有好会。③"画楼"句：言约会地点。画楼（彩绘楼宇）、桂堂（桂木厅堂），皆精美所在，暗示所心仪者不俗。④"身无"两句：言可望而不可即之意。两句当倒解，谓心有灵通而有身不能靠近之憾，又恨无物（"凤翼"或"飞翼"）以襄助。灵犀，犀角髓质有白线贯通，借喻相爱双方心感与暗通。⑤"隔座"二句：写喧熙灯红、酒酣人热的宴会之欢。送钩，类似今日"击鼓传花"游戏。射覆，将物放在盖下让人猜。此两者均为酒席间猜谜游戏。分曹，分组。⑥"嗟余"二句：抒发身不由己之叹。一夜转瞬即逝，而今天明，听鼓应官，将与心仪的人彻底分开，让诗人崩溃，故有人生转蓬之感。嗟，叹词。听鼓应官，谓天明听到鼓响，即须赴官府上班。走马，打马快跑。兰台，秘书省。当时作者任秘书省校书郎。类，似。转蓬，如蓬草飞转。

【疏解】此诗表达诗人与意中人宴前幽会、席间相戏而旋即分开的温馨与惆怅。首联交代时间和地点，勾画了一个美好的春夜：星辰在上，微风相随，画楼西畔、桂堂东边，是静谧的幽会。所谓与佳人相会，令人想象和追忆。颔联回到现境宴会上，尽管受制于礼制，不能自由说话，也没有彩鸟可以传情，但彼此的心灵是相通的。这是表达对昨夜情缘的信心。颈联是对颔联的诠释，说酒宴上送钩、射覆等游戏，两人都心有默会，充满了暖意和倾慕之情。尾联写宴罢分离的惆怅。灯红酒暖，隔座送钩，分曹射覆，氛围温馨而热烈；不知不觉，晨鼓已响，应差时间又到，席终人散，人去楼空，令人无限慨叹。诗人再回视自己，不正像飘转不定的蓬草，又得匆匆赶去兰台（秘书省）上班，开始一段孤寂无聊的校书生活吗？于是惆怅、痛苦以及追忆，皆溢于言表。至于此诗的创作契机，清人赵臣瑗《山满楼唐诗七律笺注》认为，"此义山在茂元家，窃窥其闺人而为之"，而冯浩《玉溪生诗集笺注》也认为"因窥见后房姬妾而作"，却于无形中销减了诗歌的美感，增加了不少庸俗和暧昧的成分。

李益《喜见外弟又言别》①

十年离乱后，长大一相逢②。
问姓惊初见，称名忆旧容③。
别来沧海事，语罢暮天钟④。
明日巴陵道，秋山又几重⑤。

【注释】①题解：本诗写诗人与表弟久别重逢后又匆匆话别，表达人生聚散无常之感。外弟：表弟。言别：话别。②"长大"句：谓二人分手于幼年，故颔联"惊初见""忆旧容"云云。③惊初见：写重逢意外。问姓、称名：属互文见义。④别来：（幼年）分别以来。沧海事：即"沧海桑田"事，喻世事巨大变化。此言十年离乱，人世变化之大。"语罢"句：言十年阔别重逢，二人叙谈时间之长。语罢，说完。暮天钟：黄昏时分，寺院钟鸣震响。⑤"明日"两句：写"言别"。拟想次日登程远去之图，暗含别情。巴陵，即岳州，治所在今湖南岳阳市，即诗中外弟将去之地。

【疏解】此诗写诗人同表弟在乱离中意外相遇而又匆匆话别的情形。二人分手的时候还是年幼的孩子，离乱十年后再度重逢，都已经长大成人。问姓问名惊喜之余，才知道这是成人之后首度见面。这一分别是山海挪移、世事巨变啊。这十年间有多少事曾经发生，所以久别重逢，要谈的话题实在太多太多，直至暮钟响起才暂停说话。

前六句是写"喜相见"。诗人与表弟相见而深聊，见出亲情与友情之深。后二句是写"言别"，明日表弟就要前去巴陵郡，值此悲秋时节，远山重重，道途何其曲折艰难，人生几何，未来几何？再度相会还有时日吗？其实并未到道别的时候，是预先想象表弟登程远去的情形，表达出诗人的关心、不舍、担忧和无限惆怅之情。由此可见，相见之"喜"旋即被分别的莫名之"悲"所替代，反映了社会动乱给民众所带来的焦虑、痛苦和无奈。

司空曙《喜外弟卢纶见宿》①

静夜四无邻，荒居旧业贫②。

雨中黄叶树，灯下白头人③。

以我独沉久，愧君相见频④。

平生自有分，况是蔡家亲⑤。

【注释】①题解：本篇是诗人为表弟卢纶投宿而作。卢纶，与作者同属"大历十才子"。见宿，投宿我处。②四无邻：指居住地偏僻。荒居：荒僻的住处。旧业贫：园宅荒旧，极言贫困。③黄叶树：指秋日雨中叶已枯黄之树。写自然的秋况。白头人：指主客双方均为年暮发白之人。写人生之晚景。④以：因。独沉：独自沉沦。指作者由左拾遗贬为长林丞之事。"愧君"句：言卢纶多次相访，劳顿辛苦，作者深为愧疚。⑤分：缘分，情分。作者与卢纶系多年唱和的诗友，故言情分。蔡家亲：指姑舅表亲。这里用了羊祜让爵的典故（西晋羊祜，传为蔡邕外孙，用自己伐吴功劳，请求转赐舅子蔡袭）。

【疏解】首联写诗人境遇。年老独居，荒野无邻，生活困顿。颔联写景兼白描，写出诗人颓败潦倒的情态。落叶秋黄，雨中湿冷凋零，写出了老树生命中的苍老难奈之态。透过它，可知屋内灯下的"白头人"惨淡潦倒的颓势。以上两联，让人读来颇有低沉悲切之慨。后两联转折，凸显表弟的到来所给人的"喜"色。颈联表达对表弟频频来访的感激。诗人写自己遭贬沉沦，居然还有亲人来探视，这种与名利无关的亲情的慰藉，自然让人激动欣喜了。而"独沉久"三字，既揭示了诗人困顿之因，又暗含了诗人对于亲族的一丝愧疚。尾联再申亲密关系和真挚情谊，表达诗人对表弟情分的珍惜。从中，自然也可以看出诗人生活境遇的悲凉。《唐才子传》卷四说，司空曙"磊落有奇才"，但因为"性耿介，不干权要"，所以落得宦途坎坷，家境清寒。这首诗可谓诗人境遇的写实。

苏轼《和晁同年九日见寄》①

仰看鸢鹊刺天飞②，富贵功名老不思。
病马已无千里志③，骚人长负一秋悲。
古来重九④皆如此，别后西湖付与谁。
遣子穷愁天有意，吴中山水要清诗。⑤

【注释】①题解：晁同年，指晁端彦，字美叔，嘉祐二年（1057）和苏轼同榜进士，故称同年。二人早年由欧阳修撮合交往，多有诗文赠答、书信往来。《苏轼诗集合注·怀西湖寄晁美叔同年施注》说："熙宁七年（1074）五月，美叔提点两浙刑狱，置司杭州。东坡在扬州，美叔以发运赴阙，有诗送行。"《续通鉴长编》又说："熙宁九年五月，美叔冲替（指贬降官职），待鞫于润州，因违法赴杭州同天节妓乐燕会也。"熙宁十年正月，晁端彦坐事被"追两官"。此时苏轼知徐州，寄诗以勉。②鸢鹊：原喻贤臣，此指群小。刺天飞：喻群小竞进冲夺，攫取高位。源自韩愈《祭柳子厚文》"群飞刺天"句。③病马：杜甫有《病马》诗，描述一"老尽力"之马，既老且病，岁晚天寒，仍艰难卖力，让人感动伤心。此马有美叔亦有诗人的影子。千里志：谓远大志向。出自曹操《龟虽寿》"老骥伏枥，志在千里"。骚人：诗人，文人。④重九：即诗题"九日"，九月九日，重阳日，古有登高祈福、秋游赏菊及饮宴祈寿等俗。⑤"遣子"两句：乃慰勉晁美叔之语，脱胎于白居易《读李杜诗集》诗"天意君须会，人间要好诗"。

【疏解】晁端彦字美叔，文章书法享誉一时。他与苏轼同登进士第，同获当年主考官、文坛领袖欧阳修的赏识，并在欧公的牵线下与东坡结交。此后二人多有诗文赠答及书信往来。当然，他们政治主张相同，其仕途遭遇也较相似，在政治的患难中更是结下了深挚的情谊。熙宁十年正月，美叔待罪润州，此时知徐州的苏轼遂写下此诗以表达勉慰之情。诗作欲扬先抑，贬抑中显推重。前两联都在"贬损"这位老友。诗人说，美叔你抬头看看为功名为富贵那些冲天而飞占据天位的鸟儿们的热火劲儿，再看看你，人生过半居然富贵功名什么都不讲究。诗人又说，美叔你现在就是一匹老病的马儿，尽管还那么卖力地、艰难地前行，但岁月蹉跎已消磨了年轻时的高远志向，现在身上似乎永远都卸不掉长积于心的忧愤了。随后，诗人笔锋一转，说，你的不幸绝非是个人的不幸，是"古来重九皆如此"，千古文人士大夫们都经历这样的遭遇啊！重九这一天想高兴都高兴不起来。诗作后三句，笔调上扬，对于自己不幸的老友表达了钦慕和宽慰之情。诗人推崇美叔，说，你有特殊"天命"，是上天特意要让你不得志、让你忧愁苦闷，唯"穷而后工"，才能写出与山水永存的清新隽永的诗篇啊。

陆游《家园小酌》

旋作园庐指顾成①，柳阴已复著啼莺。
百年更把几杯酒，一月元无三日晴。②
鸥鹭向人殊耐久③，山林与世本无营。
小诗漫付儿曹诵，不用韩公说有声④。

【注释】①旋、指顾：皆谓时间短暂、迅速。②"百年"两句：谓阴雨虽连日不止，但新舍饮酒乐得从容，百年不过几杯酒的时间。③"鸥鹭"句：鸥鹭不排斥人，言人淡泊隐居，不以世事为怀。④漫：随意。儿曹：儿辈。"不用"句：意谓不用韩愈夸赞我有"能诗"的声名。援引韩愈《石鼎联句诗序》"有校书郎侯喜新有能诗声"。

【疏解】此诗作于乾道三年（1167）。在调任隆兴府通判因所谓"结交谏官、鼓唱是非，力说张浚用兵"而罢官，诗人赋闲在家已经两年。这种日子过得怎样呢？诗作说，园子里新盖了一所庐舍，时间也快速地来到了夏天，柳树已成荫，黄莺婉转"深树鸣"。但不凑巧的是，整月阴雨不断，不过在新舍饮酒谈天，再难耐的时光也好打发。你看，百年匆匆，也不过几杯酒下肚的时光嘛。再看，在这山林里，鸥鹭与人可以长时间对看，一点都不排斥。而隐居在这里，也就不再以世事为怀，倒也省心清净。有时候还写写小诗，随意交给孩子们诵读诵读，不用再请像韩愈这样的名家来点评然后再向文坛推出了。诗作写隐居山林建舍饮酒，静对山鸟，让子侄辈读诗诵诗，以驱遣阴雨和打发沉闷的时光，颇为悠闲自在。但透过这一层，仍然还是能感受到诗人投闲置散、隐然在家的不少无聊和难耐。

谢枋（bǐng）得《小孤山》①

人言此是海门关，海眼无涯骇众观②。
天地偶然留砥（dǐ）柱，江山有此障狂澜。③
坚如猛士敌场立，危似孤臣末世难。④
明日登峰须造极，渺观宇宙我心宽。⑤

【注释】①小孤山：位于安徽宿松县城东南65千米长江中的独立山峰，地势险要，系南宋军事要地。②海门关：江海的门户，显示水域凶险。"海眼"句：为小孤山营造异常环境。海眼，这里指江心旋涡。无涯，无边际。③"天地"两句：惊奇于小孤山的卓然挺立与阻涛之能。砥柱，原指黄河急流中的砥柱山，喻指岿然屹立的天地支柱。障，阻也。狂澜，巨浪，喻动荡不定的局势。④"坚如"两句：礼赞并忧虑于小孤山，显示诗人复杂的时局意识。敌场立，谓挺立于战场。危，危困。孤臣，指孤立无助之臣。末世难，谓末世难以独立支撑。⑤"明日"两句：谓诗人领受小孤山的精神并试图光大之，又表达壮浪无畏、勇往直前的雄心。造极，到达顶点。渺观，犹如小视。心宽，谓不再忧闷。

【疏解】诗人谢枋得，与文天祥同时代，为人自奋激烈。兵败后隐于闽，元征聘不就，强制带往大都，绝食而亡。为诗纯从精神至性中流出，有寄托，个性突出。本诗系诗人64岁时从建宁出发，北去大都途中，经江西湖口小孤山而作。诗作前两联，加上听闻，将小孤山做了精彩的描述。以江写山衬山，以长江大漩涡这江水环境的险恶让人惊骇来凸显这座江心山卡的重要位势。又以此山的独特造型，赋予中流砥柱、

力挽狂澜的象征意义。读此四句，可感受到诗人雄健的笔力和雄壮的心魄。后两联是
议论抒情。在诗人的眼里，小孤山成了挺立战场上的坚强战士，又像是艰难危困中孤
立无援的赤胆忠臣。很显然，诗人已经感受到了眼前这伟大的江山给人的精神力量。
于是诗人也从过去的悲观失望中找回了自信，并对未来充满必胜的信念。当然，诗人
也希望通过观登小孤山来激励和坚定天下所有抗敌人的意志，期待人人挺身而出、勇
毅为国。

鲁迅《自题小像》①

灵台无计逃神矢②，风雨如磐暗故园③。
寄意寒星荃不察④，我以我血荐轩辕⑤。

【注释】①题解：本诗作于 1903 年。②"灵台"句：言作者无法摆脱革命影响。
灵台，指心。神矢，神话爱神丘比特所持之金箭，一旦射入人心，即会促进爱情婚姻。
③风雨如磐：喻深重灾难。磐：厚重扁石。故园：指当时的中国。④寄意：寄托心意。
寒星：指流星，喻贤人。荃：香草，《离骚》喻君，这里指民众。⑤荐：献。轩辕：
黄帝称轩辕氏，这里指代祖国。

【疏解】此诗写于 1903 年前后，是诗人激于时代道义而创作的一首杰作。当时
中国正处于民族危机空前严重、人民生活异常痛苦的时代。诗作首句，借用希腊神话
故事倾吐诗人炽烈的爱国情思。诗人说，"我"的内心无法摆脱被革命的神箭所射
中。这虽是被动的表述，却说明"拯救危亡"成了那个时代谁也无法躲避的主题。
次句描述灾难深重的中国，揭示诗人爱国的根源。风雨如磐，黑暗悲惨，灾难重重，
让人忧愤难遏。三句语义转折，流露出"众人皆醉我独醒"的先觉意识。诗人说，
将自己拯国救民的心意告诉祖国民众，希望能够理解，结果却不被理解，可见诗人
是多么苦闷与忧愁了。结末是诗意的再转折。诗人没有耽于民众的不觉悟而失落或
颓废，而是感觉到自己作为先觉者的行动比意识更为重要。"我以我血荐轩辕"，
是诗人对祖国、对人民甘愿献身的庄严誓言。这是一个伟大的献祭。它形象、生动、

直观，最能为人民所感受到。这一气贯长虹的诗句，激昂慷慨，字字斩截，将爱国的情感升到一个新的高度，让人读来热血沸腾、心魂激荡。

《诗经·邶风·静女》①

静女其姝，俟我于城隅②。爱而不见，搔首踟蹰③。
静女其娈，贻我彤管④。彤管有炜，说怿女美⑤。
自牧归荑，洵美且异⑥。匪女之为美⑦，美人之贻。

【注释】①题解：这是一首男女约会之诗。诗以男子口吻叙说。②静女：谓善女、淑女。静：通"靖"，善也。姝：美好。俟：等待。城隅：城角隐蔽处。③爱：通"薆"，隐藏。见：通"现"，现身。踟蹰：徘徊不定。④娈（luán）：美好的样子。贻：赠送。彤管：红色管状初生之草，所赠信物。⑤炜（wěi）：形容红亮。说怿（yuè yì）：喜欢。说，通"悦"。女：同"汝"，你，指彤管。⑥牧：郊外。归（kuì）：通"馈"，赠送。荑（tí）：初生白嫩的茅草。洵（xún）：确实。异：奇异。⑦匪：同"非"。女：同"汝"，指荑草。

【疏解】此诗写一次男子赴约幽会之事。诗中写道，男子心里念叨着姑娘的美丽，兴冲冲地去与她在一处城隅约会，结果发现姑娘好像躲藏起来没有现身，这让他急得抓耳挠腮。但等待的时间一长，年轻人有点扛不住，于是内心犹疑起来。是不是爱情出了问题？男子转念一想，还是要相信姑娘。他盘想着，这美丽的姑娘，就在前不久还主动送了他一根彤管儿。小伙子说，就喜爱你这彤管儿美丽的色彩。但姑娘依旧没出现，男子的内心又犹豫起来，而前时发生的事，还是坚定了他对姑娘的信念。他记得姑娘从郊外回来，送了一根荑草，很美很独特的信物。不是说这根草有多美，而是因为这是心仪的美人所赠送。到最后，姑娘都没有现身，等待是急人的，也确实很难耐；但难能可贵的是，男子选择了对爱情的"相信"。也许姑娘是被什么耽误而未到，却无形中检验了一次爱情的成色。但《毛诗序》所说的（"《静女》，刺时也。卫君无道，夫人无德"。）以及郑笺所释（"以君及夫人无道德，故陈静女遗我以彤管之法。德如是，可以易之，为人君之配"。），在今天看来，可能都老旧了。

《诗经·小雅·鼓钟》①

鼓钟将将，淮水汤汤②，忧心且伤。淑人君子，怀允不忘③。

鼓钟喈喈，淮水湝湝④，忧心且悲。淑人君子，其德不回⑤。

鼓钟伐鼛，淮有三洲，忧心且妯⑥。淑人君子，其德不犹⑦。

鼓钟钦钦，鼓瑟鼓琴，笙磬同音⑧。以雅以南，以龠不僭⑨。

【注释】①题解：此诗写在淮水上观周乐。诗作时间可能在周之末世。②鼓：敲击。将将（qiāng）：同"锵锵"，拟声词。汤汤（shāng）：水势奔腾浩大。③淑人：有德君子。怀：思念。允：诚，确实。④喈喈：和洽之声。湝湝（jiē）：水流之声。⑤回：曲也，邪也。⑥伐：敲击。鼛（gāo）：集号大鼓。三洲：安徽霍邱东北淮河边的三座小岛，传周王会诸侯，听奏乐。妯（chōu）：心动，忧恐。⑦犹：通"訧（yóu）"，过失，过错。⑧钦钦：拟声词。笙：竹制器乐。磬（qìng）：玉或石制器乐，用以止乐。同音：谓众音随磬而止。⑨以：为也，奏也。雅：乐器名，状如漆筒，用手拍打节乐的乐器。南：乐器名，形似铃。龠（yuè）：古乐器，似排箫。僭（jiàn）：差失，混乱。

【疏解】这是描写诗人在淮水三洲欣赏周乐，受到触动而忧伤，并遥想前代圣贤所创造的功德之事。聆听雅正的音乐、感受淮水的雄壮之音，华妙的音乐与自然的韵音交织在一起，场面恢宏壮阔，本应引发肃穆与庄严之感，却不承想竟触动了诗人忧伤的情思，甚至不能自已。忧思萦怀，让他怀念起前代的淑人君子们，又不禁让他的内心久久难以平静。全诗四章，每章五句。前三章格式基本一致，闻奏乐、听淮水、显忧伤、怀君子、表向慕。最后一章手法略变，写钟鼓齐鸣、琴瑟和奏、笙磬同音、雅南合拍、管龠合奏纯正演奏的场面，让人感受了两三千年前中国"交响乐"的气场和感染力。关于此诗主旨，《毛诗序》认为"刺幽王也"。毛传云："幽王用乐，不与德比，会诸侯于淮上，鼓其淫乐以示诸侯，贤者为之忧伤。"郑笺则释为："为之忧伤者，'嘉乐不野合，牺象不出门'（按语出《左传·定公十年》）。今乃于淮水之上作先王之乐，失礼尤甚。"而苏辙《诗集传》则同意毛传的说法，认为乐乃正声嘉乐，而幽王之德无以配之。

《诗经·小雅·棠棣》①

棠棣之华，鄂不韡韡②。凡今之人，莫如兄弟。

死丧之威，兄弟孔怀③。原隰裒矣，兄弟求矣④。

脊令在原⑤，兄弟急难。每有良朋，况也永叹⑥。

兄弟阋于墙，外御其务⑦。每有良朋，烝也无戎⑧。

丧乱⑨既平，既安且宁。虽有兄弟，不如友生⑩。

傧尔笾豆，饮酒之饫⑪。兄弟既具，和乐且孺⑫。

妻子好合⑬，如鼓琴瑟。兄弟既翕，和乐且湛⑭。

宜尔室家，乐尔妻帑⑮。是究是图，亶其然乎⑯。

【注释】①题解：这是一首宴会兄弟之诗。作者传为成王时周公，或厉王时召穆公。②棠棣（dì）：亦作常棣、唐棣，即郁李，花粉红色或白色，果实比李小。鄂：通"萼"，花萼。不：花蒂形。韡韡（wěi）：鲜明的样子。③威：畏也。孔：很。怀：思念，关心。④原隰（xí）：陵谷（山岭与深谷）。原，高平之地；隰，低湿之地。裒（póu）：或聚或减，引申为变化、变迁意。兄弟求：即"求于兄弟"。⑤脊令：水鸟名，即鹡鸰。水鸟本居水边，现在在原，喻有患难。⑥每：虽也。况：增加。永叹：长叹。⑦"兄弟"句：喻内部矛盾。阋（xì），争吵。外御：对外抵抗。务：通"侮"，欺负。⑧烝（zhēng）：众。戎：帮助。⑨丧乱：死丧祸乱。⑩友生：友人。⑪傧（bīn）：陈列。笾（biān）豆：古代祭祀燕飨时，用以盛枣栗类的竹器和盛菹醢（zūhǎi）类的木器。饫（yù）：饱足也。⑫既具：已经都来齐。具，通"俱"。孺：（骨肉）相亲。⑬好合：谓志意相合。⑭翕：合，和睦。湛（dān）：又作耽，尽欢。⑮宜尔室家：善处其家人。宜，善。尔，指兄弟。室家，指夫妇。乐：喜欢。帑（nú）：通"孥"，儿女。⑯究：深思。图：考虑。亶（dǎn）：确实。然：这样。

【疏解】这首歌唱兄弟亲情的诗作，共八章，每章四句，可分五层。首章为一层，兴比后议论，以丛簇而开的棠棣花比喻兄弟，"凡今之人，莫如兄弟"则直倡主题。二章至四章为二层，写兄弟丧乱时期显现真情。通过三个典型情境，即遭死丧、遇急难、御外侮等特殊而关键的时期，来显现兄弟之间接纳、相救和襄助之情，阐释了诗旨。又将"兄弟""良朋"做比照，以凸显兄弟之情。五章自成一层，写安宁时期，兄弟情不如友朋，令人遗憾和痛心。为下文写兄弟宴聚之乐张本。六、七章为四层，写举家宴饮，兄弟齐集，妻子好合，亲情和睦，琴瑟和谐，场面欢乐。尤其凸显因兄弟之间感情的增进而带来各个单元家庭内部夫妇之间、母子之间感情的融洽，以此显现兄弟和睦是家族和睦、家庭幸福的基础。这是明理，更带规劝之意。钱锺书先生在《管锥编》论及《常棣》中也指出："盖初民重'血族'之遗意也。就血胤论之，兄弟天伦也，夫妇则人伦耳；是以友于骨肉之亲当过于刑于室家之好。……观《小雅·常棣》，'兄弟'之先于'妻子'，较然可识。"

《诗经·郑风·子衿》①

青青子衿，悠悠我心②。纵我不往，子宁不嗣音③？
青青子佩④，悠悠我思。纵我不往，子宁不来？
挑兮达兮，在城阙兮⑤。一日不见，如三月兮。

【注释】①子：男子美称，这里指所思念之人。衿：亦作"襟"，衣领（古代衣领下交至前胸）。青衿，即"青领"，周代学子所穿的衣服。这里指所思念之物。②青：指黑颜色。悠悠：形容忧思不断。③宁（nìng）：岂，怎么。嗣音：寄传音讯。嗣，通"诒（yí）"，传给。④佩：佩玉，这里指佩玉的绶带，亦所思念之物。⑤挑、达：独自往来、徘徊。城阙：城门两边的望楼。

【疏解】此诗与《诗经·邶风·静女》相对，是描写一个女子思念和等候其心上人的情形。全诗三章。前两章自述怀人，写女主人公见到男子的青衿，睹物思人，念念不忘，相思萦怀，至于心生怨怅而责怪。嗔怪有情人何以不来赴约，恼怪于他何以不捎来信息。这种心理描写，两三千年后读来，仿佛就在当下。第三章写男子传来消息，相约在城楼见面。但早早到来的女子在城楼上等候，却是久等不至，于是盘桓，来回转悠，脚步一刻也停不下，似乎焦急难耐了。这种情态与动作，也与今人无异。她似乎颇不像《诗经·邶风·静女》一诗中同样处于恋爱中的男子那样，在焦躁中不乏冷静和理性。等待的时间一长，埋怨自然少不了，而思念则像春草般疯狂地生长，于是乎觉得"一日不见，如三月兮"！日以月计，又可见她的爱恋之深和所达到的无法自拔的程度。至于此诗主旨，《毛诗序》认为是"刺学校废也，乱世则学校不修焉"，朱熹在《诗集传》说"此亦淫奔之诗"，都比较迂腐，可以不必纠缠。

《诗经·郑风·风雨》^①

风雨凄凄，鸡鸣喈喈^②。既见君子，云胡不夷^③！
风雨潇潇，鸡鸣胶胶^④。既见君子，云胡不瘳^⑤！
风雨如晦，鸡鸣不已。^⑥既见君子，云胡不喜！

【注释】①风雨：毛诗与郑笺都认为暗示乱世。②凄凄：形容湿冷寒凉。喈喈：鸡鸣声。亦暗喻士君子不改其度，坚持抗声呼吁。③君子：指丈夫。亦暗喻乱世有节操之士君子。云：语助词。胡：何，为什么。夷：平静，指心中不再忧思难宁。④潇潇：谓风雨猛急。胶胶：通"嘐嘐（jiāo）"，鸡鸣声。⑤瘳（chōu）：病愈，此指妇人愁思心病顿消。⑥"如晦"句：谓风雨交加而天色昏暗。如，"而"意。晦，昏暗。不已，不止。

【疏解】此诗写一女子与久别的丈夫（或有情人）重逢的情形。全诗三章叠咏，场景两两相对，在反复中加深抒情效果和特定情景的张力。我们看诗作首节，一边是风雨交加，扯天扯地，凄清寒冷，为躲避风雨的鸡禽们惊恐万状，哀鸣不止，仿佛世界末日来临。另一边是在一个女子惊惧于大自然淫威发作而害怕到极点的时候，终于看到了她的君子——精神支柱回来了，此时柔弱女子的内心一下子舒张而平静起来。无限的悲怆与极度的惊喜，巨大的失落与极度的情感上的满足，诗作将此两种对立的情景做了强硬的对接，碰撞出了四溅的火星。在电光火石之间，骤然释放了剧烈的情感烈焰，这种重逢的喜悦，让人读来，久久不能平静。这种场景，诗人又通过重章叠句，反复吟咏，使达情更为充分，诗味更为深长。关于此诗的主旨，毛序认为"风雨，思君子也。乱世则思君子不改其度焉"，那么风雨、鸡鸣与君子都具有特定的社会象征意义了。

《诗经·唐风·葛生》

葛生蒙楚，蔹蔓于野①。予美亡此，谁与独处②！
葛生蒙棘，蔹蔓于域③。予美亡此，谁与独息④！
角枕粲兮，锦衾烂兮⑤。予美亡此，谁与独旦⑥！
夏之日，冬之夜。⑦百岁之后，归于其居。⑧
冬之夜，夏之日。百岁之后，归于其室。

【注释】①葛：藤本植物，茎皮可织葛布，块根可食。蒙：覆盖。楚：荆类灌木丛。蔹（liǎn）：多年生蔓生植物，根可入药。葛、蔹须攀附高树而生存，现无树可依，只得附于灌木或蔓延于野地，诗中妇人以此自喻处境。②予美：犹言"我所美之人"或"我爱"，妇人称其丈夫。亡此：指死后埋葬于此。"谁与"句：即"独谁与处"，唯有谁和他相处呢？独，唯独，仅仅。③棘：酸枣木（有棘刺）。域：墓地。④息：安息。⑤角枕：兽骨枕头（死者所枕）。粲（càn）：鲜明。锦衾：锦缎被褥（收殓死者所用）。烂：绚丽。⑥独旦：犹言"独宿至旦"。⑦"夏之日"两句：夏日与冬夜均极为漫长，谓未亡人（即妇人）活着痛苦难耐。⑧"百岁"两句：谓希望死后与丈夫共墓同居。居，与末句"室"均指"坟墓"。

【疏解】此诗是悼亡诗，写一位妇人对亡夫的悼念之情。全诗悱恻伤痛，独白倾诉，诗情甚悲，读之催人泪下。诗分五章，每章四句，结构上可分为两部分。前部分三章，后部分两章。开首起兴兼写景，言大树倒后，葛蔹只能附生、缠绕于荆棘荒野，以此比喻妇人孤苦无依的处境。设景可谓荒凉凄清、冷落萧条。接着是诗人代妇人直抒痛悼与怀念："予美亡此，谁与独处？"此处特写妇人替亡夫孤单设想，却从侧面表达了其自身的孤独悲凉，读来又让人感其情爱之深。第三章写法略变，妇人将亡夫收殓时的被覆做了再现，可谓以艳景衬托她灰暗的悲情。后两章，重章叠句，表达自己永无终竭的怀念以及最终心愿。说："漫长的夏日和无尽的冬夜，让活着的人煎熬难耐，终有一天随君相会于墓庐。"……由此可见妇人与亡夫的情感达到了何等刻骨铭心的程度。

《诗经·小雅·采薇》①

采薇采薇，薇亦作止②。曰归曰归，岁亦莫③止。
靡室靡家，玁狁之故④。不遑启居⑤，玁狁之故。
采薇采薇，薇亦柔⑥止。曰归曰归，心亦忧止。
忧心烈烈，载饥载渴⑦。我戍未定，靡使归聘⑧！
采薇采薇，薇亦刚⑨止。曰归曰归，岁亦阳⑩止。
王事靡盬，不遑启处⑪。忧心孔疚，我行不来⑫！
彼尔维何？维常之华⑬。彼路斯何？君子之车⑭。
戎车既驾，四牡业业⑮。岂敢定居，一月三捷⑯。
驾彼四牡，四牡骙骙⑰。君子所依，小人所腓⑱。
四牡翼翼，象弭鱼服⑲。岂不日戒？玁狁孔棘⑳！
昔我往矣，杨柳依依㉑。今我来思，雨雪霏霏㉒。
行道迟迟㉓，载渴载饥。我心伤悲，莫知我哀！

【注释】①题解：这是一位守边士兵归途中所赋之诗。②薇：野豌豆苗。作：刚出（苗）。止：语助词。③莫："暮"之本字。岁暮，年底。④靡：无。室、家：指妻子。玁狁（xiǎnyǔn）：又作"猃狁"，周时称匈奴。周懿王时，戎狄交侵，中国受其苦。⑤不遑：无暇。启居：言安居、闲居。启，跪、跪坐（古人席地而坐）。⑥柔：柔嫩。⑦烈烈：形容（忧心等）极端强烈。载：又。⑧戍：指戍守的地点。聘：问候。⑨刚：硬，指薇菜茎叶已老。⑩阳：指小阳春（农历十月）。⑪王事：国家的政事，这里指征伐之事。靡盬（gǔ）：没有止息。启处：与前面"启居"意思相同。⑫孔：很。疚：病，苦痛。不来：不归。⑬彼：那（些）。尔：通"薾（ěr）"，花盛开。维何：是什么（花）。维，是。常：即常棣（棠棣），棠棣树。华：即"花"字。⑭路：同"辂"，指战车，即后文的"戎车"。君子：这里指贵族将帅。⑮牡：雄马。业业：强壮高大的样子。⑯定居：稳定地居住下来。捷：战胜。⑰骙骙（kuí）：形容马强壮。⑱"君子"两句：言战车并战马装备，为将帅们提供倚靠，也为士兵们提供掩护。小人，指士兵。腓（féi），庇护，掩护。⑲翼翼：整齐的样子，形容战马训练有素。象弭（mǐ）：象牙装饰的强弓。弭，本指弓两头系弦处。鱼服：鱼皮箭袋。⑳日戒：日日戒备。棘，同"亟"，紧急。㉑昔、往：指从军时。依依：形容柳枝轻柔飘拂。㉒来：归来。思：语助词。雨（yù）：落下。霏霏：雪花纷飞的样子。㉓行道：道路。迟迟：道路漫长，或行步缓慢。

【疏解】此诗系戍卒返乡回忆兼即景之作。全诗六章，每章八句。前三章为一部分，中间两章为一部分，末章为一部分。诗作以倒叙手法，先从戍边不归写起，次写征战生活，最后是返途归乡。写戍边生活，以采薇起兴，写戍卒采薇充饥，反映戍边生活的苦况。"薇亦作止""柔止""刚止"，形象地刻画了薇菜从发芽到老硬的生长过程，同"岁亦莫止""阳止"等一起，喻示时间的流逝和戍役的漫长。以此写出戍卒久戍不归的煎熬和对故乡的思念。同时也交代了难归的核心原因"玁狁之故"。对一个戍边士卒来说，可谓交织着复杂的家国情感。这一交代又为下文的征战张本。写紧张的征战生活，主要凸显我军装备之精、军容之壮、戒备之严，充满了激昂慷慨之气，与前一部分的戍边苦况截然不同。这一部分用"维常之华"以兴起"君子之车"，用"戎车既驾，四牡业业"表现我军威武的军容、高昂的士气。从"戎车既驾"到"四牡骙骙"，也可以见出我军守土之责和严阵以待，也显现了对玁狁的克制和耐心。末章是写戍卒从追忆回到现实，表达了极为丰富的思想情感。"昔我往矣"四句，是往昔之景与当前之景对叠，更是烂漫青春与饱经沧桑的比照，显现一种复杂的生命意识。而"行道迟迟，载渴载饥"，也是对当年戍边时"曰归曰归，心亦忧止""忧心烈烈，载饥载渴"的回应。这是一个深切的体验与极为复杂的心理。又饥又渴，生活困境一直没变，但往日思乡的迫切与当下归乡的缓慢，可以见出其内心的忧虑、孤独和沉重。"我心伤悲，莫知我哀"，是直抒胸臆，点明征戍生活给人所带来的无法言说的哀痛，从而表现周人对征战的反思。

《诗经·周颂·载芟》①

载芟载柞，其耕泽泽②。千耦其耘，徂隰徂畛③。

侯主侯伯，侯亚侯旅④，侯彊侯以⑤。

有嗿其馌⑥，思媚其妇，有依其士⑦。

有略其耜，俶载南亩⑧。

播厥百谷，实函斯活⑨。

驿驿其达，有厌其杰⑩。

厌厌其苗，绵绵其麃⑪。

载获济济，有实其积⑫，万亿及秭⑬。

为酒为醴，烝畀祖妣⑭，以洽百礼⑮。

有飶其香，邦家之光⑯。有椒其馨，胡考之宁⑰。

匪且有且，匪今斯今⑱，振古如兹⑲。

【注释】 ①题解：旧解为一首周王春耕时用以祭祀社稷神的乐歌。②载：始也。芟（shān）：除草。柞（zé）：除木，砍除杂木。泽泽：通"释释"，（土壤）松散润泽的样子。③千：概数，言多。耦（ǒu）：两人并耕。耘：除草，耕耘。徂（cú）：往。隰（xí）：低湿地。畛（zhěn）：田边小路。④侯：发语词。主：家长。伯：长子。亚：次，老二、老三等子。旅：众，指众晚辈。⑤彊：即"强"，精力充沛者，短工。以：佣工。⑥嗿（tǎn）：众人饮食声，唼。馌（yè）：送到田间的饮食。⑦思：发语词。媚：形容美盛。有依：即依依，殷殷，壮盛的样子。士：男子美称。以上妇、士，都是送饭者。⑧有略：即略略，锋利。略，通"锊"，锋利。耜（sì）：青铜犁头。俶（chù）：开始，引申为"起土"。载：读"菑"，把草翻埋。南亩：向阳的田地。⑨厥：其，那些。实：种子。函：含。斯活：即活活，形容有生气。⑩驿驿：亦作"绎绎"，连绵不断。达：苗出土。厌：通"黶（yān）"，美好。杰：特出，最先长出的壮苗。⑪厌厌：通"稽稽（yàn）"，形容禾苗齐整茂盛。绵绵：形容连续不断。麃：通"穮（miǎo）"，谷物穗芒。⑫载获：开始收获。济济：众多的样子。有实：即实实，形容广大。积：露积，露天堆积。⑬"万亿"句：统计的谷物不断增多而给人更大的惊喜。亿，周代十万。秭（zǐ），周代十亿，即百万。⑭醴（lǐ）：甜酒。烝：进献。畀（bì）：给予。祖妣（bǐ）：男女祖先。⑮洽：合。"以洽"句：以美酒配合牺牲玉帛之类祭品。礼，祭礼。⑯有飶（bì）：即飶飶，形容祭品香气盛浓。"邦家"句：谓谷物丰收是国家的荣耀。⑰椒：通"淑"，香气浓郁。馨：香气远播。胡考：寿考，老年人。宁：安宁，安康。⑱"匪且"句：言非独此处有此稼穑之事。匪，非。且，此，指耕种。"匪今"句：言非独今时有此丰年之庆。斯，是，含"有"意。⑲振：自。兹：此。

【疏解】此诗记述开垦、耕种、生长和丰收、庆祝等农事情形。全诗31句，可分三部分。第一部分12句，至"俶载南亩"，写开垦过程；第二部分6句，至"绵绵其麃"，写作物生长过程；第三部分13句，写丰收祭祀和庆祝。首四句写开垦。从低洼地到高坡田，写除草、刨杂木、翻土散壤的众人劳动场面。第5句至10句，写参加春耕的人众，显现这场春耕的全民性和集体性。家主带着所有儿孙，还有漂亮的妇女、健壮的小伙，以及雇工帮佣都参加。饭食送来了，就在田间地头甜滋滋地吃起来，可见男女老少全出动，展现出一幅生机勃勃的劳动画面。当然，劳动生产也很艰苦，但共力合作，人人参与，又使得劳动场景充满了快乐。第11句至18句，是写作物的播种和生长。这一部分，显示了锋利的耒耜把野草翻埋的情形，还写了禾苗出苗、齐整茂盛的喜人长势，展示了一片值得期待的欢快。余下为第三部分。前三句写丰收。看，露天堆积的谷物难以计数，喜悦之情溢于言表。然后是写酿酒、祭祀、庆祝（祝福国家兴旺和老人安康）以及向神祈祷年年丰收，充分展示了丰收所带来实惠和欢乐。而最后三句，又显示了周人在丰收狂欢中的清醒，显现了他们对历史意识和对自身劳动力的充分自信。

晏几道《蝶恋花》①

醉别西楼醒不记。②春梦秋云，聚散真容易。③斜月半窗还少睡，画屏闲展吴山翠。④

衣上酒痕诗里字，点点行行，总是凄凉意。⑤红烛自怜无好计，夜寒空替人垂泪。⑥

【注释】①题解：本词为离别感忆之作，充满无法排遣的惆怅和凄凉。②"醉别"句：点明分别地点及分别的醉态。醉之越深则醒越怅惘。以散之"真容易"，显示离别之痛切。③"春梦"二句：写别后的感受。以"春梦秋云"为喻，言聚虽美好而散则虚幻又无常。④"斜月"二句：写夜来酒醒，瞥见屏风，触景生情，感慨万千而竟难以入睡。以画之虚、闲，再生人生虚幻之感。画屏，以画装饰的屏风。⑤"衣上"三句：抚今思昔，检视身上衣物等值得怀念的细节，再度陷入回忆之中，充满了缠绵和惆惘的不尽之情。凄凉意，是眼前的感受，可以想见当时西楼欢宴的情深意浓。⑥"红烛"二句：以蜡烛拟人，借烛说事，再将词人的哀伤尽皆托出。自怜，自我怜悯、痛惜。替人垂泪，化用杜牧《赠别》"蜡烛有心还惜别，替人垂泪到天明"诗意。

【疏解】晏几道，字叔原，号小山，是北宋宰相词人晏殊的第七子，早年有过一段舒适安逸的生活。后来家道衰落，仕途不利，又因个性耿直，不肯依附权贵，生活日益走向窘迫。这样的人生经历，让他深感人世的变动与无常，故而多追怀往昔欢娱之作，情调颇为感伤。这首词也是抒写人生聚散惆怅凄凉之作。写离别感忆，开篇忆昔，从往日醉别西楼而醒后却浑然不记写起。在词人看来，往日欢聚如梦如云，虚幻、短暂而缥缈。最后只剩下惨淡的现实：斜月低垂半窗，夜已深沉，却难入睡，而床前烛光画屏更显得人生的虚幻了。词作下阕仍然写情感的痴迷，仍然要追索于欢聚与醉别的一点点痕迹——衣上酒痕、诗里字，但它们永远不能还原现场，永远无法让旧景重现。所谓追寻陈迹，不过翻引起更多的凄凉和惆怅罢了。结尾以红烛垂泪再加渲染，使词人陷入更深的孤凄之情而难以自拔。

苏轼《沁园春·孤馆灯青》

孤馆灯青，野店鸡号，旅枕梦残。渐月华收练，晨霜耿耿①；云山摛锦，朝露漙漙②。世路无穷，劳生有限，似此区区长鲜欢③。微吟罢，凭征鞍无语，往事千端。

当时共客长安，似二陆初来俱少年④。有笔头千字，胸中万卷；致君尧舜，此事何难⑤？用舍由时，行藏在我，袖手何妨闲处看⑥。身长健，但优游卒岁，且斗尊前⑦。

【注释】①耿耿：明亮的样子。②摛（chī）锦：似锦缎铺开。溥溥（tuán）：形容露多。③劳生：辛苦的人生。区区：谓奔走尽力。长：通"常"。鲜：少。④长安：借指宋首都汴京（今河南开封市）。二陆：指西晋诗人陆机、陆云兄弟。吴亡后，二人入洛，以文为士大夫所重。这里意指词人自己和弟弟苏辙。⑤"有笔"四句：追述当年兄弟二人勤奋读书和青春抱负。⑥用舍、行藏：语出《论语·述而第七》（"子谓颜渊曰：'用之则行，舍之则藏，惟我与尔有是夫！'"），谓为世所用则积极而为，不为世所用则引退而隐，用来形容豁然的处世态度。⑦优游卒岁：优游自得地度过一生。语出《左传·襄公二十一年》："叔向曰：'与其死亡若何？《诗》曰："优哉游哉，聊以卒岁。"知也。'"斗尊前：饮酒博弈嬉玩。牛僧孺《席上赠刘梦得》："休论世上升沉事，且斗樽前见在身。"

【疏解】此词原无标题，据元本等版本增加"赴密州早行马上寄子由"题。熙宁七年（1074）九月，37岁的苏轼由杭州通判调任密州（今山东诸城市）知州，十月，途经海州（今连云港市），因不能绕道至齐州（今济南市）看望弟弟，遂作此词以寄。词以"早行"着笔，恍惚中瞥见孤馆青灯，这时候听到鸡鸣，但残梦似乎未了，置身于此荒郊野外，可见词人仕途奔波的辛苦和孤独。接着，是早行的路上所见：天色渐明，月光隐去，晨霜如银，早霞似锦，雾露湿重。词人冒着初冬霜寒，在重重雾露里前行，旅途的辛苦又显现出来。后面的感慨议论由此而生，更凸显劳生的沉重。又由此，勾起了词人"往事千端"的心绪。词作下阕是回忆，与弟弟二人青春出头、才思敏捷、饱读诗书、雄心抱负的早年情形，仍然令人神往。但入仕以来，因政见差异而宦游辗转，兄弟二人各自一方，各人又都有家室拖累，不得不感慨再三。在理想被现实挤压的情形下，词人想到了不得已的方法，就是孔圣人的"用舍行藏"以及春秋鲁国叔向的"优游卒岁"。唯此，才能减压释舒，才能一散人生遭遇的不幸和壮志难酬的苦闷。

苏轼《青玉案·送伯固归吴中》^①

三年枕上^②吴中路。遣黄犬^③、随君去。若到松江呼小渡，莫惊鸳鹭，四桥尽是，老子^④经行处。

辋川图上看春暮，常记高人右丞句。^⑤作个归期天已许。^⑥春衫犹是，小蛮针线，曾湿西湖雨^⑦。

【注释】①题解：伯固，苏轼诗友苏坚，伯固乃其字。吴中，江苏南部和浙江北部一带，过去为吴国。②三年：元祐四年（1089）至六年，苏轼任杭州知州，伯固随之。枕上：梦中（或"相思"）。③黄犬：据《晋书·陆机传》载，陆机有犬名黄耳。机在洛阳时曾系书信于其颈，让其送至松江家中。这里望常通音信。④老子：当时口语，年老者自称。⑤"辋川"句：唐王维，曾任尚书右丞，于辋川别墅诗句甚多，曾作《辋川图》四幅。此处辋川、右丞暗指吴中、伯固。⑥"作个归期"句：谓伯固归居已得天许，如愿以偿。⑦小蛮：本白居易歌妓，这里指苏伯固爱姬。本句暗言伯固可与爱姬相聚，以了却三年"枕上"相思情。

【疏解】苏伯固是苏轼诗友，二人交谊很深。元祐四年至六年，苏轼任杭州知州，伯固随从任职三年。元祐七年二月，轼由颍州改知扬州，伯固又来相从。八月，苏轼以兵部尚书被召还京，伯固告别。此词即是苏轼与伯固临别的送别之作，写得风华婉约，深情款款，又似信手拈来，尤以一个个回忆的细节感人至深。上阕写"相送"的深情。词人写道，知道你三年未归，一直思念着你的故乡；现在好了，你可以如愿回去，希望你回吴后及时来信告诉"我"。又说，吴中路径，"我"其实熟着呢，松江、四桥等地都走过。词人以一种"伴你同行"，如数家珍，表达对友情的珍念；又以"老子"称（词人时年56岁），语气诙谐，显出彼此的近密。下阕表达对友人如愿的"欣慰"之情。先虚拟场景，以王维与辋川图作譬，设想伯固回到吴中以后所过的幽隐安闲的生活。词人说，你现在归居，如愿以偿，是已得了"天许"，而"我"还得在宦海继续颠簸啊。还记得你在杭三年，穿着你爱姬一针一线缝制的春衫，多少次被西湖雨打湿也舍不得脱下，现在好了，回到爱姬身边可以了却这三年"枕上"的相思情了。

苏轼《卜算子·黄州定慧院寓居作》①

　　缺月挂疏桐，漏断②人初静。谁见幽人独往来，缥缈孤鸿影③。

　　惊起却回头，有恨无人省④。拣尽寒枝不肯栖，寂寞沙洲冷。⑤

　　【注释】 ①题解：原无题，调名下有注作："黄鲁直跋云：东坡道人在黄州时作。语意高妙，似非吃烟火食人语。非胸中有万卷书，笔下无一点尘俗气，孰能至此。" ②漏断：漏声已断，指夜深。漏：计时用漏壶，装水，滴漏有声。③幽人：幽囚之人，作者自指，言被贬不得与闻世事。或言幽隐之士，亦通。缥缈：高远隐约的样子。孤鸿：孤翔野外的鸿鸟，喻清高不群。④省（xǐng）：理解。⑤"拣尽"两句：不肯栖高寒之木而甘居寂寞沙洲，可见其品格的孤高和再遭毒手的畏惧。

　　【疏解】 苏轼因乌台诗案于元丰三年（1080）遭贬谪，正月一日出京，二月一日到达黄州，初寓居定慧院；五月，迁临皋亭。既题"黄州定慧院寓居作"，当作于初到黄州时的二月至五月间。此词上阕描景绘形，夜深人静，半残的月，稀疏的梧桐，营造了一个孤寂清虚的月夜氛围，又举重若轻地点出包含幽人和孤鸿在内的互动情节。一个不得与闻世事的幽囚之人（词人自己），于此深夜，踽踽独行，又遇到了一只孤飞的鸿雁，似乎冥冥之中有此一场默会。但孤雁只留一个孤高隐约的身影，令人寻思。下阕，专塑幽人眼里的孤鸿。"惊起"，写它的警觉。只有遭遇打击、心有余悸，才产生这样的意识。"却回头"，要看看来者何人。与幽人的照面，那种不幸、恐惧、避祸等心绪尽皆有之；但幽人还读出了更为复杂的内容——"有恨无人省"，多少莫名其妙的栽赃陷害以及无处可申的遗恨，仍深深地埋在心底而表露于那惊恐一回头的眼神。"拣尽寒枝不肯栖，寂寞沙洲冷"，寒枝已无禽鸟愿意栖止，而它仍然害怕遭遇不幸而没有栖止，于是飞向了更远的、更荒冷的极寒无人的小沙洲。由此可见，它曾经遭遇了怎样非人的折磨和打击。自然，另一方面，正如黄庭坚所评"似非吃烟火食人语"，离开了龌龊混杂的人世间，孤鸿更显得绝去尘俗而高旷洒脱。词人以幽人对孤鸿（其实是苏轼心中一个"我"对另一个"我"），托物寓意，诉说遭遇，寄慨深沉，风骚独具，令人深受感动。

苏轼《水调歌头·黄州快哉亭赠张偓佺》^①

　　落日绣帘卷，亭下水连空。^②知君为我新作，窗户湿青红^③。长记平山堂上，欹枕江南烟雨，杳杳没孤鸿^④。认得醉翁语，"山色有无中"^⑤。

　　一千顷，都镜净，倒碧峰。^⑥忽然浪起，掀舞一叶白头翁^⑦。堪笑兰台公子，未解庄生天籁，刚道有雌雄^⑧。一点浩然气，千里快哉风。^⑨

【注释】①题解：元丰六年（1083）闰六月，谪居黄州的张偓佺（即张怀民，名梦得）营新居于江上，十一月又于其西南筑亭，苏轼题榜快哉亭，并作此词。亭名"快哉"取自宋玉《风赋》"快哉此风"句。②"落日"两句：言高亭卷帘远眺，水天相连。③"窗户"句：窗户上漆色鲜润。④平山堂：欧阳修知扬州时所建。以彼堂衬此亭。"欹（yǐ）枕"两句：谓卧看江南景，显闲雅超迈之致。孤鸿，喻清高不群。⑤醉翁：欧阳修自号。"山色"句：显放达、不介怀意。⑥"一千顷"三句：状亭下之水光峰影。⑦一叶白头翁：驾小舟的老船夫。其劈波斩浪，快意十足。⑧兰台公子：指宋玉，曾做楚国兰台令。庄生天籁：指自然风吹。《庄子·齐物论》所言"天籁"，指发于自然之响，即风吹声。刚道：硬说。雌雄：宋玉《风赋》有"大王之雄风"与"庶人之雌风"之别。⑨"一点"两句：谓风本无雄雌，若胸存一点浩然气，不论境遇，皆能享浩浩快哉雄风。浩然气，《孟子·公孙丑》谓充塞天地的正气，指纯正的精神修养。

【疏解】元丰六年（1083）三月，张怀民也贬官黄州，与苏轼结识，成好友。十月十二日，苏轼与暂住承天寺的张怀民一起赏月，写下《记承天寺夜游》文。十一月，怀民在其新居西南筑亭，以览江流之胜，东坡为其命名"快哉亭"，并创作这首《水调歌头》。其弟苏辙亦写下《黄州快哉亭记》。此词通过览胜快哉亭周遭山水，抒发了旷达泰然的处世精神。开头两句写夕阳下卷帘远眺，水天相连的空阔苍茫。次两句，由远及近，交代新亭创建，并反客为主，说快哉亭特意为词人而造，诙谐风趣，已巧含"快哉"之意。又凸显亭台窗户所涂青红鲜润漆色，以转入对醉翁平山堂的文字及有关记忆描述，以实及虚，以双显彼堂此亭给人以卧看自然风烟，以及释怀放达、清高不群、闲雅超迈的兴致。此为联想之喜，自是"快哉"。上阕远观，静写为主；下阕观水，以动为多。下阕前三句，描绘了千顷江平如镜、碧峰倒映的优美画卷。何其"快哉"。"忽然"转笔，景象倏变，写一老弄潮儿——白发老翁驾一叶扁舟，全然无视危险，在狂涛巨浪里翩然起舞的情形，令人惊叹，让人称奇，无比"快哉"。词人又由此而产生联想，嘲笑宋玉强分雌雄之风而不解自然天籁为何，而白发老翁驾舟之举浑然天成、自成壮伟。对此，词人再作申述：弄潮老翁正因为胸存浩然气，不论境遇，处处皆能享受浩浩快哉之雄风。这种"快哉"生命体验，当然也是思理上的体验了。

苏轼《临江仙·夜归临皋》 ①

　　夜饮东坡②醒复醉，归来仿佛三更。家童鼻息已雷鸣。敲门都不应，倚杖听江声。

　　长恨此身非我有，何时忘却营营③？夜阑风静縠纹平④。小舟从此逝，江海寄余生。⑤

　　【注释】①题解：本词作于元丰六年（1083），黄州。临皋：在黄州城南长江边，当时苏轼住此。②东坡：在黄州城东，苏轼曾申请垦辟地一块，取名于白居易的《步东坡》诗，又筑雪堂五间以游息。③"长恨"句：《庄子·知北游》言身"是天地之委形也"，此谓仕宦之中身不由己。营营：形容思虑纷扰。④夜阑：夜深。縠（hú）纹：言风息浪平，水纹如纱。縠，皱状纱丝品。⑤"小舟"二句：弃官归隐，浪迹江湖。

　　【疏解】此词系元丰六年四月作于黄州。据叶梦得《避暑录话》，此词作于传闻苏轼在黄州病逝不久。苏轼自己也在《书谤》里说"有人妄传吾与子固同日而化去"。曾巩病逝于元丰六年四月十一日，传闻应于其后。《避暑录话》又说，苏轼作此词次日，就有传闻："子瞻夜作此词，挂冠服江边，挐（ná）舟长啸去矣。"结果惊动了郡守，急命驾往谒，看到苏轼鼻鼾如雷才放了心。后来消息还传到京师，可见苏轼尽管为待罪之身，仍是时代的焦点人物。词作上阕叙事，写醉归。词人夜醉回到居所，无人开门，只得去江边听听江涛声。所谓"醒复醉"，可见愁思满怀；而"听江声"，也很容易触发联想。下阕就写酒醒后的所见所思。词人说，宦海沉浮，身不由己，何时才能没有这些纷扰的思虑呢。联系苏轼经历，满腹才华，满怀治世理想，结果仕途辗转，辛苦奔波而已，又居然因言获罪，待罪流放，愁苦得无法形容（甚至"谢客对妻子""无事不出门"）。现在夜深风静，江波微细，词人说，真想乘小船从此消逝，在烟波江海中了却余生。可见烦恼之深重，处境之难耐，由此更激发了对自由的向往。

苏轼《南乡子·晚景落琼杯》①

晚景落琼杯，照眼云山翠作堆②。认得岷峨春雪浪，初来，万顷蒲萄涨渌醅③。

春雨暗阳台，乱洒歌楼湿粉腮。④一阵东风来卷地，吹回，落照江天一半开⑤。

【注释】①题解：此词系元丰三年（1080），苏轼初到黄州，作于江边临皋亭。②晚景：傍晚之景。琼杯：玉杯，酒杯。照眼：耀眼。翠作堆：形容绿色之盛。③岷峨春雪浪：即苏轼家乡水。岷峨，岷山、峨眉山，离苏轼家乡眉山甚近。"万顷"句：言夕阳下江水澄澈碧绿，如新酿葡萄美酒。渌醅（lùpēi）：即"醁醅"，美酒。④"春雨"两句：山峦遭遇阵雨，有如打湿的歌女娇面，言江边天气倏忽之变。阳台，本指男女幽会之巫山，这里指附近的山。"乱洒"句：比喻春雨将山峦淋湿，就像打湿了女子敷粉的脸。⑤卷地：谓风贴地猛吹。吹回：谓风吹雨散。落照：夕阳。

【疏解】此词作于元丰三年春。词人在临皋亭饮酒赏景，见落日斜照，江水涣涣，又逢春雨急下，春风卷扫，夕照复现，于是感此盎然春景，心神激荡，便将所见所想都做了记录，遂成佳篇。上阕写词人所见的夕照。写举杯饮酒时，夕阳落进了酒杯，倒映于酒面的是耀眼的云山，而杯内的玉液又像是堆垛的翡翠。词人说，这用以酿酒的水，"我"认得是故乡岷山、峨眉山的春雪所化。哦，雪山春融，水势浩浩，眼前这碧绿的江水，就像万顷新酿尚未过滤的葡萄美酒。下阕写春雨，场景由此而转向动态呈现。写天色骤暗，疾雨倾下，打湿了秀美的山峦，就像打湿了未及躲避的女子敷粉的脸腮，让人怜惜不已。又写一阵东风卷地吹来，于是春雨骤停。此时云开烟散，夕阳重新照回，一半江天的奇幻瑰丽呈现在面前，让人惊叹不已。苏轼在《与范子丰》信里说："临皋亭下不数十步，便是大江，其半是峨眉雪水，吾饮食沐浴皆取焉，何必归乡哉。"可见他心态的坦然。又说："江山风月，本无常主，闲者便是主人。"可见词人已一定程度上将"戴罪之身""不能批阅公文"搁置，而换了思维和心态。确实，自然就是一副疗慰剂，是人类永恒的依傍。

周邦彦《关河令》①

秋阴时晴渐向暝，变一庭凄冷②。伫听寒声，云深无雁影③。
更深人去寂静，但照壁孤灯相映④。酒已都醒，如何消夜永⑤。

【注释】①题解：欧阳修《清商怨》有"关河愁思望处满"句，周邦彦取"关河"二字，命名《关河令》，隐寓羁旅愁思之意。②时：时或，偶尔。向暝：向晚，黄昏。一庭：整个（客舍）庭院。凄冷：凄楚清冷。③伫听：谓凝神倾听。伫，长时站立。寒声：寒雁的鸣声。云深：谓天色深沉、云影模糊。④更深：夜深。人去：指旅伴离开。照壁：筑于宅前的墙屏，与正门相对，作遮蔽兼装饰之用。孤灯：孤单的灯（光），喻指词人孤单清冷。相映：互相映衬、映托。⑤消：消遣，打发。夜永：长夜。

【疏解】此词写羁旅的孤凄难耐。上阕叙事，写黄昏的凄冷。词人站在庭院，感受着这深秋的阴晴不定，渐渐黄昏又使整个庭院变得异常凄冷起来。而久久伫立院中，似乎听到了寒雁的鸣声，禁不住产生期盼它捎来书信的热切念想。可是阴云太厚，哪里寻得它的身影呢？下阕叙事抒情，写夜间的凄清。词人说，夜半沉沉的时候，才觉得伴侣的离开让旅馆变得倍加寂静。其实旅伴早已离开，日间不还盼望着她的书信吗？此时站在庭院，只有照壁上的孤灯，还将微光投在形单影只的词人身上，表达一丝抚慰的意思。最后是酒醒之后，词人又要独对漫漫的长夜，他深感自己的孤独和难熬。于无形中又给这旅况再增了一层凄冷的伤感。

辛弃疾《水调歌头·寿赵漕介庵》①

千里渥洼种②，名动帝王家。金銮当日奏草，落笔万龙蛇③。带得无边春下，等待江山都老，教看鬓方鸦④。莫管钱流地，且拟醉黄花⑤。

唤双成，歌弄玉，舞绿华⑥。一觞为饮千岁，江海吸流霞⑦。闻道清都帝所，要挽银河仙浪，西北洗胡沙⑧。回首日边去，云里认飞车⑨。

【注释】①题解：本词为祝寿词，所祝对象为赵彦端，号介庵，宋朝宗室，时任职漕司。②"千里"句：借良马颂扬赵氏。渥洼，在甘肃安西县，传说产神马。③"金銮"句：指称夸赞赵氏任职吏部员外郎时的上章言事。"落笔"句：笔势飞动，书法健美。④"带得"句：一语双关，既言赵氏任职于春，又言朝官外任，将君恩惠及地方。"等待"二句：言赵氏地方任职时间长而意态仍年轻。教，使，让。⑤"莫管"句：词人劝赵氏寿辰日莫再勤心职事，一醉方休就是。钱流地，用唐人刘晏任财官的典故，指赵氏勤心财政。黄花，九月菊花。⑥双成、弄玉、（萼）绿华：皆女仙名，借指赵家侍女色艺之好。⑦"一觞"句：祝寿语，敬饮一杯祝长寿。"江海"句：言豪饮美酒。江海，指酒量大；流霞，传说中的仙酒。⑧"闻道"三句：言朝廷备战收复北方，以激励赵氏。闻道，听说。清都帝所，用天帝所居清都喻指南宋朝廷。胡沙，借指敌方金国统治区。⑨"回首"句：祝颂语，望赵氏再回朝廷，再展凌云志。日边，喻朝廷。飞车，传说从风远行的工具。

【疏解】乾道四年（1168）九月，29岁的词人在建康府通判任上，为治所同在建康的江东转运副使赵彦端48岁寿辰创作了此词。赵氏是宋朝宗室（魏王廷美七世孙），乾道三年（1167）任此副使职，负责江南东路（相当于今"省"）的财赋。此词为祝寿词，上阕热情洋溢地赞美其功业，即所谓非凡的出身、帝室皆知的名声、卓越的才艺，以及超凡的地方治理能力和勤心政事的忠贞态度。下阕前五句，写祝寿盛况。一是美人如云，歌舞繁盛，让人目不暇接；二是寿日同欢，宾主敬酒、劝酒打成一片，江海豪饮，风流豪迈，其乐融融。余下五句，是词人于酒酣耳热之际，又表示了对寿主能受到朝廷大用、一展雄才的美好祝愿。这份祝愿，其实是在鼓励赵氏归朝，去干一番收复失地、助力国家的大事业。全词洋溢着祝寿的喜气，巧妙地将爱国的情感融入其中，可谓匠心独运。而爱国抗金，自然也是词人心中的弘愿。赵彦端，鄱阳人，其挚友韩元吉《直宝文阁赵公墓志铭》说他"余干山水，所居最胜，日与宾客觞饮自怡，好事者以为有旷达之风"，可见词人所劝，亦实有所针对。

辛弃疾《水龙吟·过南剑双溪楼①》

举头西北浮云，倚天万里须长剑②。人言此地，夜深长见，斗牛光焰③。我觉山高，潭空水冷，月明星淡。④待燃犀下看，凭栏却怕，风雷怒，鱼龙惨⑤。

峡束苍江对起，过危楼，欲飞还敛⑥。元龙⑦老矣！不妨高卧，冰壶凉簟⑧。千古兴亡，百年悲笑，一时登览⑨。问何人又卸，片帆沙岸，系斜阳缆？⑩

【注释】①南剑：南剑州，治所延平（今福建南平）。双溪楼：在州府城东剑津，有剑溪、樵川交汇流过。②西北浮云：西北为浮云所蔽，隐喻中原沦陷敌金之手。倚天长剑：《庄子·说剑》："上抉浮云，下绝地纪，此剑一用，匡诸侯，天下服矣。"③此地：即剑津。三国归晋前，吴人张华问豫章人雷焕斗牛宿间紫气，告以所在地下有宝，得宝剑两把。一剑随雷焕子到剑津，跃出落水，即有龙现出。斗牛光焰：谓地下宝剑所射出的直冲天空斗牛二宿的紫气。④"我觉"三句：写剑去潭空的惨淡景象，折射现实弃置人才的严峻状况。⑤"待燃"四句：引自《晋书·温峤传》："至牛渚矶，水深不可测，世云其下多怪物，峤遂毁犀角而照之。须臾，见水族覆火，奇形异状，或乘马车著赤衣者。"燃犀，燃烧犀角烛照潭底龙物。风雷，暗喻朝中阻战小人。鱼龙惨，喻指百姓惨遭不幸。⑥峡：方志言剑津前有苍峡。束：夹峙。欲飞还敛：江水澎湃遇山阻遏的情形，隐喻词人雄心有挫。⑦元龙：即东汉末陈登，少有大志，曾不待见许汜，自顾高卧，词人以陈登自况。⑧冰壶凉簟（diàn）：

喝冷水，睡凉席，意兴阑珊。⑨千古兴亡：汉末张华、温峤、陈登以来的时代兴衰。百年悲笑：指词人遭遇。一时登览：意谓千百年来家国、个人遭遇，于登楼远望而一时涌上心头。⑩"问何人"三句：试问何人在斜阳下沙岸边，卸帆系舟。

【疏解】这首登览远望之作，以见西北有阴云遮蔽而欲得一把倚天长剑以扫除之并匡服天下的雄奇之想起笔，表明词人炽烈的爱国情怀；又以南剑双溪有神剑不可寻，暗指时代黑暗和群小阴毒，而抒发理想事业无法实现的悲愤，以及不得已而止步不前的悲凉。词作上阕写登楼所见所感。起句即写自己登楼遥望西北，痛感被浮云所蔽，于是希望得到一把扫清万里的长剑。词人呼唤以剑扫妖氛，可见其冲天的豪情和激烈的壮怀。然而南剑双溪有神剑，今已不闻。剑去潭空，萧条惨淡，然犀寻剑又担心妖魔作祟，颇让词人悲愤不已。所谓"风雷怒，鱼龙惨"，再现了复杂的政治情势，从中不难看出投降派在抗敌复国的政见上如何残害百姓，以削弱爱国的势力。总之，理想被扼杀，现实如此惨淡，让人内心难以平复。下阕即景抒情，转入理想遭困而不得已止步的悲情抒发。起句写望见苍江水遇山阻遏而收敛，表达了自己一腔抗战激情遭遇打击的悲凉。于是以老年陈登自况，感慨壮志不申，而只得携冷酒睡凉席，让人意兴阑珊。然后词人再写登览所感。千百年来家国、个人遭遇，于登楼远望而一时涌上心头，让人悲抑难消。最后，以景结情，再表沉郁和忧愤之情。所谓斜阳，颓势国运也；系缆止步，词人受束缚于时代也。

辛弃疾《最高楼·吾衰矣》

吾拟乞归，犬子以田产未置止我，赋此骂之①。

吾衰矣，须②富贵何时？富贵是危机。暂忘设醴抽身去，未曾得米弃官归③。穆先生，陶县令，是吾师。

待葺个园儿名"佚老"，更作个亭儿名"亦好"，闲饮酒，醉吟诗。④千年田换八百主，一人口插几张匙？⑤便休休，更说甚，是和非！⑥

【注释】①乞归：向朝廷请求辞官还乡。"吾拟"三句：借骂子而申意，兼及

235

对时政人事的看法。②须：等待。③"暂忘"句：言西汉穆生事。楚元王刘交礼敬穆生，常设醴；其孙刘戊嗣立，忘设醴，穆知其意怠，遂离开。醴（lǐ），甜酒。"未曾"句：说东晋陶渊明事。陶任彭泽令，拟用公田种秫酿酒，未及稻熟辞官而去。④"待葺"四句：言拟修园作亭、诗酒自娱，想象归隐生活。佚（yì）老，老来安乐之意。⑤"千年"两句：谓富贵无常，享乐有限，人当知足。"一人"句，当时俗谚有"一口不能着两匙"之语。⑥"便休休"三句：一切罢了，有什么是和非可说。休休，罢了，含"退隐"之意。

【疏解】这首词作于光宗绍熙四年（1193），当时词人54岁，正在福建为官。他曾经多次表示要从官场乞归。这点反映了他对不能恢复大业的失望。故而不如放弃为官，做一个归隐士。如此，"不在其位，不谋其政"，显得痛快自在。但词人心中，恢复大业之事，岂能说忘就忘？其求乐于田园，明为放达诙谐，实则忧愤无诉。在词中，词人痛斥其子，借题发挥，暗骂加害于他且让他理想失落的权贵们，以及那些贪求功名利禄之辈。上阕借引两贤，说明不及时抽身的危害。所谓抽身即远祸。他愿拜两贤为师，又表明他与那些富贵追逐者有天壤之别。下阕写设想归隐之后的生活乐趣。先以给所建建筑物命名，来体现自己的志趣，又以在此悠闲饮酒、醉后吟诗为精神之乐。这是对那些物欲贪婪无度者的暗鞭和嘲讽。尽管是消极失意而归隐，但回归田园毕竟是对往日精神失意与痛苦的安慰。词人最后劝告那些贪婪者要研究历史，正视人生短暂，意识到富贵无常，享乐有限，人当知足。须知，唯人无贪无厌，方可交付天下事。因而"骂子"是假，劝人是真。

朱淑真《蝶恋花·送春》①

楼外垂杨千万缕，欲系青春，少住春还去②。犹自风前飘柳絮③，随春且看归何处。

绿满山川闻杜宇，便作无情，莫也愁人苦④。把酒送春春不语，黄昏却下潇潇雨⑤。

【注释】①题解：这是一首惜春词。②系：拴，系结。青春：春光。暗喻美好的时光与年华。少住：稍作停留。③犹自：仍然。飘柳絮：谓已到暮春。④绿满山川：言春又深一层，差不多已尽。杜宇：即杜鹃鸟，古人传其由古蜀望帝魂魄所化，每于春夏之际，彻夜悲啼不止。便作：即使。莫也：即"莫非也"之省。愁人苦：为"人之苦"而发愁。⑤把酒：举杯。送春：送别春天。以上，系春，随春，愁春，又不得不送春，表现了"惜春"之题。潇潇雨：暴雨、急雨，似是不语之春所作的别样之答。潇潇，雨声。

【疏解】此词惜春，作得颇为精妙。上阕抒发眷恋之情。有两层，一是"系春"，二是"随春"。但时节已至暮春，柳枝纷披，柳絮纷飞，因而"系春"与"随春"都无法挽住春天，于是无奈、黯然神伤之感顿生。下阕融情于叙事，写"愁春"和"送春"，表达对春的缱绻深情。山川无处不闻杜鹃的悲啼，而人的愁苦更是无法言说，可见除了对春的愁思，实在别无他法。最后是举杯送春，故作豪放洒脱之举，而一直默默不语的春天，这时候下起了急雨，像是放声痛哭的女人，将一腔的不舍和感动都倾泻而出。原来这春居然是这么多情有义啊。当然，一个多愁善感、万般挽春的女主不也跃然于这多情、凄婉又缠绵的画面中吗？不也很让人感动吗？

纳兰性德《金缕曲·赠梁汾》①

德也狂生耳②。偶然间，淄尘京国，乌衣门第③。有酒惟浇赵州土，谁会成生此意④。不信道、遂成知己⑤。青眼高歌俱未老⑥，向尊前、拭尽英雄泪。君不见，月如水。

共君此夜须沉醉。且由他，娥眉谣诼⑦，古今同忌。身世悠悠何足问，冷笑置之而已⑧。寻思起、从头翻悔。一日心期千劫在，后身缘恐结他生里。⑨然诺重⑩，君须记！

【注释】①梁汾：即顾贞观，字华封，梁汾是其号，江苏无锡人。康熙五年（1666）举人，擢秘书院典籍。十四年返里，退出仕途。十五年再度入京，与纳兰性德结识。

为人重道义，笃友情，与纳兰、吴兆骞生死情谊最为人所称道。工诗文，词名尤著。②"德也"句：类似李白"我本楚狂人"式狂放不羁。德，词人自称。③淄（zī）尘：黑尘，此作动词，"混迹"意。京国：京城。乌衣门第：指贵族之家。④"有酒"句：谓深叹举世无有能得士者。酒浇赵州土，洒祭平原君墓土。会：理解。成生：词人原名成德，又名成容若，故自称成生。⑤"不信"句：没想到（两人）竟成了知己。道，语助词。⑥青眼：表示对对方的喜爱。俱未老：纳兰时年22岁，梁汾40岁。⑦娥眉谣诼（zhuó）：指"娥眉被谣诼"，贤能遭毁伤。娥眉，喻贤才。⑧悠悠：令人感慨万端。置：放下，放在一边。⑨"一日"两句：谓一旦两相期许，虽经千劫而仍长存，来生恐怕还会再续。心期，谓两相期许。劫，佛教谓天地从形成到毁灭为一劫。⑩然诺重：指"一日"两句。

【疏解】这首词是为友人梁汾自画像的"题照"词。以此见二人情谊之深。本篇传为二人的订交之作。词一出，京师竞相传抄，可见这份情谊的影响力。当然双方身份、地位与年龄的差异都不小。词人是名相之子，当时刚刚中进士，授三等侍卫，不久又晋一等（正三品）；而梁汾中举，只做任内阁中书（从七品）等小职，又受谗去职，在纳兰家做家庭教师，双方年龄相差18岁，但纳兰都不以为意。正因为如此，这份情谊才显得可贵。上阕写相遇知己的狂喜。词作开始以狂生自称，又说是偶然的出身，表明词人并不以家世和地位相骄于人。词人着意于精神上的追求，仰慕前贤、喜纳名士，却不被理解，因而深感孤寂。于是与梁汾的相知相遇，词人就有一种意外的惊喜，深有相见恨晚之感。由此带来精神上极大的振奋。他激励友人不须伤悲，应拭泪振作。下阕表达情谊长存的祈愿。所谓"沉醉"，是说得知己的开怀与欣喜。又劝慰友人对于造谣中伤不必放在心上。面对自己的所谓显贵身世，也要求友人"冷笑置之"；至于荣华富贵，词人也表达了幡悔与蔑视：只希望情谊长长久久。可见词人对这份情感是何等珍视。这首词就是这样，直抒胸臆，不加掩饰，真切表达了炽烈真诚的情谊。

纳兰性德《梦江南》^①

昏鸦尽，小立恨因谁^②？急雪乍翻香阁絮^③，轻风吹到胆瓶梅^④，心字已成灰^⑤。

【注释】①题解：梦江南，词牌名，又名望江南、忆江南、江南好等。本词模拟女子口吻，表达思念与愁怨之深。②昏鸦尽：天空已无鸦飞，言黄昏已沉。此触景生情，暗用马致远《天净沙·秋思》"枯藤老树昏鸦……断肠人在天涯"意。昏鸦，傍晚归巢的鸦群。小立：站立片时（柔婉风情已现）。恨因谁：因何事而心怀怅惘。③"急雪"句：天空忽然飘起飞雪，像因风而起的柳絮。柳絮纷飞，又意指愁绪弥漫。乍，忽然。翻，飞。香阁絮，柳絮。语出《世说新语·咏雪》："谢太傅寒雪日内集……俄而雪骤，公欣然曰：'白雪纷纷何所似？'……兄女（谢道韫）曰：'未若柳絮因风起。'公大笑乐。"香阁，即香闺（美称女子居室）。④"轻风"句：言愁绪随风而进内室，感染了梅花，又触发更深的愁恨。胆瓶梅，内室悬胆形花瓶所插之梅。此梅，依词牌，江南梅也。宋人刘著《鹧鸪天》词曰："江南几度梅花发，人在天涯鬓已斑。……寄与吴姬忍泪看。"⑤"心字"句：谓远人难归，相聚无期，心已绝望。心字，即心字香，用香末绕成心字形的香。为夫妇等相聚所用。宋代蒋捷《一剪梅·舟过吴江》词："何日归家洗客袍，银字笙调，心字香烧。"成灰，双关语，既指独自烧完心字香，又指心念如灰。

【疏解】这首小令虽只言片语，但构词的张力远超乎想象。词说，暮霭沉沉，天空已无群鸦盘旋。但女主仍风情柔婉地站立在黄昏里。她因何事而心怀怅惘呢？此时，天空忽然飘起了飞雪，像因风而起的柳絮，让愁绪弥漫开来。这愁绪随风而进内室，甚至感染了悬胆形花瓶所插的梅花，又触发了更深的愁恨。为相聚所精心准备的心字香，独自烧完，最后散成一片灰烬。这暗示着，一切的幕都谢了，所有的期盼都徒劳无功，永远都是失落与惆怅。这首小词，起二句以景显情，以黄昏鸦雀双双归巢而栖，来暗示女主期盼心上人回归、双飞双宿的心理期待。但词作故意问"恨因谁"，反倒此地无银，怅惘的心意更浓了。而此时的女主，似乎越发地孤单、娇弱与落寞。三、四句，以景写情，以无人的存在，写香闺内的变化，更增了落寞的意绪。词作说，当女主小立于闺外时，天气骤变，急雪上下翻飞，飘进了香闺之内。甚至随着轻风，也吹到了瓶插的梅花。这无声的景态，像是女人的愁绪，在室内弥散。而最见奇的是"心字已成灰"，说明此前，雪未下、黄昏还有昏鸦盘旋在天空时，女主就已经点上心字香。而在此之前，她便期盼为即将到来的夫妇团聚添一份温馨。但香快燃尽了，而归人仍未归，女主再也按捺不住，于是走出闺外，小立伫望。可归人仍然未见，等来的却是一场急雪。可她还未进闺房，雪花就急急地随风起舞，飘进了闺内，落到了瓶插的梅上。这时候，女主还在小立而待，风夹着雪在室内打着旋儿，而心字香已燃尽化成了灰。这三个连续相成的场景，以点以染，让读者感受到了女主的落寞与凄迷，以及愁思与绝望。

《卿云歌》①

卿云烂兮，糺缦缦兮②。
日月光华，旦复旦兮③。
明明上天，烂然星陈④。
日月光华，弘于一人⑤。
日月有常，星辰有行。⑥
四时从经，万姓允诚⑦。
于予论乐，配天之灵⑧。
迁于贤圣，莫不咸听⑨。
鼚乎鼓之，轩乎舞之⑩。
菁华已竭，褰裳去之⑪。

【注释】①题解：本诗为上古时代歌谣。传舜将禅禹，众贤百官和帝舜同唱此歌，表达圣治和功退的政念。②卿云：一种彩云，古人视为祥瑞。卿，通"庆"。烂：灿烂。糺（jiū）缦缦：形容纡缓缭绕。糺，即"纠"，缠绕。③光华：光辉照耀。旦复旦：谓光明又复光明。旦，明亮。④明明：明亮。烂然：明艳的样子。星陈：群星陈列。

⑤弘：光大。一人：天子自称，谓帝舜。⑥"日月"二句：谓日月星辰皆运行恒久。⑦从经：遵从常道。经，即"常"，常道，指常行的义理、准则。万姓：人民，百姓。允诚：真诚信实。⑧论乐：器乐演奏整齐和谐。论，通"伦"，有条理。配：祭祀中的配飨礼。⑨迁：禅让。贤圣：道德才智极高之人。咸：都。听（yǐn）：形容笑的样子。⑩韺（chāng）：鼓声。轩乎：轩然，起舞的样子。⑪菁（jīng）华：指精力才华。褰裳（qiāncháng）：撩起下衣，这里指帝王让位。

　　【疏解】《卿云歌》系上古歌谣，相传是帝舜禅位于大禹时，同群臣同唱互和之作。始见旧题西汉伏生的《尚书大传》。此诗描绘了一幅政通人和的清明景象，反映了上古对美德的崇尚和对圣人治国的向往。诗在民国初年与北洋政府时期曾被定为中华民国国歌。全诗三章，由舜帝首唱（前二联）、八伯相和（三、四联）、舜帝续歌（后六联）三部分构成。首章首联，祥云降生，明艳灿烂，萦回缭绕，这是天启，预示又一位圣贤将顺天受禅。颔联，"日月光华，旦复旦兮"寓含了禅代之旨。这里说，圣人的光辉如同日月，逊位受禅，日复一日，光明不减。次章，三、四联，是群人齐声相和，恭颂井然有序的光明圣治，赞美宏大无极的前任帝舜。末章，系帝舜的赓歌。五、六联，是制度上的巡查和对复，说明让贤对上是遵循天道的常规，对下也是给百姓真诚信实的交代。七、八联，写举行祭告仪式。器乐齐奏，祭祀上天，神灵愉快接受。说明禅让确实顺天合民。九、十联，写帝舜逊位。在鼓乐歌舞声里，帝舜鞠躬尽瘁，撩裳让座，功成身退。

屈原《天问》① （节选）

曰：遂古之初，谁传道之②？上下未形，何由考之？③

冥昭瞢暗，谁能极之④？冯翼惟像，何以识之⑤？

明明暗暗，惟时何为⑥？阴阳三合，何本何化⑦？

圜则九重，孰营度之⑧？惟兹何功，孰初作之⑨？

斡维焉系？天极焉加⑩？八柱何当，东南何亏⑪？

九天之际，安放安属⑫？隅隈⑬多有，谁知其数？

天何所沓？十二焉分？⑭日月安属？列星安陈⑮？
出自汤谷，次于蒙汜⑯；自明及晦⑰，所行几里？
夜光何德，死则又育⑱？厥利维何，而顾菟在腹⑲？

【注释】①题解："天"为宇宙万物之总称，所问者广，故曰"天问"。②遂古：远古。遂，通"邃"，远。传道：传说。③"上下"二句：谓天地未形成之前，何从考知其事。④冥昭（hū）瞢（méng）暗：言宇宙混沌未分之状。冥昭瞢暗，四字同义。昭，同"昒"。极：追究。⑤冯（píng）翼：指元气盛满，或空蒙无形。惟：只，只是。像：想象。识：辨识。⑥明明暗暗：指昼明夜暗。惟：语助词。时何为：时间是什么。⑦阴阳三合：即"阴阳参合"，阴阳交融而生万物。三，同"参"。"何本"句：何者为本体，何者为变化。以上，是对宇宙起源的发问。⑧圜（yuán）：天体。九重：多重。营：借为"环"，环绕。度：测量。⑨兹：此，指"天有九重"。何功：何等之功，即何等之工程。初作：开始建造。⑩斡（wò）维：运转的纲绳。斡，转；维，纲；焉系：系于何处。天极：北斗极，天枢。焉加：安放在哪里。加，置。⑪八柱：传说撑天的八根支柱。何当：何处承任（支撑）。当，任。"东南"句：地之东南为何塌陷。⑫九天：指天的中央和八方。际：边界。"安放"句：到达何处又在哪里相连。放，至；属，相连。⑬隅隈（wēi）：（天之）角落。⑭"天何"二句：天上何处是日月会合之所，十二次相遇又是怎么划分的。沓，会合。十二，古人认为日月在黄道每年相遇十二次，故将黄道分为十二，以记日月轨迹。⑮"日月"句：日月是怎么烛照的。属：通"烛"，烛照。列星：众星。陈：排列。⑯汤（yáng）谷：日出处。次：停宿。蒙汜（sì）：日入处。⑰自明及晦：从朝至暮的一天时间。⑱夜光：指月亮。则：而。育：生长。⑲厥：其。利：利益。维：语助词。顾菟（tú）：即於菟，月中虎名。

【疏解】屈原是战国末期楚国爱国诗人，起初辅佐楚怀王，后遭谗去职。顷襄王时被放逐，长期流浪沅湘流域。后因郢都为秦攻破，政治理想破灭，遂投汨罗江而亡。关于《天问》创作，东汉王逸认为屈原被放逐以后，心中忧愁憔悴，彷徨游荡于川泽原丘，向天呼号，又走进楚国宗庙及王公祠堂，看到所绘神灵与圣君贤王行事，于是写诗抒发愤懑之情。从整篇看，屈原所发170余问，自天至地不少奇怪难解的现象，以及历史政治正邪善恶成败兴亡的疑难问题，涉及面广，并不限于向天发问这一域。因此所谓"天问"，一则系所问者广，二则因所问无解，从而表达屈子的忧愤之情与深广之思。《天问》起笔于天象天体之问，落笔于楚国的国运形势之忧，可以说是别样的司马迁《史记》式手法，以发问方式，"究天人之际，通古今之变，成一家之言"。本篇为节选部分，诗人的发问也不少：从远古天地未分，到时间是什么，天体如何形成、如何运转，天地支撑、倾斜的问题，以及日月星辰的运作情况，等等，可谓联想丰赡，情致极富，又具有极为严密的理性和逻辑性。从中亦可窥见屈子对宇宙的探索和怀疑的精神。

屈原《九章·涉江》

余幼好此奇服兮，年既老而不衰①。

带长铗之陆离兮，冠切云之崔嵬②，被明月兮佩宝璐③。

世混浊而莫余知兮，吾方高驰而不顾④。

驾青虬兮骖白螭，吾与重华游兮瑶之圃⑤。

登昆仑兮食玉英，与天地兮同寿，与日月兮同光⑥。

哀南夷之莫吾知兮，旦余济乎江湘⑦。

乘鄂渚而反顾兮，欸秋冬之绪风⑧。

步余马兮山皋，邸余车兮方林⑨。

乘舲船余上沅兮，齐吴榜以击汰⑩。

船容与而不进兮，淹回水而疑滞⑪。

朝发枉渚兮，夕宿辰阳⑫。

苟余心其端直兮，虽僻远之何伤⑬。

入溆浦余儃佪兮，迷不知吾所如⑭。

深林杳以冥冥兮，乃猿狖之所居⑮。

山峻高以蔽日兮，下幽晦以多雨⑯。

霰雪纷其无垠兮，云霏霏而承宇⑰。

哀吾生之无乐兮，幽独⑱处乎山中。

吾不能变心而从俗兮，固将愁苦而终穷⑲。

接舆髡首兮，桑扈蠃行⑳。

忠不必用兮，贤不必以①。

伍子逢殃兮，比干菹醢㉒。

与前世㉓而皆然兮，吾又何怨乎今之人！

余将董道而不豫兮，固将重昏而终身㉔！

乱㉕曰：鸾鸟凤皇，日以远兮㉖。

燕雀乌鹊，巢堂坛兮㉗。

露申辛夷，死林薄兮㉘。

腥臊并御，芳不得薄兮㉙。

阴阳易位，时不当兮㉚。

怀信侘傺，忽乎吾将行兮㉛！

【注释】①奇服：异于世人的服饰，喻志行高洁，与凡俗不同。衰：衰减。②铗（jiá）：剑柄，此代指剑。陆离：形容长。冠（guàn）：戴帽。切云：高帽之名。崔嵬（cuīwéi）：高耸的样子。③被（pī）：披挂。明月：夜光珠。佩：佩带。宝璐：美玉。④混浊：混乱污浊。莫余知：即"莫知余"，不知我。方：将要，正当。高驰：谓远走高飞。顾：顾念、牵挂。⑤虬（qiú）：有角龙。骖（cān）：驾驭。螭（chī）：无角龙。重（chóng）华：帝舜的名号。瑶之圃：谓天帝居所。⑥昆仑：传说中是圣山。玉英：玉树之花。同寿：谓永恒不朽。同光：谓无比显耀。⑦南夷：指江、湘以南土著民。旦：早晨。济：渡过。江湘：长江、湘江。⑧乘：登（上）。鄂渚：地名，在今湖北武昌。反顾：回头看。欸（āi）：叹息声。绪风：余风。⑨步：使漫步徐行。山皋（gāo）：山野。邸：同"抵"，使抵达。方林：地名。⑩舲（líng）船：有窗的小船。上：溯流而上。沅：沅水。齐：同时用力。吴榜：船桨名。汰（tì）：水波。⑪容与：徘徊不前。淹：滞留。回水：回流。疑滞：同"凝滞"，谓停留不动。⑫枉渚：地名，在今湖南常德。辰阳：地名，在今湖南辰溪。⑬苟：假如。端直：正直。虽：即使。僻远：偏僻荒远。伤：伤害、妨害。⑭溆浦（xùpǔ）：溆水之滨。

僤（chán）佪：徘徊。迷：迷惑。如：往，到。⑮杳：深远幽暗。冥冥：晦暗。猿狖（yòu）：泛指猿猴。⑯蔽：遮蔽。下：山下。幽晦：昏暗幽深。⑰霰（xiàn）：雪珠。纷：形容盛多。垠：边际。霏霏：形容云气浓厚。承宇：弥漫天空。承，承接。⑱幽独：孤独隐居。⑲固：本来。终穷：终生困厄。⑳接舆：春秋楚国隐士，与孔子同时，自剃头发，佯狂傲世。髡（kūn）首：剃去头发。桑扈：古代隐士。赢行：赤身裸体行走（以表达愤世嫉俗）。赢，同“裸”。㉑不必：不一定。以：用。㉒伍子：伍子胥，春秋吴国贤臣。逢殃：指伍子胥遭吴王杀害。吴王夫差听信伯嚭谗言，逼迫伍员自杀。比干：商纣王贤臣。时纣王淫乱荒政，比干强谏，被剖心杀害。菹醢：古代酷刑，将人剁成肉酱。㉓与前世：谓总举前代之事。与，通“举”，全，皆。㉔董道：守正道。董，正，守正。豫：犹豫，狐疑。“固将”句：言当然要在重重昏暗中度过一生。固，当然，仍然。㉕乱：乐曲最后一章的称谓，这里是概括全篇旨要之用。㉖鸾鸟凤皇：皆传说中的瑞鸟，喻贤臣。日以远：一天天远离。㉗燕雀乌鹊：喻谄佞小人。巢堂坛：喻小人占据朝廷。堂，殿堂；坛，祭坛。㉘露申：即瑞香花。辛夷：香木，即木兰。林薄：丛生草木。㉙腥臊：恶臭物，喻谄佞小人。御：进用。芳：芳洁物，喻忠直君子。薄：靠近。㉚阴阳易位：喻楚国政局混乱颠倒。时不当：时不遇，不逢其时。㉛怀信：怀抱忠信。佗傺（chàchì）：惆怅失意。忽：恍惚，失意。

【疏解】一般认为，本篇写在《九章·哀郢》之后，作于顷襄王时代诗人被流放之时，是诗人晚年的作品，表达了对朝廷政治、对社会环境已相当失望之情。诗作第一节，至“与日月兮同光”。写自幼修洁不辍，自身高洁难融混浊之世，因而心想避世离俗。这是诗人涉江远走的原因。第二节，至“虽僻远之何伤”。写秋冬之季，诗人陆路水路交替，又经历艰难的船行，到达辰阳，临时就地住宿。这一路上，诗人还经历了心灵的不安：不被土著俗人理解，难掩失落的悲伤。第三节，至“幽独处乎山中”。写进入僻远荒芜之地溆浦所见深林、猿狖、高山、晦雨、霰雪、阴云等给诗人的感受，为自己的幽独无乐深感难过。第四节，至“固将重昏而终身”。写诗人回顾历史上前贤所遭遇的不幸，深感忠贤的不得志于世，反而坚定了“董道而不豫”的政治信念。这是诗人住宿溆浦之地的幽独之思（即所谓“内心独白”）。第五节，“乱曰”以下，是概括全篇之旨，重申主题，写小人得意，贤人被迫远离，时代阴阳倒错，贤人只有惆怅失意，表达了诗人无比的忧伤之情。

于右任《望大陆》①

葬我于高山之上兮，望我故乡②。

故乡不可见兮，永不能忘！

葬我于高山之上兮，望我大陆。

大陆不可见兮，只有痛哭！

天苍苍，野茫茫③。

山之上，国有殇④。

（自注：天明作此歌）

【注释】 ①题解：本诗杂用骚体及乐府歌体，系作者 1962 年 1 月 24 日作于台湾地区，是其眷恋祖国大陆的哀歌。②"葬我"二句：1964 年 11 月 10 日作者辞世，遗体安葬在台北最高观音山，其遥望大陆半身铜像也在 4000 米玉山顶峰竖起。③"天苍"二句：天空苍茫无际，四野辽阔无边。④国有殇：即"有国殇"，指为国死难者，这里指作者本人。作者系辛亥元老，自比为主义献身之战士，晚年悲慨于客死他乡及国家分裂。

【疏解】 于右任先生，陕西三原人，本名伯循。早年加入同盟会，创办报纸宣传革命。曾任南京国民政府审计院院长、政府委员、监察院院长等职。1964 年病逝于台湾。于先生晚年羁留台湾，深念失散多年的大陆亲人，非常渴望叶落归根，但一直未能如愿。他身边没有一个亲人，又深感祖国处于分裂状态，无比遗憾和痛苦，于是创作了《望大陆》这首刻骨铭心的诗作。这首诗写于 1962 年初，发表在诗人逝世之后，感情真挚沉郁，是诗人表达游子眷恋故乡的哀歌，被誉为"一首触动炎黄子孙灵魂深处隐痛的绝唱"。全诗主要表达死后的遗愿，希望埋葬于高山，以便魂灵可以眺望大陆、遥望故乡，由此可见他何等强烈的刻骨铭心的故土情。这首诗可分为三节。首联直抒胸臆，表达葬高山望故乡的愿望，故乡前加"我"字，又增加了感情抒发的炽烈程度。次联迂回，说纵使故乡不可见，对故乡的深情也不会改变，可见情深而坚固。三、四两联，表述同前，但"只有痛哭"，表达得更为直白而无奈。最后两联，与前面抒情的长句相比，句式更为短促，也更为斩截，显得深情有力。这两联景象苍茫而辽远，空阔而寂寥，以天之大、野之阔，来比照山之上孤坟之渺小，使死后不见故土和祖国的痛苦之情越发显得悲怆而惨绝，令人不忍卒读，具有深深的感染力。

刘彻《盛唐枞阳之歌》

《汉书·礼乐志》
之《郊祀歌①·赤蛟②十九》

赤蛟绥③，黄华蓋④，露夜零⑤，昼晻薆⑥。
百君礼⑦，六龙位⑧，勺椒浆⑨，灵已醉⑩。
灵既享⑪，锡吉祥⑫，芒芒⑬极，降嘉觞⑭。
灵殷殷⑮，烂扬光⑯，延寿命，永未央⑰。
杳冥冥⑱，塞六合⑲，泽汪濊⑳，辑万国㉑。
灵禔禔㉒，象舆轙㉓，票然㉔逝，旗逶蛇㉕。
礼乐成，灵将归，託玄德㉖，长无衰㉗。

【注释】①《郊祀歌》：乐府歌曲名。《汉书·礼乐志》谓汉武帝定郊祀之礼，立乐府，其目多以歌之首句为名。以用于郊祀天地。②蛟：传说能发洪水的龙。③绥：即"绥绥"，形容缓缓前行。④黄华蓋：言赤蛟上方有黄气若盖。蓋，盖。⑤露：水汽。零：液体降落。⑥晻薆（ǎn'ǎi）：形容云气阴暗。⑦百君：众神。礼：指祭神求福祭礼。⑧六龙位：指太阳就位。传说日神乘车，驾以六龙，羲和为御。《易·乾》："大明终始，六位时成，时乘六龙以御天。"⑨勺椒浆：畅饮以花椒浸制的酒浆，祭拜天神。勺，通"酌"。⑩灵：天神曰灵（《尸子》）。⑪享：同"飨"。⑫锡：通"赐"。吉祥：好运之征兆，祥瑞。⑬芒芒：师古曰"广大"，杜预注"远貌"。⑭嘉觞：祭享时所用酒杯，或指美酒。⑮殷殷：形容炽盛。⑯烂：形容明亮。扬光：发出光辉。⑰未央：未尽、无已。⑱冥：窈也，同"杳"，深远。⑲塞：充满。

六合：天地四方。⑳泽：恩泽，恩惠。汪濊：亦作"汪秽"，深广。㉑辑：和，和洽。万国：万邦，天下。㉒褆褆（sī）：不安的样子。㉓象舆：用象拉的车。轙（yǐ）：待，整车待发。㉔票然：轻举，飞升。逝：往。㉕逶蛇：亦作"逶迤"，指旗帜招展延绵。㉖託：同"托"，请求或依靠。玄德：深德。㉗长无衰：师古注曰"言託恃天德，冀获长生，无衰竭也"。

【疏解】《汉书》卷六《武帝纪》谓："五年冬，行南巡狩，至于盛唐，望祀虞舜于九嶷。登灊天柱山，自寻阳浮江，亲射蛟江中，获之。舳舻千里，薄枞阳而出，作《盛唐枞阳之歌》。"五年，即元封五年，公元前106年。盛唐，指盛唐山，传在今安庆市区登云坡。九嶷：即九嶷山（又名苍梧山），在今宁远县城南。灊（qián）：即潜县，今潜山市。寻阳，即今九江市。枞阳：即今枞阳县。汉武帝射蛟台在今县城西达观山。《明一统志》曰："射蛟台在枞阳镇，汉武帝亲射蛟即在此处。"《盛唐枞阳之歌》，为武帝所即兴创作，即《汉书·礼乐志》之《郊祀歌·赤蛟十九》。此郊祀之歌，虽然仪式庄严，但富有游戏性质（所谓"娱神乐人"），甚至还带点荒诞喜剧色彩。大意说：自从斩杀蛟龙之后，由水汽而凝结的气雾不散，仿佛赤蛟的魂灵还在缓缓前行。皇帝（即"武帝"）一行送向百神进献祭礼，并趁机将众神灌醉。于是醉酒的神灵瑞意婆娑，赐福人间，万国同享，一片和平安宁。不过，神灵们还是很快醒酒，惊觉之余，踏车飞逝而去。但人间已礼乐和合，大治告成。当然大汉皇帝还是知道，要想长治久安，还需要仰赖深德，只有根深叶茂国家才会永无衰竭。

李延年《北方有佳人》

北方有佳人，绝世而独立①，
一顾倾②人城，再顾倾人国。
宁不知倾城与倾国，佳人难再得③！

【注释】①绝世而独立：当世无双，卓然而立。②倾：使覆灭，言美色亡国。

③"宁不知"两句：颜师古曰，"非不吝惜城与国也，但以佳人难得。爱悦之深，不觉倾覆"。

【疏解】《汉书·外戚传》说，精通音律、善于歌舞的李延年侍奉皇帝（汉武帝），献唱了《北方有佳人》歌，皇帝叹息说："好啊！世上难道有这样的人吗！"平阳公主趁机说李延年有个妹妹就是这样的人，于是皇帝召见了她，确实绝妙艳丽并擅长舞蹈。由此获得了宠幸。不过李夫人年纪轻轻便早早地死去，皇帝很怜悯她，在甘泉宫为她画了画像。甚至还请来方士为她招魂，并写下缠绵悱恻的《李夫人赋》。这首诗以简驭繁，先是粗线条勾勒，再引历史故意引起不适，最后是奉劝珍惜，达到效果。写得一波三折，令人追想。再看，诗歌起句平平，次句直接夸赞，无有渲染。三、四句使用《诗经·瞻卬》"哲妇倾城"典故（讥刺"女子才毁社稷"），一下子让人想到幽王宠幸美姬而致亡国的故事，倒了些胃口。五、六句杀一个"回马枪"，说知道历史上那个故事及其深刻的教训；接着又说，只是这美人实在是千载难逢，一旦错失便成千古遗憾啊。让人在理智与情感的尖锐对立中做抉择，结果再伟大的强者如武帝，那一刻也丧失理智，还是选择了"拼死吃河豚"，甘心冒险一试。

梁鸿《五噫歌》

陟彼北芒兮，噫①！
顾览帝京兮②，噫！
宫室崔嵬兮③，噫！
人之劬劳兮④，噫！
辽辽未央兮⑤，噫！

【注释】①陟（zhì）：升，登。北芒：亦作"北邙"，即邙山，因在洛阳之北故名。东汉王侯公卿多葬于此。噫（yī）：叹词，表示感慨、悲痛、叹息。②顾览：环视，观览。帝京：京城。③宫室：宫殿。崔嵬（wéi）：大而高耸的样子。④劬（qú）劳：劳苦，苦累。⑤辽辽：形容远。未央：未尽，没完。

【疏解】梁鸿，字伯鸾，东汉初期的隐士和诗人。曾入太学受业，又在上林苑牧猪。后归乡里，娶丑女孟光为妻，共入霸陵山中隐居，以耕织为业。章帝时出函谷关过洛阳，因创作《五噫歌》刺世，使朝廷对他深为不满，遂改名换姓，隐居齐鲁。不久又南逃至吴，替人舂米维生，但人穷志坚，夫妇相敬如宾，赢得东家敬重。后来闭门著书，死后葬于要离墓旁。《后汉书·梁鸿传》写梁鸿不与世合作，骨子里有常人不备的高洁；其"周流"各地，实际上是精神求索的体现。他的《五噫歌》，充满了对统治者穷奢极欲的不满和对劳动人民辛劳付出的深切同情，表现了他对国家现状的忧思和对人民苦难的关注。诗作五句，首句登山一叹，发旷世之音，警策动人。情感强烈，充满张力。二、三句是叙述，实写一事，即感慨京城建筑的奢华。但细究起来，二句写目力所及，叹范围之广。四、五句触景生情，感慨议论，联想到人民无穷尽的劳苦，抒发悲怆之叹，意味深长，发人深省。当然，诗作最醒目的还是"五噫"。清人张玉毂《古诗赏析》说："无穷悲痛，全在五个'噫'字托出，真是创体。"

蔡琰《悲愤诗》

汉季失权柄，董卓乱天常①。
志欲图篡弑，先害诸贤良②。
逼迫迁旧邦，拥主以自强③。
海内兴义师，欲共讨不祥④。
卓众来东下，金甲耀日光⑤。
平土⑥人脆弱，来兵皆胡羌。
猎野围城邑⑦，所向悉破亡。
斩截无孑遗，尸骸相撑拒⑧。
马边县⑨男头，马后载妇女。
长驱西入关，迥路险且阻⑩。

还顾邈冥冥，肝脾为烂腐⑪。

所略有万计，不得令屯聚⑫。

或有骨肉俱，欲言不敢语⑬。

失意机微间⑭，辄言毙降虏。

"要当以亭刃，我曹不活汝⑮。"

岂复惜性命，不堪其詈骂。

或便加棰杖，毒痛参并下⑯。

旦则号泣行，夜则悲吟坐。

欲死不能得，欲生无一可⑰。

彼苍者何辜，乃遭此厄祸⑱。

边荒与华异，人俗少义理⑲。

处所多霜雪，胡风春夏起。

翩翩吹我衣，肃肃入我耳⑳。

感时念父母，哀叹无穷已。

有客从外来，闻之常欢喜。

迎问其消息，辄复非乡里。

邂逅徼时愿，骨肉来迎己㉑。

己得自解免㉒，当复弃儿子。

天属缀人心㉓，念别无会期。

存亡永乖隔，不忍与之辞㉔。

儿前抱我颈，问母欲何之。

"人言母当去，岂复有还时。

阿母常仁恻㉕，今何更不慈？

我尚未成人，奈何不顾思。"

见此崩五内，恍惚生狂痴㉖。

号泣手抚摩，当发复回疑㉗。

兼有同时辈㉘，相送告离别。

慕我独得归，哀叫声摧裂㉙。

马为立踟蹰，车为不转辙㉚。

观者皆歔欷，行路亦呜咽㉛。

去去割情恋，遄征日遐迈㉜。

悠悠三千里，何时复交会㉝。

念我出腹子，匈臆为摧败㉞。

既至家人尽，又复无中外㉟。

城郭为山林，庭宇生荆艾。

白骨不知谁，从横莫覆盖㊱。

出门无人声，豺狼号且吠。

茕茕对孤景，怛咤糜肝肺㊲。

登高远眺望，魂神忽飞逝。

奄若寿命尽，旁人相宽大㊳。

为复强视息，虽生何聊赖㊴。

托命于新人，竭心自勖厉㊵。

流离成鄙贱，常恐复捐废㊶。

人生几何时，怀忧终年岁㊷。

【注释】①汉季：汉末。失权柄：谓皇权失去效力。"董卓"句：指灵帝中平六年（189）、七年董卓废杀汉少帝，毒死何太后事。天常：天之常道，指君臣正常的上下关系。②志欲：欲念，希望。篡弑：夺位弑君。弑，古代指臣子杀君父的行为。贤良：指为董卓所害的丁原、周珌等人。③迁旧邦：董卓毁洛阳挟天子迁都长安。④兴义师：指初平元年（190）关东袁绍为盟主的义兵起事。不祥：不祥之人，指董卓。⑤"卓众"句：指初平三年卓部李傕、郭汜等兵出关东，肆掠陈留、颍川等地。金甲：金饰的铠甲。⑥平土：平原，中原地区。⑦猎野围城邑：围城邑犹如猎野。⑧子遗：遭兵灾等遗留下的少数人。相掌拒：谓相互支撑着。掌，同"撑"。⑨县：同"悬"。⑩"长驱"句：指董卓等在东方大肆劫掠后又西入关。迥路：谓路远。⑪邈：渺远。冥冥：迷茫的样子。烂腐：犹破碎。⑫略：通"掠"。屯聚：谓团圆。⑬骨肉：至亲。

“欲言”句：言害怕。⑭失意：不如意，不合意。机微：细微，稍微。⑮要当：自当，应当。亭刃：加刃，刺杀。亭：通“揨（chéng）”，撞击。我曹：我辈，胡兵自称。⑯棰杖：棍棒。毒痛：毒，怨恨，指恨骂；痛，指痛打。参并：犹交加。⑰无一可：谓没有一项可行。⑱彼苍者：指苍天。戹祸：灾祸。戹，古同“厄”。⑲边荒：边远之地，指南匈奴。少义理：不讲道理。⑳翩翩：飘动的样子。肃肃：阴沉萧瑟，指风声（拟声）。㉑邂逅：不期而遇，偶然。徼时愿：谓侥幸达到平时的愿望。徼：同“侥”。骨肉：喻至亲，这里指汉朝派来的使者。㉒解免：逃脱，避免。㉓天属：天性相连，指父子、兄弟、姊妹等有血缘关系之亲属。《庄子·山木》：“或曰：‘弃千金之璧，负赤子而趋，何也？’林回曰：‘彼以利合，此以天属也。’”缀：联系。㉔乖隔：分隔。㉕仁恻：仁慈。㉖五内：五脏。恍惚：形容心神不定、神志不清。生狂痴：发狂。㉗复回疑：又迟疑不决。㉘同时辈：指同时被掳之人。㉙摧裂：极言悲痛。㉚踟蹰：徘徊不前。转辙：车轮转动压出的痕迹，引申为车轮转动。㉛歔欷：悲泣抽噎。行路：过路之人。㉜去去：远去，谓永别。情恋：眷恋之情。遄（chuán）征：急行，迅速赶路。日遐迈：谓日益远去。遐迈，远行。㉝悠悠：遥远。三千里：泛言路长。㉞出腹子：指亲生子。匈臆：胸臆，胸怀。匈，同“胸”。摧败：崩毁，形容极度悲伤。㉟中外：指中表之亲。中，指舅父的子女，为内兄弟；外，指姑母的子女，为外兄弟。㊱从横：纵横。覆盖：掩埋。㊲茕茕：孤零的样子。孤景：指自己孤单的影子。景：同“影”。怛咤（dázhà）：悲伤感叹。糜：糜烂。㊳奄若：忽然好像。宽大：宽慰。㊴为复：还是，抑或。强：勉强。视息：仅存视觉、呼吸等，谓苟全活命。聊赖：倚靠。㊵新人：指董祀。勖（xù）厉：勉励。㊶“流离”句：谓经流离而成为让人轻视的卑贱之人。捐废：抛弃。㊷怀忧：忧思郁结。终年岁：终身。

【疏解】蔡琰，字文姬，蔡邕的女儿。学识渊博、才智机辩，通晓音律。献帝兴平年间（194—195），天下混乱，蔡琰被胡骑俘获，落入南匈奴左贤王手里，在胡地生活了十二年，生有两个孩子。与蔡邕交好的曹操派遣使节用黄金和璧玉将她赎还，并将她重新嫁给了董祀。文姬感伤于战乱流离失所的惨痛经历，追念其中悲痛和忧愤的心绪，于是创作了这首《悲愤诗》。诗分四节。第一节至“迥路险且阻”，写汉末政局混乱，董卓与一群豺虎对人民进行野蛮屠杀和掳掠，揭示了诗人蒙难的社会历史背景。第二节至"哀叹无穷已"，细述人民在虏营中悲惨的生活。即使骨肉至亲也不敢言语，稍不如意即招辱骂和毒打。日夜号泣悲吟，求死不得求生不能。诗人呼天念亲，满怀悲愤。第三节至"匈臆为摧败"，写诗人回家出现转机，却又面临割裂亲子亲情的苦痛，以及与当年同难人难舍难分的惨别。第四节，写诗人回到残破家园之后的悲怆见闻。一是亲人已死亡殆尽；二是城郭变山林，庭院长满荆棘，累累白骨，狼嚎豺吠，整个一个阴惨绝望的世界横亘在面前。这种战后的荒凉阴森，对诗人触动很大，致使她悲抑摧折，失去了生活的乐趣。同时颠沛流离困扰着诗人，让她始终都有再遭遗弃的恐惧和悲愤。

辨微论诗

辨析须严念虑微

前半部分针对《诗经》文本，以今事作引、起兴，以引发阅读兴趣的同时顺便"辨章文理"，点明现实的讽喻或规劝。

后半部分是以理性的引述与精要的解释，寻绎阐释的维度与空间。

金光菊和女贞子的洪流

——读《诗经·国风·周南·卷耳》

　　记忆里，乡里并不唱黄梅戏。幼时曾听到一二男劳于耕田打耙之际扯着长歌古调，也偶见三两女子为情而纠纷过，此外，不过是平平淡淡的生活。但自《天仙配》《女驸马》《牛郎织女》等电影播放后，则如一夜春风吹来，到处都有传唱。原来歌调并未消失，只不过要等一时的大小气候。

　　黄梅戏并非小戏，如果硬要做成乡野小调，反倒别扭。听来听去，感觉还是罗岭的严凤英大师唱得最好听，吐词发音脆生而浑厚，表演投入，所饱含着的是至为纯真而浓烈的情。严凤英的经历坎坷，但15岁的小小年纪，就以一部《小辞店》唱响当时的省城安庆，足见她少年天才的戏剧禀赋。

　　我于2003年来到铜陵后，街坊里巷走走，仍感到严凤英的影响很大。到过去是繁华商埠的大通荷叶洲，还能听到民众动情回忆当年听严凤英唱戏到三天三夜的疯狂情形。甚至有老戏骨打趣说，接她的尿"泡锅巴"，一顿要吃"三大碗"。其痴迷的程度，可见一斑。有传记说，时年17岁的严凤英于1947年底避走南京学艺，路经贵池秋浦，足足唱了三个月的戏。当然，也一定路过必经地荷叶洲吧。

　　小时又听有老人说，严凤英的戏是好，但勿听她的《小辞店》，会带坏人。但我后来还是"冒险"听了，感觉没什么不对劲，反而生出了很多叹息。说来《小辞店》不过是演绎一段婚外真情，剧中女店主柳凤英与外地商人蔡鸣凤互生情愫三年，分别时悲痛欲绝。在得知蔡家中有妻，且决意辞店，柳用曲折哀婉的三百多句唱腔表现了人物撕心裂肺的悲痛，展示了悲剧巨大的震撼力。

　　据黄梅戏编剧濮本信先生回忆，只要严凤英演唱《小辞店》，观众就会从四面八方涌往古巷小街的前牌楼，剧场门口下午必挂出"客满"。"不但如此，观众还跟随严凤英转台，她演到哪里就跟到哪里"。从戏剧所反映的情形看，这不仅是对真正爱情的渴求和绝望，也是人类对自身所设制度的抗拒和控诉，因而产生巨大的悲情效果。

后来年龄渐长，又感觉欢哈嗌嚎、慷慨涕泣的，皆是从人心底冲决而出的、撕心裂肺的声腔。比如河南梆子戏，比如秦腔。与严凤英唱《小辞店》一样有异曲同工效果的，我以为是那一曲信天游之《赶牲灵》。尤其是山大沟深，驮客们赶着骡马等牲灵，一季半年，三年五载，于漫漫长路上，冒着重重艰险，风餐露宿之余，终于来到一处歇脚地，就像久旱逢甘霖，一遭遇多情的女店主，于是一段段浓烈、缠绵而凄厉的爱情在一道道山沟沟里荡气回肠地吼开，然后成了永恒的绝唱。

陕西人说，走南闯北的驮客，年轻强健，见多识广，会武、说书和唱歌，甚至张口就来。他们跨州过府，遍及陕甘宁蒙晋等地，运出输入，互通有无，凡歇息落脚处，自然会有爱慕的女人，她们说："不爱哥哥银子不爱哥哥钱，单爱哥哥五端身子大花眼。"然后，就是男欢女爱的情事。

蔡申在《漫笔〈赶牲灵〉》里，引路遥小说《人生》中德顺老汉的一段介绍，说："那时，我就在无定河畔的一个歇脚店里，结交了店主家的女子……等我一在他们村的前砭上出现，她就唱信天游迎接我哩。……灵转背着她爸，偷得给我吃羊肉扁食，荞麦碗砣。一到晚上，她就偷偷从她的房子里溜出来，摸到我的窑里来了。一天，两天。眼看时间耽搁得太多了，我只得又赶着牲灵，起身往口外走。那灵转常哭得像泪人一样，直把我送到无定河畔，又给我唱信天游……"又说，在黄土高原的梁峁沟壑中，每一声狗吠都能让人怦然心动，驼铃的叮咚更会搅乱山村的宁静，所以才有"夜夜听见马蹄子响，扫炕铺毡换衣裳。听见哥哥唱着来，热身子扑在冰窗台。听见哥哥脚步响，一舌头舔烂两块窗"。……不过，陕北女子也很爽气——"你若是我的哥哥你就招一招手，你不是我的哥哥就走你的路"。好干脆！

其实从古到今，情的变化最少，几乎一样。《诗经》里的《周南·卷耳》篇，我们不也听到了类似的声音？诗作写一个贵族女子在采集卷耳时，搁不住思念起远行在外的男人，于是情不自禁地放下了筐头，带着随从，攀上石山，登上山脊，又爬上乱石冈，自己累坏了不说，单是坐骑也累废了，仆人们也精疲力竭，但就是不见心上人的丝毫踪迹。于是愁思聚心，借酒消愁："我姑酌彼金罍，维以不永怀。""我姑酌彼兕觥（sìgōng），维以不永伤。"其实，借酒消愁愁更愁而已。这哪里是一个简单的借酒消愁，这分明是一个女子的豪放之举。它同样达到震撼心灵的程度。

但后来的圣贤们吓得不轻，赶紧出来澄清。朱熹在《诗集传》说："后妃以君子不在而思念之，故赋此诗。托言方采卷耳，未满顷筐，而心适念其君子，故不能复采，而置之大道之旁也。"又说："此亦后妃所自作，可以见其贞静专一之至矣。"然而依据呢？朱夫子只好说："岂当文王朝会征伐之时，羑（yǒu）里拘幽之日而作欤？然不可考矣。"

清人方玉润的看法要自然得多，在《诗经原始》里说："故愚谓此诗当是妇人念夫行役而悯其劳苦之作。圣人编之《葛覃》之后，一以见女工之勤，一以见妇情之笃。""（一章眉批）因采卷耳而动怀人念，故未盈筐而'置彼周行（háng）'，已有一往情深之概。""（二三四章眉批）下三章皆从对面着笔，历想其劳苦之状，强自宽而不能宽。末乃极意摹写，有急管繁弦之意。"不过，怎么见得就一定是"妇人念夫行役"呢？其实，何必夫何必妻，又何必曾经相识还是萍水相逢呢？

还是当代诗人舒婷能乘时代之正，将两三千年凝结而成的传统道碑彻底地打碎。其创作于1981年的诗作《神女峰》，内里有一股人性之光喷射而出："沿着江岸／金光菊和女贞子的洪流／ 正煽动新的背叛／ 与其在悬崖上展览千年／ 不如在爱人肩头痛哭一晚"是啊，心有所爱已经足矣，又何必费辞其余？

附《卷耳》：

采采卷耳，不盈顷筐。嗟我怀人，置彼周行。

陟彼崔嵬，我马虺隤（huītuí）。我姑酌彼金罍，维以不永怀。

陟彼高冈，我马玄黄。我姑酌彼兕觥，维以不永伤。

陟彼砠矣，我马瘏（tú）矣。我仆痡（pū）矣，云何吁矣！

绝不做攀缘的凌霄花

——《诗经·国风·周南·樛木》

小时候感觉庄子很大，好几百号人的规模，上下连成一片，往往下边发生的事，当夜即可悄无声息地传到上庄。当时有位人呼"小老爷"的，姓朱，五十多岁了，有一年悄悄回到他的生养地，他的哥哥赶紧给腾出一两间老房。这本来没有什么。但是，好像这样的安排并不令他满意。因为他带回了两个"老婆"，颇引起庄子里不少杂音，瞬间传开。

一方面背后说他老不正经，另一方面又羡慕他可以同时拥有两个老婆。其中有一个老太太，家离这里并不远，她的亲生儿子在某个时候还来看过。这小老爷本事确实有。记得老家屋后往北，有一口老塘干过，当时即引来上下庄人好一顿哄抢。男女老幼等，拿着鱼网、鸡罩和其他渔具去打劫。唯有他，带着二三人等，划着渔船，快乐地在还有水的地方拍击着，将鱼儿尽皆围撵到网里去。至今还记得他双手举起大鱼的得意神情，因而即时引发鱼塘周围的一阵阵喝彩。

但是这种喝彩是打折扣的。而私下里，我被老人们警告要远离这些人，因为他们所做的"生意"，都不是一般正经人所敢做。至于是哪些，老人们还有我的父母从不讲。大约过了一段时间，新闻终而至于变成旧闻。他当初风光带回来的两个老婆，他曾经骄傲地宣布一个伴上半夜一个陪下半夜，后来都陆续离开。这种幸福的烦恼并没有延续多长的时间。大约这田园生活并不理想。养着两个老太太，经济上吃紧，要她们相安无事，可能还要费不少周折吧。不久之后，风光的小老爷也终于离开，去别处寻他的生活去了。

当我读到《诗经》的《周南·樛（jiū）木》篇时，所谓"南有樛木，葛藟（lěi）累之。乐只君子，福履绥之"等，不禁失笑。直直的树儿都被藤萝纠缠得弯曲了，甚至爬上这树，将树头都覆盖住，估计这树儿气都不打一处出，居然还能"乐只君子"，好佩服这身受的君子们所拥有的福气了。

这哪是什么福气？《文选》的潘岳《寡妇赋》中有"顾葛藟之蔓延兮，托微茎于樛木"之句，李善注曰："言二草之托樛木，喻妇人之托于夫家也。"这二人一写一注，都大事化小，小事化了，大约小蔓小藤缠绕，要好得多吧。不然，将一株中不溜的树儿上都缠上十来条巨蟒式藤萝试试。因为一缠绕，就会影响被缠树木的营养输送。其实即使是《诗经》自己也是清楚的，真要是覆盖了树的全身，有时见着，也挺刺激人的。我们知道，凌霄花是常见的攀缘藤本植物，常借气生根攀缘它物、向上生长，在《诗经》被人称之"陵苕"。《小雅·苕之华》说："苕之华，芸其黄矣。心之忧矣，维其伤矣！苕之华，其叶青青。知我如此，不如无生。"你看，人民在饥饿中挣扎，没有生路了，而这凌霄花开了花，花儿黄黄，叶子青青，充满了生机。

南宋大儒朱熹，大约感觉这些解释好像都有问题，与其在解释上引火烧身，不如改头换面，将"乐只君子"中"君子"的解释做一点变更，曰"犹言小君内子"，然后又被后人解释为所谓"后妃姨太太"之类的代称。君子或君王成功避开了解释的雷区，闲而无事，而后妃姬妾之间你缠我绕，枝根错杂，就任你们去吧。

只是清人崔述似乎有点硬镢头，不通圣贤的用心。他在《读风偶识》里揣测说，"或为群臣颂祷其君而亦未可知"。如果是这样，那么还是将君王比喻成这下面弯曲的树木——樛木。君王怎能这样被解释呢？这不是暗暗的讽刺又是什么。

藤萝的缠绕，到底还是有很多人不喜欢。挈妇将雏，常常是没有办法，如果被讥为拖油瓶之类，没有多少纠葛已经是阿弥陀佛了。又想起当代诗人舒婷的《致橡树》诗。几乎是对《樛木》诗的一个颠覆："我如果爱你——／绝不像攀援的凌霄花，／借你的高枝炫耀自己；／我如果爱你——／绝不学痴情的鸟儿，／为绿荫重复单调的歌曲；／也不止像泉源，／常年送来清凉的慰藉；／也不止像险峰，／增加你的高度，衬托你的威仪。"因为在舒婷看来："我必须是你近旁的一株木棉，／作为树的形象和你站在一起。／根，紧握在地下；／叶，相触在云里。／每一阵风过，／我们都互相致意"，这是新时代的新声音。

的确，新时代的诗人，以橡树和木棉健美的形象象征男性美和女性美，通过木棉新女性的自白，表达了平等独立、互助尊重，既重视对方又珍视自身的价值诉求。不附庸，不攀附，不利用，有承担，相互激励，共同面对。今天，时代觉醒了，女性越过男性，终于发出这呐喊的强音。

附《樛木》：

南有樛木，葛藟累之。乐只君子，福履绥之。

南有樛木，葛藟荒之。乐只君子，福履将之。

南有樛木，葛藟萦之。乐只君子，福履成之。

那一次蝈灾令"我"艳羡

——读《诗经·国风·周南·螽（zhōng）斯》

我在《儿歌、谜语与游戏》一文中，曾经回忆儿时的一个片段。

"有一回，也是在临睡前，母亲忽然对我说：'听到什么声音没？'我说：'吱呜——，吱呜——，好像是纺车姑的叫声。'她很神秘地说：'你听着，明天早起，到园子里去，就会捡到一个个很大的穗纱（线穗子）呢。'我将信将疑：'真的？'母亲很肯定地答：'嗯。'

"第二天天刚亮，便急匆匆到后园，一看，树上并不见什么穗纱。我奇怪地回问母亲：'找了半天，怎么没有啊？'她说：'那是你起得不早的缘故。'于是当晚早早地睡下，次日天刚蒙亮，便动身起床。园子里雾气蒙蒙，似轻纱般笼罩。树影朦胧，像没有睡醒。冰凉的露水，则时不时地从树叶上掉下来。园子里静静的，只有我的脚步声吱嘎作响。转了半天，依旧什么也没发现。回来时，见母亲做过针线活，打水烧饭，正在扫地喂鸡。

"'又没找着。'我傻傻地报告。母亲笑了。一把搂住我：'傻孩子，妈在骗你！'骗我？可我并不觉得。我只是在想，母亲辛苦，能帮一点也好，哪怕是捡到一只穗纱也是好的。"

这里所说的"纺车姑"，或者叫纺织娘，就是通称叫蝈蝈的昆虫。

这种小虫子呈绿褐色，像蝗虫而头小，背翅宽而长，触须细长如丝。发声的为雄性，前肢摩擦有声，夏秋季晚上，在野外草丛中发出"沙沙"或"轧织、轧织"声。一般喜欢栖息在凉爽阴暗的环境，喜食南瓜、丝瓜等花瓣，也吃其他昆虫。它当然不会纺织，自然不会有什么穗纱之类。上面的故事，不过是我母亲以猜谜的方式，告诉我如何自己去认识和探究事物而已。

这纺车姑的古名，则有络纬、莎鸡、螽斯（或斯螽）、蚣蝑（zhōngxū）、舂黍等名目。从今天的农林牧业可知，这种虫子对农作物有一定程度的危害。但是，古人似乎并不这么看。《诗经·国风·豳风·七月》谓"五月斯螽动股，六月莎鸡振羽，七月在野，八月在宇，九月在户，十月蟋蟀入我床下"。它成了时间与节候变化的一个应时器。螽斯这种虫子，一年繁殖一次。而寿命，一般认为是春生秋死，霜降前基本死掉。

至于古人所谓其多子义，则可能完全来自于《诗经·周南·螽斯》篇（"螽斯羽，诜诜（shēn）兮。宜尔子孙，振振（zhēn）兮"等）。并且，古人似乎还有新的发现，螽斯多子，能生八十一子，或九十九子，是多育的象征。但是，疑窦重重的是，他们认真地数过吗，典出何处，至今不得而知。《毛诗序》以为，"后妃子孙众多也，言若螽斯，不妒忌，则子孙众多也"。朱熹又发挥道："故众妾以螽斯之群处和集而子孙众多比之，言其有是德而宜有是福也。"

当然，清人姚际恒指斥这种观点为"附会无理"。而方玉润对这两者也都持怀疑的态度，认为后妃如何子孙如何，都属于"拟议附会之词"，"且谓此诗为众妾所作，则尤武断无稽。周家媵妾纵多贤淑，安见其为女学士耶？当是之时，子孙众多，莫若文王，诗人美之固宜，但其措词亦仅借螽斯为比，未尝显颂君妃，亦不可泥而求之也"。

但他们在"借螽斯为比"上，都没有多少异议。说这类飞蝗产卵多，数量惊人，自然不是虚言。但诗作并非着眼于此，而是即景抒情、即时感发的味道非常鲜明。正如一些行家如方玉润，有所谓"诗只平说，唯六字炼得甚新"之论。哪六字？"诜诜"（众多）、"振振"（茂盛）、"薨薨"（hōng，飞声轰轰作响，众多义）、"绳绳"（mǐn，绵延不绝）、"揖揖"（会聚）和"蛰蛰"（zhé，聚集）是也。这六字复制成叠词，不仅锤炼整齐，隔句联用，错落有致，音韵铿锵，而且表意显明，共同编织一幅不仅繁盛热闹而且无比壮观、令人惊骇的画面：你看，蝈蝈们张翅群飞，轰轰作响，它们越聚越多，黑压压一片，正铺天盖地袭来。

哦，这不是蝗灾吗！所过之处，禾田吞食，无一剩物啊。不过，且慢，你们看，这类小虫，虽然胆小独居，但是，一旦聚集群飞，集体迁移，就会形成令人生畏的虫阵，甚至遮天蔽日啊，你没有理由再小看轻视！是啊，庄稼吃了，草木光了，没关系，它们有理由、有阵势、有数量，太强大，太震撼啊，这就是规模效应。不由人不欣赏赞叹！

美国科学院院士、医学家、生物学家和科普作家托马斯·刘易斯，则在其文《作为生物的社会》（选自《细胞生命的礼赞》）里揭示和解释了这一现象。当一个群体里的个体，分散或单独时，很难显现智慧；但是，如果数量达到一定的程度，群体的智慧就会显现出来。当它们作为一个群体而存在时，就显示了强大的生存能量。

诗人想，如果"我们"一个个人，也都会聚起来，步调一致，齐整行动，则我们的子孙也一定众多，族群一定兴旺，世代一定绵延！谁说不是呢？

附《螽斯》：

螽斯羽，诜诜兮。宜尔子孙，振振兮。

螽斯羽，薨薨兮。宜尔子孙，绳绳兮。

螽斯羽，揖揖兮。宜尔子孙，蛰蛰兮。

微斯人吾谁与归

——读《诗经·国风·周南·桃夭》

仍然记得 1993 年的某个时候，课上，我指着窗外的青青麦海，问学生能够引起什么样的联想，有学生不假思索地抢答，说"馒头，满眼望去都是馒头"，结果引起哄堂大笑。一恍惚，当年那个孩子，现在也快到不惑之年吧。不奇怪，一个太过务实而无一点点灵虚的想法，在现实之中遭遇到了尴尬。我当然没有批评的意思，而是急忙岔开话题，说："不要笑话。著名的作家也有的，比如朱自清《春》里的一段。"所谓《春》文，自然是那有名的一节，尤其是那"闭了眼，树上仿佛已经满是……"的一行文字：

"桃树，杏树，梨树，你不让我，我不让你，都开满了花赶趟儿。红的像火，粉的像霞，白的像雪。花里带着甜味；闭了眼，树上仿佛已经满是桃儿，杏儿，梨儿。花下成千成百的蜜蜂嗡嗡地闹着，大小的蝴蝶飞来飞去。"

这在修辞上有一个名词，叫"示现"。所谓示现，学术上一般分为追想式、预感式和悬想式三种，前者把过去的事说得历历在目，中者将未来的事说得如同出现在眼前，后者是把想象中的情景说得如同真情实景。不过，前两者其实并不好区分，而前两者与后者之间也没有本质上的区分。至于桃花，人们并不怎么玩赏，对于其果实倒是有很多的期待，故而由花思果，并不感意外。

传统对桃花（或桃树）的关注，一般在药用和辟邪上为多。以桃枝编扎成桃荊（liè），或以桃木制成弯弓，或将桃枝插在门户上，或刻桃木为印、为人挂于门边，或煮桃汤四处泼洒。2016年去贵阳，大妹陪着游玩黔灵山，还遇到一位老太太抠挖桃树上的渗油，说是回去熬煮，作为治疗咳嗽的药物。至于观赏，这些年较为流行，而昔时大约多为闲逸之士的专利。桃花是人人常见的春信之一，也是中国传统花木，花朵丰腴，色彩艳丽，为早春重要观赏花种之一。最早的关注莫过于《诗经》里的《桃夭》篇，不过它并非记述游玩之乐。

然而，有意思的是，这篇写桃花的诗作，居然也用了很"庸俗"的示现法。

诗作一开始是所谓"比兴"法，"桃之夭夭"，自然不是老干屈曲嶙峋之类，注家解释"夭夭"为"少壮"，自然让人联想到人的身体健美和青春正盛。受自然生命意识的启发，诗人为眼前一个女子占卜命运，一切都是从眼前说起，即时即地，附带周围的环境，说她正宜出嫁，而嫁人之后定当让夫家美满如意。诗分三节，其实表达的意思也在这"比兴"里。一是这女子美艳丰腴，有如眼前浓艳的桃花；二是这少壮的桃树，花既艳丽，那么按照自然的进程，不出意外，其果实也一定健硕甘甜。聪明人一听，自然明白所谓的寓意，这女子会多生健子。花容如此，再看这叶貌，"蓁蓁（zhēn）"，繁密茂盛，所谓枝叶扶疏者，整个状况也是极好的啊。

料想这刚刚长大的女子，对于自己的人生命运，似乎是不太确定，但经过巫祝这一番说辞，相信她必欣喜激动，一颗悬而未定的心也就很沉稳地放下了。

桃树是季节轮回性植物，桃花年年春来开放，只要树木茁壮，自然花形繁盛、绿叶纷披，其果实也自然硕大美好。而人也是这样。面容是一个人千万年修行的最直观的显示器，健康与疾病，几乎都可以从面容、面色与神态上见出。其人日后的人生幸福与否，都是基于其当下的基础与现状。所以，卜筮者这种占法，自然在迷信的迷雾之外有了一层自然主义的直观考察与鉴别，并不纯然出于瞎说。

但是，任何事至少都有两面性。有其幸，自然有其不幸。

桃树之抽枝、开花、生长和结果，固然幸观其成，但是花有落败，树有生果之累，最终注定成长不出参天大树。读陶渊明的《桃花源记》开首，"晋太元中，武陵人……缘溪行，忘路之远近。忽逢桃花林，夹岸数百步，中无杂树，芳草鲜美，落英缤纷。渔人甚异之。复前行，欲穷其林"时，有何感想？可能美则美矣，惜其纷华凋谢，美人迟暮。故而唐人崔护《题都城南庄》"人面不知何处去，桃花依旧笑春风"诗句，只有遗憾，究竟难以翻成喜剧之类。而李白的《桃花开东园》一诗："桃花开东园，含笑夸白日。偶蒙春风荣，生此艳阳质。岂无佳人色？但恐花不实。宛转龙火飞，零落早相失。讵知南山松，独立自萧飋。"几乎写绝了桃花的本相。是啊，桃花尽管盛开即时、美艳异常，但却难以持久，花开花谢，零落缤纷，一时无数。

也许正因如此，《红楼梦》中林黛玉和《桃花扇》中李香君两位奇女子所葬之花，都是桃花。凄美令人不忍直视，低回哀伤又奈他世何。

再面对两三千年之前的那一次占卜，那个巫祝既知"桃之夭夭"，也一定知"但恐花不实""零落早相失"，但他还是指出一条未来之路。这自然是那女子的幸运了。千百年后，面对婚姻与人生的屡屡困境，很多人也许要作范仲淹式问："微斯人，吾谁与归！"但"斯人"是谁？既如此，又何以"宜其室家"？

附《桃夭》：
桃之夭夭，灼灼其华。之子于归，宜其室家。
桃之夭夭，有蕡（fén）其实。之子于归，宜其家室。
桃之夭夭，其叶蓁蓁。之子于归，宜其家人。

使其妻敬之如此非凡人也

——读《诗经·国风·周南·兔罝（jū）》

　　幼时的记忆里，好像每一家都吵架，不吵架都不是"正常"的家庭。在物质生活极度贫困的年代，没有比这更频繁了。住在我家前面的一户人家，也是以吵架当饭吃，日日路过，都听得见争吵声。女人有性格，有理不饶人，无理七分闹；男人也不是省油的灯，动辄家暴。有一回放晚学回家，正路过其门前，就见男人扯着女人的头发，使劲捶打。当时没敢乱看，牢记着母亲的叮嘱，就赶紧跑回家。随后，就听见前面叫喊"杀人了，杀人啦"，是其他女人的声音。后来母亲告诉我，是被打的女人急了，跑到厨房抄起一把菜刀，逮着男人就砍下去，结果是鲜血淋漓。但从此家暴男人也消停了，不敢轻易动粗。

　　家庭生活，都要消停，都要想想对方。吵架吵熟了，都像斗红了眼的斗鸡，想停下来哪有那么容易。我家也不怎么安生，祖母的闹腾已在一片有名，而家里，父母的争吵也是家常便饭，母亲是弱者，自然痛苦不堪。我上了高中后，有一回父亲好像被某事所触，意味深长地对我说："我现在真正理解你母亲了。"自此家里也顿然变了大样。由此感慨，家庭的和平，需要理解，尤其需要强势的一方用心去理解。

　　古典文化里，有一个词真的很好，曰"相敬如宾"。其语出自《左传·僖公三十三年》："臼季使过冀，见冀缺耨（nòu），其妻馌（yè）之，敬，相待如宾。"所谓宾，《说文》曰"所敬也"，《礼记·乡饮酒义》曰"接人以义者也"。夫妻之间如能相敬如宾，确乎有不忘"初心"的成分。当初从恋爱，或者有媒人撮合而相见始，是不是都斯文、客气、示好、敬重、怜惜，像对待客人甚至像对待宝贝一样呢？可惜时间久了，几乎都会泯然，都会麻木，鲜有始终如一。

　　这个"敬"字，是一把重要的钥匙，也是最近读《诗经》之《兔罝》篇的一个深刻的体会。

　　不过，这篇《兔罝》诗作，要真正理解起来，其实并不容易。毛序以为"后妃之化也。《关雎》之化行，则莫不好德，贤人众多也"，朱熹亦谓"化行俗美，贤才众多，虽罝兔之野人而其才之可用犹如此，故诗人因其所事以起兴而美之，而文王德化之盛，因可见矣"。可是，这一篇读起来，是说"后妃之化"还是谈"文王德化"呢？照诗歌的字面直解，不过是对狩猎野兔的打桩、布网，以及对参与这些工作的乡野武夫的赞美而已。这野人、武夫之化，到底与"后妃之化"或"文王德化"有什么关系呢？

被《四库全书》馆臣称"至宋而新义日增，旧说几废，推原所始，实发于修"的这位欧阳修，在《毛诗本义》里，敏锐地发现，士既贤且武又有将帅之德，弃在乡野张罝椓杙（zhuóyì），是美化还是怨刺呢？清人方玉润既怀疑毛诗，说"章章牵涉后妃，此尤无理可厌"；又不同意朱熹之说，以为"亦属虚衍附会，毫无征实"，而认为是赞美扈跸（hùbì）游猎的"羽林卫士"之作。

但是，权衡再三，我还是认为，是性格一贯沉稳的苏辙，发现了此诗个中之秘。他在《诗集传》里在"敬"字上做了不少文章，就"武夫之化"与"后妃之化"之间的关联，做了非常精妙的解释。说："罝兔之人，野之鄙人也……礼之所不及也……其心无所不易……则其于妻妾也，无所复敬矣。今妇人能以礼自将，敬而不可慢，故其夫虽罝兔之鄙人而犹知敬之。夫人知敬其妻妾，则无所不敬，是以至于椓杙而犹肃肃也。……世未尝患无武夫，独患其不知敬而不可近。今武夫而知敬，故可以为公侯干城也。……而《兔罝》言其能使妇人以礼克君子之慢。故……《兔罝》曰'化'。……'化'者，其功远矣。"

说白了，男人德行的集合里，居于最高的乃是"文王德化"，而女人美行里居于最高的是所谓"后妃之化"。男人的系统可以影响及每一个男人，而女人的系统则自然影响每一个女人。在最高层面上，"文王德化"可以与"后妃之化"画上等号。但这后者却不能直接与男人的系统产生关系。它要起作用，必须让女人系统的每一分子，通过家庭小系统，作用及于个体层面的男人。

诗作说"肃肃兔罝"，就是最为显著的表征。你看，这武夫张罝椓杙，是何等的恭敬小心，这就看得出是好女人调教的结果。你看，内心在意家里女人的男人，个个英姿伟抱、奇杰魁梧（方玉润语）啊，所谓"公侯干城""公侯好仇""公侯腹心"，有此行事的敬慎在，有此气质在，有此襟怀在，都不是什么大问题。

关于"敬"字，《论语》说得很多，"敬事而信，节用而爱人""临之以庄则敬，孝慈则忠""其行已也恭，其事上也敬""居敬而行简，以临其民""君子敬而无失，与人恭而有礼""上好礼，则民莫敢不敬""居处恭，执事敬，与人忠""修己以敬""君子有九思……事思敬"……可见其重。

说到"敬"字以及夫妇之间，又想起那个著名的"举案齐眉"的故事。其内核是心敬，那些通过威逼、强使而让一个家庭表面稳定的做法，终究不是良策。魏徵在《谏太宗十思疏》里说得好，"虽董之以严刑，震之以威怒""终苟免而不怀仁，貌恭而不心服"啊。

那些"杨家有女初长成"，要寻找人生的另一半，常常不知所措。其实，关键是要显露出自信的才智和对人应有的诚敬。武则天精于书法，其实杨贵妃亦复如是。后世渲染纯以色示人，误人。当然，即使前者欠缺一些也没关系啊。当年白莲杨柳枝的杨玉环，已获得万千宠幸，却仍要坚持用她一手婉媚流丽的小楷，给她心爱的三郎抄颂佛经，以永葆他的长寿。所以，一点也不惊讶于千年之后，人们面对那一行行精妙的书法三叹不忍释卷了。

附《兔罝》：

肃肃兔罝，椓之丁（zhēng）丁。赳赳武夫，公侯干城。

肃肃兔罝，施（yì）于中逵。赳赳武夫，公侯好仇。

肃肃兔罝，施于中林。赳赳武夫，公侯腹心。

阴礼成而天下作以成物

——读《诗经·国风·周南·茉苢（fúyǐ）》

前段时间，有孩子问"踏歌"是什么，见过网络上的一些踏歌舞蹈，感觉翩翩起舞有余而蹈踏几无，就回复说"有歌还得有踏才是"，"现今西方的踢踏舞差可拟之"。想想，如果没有脚踏声，还叫"踏歌"吗？

李白《赠汪伦》诗有"忽闻岸上踏歌声"，所谓踏歌，一定是汪伦带着一众青壮，

"踩踏着脚板底""又齐刷刷地举手打着响拍子"的样式。

这种想象，自然还带着先前读诗的一些惯性，比如著名的《杨白花词》所牵连的故事。其词曰："阳春二三月，杨柳齐作花。春风一夜入闺闼，杨花飘荡落南家。含情出户脚无力，拾得杨花泪沾臆。秋去春还双燕子，愿衔杨花入窠里。"是说北魏胡太后（宣武帝皇后）因为思恋南逃梁朝的情人杨华，哀凄异常，适逢杨花弥漫时节，遂作此歌，双关暗涉，以寄缠绵的哀思。同时还让众侍女昼夜连臂环绕，踏足而唱，其惋惜与珍念，极尽渲染之能事。

很多时候，人情需要在一定的场域，集中将情感燃烧并将胸中的块垒熔化，既可寄托心情又能宣泄郁闷。这是集体舞蹈的一个自然功效。不论是汪伦，还是胡太后，他们大概都想将珍念升华并虚化，同时向一段过去做深情而热烈的告别。今天流行于川藏一些地区的"锅庄舞"，有生产有祭祀，其"悠颤跨腿""趋步辗转""跨腿踏步蹲"等，大概也不离这种类型。

而产生于周朝的诗经《芣苢》篇（"采采芣苢，薄言采之。采采芣苢，薄言有之"……）所展示的采撷芣苢场面，大概也不出这种情形。诗作说，"采摘茂盛的芣苢，大把大把地捋下来，一会儿就收了一小堆。满手握不住，就提起衣襟兜着吧。还是装不下，那就将衣襟扎在衣带上，再往里面使劲塞。掉在地上的也拾起来，千万别浪费"。粗粗地看，这首诗是描写劳作和收获的一个场面，前代不少注家像姚际恒、方玉润、吴闿生、王静芝等人，都主张这一场景类似于后来南方所见的采茶、插秧等劳动场景。这一劳动过程，是齐刷刷的动作，更带柔性，是劳作并有收获与成果的自我激励过程，自然，这也是一个有节奏和有快感的过程。

但人类学家则常常提醒人们，越是远古时代，人们的这种行为越是带有宗教和巫术色彩，并不纯然是一个生产劳动过程的简单再现。亦即这种来源于劳动生活场景的舞蹈情形，多半是关乎祈福或消灾。《毛诗序》以为此篇赞美"后妃之美也"，并认为"和平，则妇人乐有子矣"。也就是说，这一劳动过程所暗示的是女人在和平氛围里快乐怀子的情形。不过这种说法还是很含糊，直白地说，这一场景，就是写女人如何抓住时机，多多受孕并怀孕的过程。在古人看来，女人能够主动而快乐地受孕生子，当然是最为美好的事了。这一过程，可能还带有古人集体原始狂欢的性质。

不过，后来的清人方玉润等人，似乎很反感这种附会或意义的附加。方氏在《诗经原始》里说："夫佳诗不必尽皆征实，自鸣天籁，一片好音，尤足令人低回无限。……读者试平心静气，涵泳此诗，恍听田家妇女，三三五五，于平原绣野、风和日丽中群歌互答，余音袅袅，若远若近，忽断忽续，不知其情之何以移而神之何以旷，则此诗可不必细绎而自得其妙焉。"自然，这全成了劳动助兴之歌了，但也还不坏。

至于清人龚橙、吴闿生等，则引刘向《列女传》所引故事，言"宋女嫁于蔡，伤夫有恶疾（所谓人道不通，不能行夫妇之事）也"，不听其母改嫁之劝，而坚守"贞壹"之德，"芣苢虽恶臭，我犹采采而不已"，以治疗夫病。这其实与"快乐受孕说"不过一体两面而已。而学者们还就此做了进一步发挥，以为"采采芣苢"还包含哲学上的"净"与"专"，等等。王夫之在《诗广传》里就说："静而专，坤之德也，阴礼也。阴礼成而天下作以成物。故曰'《芣苢》，后妃之美也'。是故成天下之物者莫如专；静以处动，不丧其动，则物莫之有遗矣。芣苢，微物也；采之，细事也。采而督其有，掇（duō）其茎，将（luō）其实，然后袺（jié）之；袺之余，然后襭（xié）之。目无旁营，心无遽获，专之至也。"

当然，后人还在"芣苢"是什么植物的问题上争论不休，是车前草还是什么，这植物是香还是臭，其实并没有那么重要，因为古时的认识与后来的认识大体是有差异的。重要的是，无论是生产说还是怀孕说，都要讲求一定的"场"：在优美的自然环境下，或是快乐的环境下，带节奏的劳动场景是令人神往的。而如果是盼子求孕，莫如以虔诚与信仰，带着快乐劳动的节奏，并在内心营造一个贞静专一的世界，那么就没有达不成的嗣愿了。

附《芣苢》：
采采芣苢，薄言采之。采采芣苢，薄言有之。
采采芣苢，薄言掇之。采采芣苢，薄言将之。
采采芣苢，薄言袺之。采采芣苢，薄言襭之。

世间多少囚娘的酸泪

——读《诗经·国风·周南·汉广》

记得当年刚上高中，去拜访浮山附近的本家长辈时，知道了东乡强人刘东雄的一些事迹。不知他为何得了"刘小拉瓜"的绰号，有讲谈者说他虽身为"土匪"，却长得高大，又颇有堂堂仪表，像个白面书生。此人颇为复杂，抗过日，合作过新四军，最后却又阻击过江大军。当然，今为人所津津乐道的，则是其强抢女生为妇的一段。

民间说刘虽不识字，却极想找一个识文断字的女人。几经打听，远近有才女史咏梅（或史玉梅）者，颇为心动，于是央人求亲数次，不获允，遂生"歹意"。派喽啰数人将深闺澡盆里洗澡的才女装袋，扛跑，上山。据说为逼其就范成亲，"土匪"竟然要以杀害全庄父老相威胁。关于这位才女，或曰高中生或曰大学生，总之，有文化是事实。刘后来逃到香港，一走了之；而史仍在故土，被判了重刑，年过半百才被放出。改革开放之后，二人联系过。史后来当选县政协委员，著有《咏梅吟草》及续集等，辞世较晚。网络有她七十多岁时的照片，确有风度。

当然，比较令人关注的，则是史对个人权利、幸福以及理想婚姻的看法。她何以愿意嫁给一个"土匪"？其是非、善恶观又是什么？总不能以"强扭的瓜也甜"做解释吧。幸好有舒芜先生的《压寨夫人》篇，以及作家章宪法等人的文字，让人得以一窥大概。

史一生的行径，始终难免有为他人、为男人背锅之嫌。她难有属于自己的真正人生。与刘育有三子二女，入狱时幼子尚十月，随监，四岁送孤儿院，下落不明。而家中其余四子女，则流浪街头。史所作的《狱中泪》诗云："白发呼儿应解鞍，红颜孤枕怨衾寒。……世间多少伤心泪，难比囚娘泪更酸。"

一般而言，只听到强者的声音，但强者的声音多半都过于丑陋。而弱者的声音似乎都太过哀切。而很多时候，弱者的面目竟然全是模糊的。但有一些则稍稍分明，给人以极深的印象。比如，唐人孟棨《本事诗·情感》记述的诗人王维救助人妻的事：

"（玄宗兄）宁王曼贵盛，宠妓数十人，皆绝艺上色。宅左有卖饼者妻，纤白明媚，王一见注目，厚遗其夫，取之，宠惜逾等。环岁，因问之：'汝复忆饼师否？'默然不对。王召饼师使见之，其妻注视，双泪垂颊，若不胜情。时王座客十余人，皆当时文士，无不凄异。王命赋诗，王右丞维诗先成："莫以今时宠，宁忘昔日恩。看花满眼泪，不共楚王言。'"

所谓"不共楚王言"者，指涉一人，姓妫（guī），陈国公主，春秋时息国君主妻。楚王灭息，将她占有。为保息侯性命（《列女传》："楚伐息，破之，虏其君，使守门。"），为楚王生二子，但始终缄默不言。王问故，则答道："吾一妇人而事二夫，纵不能死，其又奚言！"

不知道史女士的故事究竟如何叙述，但是，王维诗救人妻以及春秋息夫人之事，都是有情感本位和人道尊严的。息夫人的后面还有故事，大抵仍然感人。《左传·庄公二十八年》："楚令尹子元欲蛊文夫人，为馆于其宫侧，而振万（摇铃铎跳万舞）焉。夫人闻之，泣曰：'先君以是舞也，习戎备也。今令尹不寻诸仇雠，而于未亡人之侧，不亦异乎！'"

读《诗经》之《汉广》篇时，起始时居然有些迷糊。思来想去，大概还是因为"汉有游女"是模糊的。她的信息不多：在江汉水的彼岸，出游之人，为一男性所迷，正待出嫁或已经出嫁。她为何让一个男人强烈地迷恋，欲罢不能，忧思无穷……诗作并没有更为详细的叙述。而历来论家的解释，要么语焉不详，要么牵强附会，甚至最为权威的解释，如果细细梳理起来，也都还有不少问题。

比如，毛序以为，"汉广，德广所及也。文王之道，被乎南国，美化行乎江汉之域，无思犯礼，求而不可得也"。若言文王德化及于江汉，大体不难理解；但说"汉广，德广所及也"，似乎有些不伦不类。因为照一般的解读，所谓"汉之广矣，不可泳思"，等等，乃是诗中男子心愿难遂而忧思无限的表达。再如南宋朱夫子以为，"文王之化，自近而远，先及于江汉之间，而有以变其淫乱之俗。故其出游之女，人望见之，而知其端庄静一，非复前日之可求矣"。这前一半句可谓点到要害，但后一半句的解释显得莫名其妙。既然"变其淫乱之俗"，当有克制、检讨等颇为难耐周旋反复之举，何复有望见游女其心即变得如此之快呢？"非复前日之可求矣"，只能是晦翁的夸张失实。

而清人方玉润则独辟蹊径，以为"樵夫信口咏叹"说也。其《诗经原始》云："此诗即为刈楚刈蒌而作，所谓樵唱是也。近世楚、粤滇、黔间，樵子入山，多唱山讴，响应林谷，盖劳者善歌，所谓忘劳耳。"以今证古，虽然也有一定的说服力，但古今究竟还有所变化，并不完全一致。

不过方氏的说法倒给人一定的启示。他确实看到了诗作抒发以"樵夫"为视角，并不是"游女"。而细细辨析诗作，又不难发现，诗歌提及了两个女人或者说两种女人，一则是"汉有游女"之"游女"，是彼；而另一则是"之子于归"的"之子"（这个是女人），是此。即一个是汉水彼岸的那个"她"，而另一个则是为之劈柴、喂马的这个"她"。两相对举，舍彼而就此。诗人遵从了礼法的要求，劈柴、喂马、娶妻，并拒斥了对思春、怅望和徘徊的游女的冲动念想，然后又做出复杂选择之后的对于心灵的安慰和警告："汉江确实够宽，不能泅渡过去。长江实在是长啊，怎么能去摆渡呢！"大约这两类婚恋背后的经济学是，游恋远远比不上婚聘的牢固和生育抚养的高效。

如果再解释一点，意思则更明白些。作为接近蛮荒待化之荆楚的周召王化之地江汉，究竟与河洛等周朝中心地带有显著的差异。这里仍然是巫风淫雨，其俗信鬼好祠，"尚无婚娶礼法，各因淫好，无适匹对。不知父子之性，夫妇之道"（引自《后汉书·循吏传》）。所以，当北方已然是婚恋禁忌，而这里仍然带有自然感发的"淫逸"之风，所谓汉水之滨，仍然是处处游冶思春啊。诗人说，不能再如此自由放荡，应当有所规束才是啊。所谓"游女"，乃"淫逸"之女也，需要戒慎。

然而，这是女人之错吗？历史不过再次证明了一下男权逻辑而已。在男权本位里，女人们所做的不过在符合或配合男权的要求罢了。只是易代换朝之际，江汉之地不少女人还没有"与时俱进"，还保留着"未开化"的风俗。一个"游女"形象，是何等的扁平、黯淡、模糊啊！——这当然也是性别意识形态的一部分。当下多少女新新人类，她们标新立异，但在精神层面已走到哪一步了？不希望她们"不过是男权在当下膨胀的另一种极端的反映"。要时刻保持警惕啊！

附《汉广》：

南有乔木，不可休思；汉有游女，不可求思。

汉之广矣，不可泳思；江之永矣，不可方思。

翘翘错薪，言刈（yì）其楚；之子于归，言秣（mò）其马。

汉之广矣，不可泳思；江之永矣，不可方思。

翘翘错薪，言刈其蒌；之子于归，言秣其驹。

汉之广矣，不可泳思；江之永矣，不可方思。

思念像挨不过的饥饿

——读《诗经·国风·周南·汝坟》

在早年的一篇散文《三十余年的执着》里，曾谈到老家附近黄家山的一个故事。

大约是改革开放不久，有位从台湾归来的先生，五十多岁了，要寻找他在三十多年前曾经海誓山盟的未婚妻。三十多年了，人是人非，如斗转星移般，不变的似乎只有那常流不息的水和春来着青的山了。

然而，当一位白发苍苍的老妇人，颤颤地从一家破旧小屋的门槛迈出，并闪现于婉婉崎岖的路头时，所有人的目光都僵直了。人们惊异地发现，这所要寻找的人，竟是这些年间拒绝了上十次婚约而恪守空闺的倔强女人。而这曾经竟是件怪事！也因此在人们的白眼黑眼中，在人们茶余饭后的闲聊中经久不衰。

老先生轻声地唤着什么，音调颤抖着，失控的手指头也不住地颤抖起来。他老泪纵横，当他终于可见她的泪水和抽动着的鼻翼时，他狂跳的心挤住了他的嗓眼，剧烈的脉搏涨红了他的脸。他不能细细地辨认她的面容与身段了，他只知道，在他的内心深处，一个独相厮守的三十多年的期待就在眼前。他们对视着，热烈的泪流得更多，良久，他们又相拥在一起。

可以肯定地说，唯有经历了风霜和苦痛的爱情才可能是真实而持久的。凡是考验种种，皆在不知情或是猝然而遇的外环境里自然生成（有意而为太蹩脚，也不提倡。人性不能随意考验）。也因为如此，才是纯粹而坦诚的。虽有离别的苦痛，却因为相聚而偿以更多的温馨。

在读《诗经》之《汝坟》篇时，尤其是读到"未见君子，惄（nì）如调（zhōu）饥"和"既见君子，不我遐弃"处，也很感慨。那么究竟是何等的分别，分别之后的煎熬和终于重逢时的激动、欣喜和惊怕又是怎样的呢！

是啊，一日两餐，且食物并不充裕，常常在"宿不食"的情况下，再熬到早晨或者大半个上午，那种无边的饥饿感受，谁能受得了。没有人没受过饥饿，也没有人对此不存刻骨铭心的印象。当然，可以想见，思念并想见"君子"的妇人，对于自己的心上人是何等的期待和执着。又说，终于见到"君子"了，请莫再将"我"远弃啊。

那一种依恋与长久的担忧和害怕，居然也是那么动人心魄。饥饿与思念的感受直接兑上，不待文辞修饰，已然是赤裸裸的告白，显示的是何等的真实和真诚啊！

好在该结束的全结束，该到来的全到来。又可以想见的是，"遵彼汝坟，伐其条枚"，一定是妇人和那位归来的"君子"一起的所为。婚礼上需要很多柴薪，那"我们"就沿着汝水的堤岸，一起慢慢地往前砍伐就是。树林高大荫蔽，工作也辛苦繁重，但是现在不缺幸福和快乐啊。还可以想见的是，归来的"君子"不停地砍伐，于是"丁丁（zhēngzhēng）"之声不绝于耳，而另一边，则是欢悦的鸟鸣，妇人似乎也有说不完的激动。好了，柴薪一堆堆，够得上一晚上使用了。

等一切准备就绪，夜幕也已降临。四周一片漆黑，没关系，就升起篝火吧。"快来快来，趁此良宵，围着火堆，跳舞唱歌，趁着月亮还没有出来啊"，就像后世的《杵歌》所唱的。

"今天"应当确实是个很特别的日子。现在，自小就在汝水边长大的"君子"和妇人，都知道，这午夜时分，鲂（fáng）鱼已然成熟，尾巴变红，不停地在水草中游来游去，排卵产卵（古人误以为鲂鱼游动、摆尾产卵而过于劳累，致使尾巴变红）。啊，有情的人们，也请一起来增进彼此的情感吧！

"今晚"确实是个特别的日子。看，沉沉夜幕下，"王室如燬（huǐ）"，遥远的王室那边也是火红一片，想必也是在举行一场盛大的婚礼呢（闻一多先生认为，以此鲂鱼劳苦，尾变红喻"王孙情绪之热烈"。多么有激情而夸张的想象！），可能就是一场百年一遇的大场景。也许，"君子"有些心动了，但妇人则趁机提醒："我们"这边也进行得热烈而喜庆呢。"虽则如燬，父母孔迩"。那边虽然极为红火，可别顾着贪玩，父母很近，既然已经回来了，那就在"不我遐弃"的同时，好好服侍一下至亲吧。

这，似乎就是"文王之化行"吧。

当然，对于这首诗作主旨，《毛诗序》以为赞"文王之化行乎汝坟之国，妇人能闵其君子，犹勉之以正也（即勉励丈夫勤于王事）"。而南宋朱熹则进一步发挥道："是时文王三分天下有其二，而率商之叛国以事纣，故汝坟之人，犹以文王之命供纣之役。其家人见其勤苦而劳之曰：'汝之劳既如此，而王室之政犹酷烈而未已。虽其酷烈而未已，然文王之德如父母然，望之甚近，亦可以忘其劳矣。'此《序》所谓妇人能闵其君子，犹勉之以正者。盖曰虽其别离之久，思念之深，而之所以相告语者，犹有尊君亲上之意，而无情爱狎昵之私，则其德泽之深，风化之美，皆可见矣。"

问题是，诗中"鲂鱼赪（chēng）尾，王室如燬"到底怎么解释？言文王之化差可理喻，但如果是"率商之叛国以事纣"而商纣无道，又如何事之？此外，又有《韩诗外传》等所谓诗中"君子""懈于王事"而妇人"匡夫"之说等，不一而足。

需要说明的是，诗作中那么醇厚的情感，遭遇如此一场政治式或伦理式解读，还有多少情味呢？但是，毕竟也是一个存在。当下有些婚姻当事人婚礼现场的豪情朗诵，或是洞房花烛夜不卿卿我我而专事手抄口读时代宏篇巨制以加强思想学习、以提高意识而不辍，一般人等确实是做不到，那么还是投以敬意吧。

附《汝坟》：

遵彼汝坟，伐其条枚。"未见君子，惄如调饥。"
遵彼汝坟，伐其条肆。"既见君子，不我遐弃。"
鲂鱼赪尾，王室如燬。"虽则如燬，父母孔迩。"

不抬起头永远只见物质的闪光

——读《诗经·国风·周南·麟之趾》

一直记得初中时所看过的一篇小说，名曰《抱玉岩》。

小说以"文革"后期至结束为背景，通过沈岩、彭稚凤这一对年轻人师生前后颠倒错乱的经历，展示了不受时代影响的美好心灵。值得注意的是，年轻的爱情是在长久厮磨中浸生，但最终获得成立，仍然需要较传统的家庭确认。在小说中，是女学生将自己的老师带进了家门，而后获得其父的欣赏并支持。

另一件事，记得在微博里做过纪录，是作家刘庆邦的《鞋》篇。小说给人的印象也很深，写一个叫守明的姑娘，定亲之后，如何给未婚夫做鞋，以及见面而落欢的事，故事反映了姑娘美好的心田，但也反映了城乡差的无言之悲。有文学批评甚至直指男权社会的劣根等。

值得注意的是，小说比较详细地介绍了属于传统定亲的一些情形："那个家里托媒人把定亲的彩礼送来了，是几块做衣服的布料，有灯心绒、春风呢、蓝卡其、月白府绸，还有一块石榴红的大方巾。那时他们那里还很穷，不兴买成衣，这几样东西就是最好的。……母亲替女儿把东西收下了。母亲倒不客气。"

今日虽然不说"父母之命、媒妁之言"，但男女之间的自由结合，在形式上仍然需要家庭把好最后一关。有不少人家，仍然注重婚聘的细节。毕竟，家庭仍然是婚姻的出发点和归宿点。而历史愈往前推，至于周时，在平民和贵族等阶级阶层之间，婚聘的细节可能更为讲究。比如《诗经》里的《麟之趾》篇所显示，一只麋鹿，或一张考究的鹿皮（或獐子皮），就是婚聘重要的通行证。

当然，诗中所说的"麟"，究竟是殷商以来幻想之物，还是现实中就存在的实物呢？从图腾文化角度看，它乃是幻想之物，是一种性情温和的神兽、瑞兽。古人以为麒麟出没处，必有祥瑞。但是，如果时代乖谬，而麒麟出没，则又显示不祥之兆。而就后者来说，其实不过是鹿獐等物的神化而已。

麟，《说文》曰"大牝鹿也"，即体形高壮的大母鹿。大概，很长时间，古代所追求的美人皆此类也。当然，愈至明清，女性审美是另外一番格调，暂不赘述。关于《诗经·麟之趾》篇的解释，"麟之趾，振（zhēn）振公子，于（xū）嗟麟兮"等，毛传曰"麟信而应礼，以足至者也"，郑笺谓"兴者，喻今公子亦信厚，与礼相应，有似于麟"。至于《毛诗序》所说"《麟之趾》，《关雎》之应也"，有学者认为"《关雎》咏后妃之德，实为男婚之诗"，所写是以隆重的婚礼仪式迎娶自己倾慕的淑妇，如何迎娶？《麟之趾》篇即为婚仪之一。

采用仪式，注重婚礼的每一个环节，即说明婚姻的社会关系属性，自然与野合、私奔等不同。《仪礼·士昏礼》记周代婚礼程序（即"六礼"）为：纳采（男方备议婚礼给女方）、问名(男方请媒人问女方名字等)、纳吉(带礼取女方名字等回祖庙占卜)、纳征（又称纳币、纳成，男方以聘礼送女方）、请期（男家择定婚期求请女方同意）、亲迎（新郎亲至女家迎娶）。其中，纳征用"玄纁（音 xūn，黑色和浅红色布帛）、束帛（聘问用捆为一束的五匹帛）、俪皮（成对的鹿皮）"。郑注"皮，鹿皮""俪皮，两鹿皮也"。麟为大牝鹿，其皮大而美丽，恰可成为纳成的信物。闻一多先生谓"吉礼用贽，以麟为贵，故相承即以麟为礼之象征"。所以，从男婚的角度来说，《麟之趾》篇即是对《关雎》篇的回应之一。

闻一多先生又认为，"婚礼古盖以全鹿为贽，后世苟简，始易以鹿皮"。《麟之趾》篇应当是以全鹿作为纳征之礼送往女方，并给对方介绍这件鹿礼之大美和它所寄予的男方的深意和心情。"看，这麟脚趾，多像诚实仁厚的公子哥，啊呀，这麒麟样的公子哥多好啊！"媒人会说话，趁机美化男方小伙子一番，既是完成男方交付的任务，其实也是在取悦女方家长的欢欣。好男才配得上好女，优秀组合啊。

当然，关于本诗之旨，历来解说各异。

《毛诗序》以为"《关雎》之化行则天下，无犯非礼，虽衰世之公子，皆信厚如麟趾之时也"。而朱熹则认为，"文王后妃德修于身，而子孙宗族皆化于善，故诗人以麟之趾兴公之子"。这两者显然都抽象于时代，一则言衰世，一则言文王时代，其贵族子弟如何诚信仁厚。然而，何以要赞美这些男性的这些品性呢？特别是这一解释突然脱离了诗经《周南》惯常的"文王、后妃之德"的范围，诗旨就变得复杂起来。北宋欧阳修虽然质疑《毛诗序》，却仍然认为："《周南》风人，美其国君之德化，及宗族同姓之亲，皆有信厚之行，以辅卫其公室，如麟有足、有额、有角，以辅卫其身尔，其义止于此也。"清人方玉润《诗经原始》甚至以为是"美公族龙种尽非常人也"，王先谦《诗三家义集疏》甚至认为"《麟之趾》，美公族之盛也"。

当然，"纳征"说似乎更为妥帖。因为，有具体情因，也与一贯的"文王、后妃之德"有牵扯，从而避免了脱离背景的空洞展示。

不过今日，仍然有纳征之类。据"百度经验"资料介绍，20世纪70年代，结婚信物讲究三大件（自行车、手表、缝纫机），加上"一响"即收音机，还可再配上海牌石英表一块，永久牌自行车一辆。20世纪80年代，须有电冰箱、电视机、洗衣机三大件。20世纪90年代，婚室备好，再备金戒指、金耳环、金项链等，外加彩电、洗衣机（摩托车）、录像机（影碟机）三大件。而到21世纪，三大件已然是房子、车子和票子了。

这个物质放光、精神暗弱的时代，可能还有愈演愈烈之势。男性们如果像柳宗元笔下的小虫子"蝜蝂"，年纪轻轻就背负着很沉的包袱，而且越背越重，估计最后不累死都不行。试问，还有多少文质彬彬、光彩照人、麟子龙种的"振振公子"呢？

附《麟之趾》：

麟之趾，振振公子，于嗟麟兮。

麟之定，振振公姓，于嗟麟兮。

麟之角，振振公族，于嗟麟兮。

前人栽树，后人乘凉

——读《诗经·国风·召南·鹊巢》

仍然记得小学一年级读书时的光景。

老家住上庄，靠北，学校在南边，是下庄靠北的位置。老师姓吴，她的先生姓朱。学校就是老师的家，设置为平房坐北朝南三间，西间为教室，房北有半间厦子，门前是小操场，有青桐、法梧、泡桐之类。西边是一排坟丛，中间有被雷电劈坏的大树。

印象很深的，是某次放学还未及回家，大家都还在操场上玩"长空雄鹰"的游戏，玩得正酣时，就见有同学高呼"八哥夺巢了"！于是一齐看，全都惊呆。就见大树上，两只喜鹊上下翻飞，狠啄前来骚扰的八哥，但后者数量众多，轮番作战，并且一拨战斗，另一拨朝喜鹊的巢穴投土丢粪扔树枝。两只喜鹊鸟单势孤，渐渐不支，最后是弃巢落跑而去。

后每听到评书说及车轮战时，总想到这个"占鹊巢"的往事，总觉得这种手段太过残酷和卑劣。古人也注意到这一现象。所谓八哥，即"鸲鹆（qúyù）"，崔豹《古今注》"一名鸲鸠（shījiū）"，而严粲《诗辑》、李时珍《本草纲目》等都加以认持。王先谦《集疏》曰："鹊性好洁，鸲鹆伺鹊出，遗污秽于巢，鹊归见之，弃而去，鸲鹆入居之。"

后来有篇课文叫《小交通员》，居然也提到这种鸟，叫"斑鸠"。老师说就是"八哥"，稍稍训练就可以说人话。但也有人认为，八哥即"鸲鸠"是"布谷鸟"，理由是"布谷"与"八哥"皆双声，闻音相近而已。但布谷鸟（即"杜鹃"）会唱歌、学人语吗？不得解。而在后来读《诗经》之《鹊巢》篇时，又产生了很多的疑问。

"维鹊有巢，维鸠居之。之子于归，百两御（yà）之。"诗作大意是说，鹊儿筑巢，鸤鸠来住，此女出嫁，百车来迎。在解释上，《毛诗序》云："《鹊巢》，夫人之德也。国君积行累功以致爵位，夫人起家而居有之，德如鸠乃可以配焉。"朱熹集传谓："南国诸侯被文王之化，能正心修身以齐其家，其子女亦被后妃之化，而有专静、纯一之德，故嫁于诸侯，而其家人美之。"此之谓"鸠占鹊巢"是也。给人的感觉，一个有能耐，可以筑巢；另一个，觉得自己相配，大方来占，心安理得，两两皆欢。并且，从诗作的描写来看，这鹊巢鸠占，铺张扬厉，阵势好大。

这鸠鸟，确实不像前面提到的"八哥"，而整个儿形象都是颠覆性的。现在使用"鹊巢鸠居"时，则专喻强占别人房屋、土地、妻室等不法行为，与"八哥"的所作所为倒是完全一致。

这"鸠"，《尔雅》云"鸤鸠，鹊鹪（jiájú）也"，郭璞云"今布谷也，江东呼获谷"。《毛传》曰："鸤鸠不自为巢，居巢之成巢。"《集传》曰："鹊善为巢，其巢最为完固。鸠性拙，不能为巢，或有居鹊之成巢者。"《诗经·曹风·鸤鸠》又言："鸤鸠在桑，其子七兮。淑人君子，其仪一兮。"《毛传》云继"鸤鸠之养其子，朝从上下，莫从下上，平均如一"。这种鸟，虽然性拙而不能筑巢，出于天性，好像也不能苛责太多；但它居然还有如此"平均如一"的德行，确实值得一书再书。不难看出，布谷鸟占有鹊巢，没什么不好，没什么不对啊。

布谷鸟，今天知道是"寄生性产卵"，自己不筑巢，而是偷偷将卵放在其他鸟类的巢内，由别的鸟家代孵和代育。杜甫《杜鹃》诗说："生子百鸟巢，百鸟不敢嗔。仍为喂其子，礼若奉至尊。"现已知道它能向一百多种鸟类的巢内产卵。因此，所谓占巢，不过是偷放己卵而已。而且，布谷鸟自己都不抚育后代，怎么会有"均平养子"的特性？当你在电视画面上看到一只小鸟喂养硕大的杜鹃幼鸟时，是不是有点崩溃的感觉？

所以，清代学者郝懿行就说："《笺》于鹊巢言其性拙，《传》于养子言其平均，俱缘诗生训也。"如此一来，会给人什么印象，《诗经》的作者及解释者怎么可以瞎写瞎说呢？当然，学问不可穿凿，古人也许是只见其一而未见其二而已。鸠鸟（祝鸠、鸤鸠、爽鸠、雎鸠、鹘鸠等）很多，这种鸟可能当别有所指吧。否则较真挖掘，非得将古人抵到南墙不可。《集传》谓"此诗之意，犹《周南》之有《关雎》也"，还是多点正面的原谅理解吧。

当然，历史愈往后愈不会指鸠言德，这是肯定的。汉朝有"鸠杖"之赐，但与《诗经·鹊巢》篇无干。而从考古发掘的形物看，特像今日所言的"斑鸠"（极像"野鸽子"那种）。从语用看，元人马致远《夜行船·秋思》套曲谓"莫笑鸠巢计拙，葫芦提一向装呆"，言及不善营生等，谦指含贬。再如《醒世恒言·张孝基陈留认舅》云，"若是小婿承受，外人必有逐子爱婿之谤。鸠僭鹊巢，小婿亦被人谈论"，被人议论"鸠僭"，确实不够光彩。

当然，希望只是古人眼拙，也许原作者看到今日遍布世界一百多种的"织巢鸟"时，可能就会欣喜而叹此鸟才是真正的"你耕田来我织布，我挑水来你浇园"的一对好鸟。不过，这只是传统衣耕民族的白日梦而已。而今人郭晋稀教授更是直指男权，在《诗经蠡测》中，就认为"是写的统治者对妇女的掠夺，是写的抢婚"及"写抢婚的时候强盗饰以盛装"。但是，一经文饰包装，以及"斯德哥尔摩综合征"一配合，那也就所谓运作完美了。

不过，我在路边散步的时候，曾经发现过一个有趣的现象，就是有不少树上的巢穴，头一年为一种鸟雀所住，后一年就换着另一种鸟儿居住了。也许周人所见如我之所见。这正应了一句老话，叫"前人栽树，后人乘凉"。但愿是这个样子。

附《鹊巢》：
维鹊有巢，维鸠居之。之子于归，百两御之。
维鹊有巢，维鸠方之。之子于归，百两将之。
维鹊有巢，维鸠盈之。之子于归，百两成之。

没有自由的命妇不会自在

——读《诗经·国风·召南·采蘩（fán）》

大约20世纪90年代，听说老家年年都举办观音会。主办者与与会者全系女性，男性全数被拒。具体组办，是参与的各家轮流主办，全村庄协办，属于妇女集会性质。定期在六月十九日（农历）这一天，燃烧香火，进献祭祀，并祷祝许愿，然后在集体聚餐后结束。后来因为进一步的城市化运动，乡村的青壮妇女都去了城市，挣钱难归，剩下的多是老、弱、病之辈，这一活动遂宣告消停。

而其他类专属于妇女的，好像只有婚庆及过年祭祀等为数不多的一些活动。需说明的是，婚庆还算不上纯粹的妇女专属活动，但女性主导的色彩很浓。至于过年祭祀活动，从祭品的采办开始，一系列的禽畜宰杀，鱼虾购买，碗碟清洗，祭品制作，直至摆上祭桌为止，几乎全是家庭的女性主持。

不过以上两者，与前面的观音会比较起来，妇女所扮演的角色还是存在较大的差异性。婚庆与年祭，所有的脏累之活，都需要妇女独自或者协作完成，而男性照例是策划人和全程掌握者，几乎不会参与到具体而繁杂的劳动之中，颇体现了男女在社会角色中的地位和待遇的不平等性。这类活动性质，在鲁迅的小说《祝福》里则看得更为清晰。祭祀活动前，是鲁太太要领会鲁四老爷的办年祝福和有关精神、分派与布置，随后是这位鲁家女主人出面主持，带着一班妇女雇工来完成一切应分的工作。而后，将最终的祭祀环节交还给男权。

从女性自主角度看，古代所谓元宵节、清明节及踏青游玩等，都不能见出女性的权利主张。因为古代男尊女卑会隐性或显性地限制女性个人的自由。在一些特定的节假日，女性可能有一定的活动自由度，可以有限享受一点欢乐或娱乐。比如，妇女们可到郊外结伴游行，而男人们则穿街走巷观灯，乃至彻夜游玩。大约只有乞巧节等不多的专场，妇女相聚一起，"结彩楼，穿七孔针"，做种种乞巧游戏。唯有此时，男人们排除在外，而女人们似乎能另取一份闺房的隐秘之乐，故而别有一番风趣。

自古以来，中外女性与男性在对等的社会性参与上，存在严重不足。不少被安排的女性活动，最多不过是男性的社会性活动的一个补充罢了。正如前面所述婚庆与年祭，女性的参与大体只是男性思想与意志的活动体现。

比如，《诗经》之《采蘩》篇，是上层妇女们四出采摘白蘩（即"白蒿"）作为"亲蚕"的活动，亦当如上述所论。

该项活动大体分为两个部分。一部分，是野外采集，到河流湖沼边、溪涧边，以及小沙洲上去采摘白蒿，并洗煮好，然后回到公桑蚕室。另一部分，是蚕室内的活动。《礼记·祭义》曰："古者，天子诸侯，必有公桑蚕室，近川而为之……卜三宫之夫人、世妇之吉者，使入蚕于蚕室，奉种浴于川，桑于公桑（所谓'天子、诸侯等公家的桑田'），风戾（即'风吹干'）以食（'喂养'意）之。"可以见出世妇、命妇们在男权体系里，仍然需要通过象征性的仪式，通过一定的辛劳，以显示存在。"被（bì）之僮僮（tóng），夙夜在公。被之祁祁，薄言还归。"诗作所描述的，是这些贵族妇女们佩戴着盛饰、发髻高耸、披戴整肃，一排排又一行行，聚于蚕室，为催生新蚕，日夜不停地忙碌、守护着；而最后，在仪式活动结束时，仍然要披挂齐整，相互勉励，并一道离开。这首《采蘩》诗，为后世展示了命妇们公室工作的精神和状态。

有学者说，采摘白蒿的目的，"以生蚕也，今覆蚕种尚用蒿"（清人方玉润语）。显然，这个催生新蚕的工作，其实不好做，人人得精心呵护，小心使得蚕子孵化。相比而言，郊外的活动则要轻松得多。朱熹《诗集传》谓："南国被文王之化，诸侯夫人能尽诚敬以奉祭祀，而其家人叙其事以美之也。"又曰："祁祁，舒迟貌，夫事有仪也。《祭义》曰：'及祭之后，陶陶遂遂（郑玄注：相随行之貌），如将复入然。'不欲遽去，爱敬之无已也。"原诗作者是否美化，以及贵妇们是否留恋所做的工作，可能都是朱夫子的一厢情愿式想象吧。

当然，这些命妇到底是参与集体性公室劳动，还是举行集体性祭祀活动，也可能是一个二者兼有的情形。而《毛诗序》说："采蘩，夫人不失职也。夫人可以奉祭祀，则不失职矣。"所谓"不失职"，不是说她们有一份固定采蘩养蚕的工作要做，而是说，到了养蚕这个季节，她们作为统治层支柱性成员，要起到劝课农桑的指导性、引导性作用。也难为她们了，祭祀或者是工作时，始终要穿戴齐整，不能有丝毫的差池。尽管在规定的时间内不能回家，但决不能敷衍了事，仍然要尽职尽责，所以忙碌与辛劳是少不了的。虽然活动里没有任何男性的身影，但她们的工作早被设定为"王事"的一部分，并且带有全局性，所以紧张与压力其实并不少。《诗集传》

所谓"诸侯夫人能尽诚敬以奉祭祀",应该是一个合理的猜测。

从这里仍然不难发现,贵妇们所参与社会性事务的被规训的性质,使得她们在活动的整个过程中,都不会有太美好的经历,也不会有太丰富的体验。相反,为做好蚕桑事务,每次都要额外地付出很多。"夙夜在公",绝非虚词滥设。

当然,作为朝廷的世妇、命妇们,即使是采蘩育蚕的活动(或者"先蚕"的祭祀活动),也不可能只是小群体事件。作为仪式性、象征性的职事,以及带规模的会聚性事务,前后所参与的人数,可能非常庞大。唐人陈鸿《长恨歌传》曰:"每岁十月,驾幸华清宫,内外命妇,熠耀景从。"《新唐书·礼乐志五》:"皇后初采桑,典制等各以钩授内外命妇。皇后采桑讫,内外命妇以次采,女史执筐者受之。"逆而推之,可以想见,周朝的"采蘩",其规模也一定相当可观。

此外,像朝廷庆丧、拜谒宗庙、春秋朝会等,命妇们自然都少不了随班参与(毕竟,命妇制度可起到"阴教备而不亏"的作用)。可以想见,从人的本性来说,又有多少妇人愿意且积极参与呢?何况这个表面上看起来容光无限的整个统治体系,却因为权力的畸形设计,潜伏着一股股看不见的暗流,愈至于上,其不确定性愈大,甚至改变局面的可能性就愈小。因为整个权力架构的金字塔设计,使得朝下的自由度严重受限,甚至没有灵活度。

试问,任何一个思想正常、生活正常的女人,就其本心来说,愿意被种种集训吗?愿意去拽着权力链条上的一个个小环扣吗?

附《采蘩》:
于(wū)以采蘩,于沼于沚。于以用之,公侯之事。
于以采蘩,于涧之中。于以用之,公侯之宫。
被之僮僮,夙夜在公。被之祁祁,薄言还归。

释"砌下梨花一堆雪"

辞典家赵所生先生认为唐杜牧《初冬夜饮》"砌下梨花一堆雪"句，某版《宋诗鉴赏辞典》中鉴赏苏轼文章时提到杜牧的这首诗，将此句解读为"台阶下如雪一般的一堆梨花"，是错的。赵先生给出的理由是，"梨花风起正清明"，杜牧诗名点明"初冬"，此时何来梨花，因而在他看来，"此句当译作'台阶下梨花般的一堆雪'。《辞典》将比喻对象搞反了"。

谁对谁错，暂时放置。我以为对诗歌的理解，解释岂能太过着实？诗歌的空间多弹性，还要尽可能照顾到更为细腻的情实。何况古典诗歌起承转合之间，还有不少腾挪的余地。

又网搜了一下，得到一篇《"砌下梨花"不是花——与〈宋诗鉴赏辞典〉编者商榷》（作者王长富，发表于《阅读与写作》2006年6期），文章的基本观点与赵类似。主要有三：一是梨花开在三四月，而此时在初冬，季节不符；二是即使是反季节，得有暖冬，但诗作中"客袖侵霜"之"霜"否定了这一点；三是借花写雪，古人以梨花喻雪较为常见，概因梨花洁白如雪，且不娇、不媚、不俗。

上述看似精审，仍然于诗歌文本有深入不够的嫌疑。

杜牧《初冬夜饮》原诗为：

> 淮阳多病偶求欢，客袖侵霜与烛盘。
> 砌下梨花一堆雪，明年谁此凭阑干。

而该文与赵一样，也是将"砌下梨花一堆雪"的"雪"字坐实，并引《唐诗鉴赏辞典》谓："在一个初冬的夜晚，诗人凭栏而立，但见朔风阵阵，暮雪纷纷，那阶下积雪像是堆簇着的洁白的梨花。这里看似纯写景色，实则情因景生，寓情于景，包蕴极为丰富。诗人烛下独饮，本已孤凄不堪，现在茫茫雪夜更加深了他身世茫茫之感，他不禁想到明年此时又不知身在何处。"这里的问题有二：一是视阶下积雪如成堆梨花，当有温意（或别有象征），何以有"现在茫茫雪夜"之感，甚至"更加深了他身世茫茫之感"？二是释"雪"为"暮雪（纷纷）"，则与杜诗（《初冬夜饮》）"客袖侵霜与烛盘"抵牾较大。毕竟，初冬与深秋在季节分界上并不十分明显。考察诗歌情境，诗人当是深秋或初冬寒夜，在外放的池州（今安徽池州）或睦州（治所在今杭州淳安），夜饮于官所廊轩，估计是时清夜已深，于是有"客袖侵霜"之感，其寒凉可知；只与"烛盘"相对，其孤凄又可知。

由此语境来看，诗的第三句"砌下梨花一堆雪"，所写虽然突兀跌宕，但到底与眼前的时令与氛围相系，所谓梨花者当是"霜华"之所在。在夜气和低温下，阶下的矮树银装素裹，如花如雪，一片晶莹。这也算是给客身在外、孤凄寂寥中的诗人以一丝春温的慰藉。同时，此莹洁如玉的阶旁树，在此寒夜独身持守，何尝不是诗人另一个卓尔不群的孤影的象征呢？可以说，诗人于饮酒当中，猛一瞥见阶下的银树，心中好像划过闪电一般，忽然获得了自然的启示。只是诗作末句语义再转，谓"明年谁此凭阑干"，则又增加了"此身如寄"之慨叹。

而后来苏轼《东栏梨花》一诗："梨花淡白柳深青，柳絮飞时花满城。惆怅东栏一株雪，人生看得几清明。"即开头所引提及"某版《宋诗鉴赏辞典》中鉴赏苏轼文章"，仍然秉持这一精神脉络。所谓"惆怅东栏一株雪"，虽然所写为实体梨花，但其清骨莹玉、一尘不染显得何其触目惊心，又何尝不是一个时代的孤音绝响呢？

《容斋随笔》卷第十五（第十九则"张文潜哦苏杜诗"）谓苏门张耒，"又好诵东坡《梨花》绝句，所谓'梨花淡白柳深青，柳絮飞时花满城。惆怅东栏一株雪，人生看得几清明'者，每吟一过，必击节赏叹不能已，文潜盖有省于此云"。所谓"有省于此"，应当不是上海辞书出版社出版的《宋诗鉴赏辞典》，该篇鉴赏作者曾枣庄先生所认为张氏是感慨于苏轼的"人生如寄"感，而应当是梨花意象所引发的旷世冰洁的联想。

"瑟瑟"何解

有老先生引白居易《暮江吟》"半江瑟瑟半江红"句说："有人认为'瑟瑟'为发抖义。钱文忠近日在南大讲学说：'瑟瑟'在古伊朗语里指宝石绿松石，引申指绿色，上列诗句意即江水一半绿一半红。白氏熟悉波斯语，并常用于诗文中。我觉得钱先生此说有据，如《周书·波斯》：'波斯出……水晶、瑟瑟。'"这一段话先援例，再批驳，然后搬运出二说以立论，一则为今人钱文忠先生的课录，二则为唐人令狐德棻所主编《周书》的内容，好像还挺周密。

然而端详诸语，感觉似乎哪里不对。说"白氏熟悉波斯语"，有过考据吗？又说"并常用于诗文中"，又有多少例证？假如这两者都无把握，还是略而不说吧，以免横生枝节。接着，老先生又说"我觉得钱先生此说有据，如《周书·波斯》"，云云，感觉逻辑上有点问题。不是吗？引史书上所说，其意思并不明朗。查《周书·异域下·波斯》，在介绍气候、农畜之后，说："又出白象、师子……珍珠、离珠……琉璃、马瑙、水晶、瑟瑟、金、银……盐绿、雌黄等物。"从排列的顺序可知，"瑟瑟"应该是波斯产的矿物。至于形状、颜色等，则不得而知。凭什么"我觉得钱先生此说有据"呢？

以今人的眼光，比如看《新唐书》有关记述，才给人以宝石感。其《高仙芝传》曰："仙芝为人贪，破石，获瑟瑟十馀斛。"而《元史·仁宗纪一》帝曰"所宝惟贤，瑟瑟何用焉"里，将"瑟瑟"与活宝（"贤人"）对举，则确证是宝石无疑。其实，五代十国前蜀人《纬略》引《博雅》说："瑟瑟，碧珠也。"明人在《野获编·外国·乌思藏》同说："其官章饰，最尚瑟瑟。瑟瑟者，绿珠也。"

当然，在初唐的正式典籍《周书》就有"瑟瑟"之说，说明这个词已经充分内化。中唐白居易使用这个词，并不能作为"白氏熟悉波斯语"的一个证明。搜索"瑟瑟"的用例，表示与"绿珠"或质地或颜色有关的，颇有一些。比如唐朝敦煌人作品《敦煌廿咏其九瑟瑟咏》："瑟瑟焦山下，悠悠采几年。为珠悬宝髻，作璞间金钿。色入青霄里，光浮黑碛边。世人偏重此，谁念楚材贤。"特别要说的是，这里的"瑟瑟"，不仅仅有珠子，还有初加工品。再查《辞源》，见成书稍晚于白居易没几年的《明皇杂录》这样说："（虢国夫人）堂成，以金盆贮瑟瑟二斗，以赏匠者。"可见"瑟瑟"在初唐、盛唐就并非是一个陌生词。

又，唐人方干《孙氏林亭》诗曰："瑟瑟林排全巷竹，猩猩血染半园花。"其"瑟瑟"与"猩猩"对举，可知是写色彩。再如晚唐韦庄《乞彩笺歌》："留得溪头瑟瑟波，泼成纸上猩猩色。"也是颜色对举。当然，说"瑟瑟"表色彩是从"绿珠"派生来的，应当无疑了。

至于说"瑟瑟"，白居易"并常用于诗文中"，一查，果然。比如《早春忆微之》"沙头雨染斑斑草，水面风驱瑟瑟波"，《山泉煎茶有怀》"坐酌泠泠水，看煎瑟瑟尘"，《听弹湘妃怨》"玉轸朱弦瑟瑟徽，吴娃徵调奏湘妃"，《题清头陀》"烟月苍苍风瑟瑟，更无杂树对山松"……虽然用例不少，但并非都是取"宝石"或"碧色"的意思。

需要指出的是，白居易这首《暮江吟》："一道残阳铺水中，半江瑟瑟半江红。可怜九月初三夜，露似真珠月似弓。"估计多少代人在小学阶段都学过。至于"瑟瑟"的注释，"碧绿的颜色，形容未受到残阳照射的江水所呈现的颜色"，估计很多人都已经惘然，全交给了当年的老师。诗作前两句，写余晖平铺在江面，将江水染成深红；而未受夕阳处，则一派碧绿。夕阳江景之大写意，着实令人着迷啊。

不过，如果将诗歌再解会，可能是这样的：最后一抹夕阳平照过来，江面上呈现了迷人的异彩，（未受光的）一半是深绿的宝石，齐整整地闪烁着暗光；（而受光的）一半是宽厚的大鳖，猩红而耀眼。这显示了造物对人间的启示。这样说，是有诗境支持的。诗作的最后一句说"露似真珠月似弓"，"真珠"照应前面的"瑟瑟"，而"弓（月）"显然与前面的"（平）铺"对举。而这其中的"红"，显然是形容词活用为名词了。

有网友却不以为然，说学者们为抓住读者的眼球，树一个稻草人靶子来攻击，连小学生都知道的知识点，还要"研究发现"，也真是难为了。是吗？

卢纶《塞下曲》怎么读

卢纶《塞下曲·其三》云：

月黑雁飞高，单于夜遁逃。
欲将轻骑逐，大雪满弓刀。

对此，辞典家赵所生先生发微说："著名数学家华罗庚认为该诗的描述有违自然规律，便写了一首五言诗表示质疑：'北方大雪时，群雁早南归。月黑天高处，怎得见雁飞？'郭沫若见此亦以诗作答：'深秋雁南飞，懒雁慢未随。忽闻寒流至，奋翅连连追。'"赵所生所引，只是作为文理大家对话的趣闻，没有进一步置以可否。

当然，华、郭二老都急争于一点不及其余，有撇开诗句穿凿太过的痕迹。

一般而言，"胡天飞雪早，汉地尚纳凉"，何况唐时地域广阔，南北差异迥远，岂可同日而语？所谓月黑天高不见大雁，难道不闻其声？所谓懒雁云云，又不过是一个凭空的想象而已。

对于这首名诗的理解，大多依于上海辞书《唐诗鉴赏辞典》袁行霈先生的解读。他认为，此诗"依旧是盛唐的气象，雄壮豪放，字里行间充溢着英雄气概，读后令人振奋"。"尽管有夜色掩护，敌人的行动还是被我军察觉了。""三、四句……写我军准备追击的情形，表现了将士们威武的气概。试想，一支骑兵列队欲出，刹那间弓刀上就落满了大雪，这是一个多么扣人心弦的场面！""诗人不写军队如何出击，也不告诉你追上敌人没有，他只描绘一个准备追击的场面，就把当时的气氛情绪有力地烘托出来了。'欲将轻骑逐，大雪满弓刀'……是迫近高潮的时刻。……犹如箭在弦上，将发未发，最有吸引人的力量。你也许觉得不满足，因为没有把结果交代出来。但唯其如此，才更富有启发性"。

而在《唐诗鉴赏大典》中，谷雨先生也认为前两句表现主帅洞察秋毫、英明老练的特点。后两句写发觉敌人逃遁而随即追击的情形，"'大雪满弓刀'，一个'满'字，生动地渲染出出击前的情绪气氛，使画面上的形象栩栩如生、呼之欲出"。并认为："后二句通过场面描写，通过对集体精神的渲染，有力地烘托出主帅的擅长领兵。月黑与大雪，不在于显示作战的艰苦，而在于反衬主将的坚决果敢和士气的激昂奋发。""本诗之好，主要不在于内容上，而在于用字洗练、节奏明快，意境生动，一气呵成。'月黑雁飞高'可以入画，栩栩如生；'大雪满弓刀'则给人一种豪迈洒脱的美感。"

秉承前人许学夷、李攀龙等人的看法，这两位先生的分析，激情而精彩，并一直被奉为经典。但仍然有过含激情之嫌。如果从战争学角度看，事情可能并非如此。在月黑风高、雪下如撒的夜晚，追击敌人确实非常潇洒也很快意，但有胜算的把握吗？兵也诡诈，如此之夜晚，不正是引诱、设伏的天造与地设？纵使我唐军再神勇无前，难道就不怕敌人途中作一个简单的设伏？设身处地想想，"正因为单于是夜里逃遁的，故更增加了'逐'的困难。倘在白天，还可用轻骑穷追；在夜里，目标很容易消失，加之大雪纷纷，对逃遁之单于起到了很好的掩护作用，所以中原主将即使欲派轻骑去'逐'，也必定无济于事"（李凤能《也谈卢纶〈塞下曲·月黑雁飞高〉》，《语文知识》1994 年 2 期）。

再回顾有关细节，对峙的敌人突然趁夜逃了，惊起了高空流雁慌乱的尖叫，我军确实想追击，也正准备追击，但"大雪满弓刀"，突降的大雪改变了行动决定。那么，就让敌人逃遁吧。借着夜色逃跑是一种奸诈；但考虑到追击的代价和可能的后果，而克制冲动，沉着以待，不更显示冷静和智慧吗？对敌守战，进退反复，岂在一时？"孙子曰：兵者……死生之地，存亡之道，不可不察也。故经之以五事……：一曰道，二曰天，三曰地，四曰将，五曰法。……天者，阴阳、寒暑、时制也；地者，远近、险易、广狭、死生也；将者，智信仁勇严也……凡此五者，将莫不闻，知之者胜，不知之者不胜。""兵者诡道也。故能而示之不能，用而示之不用。"（《孙子兵法·计篇》）以整制乱，军容整肃，威慑能远。

唐诗有时写境，有时纪实（速写），此诗特意刻写一个瞬间：一场纯粹的意外，时令无常，天纵其亡，奈唐军何？适当放手，并仰天一叹，亦不失勇壮之气。箭在弦上，能引而不发，在强大的自制里，我军威仍在呢。

《君子于役》的时间、意识与心绪

君子于役，不知其期，曷至哉？
鸡栖于埘，日之夕矣，羊牛下来。
君子于役，如之何勿思！
君子于役，不日不月，曷其有佸？
鸡栖于桀，日之夕矣，羊牛下括。
君子于役，苟无饥渴！

《君子于役》选自《诗经·王风》。于，"在"之意。役，服役，指劳役或征战之事。本诗两节，写一个妇人对服役在外、久滞不归的丈夫的思念。

"君子于役，不知其期"，所谓"直陈其事也"。"不知其期"，表示久不见归而仍不知其归期。妇人的内心很苦，这不言而喻。"曷至哉"，这一问，则又强化了痛苦。这一问，是她倚门而望多少次失望的结果。而一转眼间，鸡觅食回来，又都陆续进到埘中。居然又到傍晚时分！看，牛羊也披着一抹斜阳，从原上悠悠然而回，好温馨的场景。此情此景，怎能不让人触动呢？方玉润说："此诗言情写景可谓真实朴至，宣圣虽欲删之，亦有所不忍也。况夫妇远离，怀思不已，用情而得其正。"（《诗经原始》第 193 页，中华书局 1986 年版）

日出而作，日落而息，原是极正常之事。自一别之后，为恢复到常态，妇人是天天怅望，夜夜不眠。然后天光见明，新的一天又开始，重复的一幕又复现。照例是鸡回寨，一惊，又见红日西沉，然后是牛羊披着晚霞从原上缓缓而归。其余什么也没有等到。可以想见，怅惘幽怨，长叹焦虑继续。

但经历得多了，有一天这妇人忽而冷静下来。因为单纯地怨苦并无济于事。想想，还不如向天祈祷，祝她的君子在外平安，愿其不受饥渴吧。由思念到忧叹，再到祈祷和祝福，这是一个重要的转变。这是由作"我想"到作"他想"的转变，由"我心好苦"到"为他担忧"的转变：这才是思念至深的内容。正如朱熹所说："君子行役之久，不可计以日月，而又不知其何时可以来会也。亦庶几其免于饥渴而已矣。此忧之深而思之切也。"（《诗集传》第 43 页，中华书局 1958 年版）

有人说："《君子于役》写得很白、很简单，老妪能解，所以它很容易在市井小民、普罗大众中引起共鸣而广泛流传之。"不敢苟同。尽管其表达的方式较为简单，字面的意思似乎也很直白，但内涵并非那么浅显。可能，关键之处还在"鸡栖于埘（桀），日之夕矣，羊牛下来（括）"这数句。为何？有人说它们使诗歌有了极大的感染力，给我们展现出一幅清新悠远的画面。画面感自然是有的，但除了引起心灵的幻景外，还应激起心灵的锤敲吧。

朱熹说："君子行役，不知其还返之期，且今亦何所至哉？鸡则栖于埘矣，日之夕矣，羊牛则下来矣。是则畜产出入尚有旦暮之节，而行役之君子乃无休息之时，使我如何而不思也哉？"（《诗集传》第 43 页）不得不说，这解会很深。他从有常之律里发现了别一份无常之音。诚然，紊乱打破了惯常的节奏，让思妇的内心产生了纷扰和痛苦。但朱氏在这里的理解，仍然需要拓展一下。我以为，"鸡栖于埘（桀），日之夕矣，羊牛下来（括）"的写景叙事，展示了一种时间性，并不是一种简单的罗列或排列。

还是依照《公羊传》自作问答以阐所谓微言大义之法来解释这三句吧。

为什么先言"鸡栖于埘（桀）"？可能是思妇无意所看到。一瞥眼就看到。为什么次言"日之夕矣"？家禽们回到埘窝，她下意识感到傍晚到来，于是情不自禁或习惯性朝西边望去。一看，看到了黄昏的到来。"哦，太阳落山了！""时间过得这样快！"于是，她于惶惑中转身，肯定要惊讶而叫。为什么再说"羊牛下来（括）"呢？因为她想到她的"君"，于是本能地或习惯性地朝西方望去，希望有奇迹出现。于是深情张望，向着西方。西方，是"君子"出征的去向。她每天都盼望着征人能从那个方向回还。但渐渐地，每一回，每一张望，无一例外地变成了怅望——除了牛羊从原上回来，还能看到什么呢？"羊牛下来（括）"是一个叙述。动物悠悠然里夹杂着满足，是一个所见的结果。可能也是每一天最后的结论。这使女人备受刺激，也倍感痛苦。

这三句，很精妙地传达出一种心绪。绝不能说"日之夕矣，鸡栖于埘（桀），羊牛下来（括）"。这句序里有一种我们难以言传的心绪。

除此之外，本诗于一唱三叹之中，还隐含一种流动与凝固对峙的情节。

在"君子"归来之前，时间是停滞的，每天所见都一模一样。当然时间是流动的，不变只是个错觉。我们看，"鸡栖于埘""鸡栖于桀"的"埘"变"桀"，就暗示这种流转。"埘"指鸡舍，墙壁上挖洞做成；"桀"指鸡栖木，用栅栏围圈，显示了冬夏之别，而妇人也经历从冬至夏的煎熬，以致经年累月的煎熬。这就从一个很细微的角度反映靡费时日的劳役（或征战）给家庭带来的深重之苦。而这，却以一种忽明忽暗、让眼睛麻木的方式，编织着单调和重复，时间的轮换成了"埘""桀"的轮回，视线已经不能看远了。

当然，诗歌毫无造作，它真实动人，但思念与关切都是直白而又真率。"君子于役，如之何勿思！"这绝不羞羞答答、欲说还休，它从肺腑中呼出。好像是扪心自问，但更像是回答他人的责怪，显得理直气壮。"君子于役，苟无饥渴！"爱到情深时，就是关切和祝愿。即使是苦苦等待，只要对方活着，就会保留盼头，存有希望，那么即使等待再漫长，也有温度和念想。

多少年过去，不知那个君子回来没有。但可以肯定的是，落日、鸡禽、羊牛，每一天都在共织着一往情深的女主人公的生活。而落日、鸡禽、羊牛也在每一天都像古希腊神话里压负事主而最终被归化的巨石，共同见证着那一份绵厚的思念，一份永远不老的情感。这对于真实而纯正的爱情来说，实在是最好的诠释了。真情不怕考验，真情又何惧煎熬！

当然，诗中的君子何以值得女人期待，想必有其充分的理由。这个人不可能是《鄘风·鹑之奔奔》里的"人之无良"，也不是《卫风·氓》里的"二三其德"……一个愿意为他坚守、愿意为他祝福的女人倚门而望的故事，实在太富于解释的张力了。

从虚堂和尚"蓦紥"诗谈起

还记得 2011 年 8 月的一个晚上，在微博里与网名"咬文嚼字微博""文宛阁大学士""海南日报网事版"等，一起探讨虚堂和尚所写的一首禅诗。诗是这样写的：

一重山了一重云，行尽天涯转苦辛。

蓦紥归来屋里坐，落花啼鸟一般春。

诗意似乎不难解，主要集中在"蓦"何谓。"蓦"作"猛然""忽然"都好理解。"紥"字何谓？或以为通"札"字。而众以为作"停下""驻扎、驻足"或"得病"，似乎都可解。而"蓦紥"二字一起作"蓦地"，似乎更为切当，为诗作整体旨意的逆折做提示。

宋代罗大经的《鹤林玉露》里，也有一首尼姑的悟道诗，诗曰："尽日寻春不见春，芒鞋踏破陇头云。归来笑拈梅花嗅，春在枝头已十分。"这诗作与虚堂和尚的笔法基本一致。从诗歌前后看，总有一种意外事件发生，既契于诗歌起承转合的形式，又合乎禅理相反顿悟、不可胶执的性情。或以为，"都是写求道开悟的过程。学人不明白大道就在当下，就在屋里，偏要千山万水地去寻求。等到历尽了千辛万苦，回到屋里，回到自己的心灵深处，才发现大道不在别处，就是眼前的落花啼鸟"。

照此思路，于是发现，与其盲目外求，不如专心于反思与内省。只有回到心灵之路，才发现自己迷失的本性，原来"真在"不在遥远的天边，而就在心灵的深处。那么在路径上，"找回自己"可也。于是一旦得路，看到了"拈梅而笑"。达到了这一层，就是上上乘的收获了。这就是所谓"道不远人"的道理。

是这样理解的吗？

历尽千辛万苦，访师参禅，好像并无所得，甚至情形更坏，还让人辛苦万状、疲惫不堪。而为何等他们一回到归乡或熟悉的故地，就发现原来自己所苦苦寻觅的，"其实本身早已具备"？参禅悟道，似乎在说明"自性即佛"的道理。与其苦苦外寻，天涯海角地兜圈子，不如反求于内心，行道不远，就在"刹那之间"，于是大彻大悟。这就是所谓"众里寻他千百度。蓦然回首，那人却在，灯火阑珊处"。

如此说来，岂非是说"一重山了一重云，行尽天涯转苦辛""尽日寻春不见春，芒鞋踏破陇头云"，都做了无用功了？既如此，那么这个痛苦的外在的求索过程不要也罢。这个所谓的无用功，仅仅耗费时日也就罢了，关键是，它制造了痛苦。于是，有人所说，"苦苦追求，勤苦不懈，但是却仍旧陷在常人的境界之中，不是无心或者不屑去找，而是怎么找也找不到，这便是痛苦产生的根源"。

怎么破除这心头的魔劫呢？《五灯会元》卷二载慧思、慧海语录，曰："道源不远，性海非遥。但向己求，莫从他觅。觅即不得，得亦不真。"在《庄子·知北游》，有东郭子问"道恶乎在"，庄子就告诉他说"无所不在"。说"会心不远""道在身边""道在日常"等，都没有问题。其实，《孟子·离娄上》也早早就说好了："道在迩而求诸远；事在易而求诸难。人人亲其亲，长其长，而天下平。"在孟子看来，舍近求远，舍易求难，都没有必要，要从自己身边做起，从平易事发力努力，比如说从亲近自己的亲人、爱敬自己的长辈开始，这个路径对了，那么做下去就会"致天下太平"。如果南辕北辙，费力求外，只怪自己走错了方向。

不过，事情好像没有这么简单。古今都知道的通理，为什么一到未经世界的年轻人那里，仍然要苦苦费力地求索，甚至"古道西风瘦马，断肠人在天涯"呢？好像有无数求道者总免不了"道在迩而求诸远""事在易而求诸难"。而即使知道"道在迩"，仍然要面壁十年、苦修终身，甚至连达摩祖师也不能免了。当你指月时，只有眼前不再是明明如月，而是你看到了清静的心灵，发现了智慧的心光，这样才算是通透了。

从达摩面壁十年知道，这个与其说是顿悟，莫若说是渐修所致。也就是说，当你以手指月时，既要修炼路径也要修炼所指向的目标，没有谁比谁更重要。而这个，需要时间，需要试错，需要求索，需要斗祛心魔。

唐末五代灵云志勤禅师的七绝《三十年来》诗，似乎正道出了个中的小秘密。其诗曰："三十年来寻剑客，几回落叶又抽枝。自从一见桃华后，直至如今更不疑。"这首诗作被赞"从缘荐得"，所谓见花悟道是也。

其一二句都在说时间，有点重复，但暗含缓急的变格。"三十年来"是俗家的心态，时间越长则心态越急迫，然而骨骼、意志、精神等也似乎愈发坚强了起来。"几回"才是道路的粗现，自在幽闲，只在自己。三句有宕拓的偶得，"一见"既是意外也是结果，而四句"更不疑"则是对二句的回应。当然三句也是二句的关联。剑，在何处？若见"斗牛光焰"，自可寻索到剑津。细细想来，在最初俗念起处，其实心中有某物，亦在慢慢浮显。待到人生一半的光阴漫逝，才发现是物在周复中已然长大成型。那最意外的"一见"，就是内外机缘的冥合。

其实，都是一个自然的结果。不是吗？

何谓边塞征戍诗

一、所谓"边塞征戍诗"

凡描写边地、风物等的诗歌都可以称之为边塞诗，而所谓边塞征戍诗乃其中涉及军事征战与边关戍守一类。南宋严羽在《沧浪诗话诗评》里说："唐人好诗，多是征戍、迁谪、行旅、离别之作，往往能感动激发人意。"这段话不仅刻画唐代巨大的社会流动，也展现了"征戍"诗一类题材甚为发达的一面。

唐人征戍诗能够成为一个大类，《全唐诗》中五万多首占两千多首，又与唐代风尚与人格精神是分不开的。其中，最直接的动因是唐朝为摆脱边患而鼓励将士积极开发与坚守维持，那些对于家国有特别情怀的士人，也从中看到了切近或终极的利益与人文关怀，于是凸显边疆意识成了时代的强音。

特别是在激烈的仕途经济里，中原地区的士人突然来到西北大漠边陲，由于气候、风土人情的种种不同所产生的位差，给了他们强烈的新鲜感和震刺感。在激烈的军事冲突与较量中，他们对于整个帝国的躯体渐渐地有了更为深切的体认。正是士人强劲而深沉的集体意识，为唐诗不断输送着新鲜血液。这是唐人富有旺盛生命力的一个表征。所以，边塞诗虽然可追溯至先秦，但直至盛唐才异军突起自成一派。

而他们之所以能够发扬时代精神，在政治伦理的地基上，主要是基于汉代历史给予他们以荣耀与鞭策，和儒家积极入世、民胞物与及悲天悯人的爱人情怀给予他们以心性与道德。其关键词为：建功立业、英雄意识和仁人恻隐。于是民族、国家的概念在他们的诗歌中渐渐地沉淀，并伴随着唐代国势日强，士人不断戍边，使得边塞诗多姿多彩而充满了鲜明的艺术个性。

在诗人们的笔下，或极力渲染边地军事生活的苍茫，叙写我军将士的勇猛，或凸显绝域大漠的奇异风光，或表达爱人惜命以反战思战的逸格高怀。于是，边塞或壮怀激烈、热血沸腾，或豪放旷达、雄壮悲慨，或奇丽峻峭、雄浑挺拔，或愁肠寸断、折戟断刀……一时凸显于世人面前。当然，到了中晚唐因国势衰颓，边塞征戍诗昂扬向上的色调稍减而悲愁哀婉之风绪渐多。

二、边塞征戍诗的特点

以军旅、征战等边塞生活为题材的边塞征戍诗，特别是自玄宗开元元年（713）至代宗大历五年（770）这一盛唐时期，"更是以其充沛的感情，刚健的笔触，描写了寥廓壮丽的边塞风光，豪迈慷慨的军戍生活以及幽怨悲凉的征夫之恨、思妇之悲，题材多样，意境雄浑，为历代边塞诗之冠"，而成为唐代诗歌创作的普遍题材。可以说，唐代边塞征戍诗的繁荣，既是历史空前强大的唐帝国文治武功极盛的表现，又是古典诗歌高度发展成熟的历史必然产物。

理解与欣赏边塞征戍诗需要把握以下特点。

（一）这类诗歌感情充沛、笔力刚健，追求奔放雄伟、慷慨激昂的风格，并以气象雄浑、意境苍凉见长。

（二）诗中既描写寥廓壮丽的边塞风光，而充满了激情和豪兴；同时又交织着两种复杂的情感，或豪迈慷慨的军戍生活，或幽怨悲凉的征夫恨悲。

（三）这类诗歌体裁多样，既有五言古、律，又有七言歌行和七言绝句，诗人运用何体，均以显现慷慨苍凉之气为首要考虑。

（四）在诗的题材上，以抒写边塞景色与战争场面为主，有惨烈悲壮的战役，与异国情调的胡乐为鲜明特色。其典型的景观有大漠、烽烟、黄沙、长云、秋月、雪山、长城、孤城、大石、狂风、酷热、冰雪、奇寒等。其人物多为都护、将军、征人、单于、羌羯、胡儿等。其地名则有安西、瀚海、天山、楼兰、轮台、疏勒、龟兹等。其用品则有琵琶、金鼓、旌旗、烽火、羽书、戈矛、剑戟等。

三、边塞征戍诗名诗鉴赏

（一）边塞诗派与主要诗人

唐代边塞诗人很多，著名的有骆宾王、王之涣、李颀、王昌龄、王维、王翰等。其中最著名的当数高适、岑参二人。

这些人大多有到过边疆从军的经历，都具有奋发进取的人生观。例如，受汉代以来霍去病、班超、窦宪等英雄意识的影响，初唐诗人骆宾王说"献凯多惭霍，论封几谢班""投笔怀班业，临戎想顾勋""勒功思比宪，决略暗欺陈"，孟浩然是"一闻烽火动，万里忽争先"，王维也说"岂学书生辈，窗间老一经"，其仗剑从戎，所谓慷慨激昂、俯视一世。他们的作品常常以边塞题材表现建功立业的豪情壮志，洋溢着激昂奋发的时代精神，展示了广阔而苍凉、奇幻而壮美的边塞风光，以及艰苦但豪迈的军营生活，等等。

当然，高适之《燕歌行》、岑参之《白雪歌》等七言长篇歌行最能代表盛唐边塞（征戍）诗的美学风格，即：雄浑豪放、浪漫悲壮。除此之外，盛唐大诗人李白、杜甫都写过边塞诗，而以边塞诗的名篇传世，又如王昌龄有《出塞》《从军行》，王之涣有《出塞》，王翰有《凉州词》等。总之，这些诗人群体，通过他们的集体创作，使盛唐诗成为边塞诗创作的顶点，共同演奏了永远震撼人心的边塞英雄交响曲。而此后中晚唐并没有出现边塞诗的大家。

（二）骆宾王《夕次蒲类津》赏析

学者论文，以为初唐四杰的边塞诗，更能代表初唐边塞诗的本质精神；而唯有骆宾王经历最为丰富，故其作品，可以视为真正意义上的边塞诗。下面是他的《夕次蒲类津》一诗：

二庭归望断，万里客心愁。

> 山路犹南属，河源自北流。
> 晚风连朔气，新月照边秋。
> 灶火通军壁，烽烟上戍楼。
> 龙庭但苦战，燕颔会封侯。
> 莫作兰山下，空令汉国羞。

蒲类，在今新疆巴里坤哈萨克自治县境，为汉西域城国名，唐始置蒲类县。所谓"二庭"，唐时西突厥分为东、西二庭，以伊列水为分界。骆宾王亲身感受边塞，以某夜就地宿营时的感受记录了一个征战辗转的境况。当时吐蕃入侵，诗歌开头"归望断"，正见出战事艰难，归思无望。第二联以南辕北辙式的实况比兴，写眼前的心境，归路似有，却仍要像北去的流水一样向北而去。第三联，抒写的是征人眼中的景色：秋夜里是茫茫北风的肃冷，那一轮冲淡的新月照临着朔漠，渲染出边塞战场特有的悲杀气氛。第四联点题，写出当时军旅征战的情景，战场上营垒相接，灶火连成一片，随时等待战斗打响，而传递战报的烽烟直逼戍楼，战火之紧急不言而喻。同时，这一联又可以见出军势声势之浩大，一场千军万马的决战即将开始。第五联，是写诗人的内心活动。以汉代班超的事迹相激励，既是对自己，又是对唐军将士。龙庭，匈奴王庭，这里指突厥腹地。燕颔，代指班超。最后一联，借汉代李陵战败投敌故事从反面相警诫，表示宁死不屈的气概。

本诗既描写了艰苦的边地战争生活，壮丽的边塞风光；又抒写了爱国报君的热忱和望乡思归的情愫；并表达了诗人崇尚勇武、渴望建功等复杂而丰富的思想感情。

（三）王昌龄与边塞诗

王昌龄的边塞诗大部分是用乐府旧体抒写战士爱国立功和思念家乡的心情。最为著名的是他的《从军行》和《山塞》诸作。下面是《从军行（其四）》：

> 青海长云暗雪山，孤城遥望玉门关。
> 黄沙百战穿金甲，不破楼兰终不还。

本诗虽然是"战地进行曲"，但所表现的并非好战意识，而是体现深沉悲壮的生存力的较量，他对于英雄主题的发掘，达到了无人能及的高度。

诗作首先将读者带进了绵延数千里的祁连山脉和青海湖之间，绝域的苍茫又通过连天的沉沉阴云表现出来。画面显得壮阔而苍凉。当时"青海"地区正是吐蕃与唐军多次交战的战场，而"玉门关"外，则是突厥的势力范围。所以前两句这两层渲染，使绝域深处的"孤城"之危令人胆寒。而"遥望"则含了无数期待。于是，戍边生活的孤寂、艰苦之感，都融合在悲壮、开阔而又暗淡苍茫的景色里。但是，诗歌在第三句急转，这句写边地的荒凉，战事的频繁、艰苦与酷烈，而将士们仍然奋战不息。显然，经过大漠黄沙洗礼的唐军显得更加顽强，所以最后一句便不仅仅是铿锵有力、掷地有声的豪壮誓言，还是一种无坚不摧、迎难而上的更为血性的拼杀。

三、四两句化一、二两句的静写为战场的动态搏杀与冲陷，在艰苦困苦之中，给人的是悲壮，是进发意识和意志力的较量，引人的是美学的无限崇高感。这正是王昌龄最为深沉的地方。

（四）岑参《走马川行奉送封大夫出师西征》赏析

如前所述，能够体现边塞征戍诗最鲜明风格的当数高适和岑参。他们或以充满着紧张感、或以悲壮深沉的调子，歌咏边塞的人和事。下面是岑参的七言歌行杰作《走马川行奉送封大夫出师西征》：

> 君不见走马川，雪海边，平沙莽莽黄入天。
> 轮台九月风夜吼，一川碎石大如斗，随风满地石乱走。
> 匈奴草黄马正肥，金山西见烟尘飞，汉家大将西出师。
> 将军金甲夜不脱，半夜军行戈相拨，风头如刀面如割。
> 马毛带雪汗气蒸，五花连钱旋作冰，幕中草檄砚水凝。
> 虏骑闻之应胆慑，料知短兵不敢接，车师西门伫献捷。

君不见，唐时俗语，"你看那"之意。走马川，又名左末河，今新疆境内的车尔成河。雪海、轮台，都在今天新疆。金山，即新疆境内的阿尔泰山。五花、连钱，都是名马，又指马身上斑纹。车师，为唐北庭都护府所在，即今新疆吐鲁番县。

诗作先带人感受行经路线（过走马川、雪海边，穿进戈壁沙漠），并感受走马川一带典型的绝域风沙景色：苍茫而混黄的沙尘环境。这三句写风的狂暴与淫威，如斗大石满地乱滚，其环境之险恶令人恐惧。"匈奴草黄马正肥，金山西见烟尘飞，汉家大将西出师。"逆转，如此恶劣环境下，报警的烽烟连同夹杂着匈奴军旅的气势铁骑卷起的尘土一起飞扬，但顶风冒寒前进的唐军将士一出现，恰似一个特写，其凛凛威风，横空出世，如天神般降临。而前面恶劣的环境对于人物刻画又恰起到一个强有力的渲染：苍茫又凛然不可侵犯。"金甲夜不脱"，正见战事紧迫，"戈相拨"可以想见夜间一片漆黑，大军军容整肃严明、衔枚疾走的情景。而"割面"之风再起渲染。"马毛带雪汗气蒸，五花连钱旋作冰，幕中草檄砚水凝。"写边地的严寒，通过几个细节（马毛、砚水等）来描写、表现。一边是战马在寒风中奔驰，蒸腾的汗水转瞬间即凝结成冰。一边是军情瞬时处理，军幕中起草檄文刚刚完成，砚水也随即冻结，在这种严寒的天气、艰苦的环境中，让人更见临战紧张的气氛和唐军运转的高速。这些细节，淋漓尽致地表现了将士们迎风傲雪的战斗豪情。诗歌到这里便戛然而止，是可以想见最后的战况的。读者也会像作者一样，料想敌军闻风丧胆，预祝凯旋而归。而最后三句所要表达的正是如此。这首诗恰如战场上的一个及时报道。

杜甫说岑参作诗"好奇"。这首诗新奇而壮，风沙的猛烈、人物的豪迈，都给人以雄浑壮美之感。诗人用了反衬的手法，极力渲染、夸张环境的恶劣，来突出人物不畏艰险的精神。而诗中表现的乐观豪迈的气概，正是盛唐时期时代精神的体现。全诗句句用韵，三句一转，韵位密集，换韵频数，急促有力，情韵灵活，激越豪壮，"有如音乐中的进行曲"。

（五）高适边塞征戍诗欣赏

高适边塞诗的最大特色和最高成就在于思想深刻，触及深层次的社会内容，现实意义更强烈。下面来看他的《蓟门行五首》中的四首：

蓟门逢古老，独立思氛氲。

一身既零丁，头鬓白纷纷。

勋庸今已矣，不识霍将军。（其一）

汉家能用武，开拓穷异域。

戍卒厌糠核，降胡饱衣食。

关亭试一望，吾欲泪沾臆。（其二）

边城十一月，雨雪乱霏霏。

　　元戎号令严，人马亦轻肥。

　　羌胡无尽日，征战几时归。（其三）

　　黯黯长城外，日没更烟尘。

　　胡骑虽凭陵，汉兵不顾身。

　　古树满空塞，黄云愁杀人。（其五）

　　蓟门，在今北京附近，唐时是防备契丹的前线重镇。第一首，前四句近乎白描，勾画了一个孤单站在那里的老战士，虽然所想还是如何逞气斗敌的事，可是诗人看他孤孤单单，已是满头白发，不禁替他感慨，此生与功勋是无缘分了，那些轮番上任的将军谁能认识他呢？生命就这样无情地流逝着。第二首，以汉家说唐，开拓边疆确实见了本事，可是，一个极其滑稽的事情是，投降的胡虏可以饱食暖衣，而我方将士却要吞糠咽菜，也难怪诗人一望边亭而难忍泪流。而更可怕的是，由此造成的悬殊不平的待遇，则将酿成边战失利的严重后果。第三首，开头勾画了极为严酷的环境，严冬来临，暗含了诗人的深忧。可是面对敌人兵强马壮和高昂士气，诗人不禁替我方将士忧虑起来，何时才能结束战事呢？第五首，先以环境勾画浓重而惨淡的背景，次写即使到了黄昏和天黑，交战的双方仍然拼死对杀，虽见豪勇，最终也只是抛尸荒野，只剩下静静的古树荒立着，诗人不禁仰天长叹，无边的悲愁犹如那天上笼罩不散的黄云一样。诗人对下层士兵的思想有更多的了解和同情，这里并没有歌颂"汉兵不顾身"的勇敢精神，而是体恤他们生活的艰苦及久戍无归的遭遇，其间蕴含了诗人多少仁慈恻隐之情。

　　这几首诗歌，所写关于连年边乱、疲于用兵而战乱不止的情形，反映了边地军旅生活的另一面。诗人写来古劲苍凉，充满了无限的悲慨，从中不难寻其对家国、战争与人事的深切关怀。同时，又由于诗人对连年边战的忧思与焦虑、无奈与惆怅，尤其是在他的内心深处对于士卒，甚至是敌方士兵的深切同情，而对于国家战争的意图表示了极大的怀疑。这是诗歌最为深沉的地方。

　　这一组诗歌直抒胸臆、直陈其事的赋笔较多，而比兴寄托、寓情于景等含蓄委婉的描写较少，加上使用乐府旧题和整齐的五言古体，显得更风骨遒劲、浑茫苍老而凝重深沉。

四、边塞诗体验时间

（一）王昌龄《从军行》（其二）

1. 本诗写戍守，抒发的是什么情感？

2. 诗歌融叙事、写景与抒情于一体，试分析。

3. 有人说"高高秋月照长城"显得突兀，怎么看？

> 琵琶起舞换新声，总是关山旧别情。
>
> 撩乱边愁听不尽，高高秋月照长城。

"新声"无论如何调换，舞姿如何动人，琵琶的演技如何高超，在征人的眼里都是一样的，像曲调《关山月》一样，都无法排解他心中的"别情"。从诗歌的第三句又可知，那种无法排解的曲音，已经不知听了多少回，这一句见出了戍守时间的长久与难耐。但是，种种复杂的乡愁的多情，总是难以抵抗塞外的冷冰冰的事实，那长城上的高高"秋月"仿佛凝固了一般，将一个个柔软的梦一一击碎。最后一句，由眼前的视听而转向遥远的夜空，而究竟会想起什么，诗歌没有说明，戛然而止，显得斩截，又那么缠绵，将人的视线牵引到很远很远的地方，所以冰冷的现实反而更会引起人们深沉的思索。以景语作结，寓情于景，使诗歌的意味更加深远。

王昌龄边塞诗独特的地方，不在对征战生活和边塞风光的描绘上，而在记写将士的心理活动和思想感情上，用笔尤其深刻。

解答：

1. 本诗写征人戍守边关，所抒发的是征人无边的乡愁，有对边关持守的难耐和对家乡亲人的苦恋。

2. 本诗第一句是叙事，似不动声色，二、三句是抒情，但本诗与一般诗歌不同的地方在于从第二句始便逆转其意，使诗歌显得极为突兀而耐人寻味。

3. 最后一句为写景，收取全篇，既可作为笼罩全诗的一个典型环境，又可理解为诗歌内在情感的再次突兀，使得诗歌显得遒劲而苍凉。

（二）高适《塞上听吹笛》

1. 前两句，"雪净胡天"和"羌笛"给人的感觉有怎样的不同？

2. 试分析诗句第三句一语双关，和第四句写景上的精妙。

雪净胡天牧马还，月明羌笛戍楼间。

借问梅花何处落？风吹一夜满关山。

第一、第二两句叙事，胡天冰雪消融，戍边战士牧马归来，"雪净胡天"四字，澄明开阔，显现出胡天少有的爽朗，自然也见战士轻松的心情。第二句逆转，明月似乎撩人，不知哪座戍楼上吹起了幽幽羌笛。从第三句诗句将"梅花落"拆用，可知吹奏的是《梅花落》，古乐府笛曲名，音调多忧伤哀怨。而后两句在一起含不尽之意于诗间，很是耐人寻味。诗歌翻空出奇，借字面意思引发美妙的联想。试想，那一瓣瓣梅花，正随着幽幽的笛声随风飘洒，纷纷扬扬，落满了关山。诗歌以强烈视觉效果的画面，给人以无穷的回味。而这，又多多少少会冲淡白天牧马归来的爽朗心境，所以明月之夜又如何成寐？"满关山"，事实上勾起的愁思绝非仅仅诗人自己，还应该指所有边关的战士。其随花而落的消散意绪和曲折的心路，便借一曲《梅花落》演绎得淋漓尽致。当然，边关所有战士的心声自然又演化成一个宏大的叙事，所以显得悲壮而深沉。其愁之深之重就可想而知。借用明人钟惺诗评一句说："无限羁情，笛里吹来，诗中写出。"那么，由听音乐的感受，所引发的，多少又暗含了戍边将士因滞留不归而产生的浓浓思乡之情（当然，还有志士不遇等）。由实而虚，言此及彼，并且将阔大的胡天和它空廓苍茫的夜景一齐糅进了深沉的意绪，又见出高适作诗的深邃来。

解答：

1."雪净胡天"所给人的是胡天的冰消雪融，澄明开阔，以及心境的爽朗。而"羌笛"所传达的则是幽幽的愁怨。前两句所表达的情感显然有急遽的变化。

2.诗作的第三句采用拆分法，将所吹奏的羌笛曲调"《梅花落》"镶嵌在其中。并借"梅花落"的字面意引发美妙的联想。最后一句景中饱含深情，糅进了诗人和所有戍边将士深沉的意绪。

荷：诗词中的气色与兴寄

一、"荷"的气色

"荷"出现在有关作品中的时代较早。比如《诗经·山有扶苏》中说："隰有荷华。"郑玄注曰："未开曰菡萏，已发曰芙蕖。"但比起诗词中频频出现的"梅""柳""风""雪"等题材，在宋以前，它出现于作品中相当集中的要算南朝时候了。这很难说与宗教情绪、文人情感有什么关系，但与地域和生活等地理特征则有着密切的关系，却是毫无疑义的。

比如《乐府·江南》诗中的"江南可采莲，莲叶何田田，鱼戏莲叶东，鱼戏莲叶南……"，写"鱼"与"荷"之间的嬉戏和快乐，充满了一种生活的青春气息。梁元帝《采莲赋》"妖童媛女，荡舟欣许"，也畅写借采莲嬉闹而歌的生动的生活场面。而《乐府·西洲曲》则进一步抒写游戏之中的男女情感。诗中描写了一个少女从初春到深秋，从现实到梦境，对所钟爱之人的苦苦思念，洋溢着浓郁的生活气息和鲜明的感情色彩。

"柳"在唐人诗作中出现比较频繁，应当说，有意写"柳"乃起于离情别绪的需要，与当时空间的阔大有关。而"荷"较少见于初盛唐人的诗作之中，大概因为当时文化重心与活动的主要区域并不在南方。但是，到了安史之乱之后，江南水乡在文人笔下渐渐地多了起来，这无疑与地缘和机缘有很大的关系。从上面写欢娱部分占相当的诗赋比重看，则是与时令特征和生活的闲适（或"闲余"）有较大的关系。向来"不平则鸣""欢娱之辞难工，而穷愁之句易达"，写愁情与苦恨在春或在秋者居多，而夏的愁思又似乎与阴晴风雨有着较多的关联，所以写闲情逸兴，写仕女游冶，或写男女私情时，"荷"便成了一种较新的介质了。

赏"荷"的历史很久，我们据《辞海》搜罗以上的一些例子，确实感到其中存在的审美功用和生活价值。屈原《离骚》云："制芰荷以为衣兮，集芙蓉以为裳。"曹植《洛神赋》中说到洛神："迫而察之，灼若芙蓉出绿波。"这些形象惊艳而鲜活，给人以丰富的视觉联想。元稹《刘沅妻》诗曰："芙蓉脂肉绿云鬟，罨画楼台青黛山。"以荷来比喻相貌姿色之美者。清代苏州文士顾禄在《清嘉录·荷花荡》中说："沈朝初《忆江南》词云：'苏州好，廿四赏荷花。黄石彩桥停画鹢，水精冰窨劈西瓜，痛饮对流霞。'"如此赏荷、劈瓜、痛饮，也可见出世俗人生的一大乐事。

而芙蓉制帐，明代王象晋《群芳谱·花谱一》引《成都记》中记五代孟蜀后主以芙蓉染缯为帐，显然有附唐明皇的"风雅"。白居易《长恨歌》曰："云鬓花须金步摇，芙蓉帐暖度春宵。"用芙蓉花染的丝织品制成的帐子，一定是华丽而魂销的。当然，李白早有《对酒》诗云："玳瑁筵中怀里醉，芙蓉帐里奈君何。"在豪华宴会中醉酒坐乱，与芙蓉帐里意乱神迷，可见都使人不能自已，不能自持。当然，芙蓉也有它的本色，它的清真雅洁。皎然《诗式·卷一》说："惠休所评，谢诗如芙蓉出水，斯言颇近矣，故能上蹙风骚，下超魏晋。"芙蓉出水，自然是诗文清新脱俗、雅而生动了。

二、"荷"的兴寄

但"荷"有一些征象，则可称之为诗人或作家独有的怀抱了。

冯延巳的《谒金门》（"杨柳陌，宝马嘶空无迹。新著荷衣人未识，年年江海客。梦觉巫山春色，醉眼飞华狼籍。起舞不辞无气力，爱君吹玉笛。"），显然掩映着一段"知音"的故事。身著香净"荷衣"的翩翩少年，虽然游走无定，人皆不识，但在一位多情少女的眼前闪跃而过，却给她留下了鲜明的印象，让她六神无主，梦寐难忘。这首词虽是爱恋之词，但是言外之意，则别有寄托。

而晏几道的《虞美人》（"疏梅月下歌金缕，忆共文君语。更谁情浅似春风？一夜满枝新绿替残红。 萍香已有莲开信，两桨佳期近。采莲时节定来无？醉后满身花影倩人扶。"），因听歌女疏梅歌唱《金缕衣》曲而回忆起曾经一起采莲的歌女文君，今莲花将开，盼望采莲时节能够聚会，表现了一种刻骨的相思。这也是一番对知己的倾诉，蕴含着极其丰富的情思，表达了词人特定的意绪。

然而，向来人们论诗与词，好像总是诗在感慨、兴寄，而词在私情；在诗与词的题材选择上，诗以其齐整见长；而词相对要流利得多，它讲究绮丽婉约的风格，超出单纯的音节、字阶的美而以参差的自然代替人工化的整齐与对称，更能适应情感的需要而与心灵的节奏相契合。在表现的细腻上，词的灵活究竟要长于诗的种种束缚。其实这是结果而不是原因。

由诗到词，实在于新的生活用新形式去表现的缘故（词是更生活化的一种时髦）。在表现内心情感的复杂性上，词确实比诗更能以其具体入微的细节打动人心。试以张潮《江南行》与晏几道《蝶恋花》为例做一比较。

茨菰叶烂别西湾，莲子花开不见还。妾梦不离江上水，人传郎在凤凰山。（《江南行》）

初捻霜纨生怅望，隔叶莺声，似学秦娥唱。午睡醒来慵一饷，双纹翠簟铺寒浪。雨罢苹风吹碧涨，脉脉荷花，泪脸红相向。斜贴绿云新月上，弯环正是愁眉样。（《蝶恋花》）

前者在表达上比较隐含，女主人公的一切心理活动都是通过一系列的情节间接地表露出来，而缺少一种逼真动人的艺术效果。读者只有在充分理解"莲子花开不见还"的无欢的等待与"妾梦不离江上水"的痛苦的思恋，以及"人传郎在凤凰山"的对心上人的责怪中才能把握主人公的期盼与失望的内心，并由此做出一些较为合理的想象与推测。"茨菰叶烂"有何征兆？"莲子花开"展示了什么深层的意韵？这些似乎都是不太清楚的。

而后者就不同，要鲜活得多。"初捻霜纨声怅望"的动作情态及细腻的心理（"霜"喻），"隔叶莺声，似学秦娥唱"的凄凉的空弹式的外景陪衬，当然，也会让人产生丰富的联想。如杜甫的"映阶碧草自春色，隔叶黄鹂空好音"，李白的"萧声咽，秦娥梦断秦楼月。秦楼月，年年柳色，霸陵伤别"，与醒来时的空寂无聊都给人留下了相当深刻的印象。但作品刻写最精彩的犹在于雨后场景的表现上。与前作相比，虽然也是间接地表现主人公，但其描写的细腻、比喻的新颖、拟人的特色化，都显示出鲜明的"现象"色彩。其中的"脉脉荷花，泪眼红相向""斜帖绿云新月上，弯环正是愁眉样"，别具一种荷花样的鲜明生动的情态，并使物我主客体因相融而达到一种"情境"。

关于"荷"的题材，除了时、地的因素外，引起创作注意的似乎还在"文字／文化"形态的意义上。因"荷"而生"和"与"合"，"莲"及"怜"，"莲子"及"怜子（爱你）"，似乎在立意与表意上更契合于表达情爱与复杂的幽情的需要。这是一种带有明显的对"人"（或男或女）的审美，当然主要在审美的阴柔性上。比如李璟《浣西纱》中的"菡萏香销翠叶残，西风愁起碧波间"被评为"众芳芜秽，美人迟暮"，柳永《临江仙》中只点一句"秋暮，乱洒衰荷"却仍在乎情事的渲染和铺陈。鹿虔扆《临江仙》中"藕花相向野塘中。暗伤亡国，清露泣香红"却有一种惜红伤悼的深意。

"桃李春风"等两句析

再看黄庭坚《寄黄几复》诗作颔联，即名联"桃李春风一杯酒，江湖夜雨十年灯"。

"桃李春风一杯酒"，有资料以为援引《史记·李广传》"桃李不言，下自成蹊"句意。其意是说，桃李尽管没有开口说话，但以其花姿浓艳、热烈，而吸引很多路人的目光。不过，感觉有些勉强。而引李白《春夜宴桃李园序》典实，似乎更为切当些。试看，有无限的春光和大地至美的锦绣做背景，又有一群英美绝伦的才俊相聚，清月在上，群贤置身于这花繁香溢的桃李芳园，"开琼筵以坐花，飞羽觞而醉月"，畅饮清谈，究竟是何等赏心乐事！桃李春风，则直写友情的欢愉、夜饮的舒畅，以及人生的快意。诗作用典，大约是回忆黄氏二人在京舒惬的交往生活。当然，"桃李"这一词汇，本身就含有青春年少的意思；而"春风"，自然也掩饰不住谐美与祥和的气象。

"一杯酒"，不多也。会品酒的人不在酒有多少，不在展示酒量与豪情，而在于风情与风雅。即使是斗酒诗百篇的李白，也说"一杯酒"足矣。在《行路难》里，李白畅言道："且乐生前一杯酒，何须身后千载名！"当然，大诗人也是效仿了前贤的作派。在《晋书·张翰传》中，一生纵任不拘、不为名利束缚的张翰，就曾惊世骇俗地说过："使我有身后名，不如即时一杯酒。"这"一杯酒"，一是表达畅快，二是表达狂傲。那么，黄庭坚这里的"桃李春风""一杯酒"，就有志同道合间的愉悦、饮酒的畅快和年轻人之间傲然寄世的抒发。或者，还有劝勉的因素吧？王维也讲过"劝君更尽一杯酒，西出阳关无故人"，再多喝"一杯"……一杯一杯地把酒挹量出来，以此来寄慰情谊。有此"一杯酒"，让人想起当年那一次次"一杯酒"，特别是友情见证下、唱和京城的那一次次"一杯酒"，以及青春肆溢的那一次次"一杯酒"，全都在记忆的美好春光里浸泡着，又怎能忘怀呢？

　　至于"江湖夜雨十年灯"，则场景陡然转换。"桃李春风"，变成"江湖夜雨"，"一杯酒"也换成"十年灯"；而人生的具体场景，也由京城而来到"江湖"，可以说乾坤挪移，天地翻转！当然，"江湖"一词，还让人联想到艰难、凶险，以及无数的单弱和凄苦。而"夜雨"，更有一种湿漉漉地散发着霉气的味道。甚至，它还让人联想到夜雨如筛而下，江河暴涨，前程泥泞，未来充满了无法预料的不定感。总之，"江湖夜雨"充分营造了一个充满炼狱色彩的艰险场域。另外，"夜"诉诸人的是暗无天日，而"灯"字，在黑暗的背景下，也给人孤弱、清冷和无依感。至于"十年"，何其漫漫的煎熬啊。和孤灯为伴十年，突出时间之长，凸显孤独和难眠、煎熬及凄苦。

　　当然，"江湖夜雨"，无疑还是一处检验贤与不肖、坚贞与奸邪、坚忍不拔与滑颓变节，以及追求真理与堕入谬误的考场。十年灯，十年何其漫长，假如以度日如年的心情，去丈量这十年时间里的分分秒秒，那么，岁月不全是悲风苦雨，也还有一份厚厚的人生历练。诚如达摩禅师，宏道坚定，一苇渡江，面壁十年，苦斗心魔，终于破壁证道，明心见性，从而化贪爱取舍、烦恼嗔恨等苦差为愉悦之事，并物随心转，感受自然勃勃的生机和无限的美妙。

　　归结起来，这一联的两相对比实在太过鲜明。这是一种极端的对比，是两种生活场景、两种人生经历的对比，还有两重人生境界的比照。春风桃李，着眼的是青春和时代浩荡的沐浴和清化，给人的是阳光和雨露。但真正的人生的历练与境界的提升，则无缺于这"江湖夜雨"。真正来说，人生心性大厦的建立，应对种种风雨和侵蚀，以及法眼倒看所谓宦海沉浮、十年流落，都离不了这"十年灯影"的功夫。

　　苏门学士张耒评颔联说："黄九云'桃李春风一杯酒，江湖夜雨十年灯'，真奇语。"（《王直方诗话》）真是不点破的禅宗哑谜。朱光潜先生说，诗歌在古代就是谜语。所谓破解谜语，就是在解析诗歌。那么，"奇"在何处？近人方东树先生说它们是"浩然一气涌出"，也就是所谓正大刚直之气冲决而出。而所谓浩然之气，乃是儒家"配义与道"的最宏大、最刚强的精神。如果说诗作前两句稍稍平直叙述，那么，到了这第三、第四句，则诗人的精气神——所谓人间正气，喷涌而出，无可阻挡，威胁不了，诱惑不了，压服不了。这就是孟子所说的"大丈夫"精神。

　　总之，这第二联，凸显的是友人黄几复青春才俊的傲然寄世、流转荒外的守心持正。这一联在内容上不同于首联的平淡中见牵确、讥诮中含锋芒，而是异峰突起，崭然彰显了友人的个性与精神。

附《寄黄几复》

我居北海君南海，寄雁传书谢不能。

桃李春风一杯酒，江湖夜雨十年灯。

持家但有四立壁，治病不蕲三折肱。

想见读书头已白，隔溪猿哭瘴溪藤。

"遮莫"是什么

晨起检索清人蒋应仔的诗作《五松胜游》。读到颔联"遮莫携柑供白眼，不禁把酒唤青莲"时，见"遮莫"对着"不禁"，在工对里用了俗语，觉得诗人比较有意思。大胆，还有点新奇。

遂顺手翻查了身边一家注解，可是上面却说，"遮莫"是"这么"的意思，觉得不像，不是那个味儿。上面又说"携柑"，就是携带柑果；而"供白眼"三字，又没有整体解说，只是说"供"是"供奉"，"白眼"引了阮籍的典故……显然如此注释难以令人知其详细。知觉告知不会这么简单，而事情果然有点复杂。

再到一些词典查"遮莫"一词，发现晋人干宝《搜神记》里已用，唐人张鷟《游仙窟》里也有，更有著名诗人李白多次援引，而唐宋以来诗词里居然特别多。清人蒋应仔这首诗作里就提及李大诗人。搜集了一下，对"遮莫"的释义竟然有七八项之多，如表"尽管／任凭""不论／不管""即使／假如""莫要／不必""什么／为何""莫非／或许""大约／约摸""不如"等。

而"携柑"一词，其义项相对要固定得多。用了南北朝隐士戴颙（yóng）的故事，其人《宋书》卷九十三《隐逸传》有记。携柑，或曰"柑酒听黄鹂"，或"携柑送酒""双柑斗酒"，等等，则出自唐人冯贽《云仙杂记》卷二引《高隐外书》："戴颙春携双柑斗酒，人问何之，曰：'往听黄鹂声。此俗耳针砭，诗肠鼓吹，汝知之乎？'"大意是，走进森林，听听黄鹂，既可以免俗，还可以引发创作。此外，寄情鹂声，既有花香鸟语中的闲情逸趣，还能显示其人的孤介超拔。

至于"白眼",由魏晋阮籍故事的士人人格,渐至于表达某一类人的生存情态或状态。比如唐人戴叔伦《行路难》里说"白眼向人多意气",而宋人王迈在《赠郭五星》诗里则说:"英雄未遇隐于卜,时人莫作白眼看。"宋人王阮在《次韵酬李周翰一首》里,甚至以李白作譬,说:"温温李夫子,粲粲谪仙格。萧然一竹关,白眼谢俗客。"

再回到蒋氏诗作(全诗为"亭亭翠接五云连,软簌香茵覆草芊。遮莫携柑供白眼,不禁把酒唤青莲。低徊躅迹留余憩,凭吊披襟挹胜传。流揽片时毛睫适,情深石上话新笺。"),这两句大约是说,五松山一带游玩,不必搞得那么另类,可面对此山,难忘旷世大才李大诗人,故而令人情不自禁地要对他深情呼唤,寄托绵绵不尽的悼念之情。

现在,可知在这里,"遮莫"是"不必"的意思了。

(注:此文系笔者点校《顺治铜陵县志》的笔记之一)

"夙昔"何意

五年高职第四册语文文天祥《正气歌》一课,有几处注释较不同于其他版本,本无可厚非,但有一处实在过于明显,即对"哲人日已远,典刑在夙昔"两句的注释,笔者以为问题不小。

其注释说明如下:

"(整句的意思是,)那些古代忠义之士,年代虽已久远,但他们的模范事迹,流传书卷,值得我们效仿。哲人,杰出的人物,指上文列举的那些古人。日已远,一天天地离我远了。典刑,模范;刑,同'型'。夙昔,从前。"

这里的注释,分为两部分,前面部分是句意概述,后面则是字词的解释。句意的笼统概述,尚能说得过去;但一与后面的字词意思比较起来,这概述就显得过于空疏。句意与词语释义前后之间如何关联?也就是说,如果照此书所提供的词义,则诗作原文不好理解。句意概述里的"值得我们效仿"属于"串联出"或者说是"圆场"的意思,并不与原作字词发生一一对接关系。

若照字面的解释，上述两句原诗的意思大体如此：

"古代那些忠义之士，他们一天天地离我们远去，他们的模范事迹发生在过去。"

这话诚然说得过去，但是稍稍一想，即发现还是有问题。转译诗句的前半部分没有问题，但后半部分（"他们的模范事迹发生在过去"）就纯属多余。他们的事迹不发生在过去，难道发生在现在和将来？

现在将视野放宽，再看看其他一些书籍及网络是如何对待这两句诗的。

比如，由邓碧清译注的《文天祥诗文选译》（巴蜀书社出版 1991 年 1 月版）第 162 页，是这样翻译的："贤能的哲人已经日渐遥远，留下了昔日的光辉榜样。"这个表述仍然是打了擦边球，采用了"留下了……"的样式。再如《宋诗鉴赏辞典》（上海辞书出版社 1987 年版），也采用了这个办法。马祖熙品鉴说："往古的贤哲（指上文所举的十二位义烈之士），虽然离开我们已经远了，但他们留下了正气所钟的义烈行为，给人们树立了做人的榜样。"这里不仅有前面的样式，而且"圆场"也显得更明显些。至于知名的《百度百科》之所述："先贤们一个个已离我远去，他们的榜样已经铭记在我的心里。"做得似乎更精圆一些，将"留下"式巧换成"铭记"式，但同样没有办法使句意与词语释义之间实现一一对接。

综上所说，发生问题的部分在"典刑在夙昔"，不好用现代汉语进行转译。更具体地说，如果"夙昔"表示"从前"的意思，那么诗歌转译依旧需要依靠改换、"圆场"等办法来解决。

现在来看看比较典型的一些辞书，对"夙昔"一词是如何解说、释义的。

《重编国语辞典》有如下三项：

1. 从前、往昔。唐权德舆《酬李二十二兄主簿马迹山见寄诗》："远郊有灵峰，夙昔栖真仙。"〔（近义词）从前，或作"素昔"〕

2. 昨夜。《文选·谢朓·在郡卧病呈沈尚书诗》："良辰竟何许，夙昔梦佳期。"

3. 朝夕。《后汉书卷五十九·张衡传》："共夙昔而不贰兮，固终始之所服也。"

而《汉语大词典》开列的释义则稍有变化：

1. 前夜。《文选·古乐府·饮马长城窟行》："远道不可思，夙昔梦见之。"（李善注引《广雅》："昔，夜也。"）南朝齐谢朓《在郡卧病呈沈尚书》诗："良辰竟何许，夙昔梦佳期。"（按，夙，一本作"宿"。）

2. 泛指昔时，往日。汉桓宽《盐铁论·箴石》："故言可述，行可则。此有司夙昔所愿睹也。"唐权德舆《酬李二十二兄主簿马迹山见寄》诗："远郊有灵峰，夙昔栖真仙。"明方孝孺《与郑叔度书》之八："离居日久，病身不能动，求如夙昔相聚讲习之乐，宁可得耶！"清纪昀《阅微草堂笔记·滦阳消夏录四》："然数百年来，相遇如君者，不知凡几，大都萍水偶逢，烟云倏散，夙昔笑言，亦多不记忆。"

3. 朝夕。《后汉书·张衡传》："共夙昔而不贰兮，固终始之所服也。"（按，《文选》引作"夙夜"。）

比较这两家的解释，可见针对不同的文本，释义也随之产生变化。这自然是适当的。权衡"典刑在夙昔"，笔者认为"夙昔"一词，与《重编国语辞典》的第二项与第三项、《汉语大词典》的第一项与第三项比较接近。再加推敲，取"昨天"意，则比较切乎《正气歌》上下文的需要。于是"哲人日已远，典刑在夙昔"这两句诗，可以用现代汉语表述如下：

"古代那些忠义之士，虽然他们一天天离我们而远去，但是，他们的模范事迹却好像发生在昨天。"

附文天祥《正气歌》

天地有正气，杂然赋流形。下则为河岳，上则为日星；於人曰"浩然"，沛乎塞苍冥。
皇路当清夷，含和吐明庭。时穷节乃见，一一垂丹青。在齐太史简，在晋董狐笔；
在秦张良椎，在汉苏武节；为严将军头，为嵇侍中血；为张睢阳齿，为颜常山舌；
或为辽东帽，清操厉冰雪；或为《出师表》，鬼神泣壮烈；或为渡江楫，慷慨吞胡羯；
或为击贼笏，逆竖头破裂。是气所磅礴，凛烈万古存。当其贯日月，生死安足论！
地维赖以立，天柱赖以尊。三纲实系命，道义为之根。嗟予遘阳九，隶也实不力。
楚囚缨其冠，传车送穷北。鼎镬甘如饴，求之不可得。阴房阗鬼火，春院閟天黑。
牛骥同一皂，鸡栖凤凰食。一朝蒙雾露，分作沟中瘠。如此再寒暑，百沴自辟易。
哀哉沮洳场，为我安乐国。岂有他缪巧，阴阳不能贼。顾此耿耿在，仰视浮云白。
悠悠我心悲，苍天曷有极？哲人日已远，典刑在夙昔。风檐展书读，古道照颜色。

后 记

感谢、结集及小愿

　　首先，感谢敬爱的朱老师百忙之中仍然"传经授道"，挤出珍贵晨间为小书赐序指导。要知道，头天深夜11点至次晨2点，在繁忙的公务间隙，朱老师仍然以超人的意志，废寝忘食，参加一丹奖明师堂研讨会，与多国教育家们，探讨疫情下的教育。在这里，礼明深深感动和深致敬意！同时要感谢大学同学、百年名校名师周美超老师，也热情地为小书荐言撰序。

　　而文化发展出版社的肖贵平主任，为了小书，从稿源出处、分类编写以及书籍的文化意图的呈现等方面，更是倾注了心血，在此特别鸣谢！

　　其次，想说的是，四年前开始发于微博、微信三二语的《晨间读诗》，总算有了沉淀。这中间发生了很多事，时常不得不停下，因此读诗显得断断续续。几度差点失了继续下去的信心，好在还是坚持住了。至于书中《注疏撰诗》部分，正如朱老师序言所言，确系前年暑期，专为先生所主持的全国新教育《晨读本》高中分册三个上册古典诗部分所作的重新注释。

　　需要指出的是，自2016年以来，到2019年止，因为一段人生颇有难处，而朝晨可用，于是积了三四年的光景，将一个个诗歌精要解读的样式展了出来。很多时候是随机读诗，甚至在微博是即遇即读。既希望与某种经验相剥离，又希望解析更具渗透性。但解读不再铺张，而是浓缩，但又不失所谓独到与深刻性。而这次即将面世的结集，也有一个好听的书名：《在醉美的古诗词里重逢》。相信是值得期待的。

　　这个，是我读古典诗的第二波。而其首波，则要溯及2011—2012年的高三课堂。当时课上一放声喉，录音笔记录了稍有准备又有即兴发挥、比较正经又有些离叛的诗歌讲析。最终结在《中国醉美的古诗词》一书里。

　　而现在在做的，作为第三波，则重回古代诗话的语域，希望还能有所发见，并以更精简的文字表达出来。而与旧诗话的不同在于，将思维过程凝结的同时又不失理据和逻辑性。此外，是努力使诗歌的理解更生活和社会化一些。而这，在前不久所做的以王昌龄《从军行》七首为一整体的理解里，获得了一个满意的突破。计划以五年期，看看会发生什么。这，自然是新年的一点小愿景了。

　　时间一晃，距离刚参加工作三十年已过。半百之年，还能做些什么？在十八年前人生之路顿然逆折之后，生命的"焦味"很强烈，人生的"煎迫感"从未停歇，但我苍枯的手所擎托着的碗里，生命之水始终是平静的、温热的。足够了。这其中之一，自然要感谢古诗词所带给我的。谢谢你们这些苍老而遒劲的灵魂！

　　忽然想起《夜、火与书：一段关于灵魂的叙事》里所呈现出的色彩瑰丽的古典诗影。而写作此文时，正是 2003 年后一年的年初。

吴礼明

2021 年 1 月 4 日初写，2 月 16 日修改